九月に　上

ロザムンド・ピルチャー
中村 妙子 訳

朔北社

SEPTEMBER

by Rozamunde Pilcher

九月に 上巻　目次

五月

May

第1章

五　月

三日　火曜日

五月初旬、スコットランドに一足跳びに夏がきた。

四月じゅうは北西風が吹き荒れて冬は鋼鉄のような緊縛の指をゆるめず、やっと咲きだしたばかりのサクラの花を散らし、早咲きのラッパズイセンの黄色い花弁を枯らした。丘の頂きでは雪がそのまま凍りつき、山腹の洞穴の奥にまで吹きこんでいた。草地の石垣のかげに寒そうにうずくまって哀れっぽい声で鳴いている牛たちに青草を食ませてやれるのはいつのことかと農夫はしびれをきらし、残り少なくなった飼料をトラクターで冬枯れの草地に運んだ。

例年だと三月の末には極地に帰っていく雁も、今年はなかなか飛び立たず、最後の群れが甲高く鳴きかわしながら北方を指して旅立ったのは四月も半ばのことだった。矢じりのように見える、規則的な編隊も高度が高いせいで、風におぼつかなく揺れているクモの巣のようにはかなく見えた。

だがスコットランドの天候は気まぐれで、峻烈をきわめていたのが文字どおり一夜にしてゆるんだ。風が南に回ったかなと思ううちに、やわらかいそよ風が吹きはじめ、イギリスのほかの地域がすでに何週間も享受している温暖な天候がここにもようやくもたらされた。湿り気をおびた土の香り。伸びやかに生い育つ植物のにおい。野は目のさめるような明るい緑におおわれ、もはや風になぶられることもなくなったサクラの木は枝を差し伸べて、雪びらのような花をつけ、遠くから見るとかすかに色づいた靄がぼうっと立ちこめているようだった。

ここかしこのコテージの庭に、色彩の饗宴のように一時に花々が咲き乱れた。冬咲きの黄色のジャスミン、紫色のクロッカス、そして藍色のグレープ・ヒヤシンス。小鳥のさえずりが耳に満ち、日光は去年の秋から初めてと言っていいような、春らしいぬくもりを感じさせた。

毎朝、降っても照っても、ヴァイオレット・エアドは村まで歩く。パキスタン人のイシャク夫妻が経営する小さなスーパーでミルクを二パイントとその日のタイムズ、それに一人暮らしの老婦人の生活に必要な食料品や生活用品を買うことにしているのだった。冬のさなか、雪が深くつもり、道が凍てついて滑りそうなときには転ばぬさきの杖というわけで、やむなく遠出をひかえることがあったけれど。

それは歩きいい道ではなかった。アーチー・バルメリノーの住まいであるクロイ館の敷地のかつて一部だった野が両側に見はるかされる、けわしい道。そこを往きに半マイルばかり下り、帰りにはまたえっちらおっちら上らなければならなかった。ヴァイオレットは車を持ってはいたができるだけ自分の足を使うことにしていた。老いの声を聞くと、さして遠くないところにまで車を飛ばしがちだ。そんなことを始めたら、足がめっきり弱くなること請け合いだと肝に銘じていたからだった。

長い冬のあいだ、ヴァイオレットは幾重にも着ぶくれて出かけた。重たいブーツ、セーター、防水ジャケット、スカーフ、手袋といった完全装備のうえに、ウールの帽子を耳がすっぽり隠れるくらい、深ぶかと押し下げてかぶった。しかしけさは無帽で、ツイードのスカートにカーディガンという軽装だった。日が照っているので自然と元気が出て、エネルギーが全身にみなぎるような、若返った気分になっていたし、いつもと違ってひどく身軽なので、黒い毛糸のストッキングをぬぎ捨ててむきだしの脚に冷たい空気のあたる、快い、さわやかな感触を楽しんだ、子どものころが思い出された。

ミセス・イシャクの店は、けさはかなりの盛況で、ヴァイオレットは自分の番がくるまでちょっと待たなければならなかった。待つのはいっこうに構わなかった。ほとんど知った顔ばかりだし、ほかの買い物客と立ち話をして、「まあ、急に暖かくなって」と驚き合ったり、「お母さんのお加減はその後いかが？」とたずねたりする、いい折でもあった。小さな男の子がどのキャンデーにしようかと心を決めかねて（自分の小遣いで買うのだろう）、迷っている様子を眺めているのも楽しかった。ミセス・イシャクも心得たもので、そういう子をとくに急き立てもせず、のんびり対応していた。小さな顧客がやっといくつかのキャンデーを選びおえたとき、彼女はそれを小さな紙袋に入れて代金を受け取った。「いちどきに全部食べるんじゃないのよ。歯が残らずとけてなくなっちまいますからね」と彼女は言いそえた。

「おはようございます、ミセス・エアド」

「おはようございます、ミセス・イシャク。すばらしいお天気じゃありませんか！」

「けさ起きて、お日さまが出ているのを見たときは、とても信じられませんでしたよ」ミセス・イシャクはマラウィからこの寒冷な地方に移ってきただけに寒さも人一倍こたえるらしく、冬じゅう、カーディガンを重ね着して、カウンターの背後に灯油のヒーターを据え、店内の客がまばらになると、まるで覆いかぶさるようにへばりついていた。しかしその日は彼女も格段に幸せそうに見えた。「寒さがまたぶり返さないといいんですけど」

「それはだいじょうぶじゃないでしょうか。すっかり夏がきたって感じですもの。ああ、新聞とミルクね、ありがとう。そうそう、エディーが家具磨き用のワックスをって言ってましたっけ。それとペーパータオルを一巻き。卵も、そうね、半ダースいただいて行きましょうかね」

「あまり重たいようでしたら、あとでうちの人に車で届けさせますけど」

「いいえ、だいじょうぶですわ。ご親切に言ってくださってありがとう」

「お宅までは、かなり歩きでがありますけどねえ」

ヴァイオレットはにっこりした。「わたしの健康には何よりですのよ」

バスケットを下げて、ヴァイオレットは彼女の家ペニーバーンへと引き返した。表通りに出ると、立ち並ぶ、丈の低いコテージの前を過ぎて、彼女はせっせと歩いて行った。どの家の窓もチカチカと日光を照り返し、ドアが大きく開け放たれてそよ風を迎え入れていた。やがてクロイ館の門。ふたたび丘を上って行くと屋敷の裏手の自動車道に出る。半ばほど上った、この私道の片側に彼女の住まいのペニーバーンが立っていた。まわりは傾斜の急な畑で、短く刈りこんだブナの生け垣を両側にひかえた、きちんとしたたたずまいの小道が戸口へと続いていた。その角までくると、これでもう上らないでもいいのだとヴァイオレットはいつもホッとするのだった。

持ち重りのするバスケットをもう一方の手に持ちかえて、ヴァイオレットは歩きながら午後からの計画を立ててみた。けさはエディーが手伝いにきているはずだ。つまり、午後からは家事を忘れて庭仕事に没頭できるわけだ。このところ、あまり寒かったので、さすがのヴァイオレットも庭仕事をなおざりにしていた。長い冬のあととて芝生はすっかりくたびれた感じで、あちこちに苔が生えはびこっている。スパイカーで掻きとって芝生に少し空気をあててから、丹精して発酵させた堆肥を穴から少し掘り上げて、バラのあたらしい花壇にまくことにしようか。ああ、うれしいとヴァイオレットは思わず知らず微笑していた。一刻も早く手をつけたい。

足取りをはやめて歩き出したがほとんどすぐ、見覚えのない車が玄関の前に止まっているのに気づいた。お客かしら。庭仕事にすぐ取りかかるわけには行きそうにないわね——少なくともさしあたっては。いったい、誰だろう？　ついていないわ。庭を掘り返すかわりに、すわってお客の相手をしなければならないなんて。

車はしゃれた小型のルノーで、ちょっと見ただけでは誰のものか、見当がつきかねた。ヴァイオレットは裏口からキッチンに入った。折しもエディーが蛇口から水をやかんに満たしているところだった。

ヴァイオレットはずしりと重いバスケットをテーブルの上に置き、人さし指で客間を指して声を立てずにきいた。「お客は誰なの？」

エディーも同じく声をころして答えた。「ミセス・スタイントンがおいでになっているんですよ——コリーヒル荘の」

「いつから？」

「つい今しがた見えたんです。お待ちくださいって申しあげたものですからね。居間にいらっしゃいますわ。何かお話があるそうで」エディーは普通の声にもどって言った。「お二人にコーヒーをと思いましてね。お湯がわいたらお持ちしましょう」

逃げ口上も思いつかず、退路もないままに、ヴァイオレットは居間に向かった。ヴィリーナ・スタイントンは日光がいっぱいにさしこんでいる居間の窓辺にたたずんで、ヴァイオレットの秘蔵の庭を眺めていたが、気配に気づいて向き直った。

「ああ、ごめんなさいね、ヴァイオレット、わたし、申しわけなくて。出直すからとエディーに言ったんですけれどね、一っ走り、村に行きなさっただけだからじきもどっていらっしゃるってことだったものですから」

ヴィリーナは四十歳くらいだろうか、すらりとした細身で上背があり、いつ見ても非の打ちどころのない、エレガントな服装で、身なりにあまりかまける気も、ゆとりもない、このあたりの奥さんたちとは大違いだった。夫のアンガスともども、この地域では新顔で、コリーヒル荘に居を定めてからやっと十年にしかならなかった。アンガスはここに移ってくる前にはロンドンで株式ブローカーとして腕を振るっていたらしいが、小金もたまり、出世競争にも飽きて、ストラスクロイの村から十マイルほど離れたコリーヒル荘を買い取り、妻と娘のケイティーと暮らすことにした。アンガスはあたらしい居住地であくせくせずにやれるような仕事を物色し、左前になっていたレルカークの製材所を引き受けて十年のあいだに有望な事業に建て直した。

妻のヴィリーナもちょっとしたキャリアウーマンで、「スコットランド田園の旅」と銘打った企画に深くかかわっていた。この企画を立てた業者は夏のあいだ、アメリカ人の観光客をバスに乗せて、入念に吟味して選ばれた個人の家に送りこんでホームステイさせることにしていた。イザベル・バルメリノーは説きふせられてこの企画に一役買っていたが、これがなかなかの重労働で、ヴァイオレットはかねがね、わずかばかりの収入を得るのに、こうまで精力を消耗させる手段もないものだと、イザベルに心底同情していた。

とはいえ、社会的な見地からするとスタイントン一家の存在は、小さな地域社会にとってたいへんなプラスだった。ちっとも気取らず、誰とでもすぐ親しみ、お客を惜しみなく招き、教会のバザーとか、馬術大会とか、基金集めの行事の開催に時と労力を進んで提供した。

でもいったい何だって、わたしなんかをわざわざ訪ねてきたのかと、ヴァイオレットは客の意向をはかりかねていた。

「待っていてくださってよかったわ。お帰りになったあとで聞いたら、どんなに残念に思ったでしょう。エディーが今コーヒーを入れていますから」

「お電話してからうかがうべきでしたわね。でもレルカークに行く途中でふと思いついて、ちょっとお寄りしてみようかと——いってみれば、とっさの思いつきですの。構わないでしょうか?」

大いに構うと言いたいところだったが、「ぜんぜん」とヴァイオレットはさりげなく答えた。「さあ、おすわりになって。今日はまだ炉に火を焚いていないんですけれどね……」

「とんでもない。こんなすばらしい日に火なんて要りませんわ。久しぶりに太陽が顔を出してくれて、とても幸せな気持」

ヴィリーナは優雅な物腰でソファーにゆったりとすわると、長いエレガントな脚を組んだ。ヴァイオレットの方は幅の広い、いつもの椅子に(あいにくヴィリーナのように優雅にとはいえなかったが)腰を下ろした。

ヴァイオレットはさっそく切り出した。「エディーから聞きましたが、何かお話がおありとか……」

「じつは急に思いついて……まずあなたのご助力をお願いするのがいちばんいいのじゃないかと」

ヴァイオレットはひそかにがっくりしていた。おおかた何かのバザーか、庭園びらきか、チャリティー・コンサートへの協力を求められるのだろう。ティーコージーを編んでくれとか、切符を売ってほしいとか、オープニング・メッセージを読み上げてもらいたいとか……

「助力って、どういう……?」と彼女はおずおずとき返した。

「助力というよりは、助言をお願いしたいんですの。

ダンス・パーティーを開催しようかと思い立ったものですから」

「ダンス・パーティー？」

「ええ。ケイティーのために。今度の誕生日であの子、二十一歳になりますのよ」

「でもわたしの助言なんて。そういうたぐいのことに関わったのは、記憶にもないくらいの大昔のことですのよ。わたしなんかより、もう少し今ふうの人にお頼みになるほうがいいんじゃないでしょうか。たとえばペギー・ファーガソン＝クロンビーとか。イザベルだってわたしよりはまだましだと思いますけど」

「ただね……あなたは経験が豊富でいらっしゃるし、わたしが知っている誰よりも長いこと、この土地にお住まいですし。わたし、このダンス・パーティーの計画についてあなたがどうお思いになるか、何よりもそれがうかがいたくて」

ヴァイオレットはただただあっけに取られていた。どう答えたものか、とっさに思いつかず、ちょうど折よくエディーがコーヒーの盆を持って現われたのでホッとしたくらいだった。エディーは炉の前のスツールの上に盆を置いて、「ビスケットもお持ちしましょうか？」ときいた。

「結構よ、エディー、これでたくさん。どうもありがとう」

エディーは立ち去り、間もなく階上の部屋から掃除機の音が聞こえてきた。

ヴァイオレットはコーヒーを注いだ。「どんなパーティーを考えていらっしゃるの？」

「ええ、まあ、リールとか、カントリー・ダンスとか。おわかりでしょ？」

「つまりテープの音楽に合わせて、ホールで八人一組のリールを踊ったり？」

「いいえ、もっと本格的なものを考えていますのよ、わたし。かなり大規模のものをね。芝生に大きなテントを張って」

「まあ、アンガスが一奮発してくださるわけね」

ヴィリーナは、本筋を離れたコメントは取り合わないつもりらしかった。「……音楽もちゃんとしたバンドを頼もうと思っていますの。もちろん、ホールを使わないわけにはいかないでしょうけど、あまり踊る気のない人たちのためってことになりますわね、ホールと客間は。ケイティーの友だちがロンドンからやってくるでしょうし、となるとディスコ風の設備がどうしたって要りますわね。そう、それには食堂がぴったりかも。洞穴か、岩屋のようなしつらえにして」

洞穴か岩屋？　ヴィリーナはすでに何から何まで考えているみたいだこと――とヴァイオレットは感嘆していた。もともとすぐれたオーガナイザーなんだから、当然といえば当然だが。ヴァイオレットはおとなしくつぶやいた。「ずいぶん周到に計画をお立てになってるみたいね」

「ケイティーのロンドンの知り合いも残らず招くということになると、その人たちの泊まる場所も確保しなければならないでしょうし」

「ケイティーにはもうお話しになったの？」

「いいえ、こうしてあなたにお話するのが初めてですの」

「ケイティーのほうはだいじょうぶなんですか？　今どきダンスなんてと乗ってこなかったりしたら？」

「もちろん、乗ってきますとも。もともとあの子、パーティーというと夢中になるたちですから」

あのケイティーならそうかもしれないとヴァイオレットはうなずいた。「で、日取りはいつを予定していらっしゃるの？」

「九月にしようかと思っていますの。いろいろな点から、いちばんいいんじゃないかと。狩猟を兼ねてやってくる人もいるでしょうし、たいていの人はまだ休暇中でしょうし。十六日あたりがいいんじゃないでしょうか。パーティーに出られない、小さな子どもたちは、そのころには寄宿学校に帰っていると思いますしね」

「でも今はまだ五月ですわ。九月はずいぶんさきじゃありませんか」

「ええ、わかっていますわ。でも日取りを決めて段取りをつけるのは早いほどいいんじゃありません？　まずテントと業者の手配をしませんと。招待状の印刷もありますし……」ヴィリーナはまたしても新しい思いつきをして言いそえた。「どうでしょうか、ヴァイオレット？　家までの自動車道ぞいに豆電球を吊すというのは？」

　細かい点にまで配慮した、恐ろしく野心的な企画のようで、ヴァイオレットは思わずつぶやいた。

「でも準備がたいへんじゃありません？」

「それほどでもないと思いますのよ。アメリカからの旅行者の周期的な波も、そのころには終わっているでしょうし、わたしたちのツアーのホームステイにしたって、八月の末どまりですから、わたしとしても準備に集中できるわけですわ。ねえ、ヴァイオレット、いい思いつきだってことは認めてくださるでしょ？　前々から一度招待しなければと思いながら果たせずにいた人たちをいちどきに招けるわけですしね――たとえばバーウェル夫妻みたいな」

「バーウェルさんて方はわたし、存じあげないと思いますけど」

「ええ、ご存じないでしょうね。アンガスの同僚ですの。わたしたち、二度もディナーに招待されていましてね。二晩とも、もう退屈で退屈で。そうした面白くもない相客を我慢してくれるような、心のひろい人を思いつかなかったもので、つい招待せずじまいだったんですけどね。ほかにもまだ何人か……」ヴィリーナは満足げにつぶやいた。「そうだわ、そういう効用もあるって強調すれば、アンガスだって文句を言わずに必要な小切手を何枚か、切ってくれるでしょうからね」

　ヴァイオレットはアンガスがちょっと気の毒になっていた。「ほかにどんな顔ぶれを考えていらっしゃるの？」

「結局のところ、誰も彼もってことになるんじゃないでしょうか。ミルバーン夫妻、ファーガソン＝クロンビー夫妻、ビュキャナン＝ライト夫妻、ご高齢ですけれどレディー・ウェスタデール、それからブランドン夫妻、スタフォード夫妻。あのお宅のお子さん方ももう成人しておいでだから、親御さんといっしょに招待できますわね。ミドルトンさんたちはハンプシャーから、リュアードさんたちはグロスターシャーからきてくださるでしょうし。さっそくリストをつくりますわ。キッチンのボードに紙を貼って、あたらしい名前を思いつくつど、書きこむようにして。もちろん、ヴァイオレット、あなたにはぜひ、いらしていただきますわ。エドマンドとヴァージニアにも、アレクサにも。それからバルメリノー夫妻。イザベルはお願いすれば、わたしにかわってディナー・パーティーを計画してくださるんじゃないかしら……」

聞いているうちになかなか楽しい計画のように思われてきて、ヴァイオレットは考えるともなく、過去のパーティーのことを回想していた。ずいぶん長いあいだ、思い出したこともなかったのだが、一つの思い出がべつな思い出を呼び起こし、それからそれへという具合で、ヴァイオレットは何気なくつぶやいていた。「どうせなら、パンドラにも招待状を送ったらどうでしょうかねえ？」

そう口にしたとたんに、何だってまた唐突にと、われながらびっくりしていた。

「パンドラに？」

「アーチー・バルメリノーの妹ですわ。パーティーっていうとパンドラが思い出されて。でももちろん、あなたがご存じのわけはありませんわね」

「いいえ、でも彼女についてはいろいろと聞いていますわ。どういうわけか、ディナー・パーティーではしょっちゅう話題に上るみたいで。ただ、参加してくださるでしょうか？　こちらには二十年以上もどっていらっしゃらないんでしょう？」

「ええ、ほんのばかげた思いつきですわ。でもそうね、招待してみてもわるいことはないんじゃありません？　実現すればアーチーにはとてもいい刺激になるでしょうよ。迷い羊のようなあの子がクロイ館に帰ってくるきっかけとしては、盛大なダンス・パーティーにまさるものはないでしょうからね」

「じゃあ、ヴァイオレット、あなた、賛成してくださるのね？　わたしの考えどおりに運んでいいだろうって思ってくださるのね？」

「ええ、あなたにエネルギーその他、必要なものがおありなら、すばらしい思いつきだし、誰にとってもありがたい計画じゃないかしら。みんながその日を心待ちにすることでしょうよ」

「まずアンガスを承知させませんとね。万事はそれから。お願い、それまではここだけの話にしておいてくださいね」

「もちろん、ほかには一言も洩らしませんわ」

　ヴィリーナはああ、よかったというように微笑した。と、すぐまたべつな楽しいことを思いついたらしかった。「それに、あたらしいドレスを物色する口実もできますしね」

　ヴァイオレットにはそんなことは問題外だった。

「わたしはたぶん、いつもの黒のベルベットを着ると思いますけど」

第2章

十二日　木曜日

　夜は短く、ノエルが一睡もしないうちに夜明けの気配が感じられだしていた。

　いくら何でも今夜は眠れるんじゃないかと思っていた――めためたに疲れているんだからと。五月にしてはやたらと暑いニューヨークの三日間に、ノエルは消耗しきっていた。やれ、朝食会、やれ、ビジネス・ランチという具合にぎっしり詰まったスケジュール。午後は長々と意見の交換やら、話し合いやら。それをコカコーラとブラック・コーヒーで流しこんだあげく、レセプションに始まるおさだまりの夜ふかし。運動不足のせいか、新鮮な空気が欠乏しているためか、とにかくまいっていた。

　がまあ、結局のところ、ものの見事に当面の目的を達することができたのだ。かなりにきびしいつばぜりあいは覚悟のうえだったが。ハーヴィー・クラインはまったくタフな相手で、イギリスの市場をものにするにはわが社の勧める路線が最適だ――いや、唯一の方法なのだと信じさせるまでにちょっとした説得が必要だったが、ノエルがニューヨークにたずさえて行った斬新なプラン（そのため、彼は夕イム・スケジュール、レイアウト、何葉もの写真のたぐいを落ちなく用意していた）をクラインはよしとし、これで行こうと言ってくれた。努力の成果である契約書を手に、ノエルは大手を振ってロンドンに帰れるわけだった。

　夕明かりのマンハッタンは、いつもながら奇跡のように美しかった。光り輝く高層ビルが茜色の空にそびえ立ち、高速道路に動く車のヘッドライトが川の流れのようにひきもきらなかった。これこそ、ニューヨーク、いかにも気取りのない、おおまかな姿勢で、ありとあらゆる形の歓楽を提供してくれる大都会だった。

　ノエルは以前にも何度かニューヨークを訪れているが、そのとき彼はこのメトロポリスの与えてくれる快楽をとことん楽しんだ。しかし今回は、差し出されている歓待を受け入れるチャンスは皆無だった。まるですばらしいパーティーを楽しむ間もなく、急き立てられて中座するようにニューヨークをあとにしようとしている今、彼の胸を一抹の残り惜しさがかすめなかったと言えば嘘になるだろう。

　タクシーは、ブリティッシュ・エアウェイのターミナルで彼を降ろした。必要な搭乗手続きをすませて出発ラウンジに行き、免税店でスコッチを一瓶、それにニューズウィークとアドヴァタイジング・エイジを買い、フライト・ナンバーが呼ばれるまでと、疲れきった体をあいている椅子にぐったり預けた。

　ウェンボーン・アンド・ワインバーグ社の配慮で彼の搭乗券はクラブ・クラスのものだったから、少なくとも長い脚を伸ばす余地はあるわけで、彼は窓際の座席を希望していた。ジャケットをぬいで座席に落ち着くと、喉の渇きが急に意識された。隣が空席だといっそうゆっくりできるのだがという期待はむなしく、やがてチョーク・ストライプの入ったネービー・ブルーのスーツを着た男がカバンや包みのたぐいを頭上のロッカーにしまったあげく、いかにもホッとした様子で隣席にどっかと腰を下ろした。機内は涼しいのに、恰幅のいいその体は熱気をむんむん発散するようで、シルクのハンカチーフを引っぱり出しては額をゴシゴシと拭き、盛大に身動きをして座席ベルトを探すはずみに肘でノエルの脇腹をいやというほどこづいた。「いやあ、すみません。今夜はどうやら満席のようですな」

ノエルは話をしたくなかったので微笑を浮かべてうなずき、ことさらにニューズウィークを開いた。

やがて離陸。カクテルのサービスがあり、ついでディナー。腹はへっていなかったが、べつにすることもないので暇つぶしに平らげた。巨大な七四七型機は大西洋の上を轟音を上げて飛んでいた。食事の盆がかたづけられ、映画が始まった。ノエルはその映画をロンドンですでに見ていたので、スチュワードにウィスキー・ソーダをもらい、グラスを片手でかかえながら長持ちさせるようにチビリチビリとすすった。機内のライトは消され、旅客は思い思いに枕や毛布に手を伸ばした。隣席の男は突き出た腹の上で手を組み、目を閉じたとたんからゴーゴーと高いびきをかきはじめた。ノエルも目をつむったが、まるで目の中に砂でも入っている感じで、すぐまた目を開けた。三日間、フル回転してきた精神はスローダウンをこばみ、熟睡のうちにいっさいを忘却することはできそうになかった。

なぜ、もう一つ浮き浮きした気分になれないのだろうとノエルはいぶかっていた。貴重な成果を勝ちとり、申し分のない契約条項をひっさげてイギリスに帰ろうとしているのに。サドルバッグズという、先方の社名にふさわしく、革袋に入れて口をしっかり縫い合わせたような、実質的な収穫をたずさえての帰国であった。サドルバッグズ。何度も舌に乗せるうちに少々こっけいな響きが伝わってくるようだった。だが実際のところ、サドルバッグズはこっけいどころではなかった——ノエル・キーリングにとって、またウェンボーン・アンド・ワインバーグ社にとっても。

サドルバッグズ社のルーツはコロラドにあり、牧場の働き手たちの組合を標的に、高級皮革製品の生産を始めていた。鞍、馬勒《ばろく》、革紐、手綱、乗馬靴など——すべてサドルバッグズの商標（Sの文字を蹄鉄が囲んでいる）の焼き印を押してあった。

こうした、ごく地味なはじまりから会社の評判と取引額は飛躍的に増大して全国的規模を誇るようになり、他社の追随を許さぬ大企業へとのし上がった。やがてサドルバッグズ社は、放牧場向け商品以外の生産も始めた。スーツケース、ハンドバッグ、アクセサリー、靴、ブーツ等々、いずれも最上の皮革を素材としてすべて手作業の仕上げだった。サドルバッグズのロゴはステータス・シンボルとして、グッチやフェラガモのそれと競い合うまでになり、値段も相応によかった。評判はたちまちのうちに広まり、旅行者は印象的な土産品をとサドルバッグズ製の手さげカバンや、金色のバックルのついた手仕上げのベルトを争って買って帰った。

そこに、サドルバッグズのイギリス市場進出の噂が伝わってきたのだ。まずよく吟味した一、二の店に、小売りの形で商品を置くことになるだろう。ノエルの会社の会長のチャールズ・ワインバーグはディナー・パーティーでこの噂を小耳にはさみ、翌朝さっそく、副社長の一人であり、企画部長でもあるノエルを呼んで意向を伝えた。

「私はこの仕事を、ぜひとももものにしたいんだよ、ノエル。今のところ、イギリス人でサドルバッグズの名を聞いたことがある人間はごく少数にすぎない。サドルバッグズとしては、トップ・ギアでキャンペーンを展開する必要があるわけだ。さいわい、われわれは同業者にさきんじて情報を入手した。うまく運べば、われわれがキャンペーンを一手に引き受けることも夢ではない。私は昨夜遅くニューヨークに電話を入れて、サドルバッグズの社長のハーヴィー・クラインと話をした。こっちから誰かが行けば会ってもいいと言ってくれたが、その際、詳細にわたる企画を提示してほしいと言われてね。レイアウト、マスコミ対策、スローガン、その他もろもろの計画を。従ってトップ・レベルの宣伝活動、カラー写真を中心とする全面広告といった企画をそろえる必要があるわけだ。二週間やるから美術部門の連中と協力して、ハーヴィー・クラインに見せられるようなものをでっち上げてくれたまえ。男性のモデルを使って、精悍な男らしさを効果的に強調する写真がとれるような写真家を見つけることだ――ショーウィンドーに納まっている、面白くもないマネキン人形でなく。必要なら、本物のポロ・プレーヤーを捕まえたまえ。いい写真をとらせてくれるなら、いくら払っても構わんよ……」

ノエル・キーリングがウェンボーン・アンド・ワインバーグ社に就職して、かれこれ九年になる。広告業界では一つの会社に九年というのは長いほうで、振り返ってみてわれながら驚くことがあった。彼と同じころに入社した連中は他社に移ったり、目はしの利く者は自分でエージェンシーを設立したりして一人、また一人と退社して行ったが、ノエルはあえてとどまった。

ノエルが同社にとどまった理由は、彼の個人的な生活に生じた変化にあった。就職して一、二年たったとき、このあたりで退社しようかとかなり真剣に考えたこともないわけではなかった。当時の彼はとかく尻が落ち着かないというか、現状に不満をいだいていた。仕事にとくに興味を感じているわけでもなかったし、もっと割りのよい分野に自前で打って出ることを夢みており、広告業界に見切りをつけて不動産売買とか、商品取引の分野に乗り出そうかと考えていた。巨額の儲けを当てこんで計画を立てながら彼は、必要な資金さえあれば躊躇はしないのだがと歯がみしていた。が、肝心の資金があいにくからっけつというわけで、みすみす好機を見送り、チャンスを取り逃がしているという挫折感にほとんど気が狂いそうだった。

ところが四年前のこと、そうした状況にドラマティックな変化が生じた。そのとき彼は三十歳で、あいもかわらず気楽な独身生活を送り、取っかえひっかえガールフレンドに不自由せず、こうした無責任な状態が永久に続いてわるいわけはないぐらいに考えていた。しかし母親が急死し、生まれて初めて彼はまとまった金を手にすることになった。

まったく青天の霹靂のような母親の死に、彼は強烈なショックを受けて、もう二度と彼女に会うことはないのだという冷厳な事実を容易に受け入れることができなかった。一種超然とした、感傷とは無縁な愛情を、彼はつねに母親にたいしていだいてきた。しかしもともと彼は母親を一貫して、食べ物、飲み物、清潔な衣服、暖かいベッド――そして彼が必要を感ずるときには精神的支えも――の源と見なしてきた。

同時に彼は母親の独立自尊の精神にたいして敬意をいだき、彼女が彼自身の大人としての生活に、どんな意味でも干渉したことがないという事実を多としていた。一方、彼は母親の風変わりな行動にしばしば呆れ返った。とりわけ腹立たしいのは、彼女が見る影もない、みじめったらしい連中を好んで招き、何くれとなくもてなすことだった。彼女にとっては、誰もが友だちであった。ノエルに言わせればろくでもない寄生虫にすぎない、不景気な人間ぞろいだったのだが。母親は彼のそんなシニカルな態度を意にも介さなかった。身内と死別したオールドミス、孤独な未亡人、文なしの画家といった連中が蝋燭の灯に蛾が吸い寄せられるように彼女のまわりに集まった。分けへだてなく誰にでも手を差し伸べる彼女のおおまかさを、ノエルは心ない、自己中心的な性向と非難した。血をわけた息子の自分が人生にぜったいに不可欠と考えているものを買いもとめる余裕がないのに、どうして他人の面倒を見なきゃいけないのかと心外でならなかったのであった。

母親の死後、明らかにされた遺言書は、この考えなしの気前のよさをまざまざと反映していた。家族とまったく無関係な青年にたいする法外な遺贈の指定条項があったのだ。彼女はかねてからこの青年に庇護の手を差し伸べていたが、何かの理由で援助したいとひそかに心に期していたらしかった。

ノエルにとって、それは思いがけぬ痛棒であった。彼の感情は傷つき、当然、自分のふところを暖めるはずの金が他人のものになるなんてとむしょうに腹立たしく思った。しかし怒っても無駄だった。怒りをぶつけようにも、母親はもうこの世の人ではなかったのだから。彼女をとっちめ、血をわけた実子をさしおいてと非難し、いったいどういう気だと責め立てることも、今はもうできなかった。彼女は彼の手の届かぬところに去っていた。深い淵か激流をへだてて自分の憤懣のおよばぬところにいる彼女、日光がさんさんとさす広やかな野といった、生前、彼女が思い描いていた天国の風景に囲まれている母親を、彼は想像した。もしかしたら、その天国で彼女は今ごろ、息子のことをそれとなく笑っているのかもしれなかった。あの茶色の目をいたずらっぽく輝かし、彼の要求や非難を例によって気にもとめずに。

憤懣をぶつける相手といえば二人の姉だけだったから、彼は家族に背を向けて彼の生活の唯一の安定要素である仕事に集中した。そして遅ればせながらようやく気づいたのであった――彼が広告業に関心をいだいているばかりでなく、その分野に傑出した才能を持っているということに。これは彼自身にも、彼の上役にも意外だった。母親の遺産が金銭化され、彼の取得分が無事に銀行に振りこまれたときには、もっと若いころに思い描いたギャンブル的な投資と手っ取りばやい儲けの夢はすっかり色あせていた。ノエルは自分自身の金を手放すのと、実際には他人のものである富をもとでに金を儲けようというのとでは大違いだということを悟り、自分の預金残高に、さながら愛児にたいするような愛着を覚えだして、それを危険にさらす気がなくなった。危険をともなう投資をするかわりに、彼はささやかな出費の一端として新車を買いもとめ、かたわらあたらしい住まいを物色しはじめた……

時がたつにつれて、母親にたいする憤懣を持続するのは不可能だということにノエルは気づいた。無益な恨みつらみは心身を消耗させる。結局のところ、自分だって相当な金額を入手できたのだ。それに、今になって彼は母親の存在の大きさを思い知っていた。彼女は晩年はグロスターシャーにひっこんでおり、たまさか会うだけになっていたが、行けばいつでも暖かくもてなしてくれたし、電話をすれば相手になってくれた。週末に一人で行こうが、友だちを大勢引き連れて行こうが、彼女のもとにはいつも広々とした空間とおおらかな歓待の雰囲気があった。食卓にはうまい食べ物が並び、炉には赤々と火が燃え、花々はかぐわしく、とくに何をしてくれと要求されることもなく、熱い湯につかり、寝心地のよいベッドにぬくぬくと身を伸ばすことができた。

そうしたすべてが、今や一場の夢となっていた。母親のキッチンの暖かい香り、ここでは誰かが万事を取りしきっていて、こっちは何ら決断を下す必要がないのだという、ありがたい意識——すべてが過去の思い出となっていた。それに世界でただ一人、自分を偽ったり、演技をしたりする必要のない相手がいなくなってしまったわけで、まるで生活の真ん中にギザギザした穴がポッカリあいたようで、慣れるまでは何とも落ち着かぬ気持だった。

ノエルは嘆息した。ずっと昔に起こったことのような、別世界の消息のような感じ。ウィスキーを飲みほして、彼は外の闇を凝視した。四歳のときに麻疹《はしか》にかかったことがある。夜が耐えがたいほど長ったらしく思われ、いくら待っても夜明けがこないような気がした。その幼い日と同じように、三十年後の今、彼は曙の到来を待ちわびていた。空が明るみ、雲のつくる、紛いものの地平線の下から太陽がぬっと現われた。すべてのものがピンクに染まり、目を開けていられないくらい、まぶしかった。ノエルは飛行機の窓ごしに曙光を眺めて、つくづくありがたく思った。眠ろうと努力する必要ももうない。まわりに慌ただしい動きが感じられだし、スチュワードがオレンジジュースと熱いフェイス・タオルを配りはじめていた。彼はタオルで顔を拭き、顎に生えだしている不精髭のザラザラした手ざわりを意識した。洗面所に立つまでもない。髭なんぞ、家に帰ってから剃ればいいのだ。

三時間後、ノエルはタクシーから降りた。蒸し風呂のようなニューヨークのあととて、ひんやりとした朝の大気が何ともありがたかった。小雨が降っていた。ペンブローク・ガーデンズの木々は一様に青葉をつけており、舗道がぬれていた。タクシーが走り去ったのち、ノエルは一瞬、舗道にたたずんだ。

一日、家でのんびり過ごせたら。しかしむろん、そんなわけにはいかない。さっそく出社して、旅の首尾を会長に報告しなければ。ノエルはスーツケースとブリーフケースを下げて階段を降り、半地下のわが家の玄関のドアを開けた。

　それはガーデン・フラットと銘打たれているように、裏側のフランス窓から申しわけほどの小さな庭に出られるようになっている小住宅で、庭はそのフラットの所属する、ひょろ高い建物の敷地の一部だった。西日があたるはずだったがこの時間、またこの天候とあって、庭はしんとして薄暗く、階上のフラットの飼い猫がキャンバス・チェアの上に身をまるめていた。

　大きなフラットではなかったが、居間、寝室はゆったりとした広さがあって、小さなキッチンと浴室が付属していた。通いで掃除洗濯にきてくれるミセス・マスプラットが留守ちゅうもやってきたらしく、どこもかしこもきちんと清潔だったが、閉めきってあったので空気がわるく、ひどく蒸し暑かった。

　フランス窓を開けて猫を追っぱらい、寝室に行ってスーツケースのジッパーを開けて洗面道具入れを取り出すと、彼は歯を磨き、熱いシャワーを浴び、髭を剃った。このころには矢もたてもたまらず、ブラックコーヒーが飲みたくなっていた。コーヒーがフィルターから落ちるのを待つあいだ、彼は郵便物を手にキッチンのテーブルに向かってすわり、封筒の束をパラパラと繰ってみた。中に一枚、ジブラルタルの風景の艶だしをかけた絵葉書がまじっていた。ひっくり返してみるとロンドンの消印で、チェルシーに住む、学校友だちのヒュー・ペニントンの妻からだった。

　ノエル、電話したんだけどお留守みたいで。おことわりがなかったら、十三日夜、ディナーにお待ちしています。七時半。顔ぶれは八人。正装の必要はありません。

　　ディーリア

　ノエルはため息をついた。十三日、今夜か。「おことわりがなかったら……」

ま、行くことにするか。そのころにはいくらか元気を回復しているだろう。漫然とテレビを見て過ごすよりは気が利いているかもしれない。絵葉書をテーブルの上に落として、彼はコーヒーを注ごうと立ち上がった。

一日をほとんど会議また会議で会社に閉じこめられて、ノエルは外界の現実を見失ったというか、一種超然とした心境になっていた。ようやく帰途につき、ラッシュアワーの渋滞の通りに、関節炎にかかったカタツムリよろしくののろのろ運転で車を進めながら彼は、朝からの雨が微風に吹きとばされて、申し分のない五月の宵となっていることにようやく気づいた。このときには疲労を通りこして、まわりのすべてが軽く透明で、現実から奇妙に遊離している感じだった。

眠りの訪れは死と同様、はるかに遠い絵空ごとのようで、彼はベッドに入るかわりにもう一度シャワーを浴びて着替えをし、軽く一杯やってから、チェルシーまで歩いて行こうと思いめぐらしていた。歩いたために食欲が掻き立てられて、うまい食事がいっそううまく味わえるだろう。ちゃんとテーブルにつき、サンドイッチなどでない、まともな食事を取ったのは、いったい、いつのことだったか。

歩くことにしたのは正解だった。ノエルは若葉の香る裏通りを選んで歩みを進めた。家々のテラス、そして庭園。マグノリアが咲きこぼれ、高雅な住宅の壁を覆うように藤がしだれている。ブロンプトン・ロードに出ると、ミシュランのビルディングのところで通りを向こう側へと横断し、ウォルトン・ストリートに折れた。このころから意識的に少し歩みをゆるめて、ときおり立ち止まっては室内装飾の店舗や美術品店のウィンドーをのぞいた。前々からほしくてたまらなかったソーバーンの作品の前ではわざわざ足を止めて熱心に見入った。明日、電話して、値段を聞いてみようと思いつつ、ノエルはまた歩きつづけた。

オヴィントン・ストリートに着いたときには、七時半を五分過ぎていた。道の両側に居住者の車が並び、数人の小学生が道の真ん中で自転車を乗り回していた。ペニントン家はテラス・ハウスの中ほどの家だった。彼が近づきかけたとき、一人の少女が通りをこっちに向かって歩いてきた。白いハイランド・テリアの革紐を引っぱっていた。片手に封筒を持っているところを見ると、ポストに投函しに行くのだろう。ジーンズにグレーのスウェットシャツを着て、最上質のマーマレードを思わせる色の髪がうつくしかった。背は高いほうではなく、ノエルの好みのほっそりした体型でもなかった。しかし彼女が通りすぎたとき、ノエルはかすかに記憶が動くのを感じて、あらためてその姿を見直した。どこで会ったんだろう？　誰かの家のパーティーか。あのマーマレード色の髪はちょっとしたものだ。

だいぶ歩いたので疲れて喉が渇いていた。ペニントン家の階段を上がり、ノエルは形ばかり呼び鈴を押し、ドアのハンドルを回した。「やあ、ディーリア、こんばんは」と呼びかけるつもりで。

しかしドアは閉ざされたままだった。妙だ。もてなしのいいディーリアらしくもない。彼がくることはわかっているのだし、開けておいてもよさそうなものじゃないか。彼はもう一度、ベルを押して待った。

家の中からはあいかわらず、何の反応もなかった。

「あのう――」

声に振り返ると、下の鋪道にさっきのあの少々ずんぐりした感じの娘が立っていた。ポストに行ってもどってきたのだろう。

「はあ？」

「ペニントンさんをお訪ねですの？」

「ええ、ディナーをご馳走してくれるはずなんですがね」

「ペニントンさん、お留守ですわ。車でお出かけになるのを見ましたから」

ノエルはその言葉をむっつり反芻した。どうやら留守らしいと察しをつけてはいたのだが、はっきりそう聞かされてがっかりし、何ということだと癪にもさわって、ありがたくないニュースを伝えた相手にたいしてまで、むかっぱらを立てていた。

早く立ち去ってくれればいいのにと黙って立って

いたのだが、そうする様子もないままに、舌打ちしたい思いで彼はポケットに両手を突っこんで階段を降り、彼女が立っているところに近寄った。

娘は唇を噛んでつぶやいた。「お気の毒ですわ。こういうことって、まったく情けなくなりますものね」

「留守のはずはないんですがね」

「でも、もっと間がわるいことだってありますわ」娘はどうやら、彼の気を引き立てようとつとめているらしかった。「招待されていない日に、何の用意もないところに行き合わせた場合なんか。あたし、一度、それをやってしまって。約束の日をごっちゃにしていたんですの」

「あなたは、ぼくが招待された日を取り違えたと思っていらっしゃるようですね」

「よくあることですから」

「この場合は、そういうことじゃないんですよ。けさ、葉書を受け取ったんですが、ちゃんと十三日って書いてあったんですから」

「あのう、今日は十二日ですけど」

「いや、違いますよ」と彼はきっぱり言った。「十三日です」

「申しわけありませんけど、今日は十二日の木曜日、五月十二日ですわ」まるで取り違えが彼女自身のせいだったかのように、すまなそうな口調だった。「十三日は明日ですのよ」

ニューヨーク以来のパンチびたりの頭で、ノエルはのろのろと思い返した。火曜日、水曜日……やあ、この子の言うとおりだ。日付けがごっちゃになって、どこかで取り違えてしまったらしい。何てまあ、ばかなことを——と恥じ入る気持で、ノエルはとっさに言いわけを並べた。

「ずっと仕事に没頭していたものですからね——というより、飛行機のせいでしょう——ニューヨークに行ってたんですよ。けさ、もどったばかりで。時差ってやつはまったく頭を混乱させますからね」

娘は同情に耐えないという顔をした。彼女が連れている犬が彼のズボンのにおいをしきりに嗅ぎはじめたので、ノエルはあわてて脇によけた。ズボンに小便をひっかけられてはたまらない。娘の髪は夕日を受けて、ハッとするほど明るく輝いていた。灰色の目はどうかすると緑色の光をおび、乳しぼり娘のように白い肌は、取り立ての桃のような、ほのかなピンク色に染まっていた。

どこかで会っていることは確かだ、しかしどこで？

彼は眉を寄せてきいた。「どこかでお会いしていますかね？」

彼女は微笑した。「ええ、じつは。六か月ばかり前に、リンカン・ストリートのハサウェイさんのところのカクテル・パーティーで。でもものすごくたくさんのお客でしたから。覚えていらっしゃるわけもありませんわね」

まあ、そうだろう。彼女は彼の記憶にとどまるような、ひとときをいっしょに過ごしたい、話しかけたいという衝動を誘うような娘ではなかった。それに彼はヴァネッサとそのパーティーに行き、そこにいるあいだじゅう、ヴァネッサを見失うまい、彼女がほかの男と食事をするようなことになってはと、やきもきしていたのだった。

「驚いたなあ！　いや、すみません。それにしても、ぼくの顔をよく覚えていましたね」

「ほんというと、べつの機会にもういっぺん、お会いしたことがあるんですの」

ノエルはうんざりしていた。たぶん、似たような、べつなパーティーで会ったんだろう。あのときはどうだったとか、こうだったとか、思い出させられるのはかなわない。

「あなたはウェンボーン・アンド・ワインバーグ社の方でしょ？　六週間ばかり前にあたし、重役会のランチをこしらえたんですの。でもあたしのことなんか、気にとめてもいらっしゃらなかったでしょうね。それにあたし、白いオーバーオールを着てサービスしていましたし。コックとか、ウエートレスって、だいたい、目に入らないものでしょ？　透明人間みたいに」

うがったことを言うとノエルは彼女にたいして、前より親しみを感じて名前をきいた。

「アレクサ・エアドですわ」

「ぼくはノエル・キーリング」

「知ってます。重役会のランチのとき、あたし、ネームカードを書いて、それぞれの場所に置くこともしましたから」

ノエルはそのランチのことを思い返してみた。スモークト・サーモン、申し分なく調理されたヒレ肉のステーキ、ウォータークレスのサラダ、それにレモンのシャーベット。ああ、たまらない！　猛烈に腹がへってきた！

「あなたのボスはどういう人なんですか？」

「ボスはあたし自身ですわ。自前でやっているんですの」誇らしげな口調だった。ほうっておいたら自分のキャリアについて一場の演説を試みるのでは――とノエルはちょっと心配になっていた。立ちんぼうのまま、そんな話に耳をかたむける元気はない。何か腹に入れたい。いや、それ以上に、何かで喉をうるおしたかった。口実をもうけて、とにもかくにもこの娘を振り切らなくては。そう思って口を開きかけたとき、アレクサが言った。

「よかったらあたしといっしょにいらして、何かお飲みになりませんか？」

唐突な招待に面くらって、ノエルはとっさに答える言葉がなかった。顔を上げると、心配そうな目が彼をみつめていた。ひどく内気な子なのだ。こんな提案をすること自体、たいへんな勇気を要したに違いない。それに彼は、彼女が彼を近くのパブに誘っているのか、それとも友だち何人かと同居している、しけた屋根裏部屋あたりに連れて行くつもりなのか、測りかねていた。友だちの一人がたまたま髪を洗ったところだったりして。

とんでもない状況にコミットするめぐり合わせにならないように、用心するに越したことはないと、彼はおそるおそるきいた。「いっしょにって、どこへです？」

「あたし、ペニントンさんのお宅から一軒おいたお隣に住んでいるんですの。何かお飲みになったら、すっきりなさるんじゃないかと思って」

まったくそのとおりだったので用心する気もなくなって、ノエルは「ありがたいですね」とつぶやいた。

「とんでもない場所を、とんでもないときに訪ねるって、しかも何もかも自分の思い違いのせいだと気づくなんて、やりきれませんものねえ」とアレクサはつけ加えた。

もう少し婉曲な言い回しもないわけではないだろうにと思ったが、親切から言っていることはわかっていた。「どうもありがとう。じゃあ、お言葉に甘えますかね」

第3章

アレクサの家の外観はペニントン家のそれとほぼ同じだった。ただペニントン家の場合には黒く塗ってあった玄関のドアが、こちらは濃紺だった。ドアの脇に月桂樹を植えた桶が置いてあった。鍵を取り出してドアを開けると、アレクサはさきに立って家の中に入った。ノエルが続いて入るとアレクサはドアを閉めて、身をかがめると子犬の首輪から革紐をはずした。子犬は階段のすぐ近くに置いてあった、まるい容器（DOGと書いてあった）のところに行き、ピチャピチャと音を立てて水を飲みはじめた。

「この子、家に帰るといつも真っさきに水を飲むんですの。すごく長い散歩にでも行ったみたいに」

「何て名前なんですか?」

「ラリー」

ピチャピチャという、その音のほか、静寂をやぶる物音もなく、めずらしいことだがノエル・キーリングは言葉を失っていた。あまりにも意外だったのだ。どういう住まいを予期していたのかはとにかく、この家は彼の想像を絶していた。金に糸目をつけぬ豊かさと、すばらしく高雅な趣味とを裏づける調度に囲まれた家。ロンドンの壮麗な大邸宅をミニチュアの規模で再現したものとでもいうべき、このような家がこの娘の住まいであろうとは。

入ってすぐの取っつきは幅のせまいホールで、傾斜の急な階段の手すりはよく磨きこまれ、蜂蜜色のカーペットが壁際まで敷きつめられていた。薄紅色の花をつけたツツジの鉢がのっているアンティークのコンソール・テーブルは古物商が目の色を変えそうな値打ち物だったし、凝った意匠の枠をはめた楕円形の鏡もめったにはない逸品と見えた。しかしノエルをハッとさせたのはそこにみなぎる香りだった。それは彼にとって、胸が痛くなるほど、なつかしい香りであった。家具磨き用のワックスのにおい、リンゴのにおい、挽き立てのコーヒー、ポプリ、そして夏の花々といった、さまざまなものの香り。郷愁を、少年の日々の思い出をそぞろ誘う芳香。彼の母親のペネラピが、どこに住まいしようとも一貫して子どもたちに与えてきた家庭の香りと同じものがみなぎっている家。思い出をにわかに掻き立てられて、ノエルは戸惑っていた。

このようなたたずまいのかげにいるのは、いったい、どのような人物だろう? アレクサ・エアドとは、どういう背景の娘なのか? こういうときこそ、いわゆる社交会話が役に立つはずなのに、ノエルは何を話題にしたらいいか、さっぱり思いつかずにいた。いや、こうした場合こそ、沈黙が最良の政策なのかもしれない。ノエルは立ったまま、つぎに何が起こるのかとただ待っていた。居間と寝室をかねた階上の部屋か、ごくせまい屋根裏部屋に案内されることを予期していたのだが、アレクサは犬の革紐をテーブルの上に置くと、もてなしのいい主婦の口調で「どうか、お入りになって」と彼をホールに続く部屋へと招じ入れたのだから。

　その家はペニントン家と同じ規模と構造だったが、一千倍も印象的だった。彼が足を踏み入れた部屋は家の前面から後部へと細長く伸びていて、道路に面した部分は客間（居間と呼ぶには豪華すぎた）、奥の部分は食堂のしつらえだった。フランス窓を開けるとスチール製のバルコニーに出る。テラコッタの鉢にパンジーが春のよそおいも鮮やかに咲いていた。

　見たところ、すべてが金色とピンクに統一され、窓には、裏地をつけて羽根布団のような厚みをもたせたカーテンがひだを寄せて掛けてあり、ソファーや椅子は上質の更紗のカバーに覆われて、繊細なニードルポイントの刺繍をしたクッションがあちこちに無造作に配置されていた。部屋の片隅のくぼみにはブルーに白のデザインの磁器が飾られ、まるく張り出した書き物机の蓋は開いていて、手紙や、書類のたぐいが詰まっているのが見えた。すべてがエレガントな、大人の雰囲気で、ジーンズとスウェットシャツという、さりげない服装の、さして魅力的とも思えぬ、いや、むしろ平凡な印象のこの娘にはどうにもそぐわぬ感じがした。

　ノエルは軽く咳ばらいをして口を開いた。

「チャーミングな部屋ですね」

「ええ、まあ。あの、とてもお疲れになっていらっしゃるみたいですけど」自分の城に落ち着いた今、彼女の内気そうな、おずおずした印象はいくぶんか解消していた。「ジェット機の時差って、やりきれませんものね。あたしの父なんか、ニューヨークから帰るときはコンコルドって決めているみたい。夜間飛行がいやだからですって」

「ぼくの場合も、いずれ常態に復すると思いますがね」

「飲み物は何を召しあがります？」

「ウィスキーはありますか？」

「もちろん、ありますわ。グラウスになさる？　それともヘイグ？」

　ノエルは自分の幸運が信じられなかった。「じゃあ、グラウスをいただくかな」

「氷は？」

「ええ、よかったら」

「じゃあ、キッチンに行って取ってきますわ。ご自分でおつくりになります？　グラスも、そのほかのものも一通り、そこのサイドボードに並んでいますから。すぐもどりますわ……」

アレクサは姿を消したが、子犬に話しかけている声が聞こえ、それからすぐ地下のキッチンに降りて行く軽い足音がした。家の中はふたたびしんと静まり返っていた。犬もアレクサといっしょに降りて行ったのかもしれない。ノエルは指示されたように、部屋の向こうの壁際のサイドボードのところに行った。なるほど、酒瓶とグラス類が並んでいる。酒はとびきりのものがそろっているようだった。

こっちの壁には静物画と田園の風景画が掛かっていた。ノエルはまわりを見回して、楕円形のテーブルの真ん中に置かれている、銀製の雉子の置物や、ジョージ王朝風のうつくしいコースターを値踏みし、ついでに窓際に行って庭を見下ろした。舗装した、こぢんまりした中庭の煉瓦塀には蔓バラがからみ、盛り土をした花壇に遅咲きのニオイアラセイトウがあでやかに咲いていた。白く塗った鋳鉄のテーブルのまわりを対になっている四脚の椅子が囲み、戸外での楽しい昼食や夏の夕食会、よく冷えたワインといった情景を想像させた。

そうそう、飲み物をこしらえに立ったのだった。当面の用事をようやく思い出して、ノエルはサイドボードのところに行った。重たそうなタンブラーが半ダース、きちんと並んでいた。ノエルはグラスの瓶に手を伸ばしてタンブラーにそこそこ注ぐとソーダを加えて、ふたたび入口の方に歩みを返した。一人になったのを幸い、彼は例によって猫のように好奇心をむき出しにして部屋の中を検分した。繊細なネットのカーテンを持ち上げてみたり、外の通りをちょっとのぞいてみたり。それから書棚の前に立ってこの典雅な家の主の人となりを知る手がかりを得ようと、並んでいる書物の表題に目を走らせた。小説や伝記に園芸の本が一冊、バラの栽培についての、もう一冊がまじっていた。

ノエルはふと、この家に足を踏み入れて以来のことを思い返してみた。見たこと、聞いたことを総合して、彼は自明と思われる結論に達した。このオヴィントン・ストリートの家はアレクサの両親のものなのだろう。父親は実業家、それも当然のようにコンコルド機で出張するたぐいの、社会的威信を誇る、やり手の実業家らしい。ひょっとしたら両親とも、現在はニューヨークに滞在しているのかも。商用が終わり、会議がすんだら、夫婦で静養のためにバルバドスとか、ヴァージン諸島あたりに足を伸ばすつもりかも。まあ、ざっとそんなところだろう。

アレクサはおそらく、両親の留守のあいだに空き巣ねらいが入りこんだりしないように、このうつくしい家の管理を任されているのだろう。それだから自分の家であるかのように振舞い、父親のウィスキーを惜しまずに提供してくれたのだろう。両親が健康に輝く日焼けした顔で土産物をたずさえて帰ってきたら、自分のフラットにもどることになっているのではないだろうか。ウォンズウォスか、クラパムあたりに友だちと借りているフラットか、小さなテラスハウスに帰って行くのかも。

こんなふうにいちおう納得のいく説明をつけてみたために、ノエルは彼なりにすっきりした気持になり、探索を続ける元気を回復していた。さっき目にとまった、ブルーと白の磁器は本物のドレスデンだった。ひじ掛け椅子の一つの脇に置かれているバスケットからは色うつくしい毛糸とともに、未完成のタピストリがのぞいていた。書き物机の上には写真がたくさん並んでいる。結婚式の写真、赤ん坊を抱いている女性の写真、魔法瓶とか、バスケットなど、ピクニックの七つ道具がそろい、犬たちも仲間入りしている団欒の光景。知っている顔はなさそうだった。けれどもそのうちの一枚にノエルは気をひかれ、もっとよく見ようと手に取って眺めた。エドワード王朝風の広壮な邸宅。壁は一面、アメリカヅタに覆われ、片側に温室が突き出し、サッシ窓が並び、上方に屋根窓が見える。開けひろげた玄関のドアへと階段が数段続き、いちばん上の段に二頭の堂々たるスプリンガー・スパニエルがすわっている。背後には冬の木々、教会の塔、丘の稜線。

一家のカントリー・ハウスだろう。

アレクサがもどってくる気配がして、階段を上がってくる軽い足音が聞こえた。ノエルは写真をそっと元の位置にもどして向き直った。彼女はアイスペールとワイングラス、白ワインの開いている瓶、それにカシューナッツの一皿を盆にのせて持っていた。

「よかったわ、飲み物をあがってってくださったのね」こう言いながら彼女は、ソファーの背後のテーブルの上の雑誌を押しやって盆を置いた。小さなテリアはこの女主人が大好きなのだろう、またしても彼女につき従っていた。「おつまみはナッツくらいしかなくて」

「いや」とノエルはグラスをちょっと上げて見せた。「これさえあれば言うことはありませんよ」

「本当に喉が渇いていらしたみたいね」アレクサは氷を一すくいして、ノエルのグラスに入れた。

「自分のばかさ加減にあらためて呆れていたんですよ」

「あら、そんな」と彼女は自分の分のグラスにワインを注ぎ、「誰にでもあることですわ。それに楽しいパーティーが一日、さき送りになっただけなんですし。一晩、ゆっくりお休みになれば、明日はすっかり元気を回復なさいますわ。おすわりになりません？　その椅子、この家でいちばん、すわり心地がいいんですの。大きくて、すっぽり体を包んでくれるみたいで……」

まったくだった。痛みはじめた足を休め、やわらかいクッションに身を預けて、片手にグラスというのは何ともいえないくらい、ありがたかった。アレクサは窓を背にして、彼と向かい合わせにすわった。アレ犬はすぐその膝に跳び乗り、身をまるめるとたちまち寝入ってしまった。

「ニューヨークにはどのくらい、行ってらしたんですの？」

「三日間です」

「海外出張はおきらいじゃないんですね？」

「たいていはね。帰りの飛行機で疲れがドッと出るんですよ」

「ニューヨークでは、どういうお仕事を？」

彼はサドルバッグズとハーヴィー・クラインについて説明した。アレクサは感心したように言った。

「あたしも、サドルバッグズのベルトをもっていますわ。去年、父にお土産にもらいましたの。革が厚いのにとてもしなやかで、うつくしいんですのね」

「そのうち、ロンドンでも買えるようになりますよ。値は恐ろしく張るでしょうが」

「宣伝のためのキャンペーンは、誰が企画しますの？」

「ぼくが引き受けることになるでしょう。いちおう、企画部長ですから」

「重要なポストのようですわね。お上手なのね、そういうことが。お仕事、お好きですの？」

ノエルはちょっと考えてから答えた。「いやだいやだと思っていたら、いい仕事はできないんじゃないかな」

「それはそうですわね。きらいな仕事をしなければならない立場に立つほど、情けないことはありませんもの」

「あなたはいかがです？　料理はお好きなんですか？」

「ええ、大好き。好きでつくづくよかったと思いますわ。だってあたしにできる、ほとんど唯一のことなんですもの。あたしって、学校の成績はパッとしませんでしたし、Oレベルだって三科目だけでしたから。父は秘書養成か、デザインか、どっちかのコースを取れってうるさく言ったんですけど、時間とお金を無駄づかいするだけだって、やっと納得して、あたしがコックの道に進むことをどうにか許してくれたんですの」

「専門の訓練を受けたんですか？」

「ええ、もちろん。いちおう、あらゆる種類のエキゾティックな料理まで、つくれますのよ、これでもあたし」

「ずっと一人でやってこられたんですか？」

「いいえ、はじめは仲介業者とつながっていたんですけれどね。そのうち、二人一組で引き受けるようになって。でも今は一人。何もかも自分でするほうが面白いものですから。近ごろではそれなりにちょっとしたビジネスに発展してますわ。重役会のランチばかりでなく、個人のお宅のディナー・パーティーとか、結婚式のあとのレセプションとか、冷凍庫への冷凍食品の供給とか。あたし、ミニバンをもっていて、いっさい、それにのせて運びますの」

「料理はここのキッチンでするんですか？」

「たいていの場合はね。個人のお宅のパーティーの場合は少しこみいっていますわ。よそのお宅のキッチンで働かなければならないわけですし、とかく勝手がわからなくて。あたし、ナイフだけは切れ味のいい、自分のものを持って行くようにしていますの」

「少々、そら恐ろしく聞こえますね」

アレクサも笑った。「野菜をきざむためよ。ホステスを殺すためではありませんわ。あら、グラスがからになっていますわ。もう一杯召しあがれば？」

ノエルが立つより早く、アレクサは子犬をそっと床に下ろして立ち上がり、彼の手からグラスを引き取って後ろに回った。氷を入れている、快いチリチリというような音、ソーダを注ぐ音。何ともいえぬ安らかな思いにノエルはひたっていた。開け放した窓から夕風が入って、ネットのカーテンをかすかに揺らしていた。外で車がスタートする音がしたが、さっきまでにぎやかに笑いさざめきながら自転車を乗り回していた子どもたちは、もう寝る時刻だと母親に呼びこまれたのか、通りは今はひっそりしていた。当てにしていたディナー・パーティーがふいになった無念さも、今はどうでもよくなって、ノエルは不毛の砂漠をほっつき歩いたすえに、思いがけず緑豊かな椰子の葉陰のオアシスを見出した人の気分になっていた。

気がつくと、ふたたび冷たいグラスを手にしていた。「オヴィントン・ストリートというのは、ロンドンでもいちばん感じのいい通りの一つだと、つねづね思っていたんですがね」

アレクサは自分の椅子にもどると、両足を折りしくようにしてすわった。

「お宅はどちらですの？」

「ペンブローク・ガーデンズにあります」

「あら、とてもいいところじゃありませんか。お一人で住んでいらっしゃるんですか？」

ズバリきかれてちょっとたじろいだが、ノエルはアレクサの率直さに心をくすぐられていた。ひょっとしたらハサウェイ家のパーティーのことが念頭にあるのかもしれない。あのとき、ぼくは、センセーショナルなヴァネッサを追いかけるのに夢中だったから。彼は微笑をふくんで答えた。「まあ、たいていはね」

彼の曖昧な返事を、とくに何とも思わぬ様子でアレクサはまたきいた。「フラットをおもちなんですの？」

「ええ、半地下なので、日はあまりささないんですが、そういつも在宅しているわけではありませんから、日照時間をどうこう言う気もないんですよ。それに週末はなるべくロンドンを空けるようにしていますし」

「ご両親のところとか？」

「いや、友だちが結構いい場所に住んでいますから」

「お兄さまとか、お姉さまとかは？」

「姉が二人。一人はロンドン住まいですが、もう一人はグロスターシャーに住んでいます」

「そのお宅に泊まりがけでいらっしゃることも？」

「必要がなければ、なるべく訪ねないようにしているんですよ」こっちの戸籍調査はもういいだろう。今度はそっちが答える番だ。「あなたは？　週末にはご両親のところに行かれるんですか？」

「いいえ、たいていは週末も働いていますから。土曜日の夜というと、ディナー・パーティーを計画なさるお宅が多いみたいで。日曜日のランチをお頼まれすることもありますしね。それに、週末だけだったらスコットランドまで帰るのはちょっと」

スコットランド？

「というと――お宅はスコットランドに？」

「いいえ、あたしはここで暮らしていますけど、家族はスコットランドのレルカークシャーに住んでいるんですの」

ここで暮らしている？

「しかしお父さまは――」まったく見当違いの憶測をしていたのかも。「失礼しました。どうやらとんでもない勘違いをしていたようです……」

「父はエディンバラに仕事をもっていますの。サンフォード・カベン社のスコットランド支社長ですわ」

サンフォード・カベン社。国際的な、巨大な規模の、あの信託会社の支社長か。「なるほど。いや、ロンドンに住んでおいでだと思いこんでいたものですから」

「さっき、あたしが、父はニューヨークによく行くってお話したからでしょ？　父はニューヨークにかぎらず、世界じゅうに飛んで行きますのよ。トーキョウとか、ホンコンとか。イギリスにはあまり長いこといないくらいですの」

「というと、お父さまにはたまにしか、お会いにならないわけですか？」

「ロンドン経由でどこかに行くときにときたま会いますわ。父がここに泊まることはありませんけれど――会社のフラットに行きますから。でもたいていは電話をかけてくれますし、暇があれば、コノートとか、クラリッジにディナーに連れて行ってくれますの。とてもありがたいチャンスですのよ、そういうのって。料理のいいヒントがつかめますし」

「クラリッジに行くには、絶好の理由じゃないですか。しかし……」父がここに泊まることはありませんけれど……。「すると、このお宅はどなたのものなんですか？」


アレクサは天真爛漫に微笑した。「あたしのですわ」

「はあ……」知らず知らず、とても信じられないという声になっていた。アレクサはふたたび膝の上にちゃっかりおさまっている子犬の頭をなで、毛のポヤポヤしている、とがった耳をつまんでいた。

「もうどのくらい、ここに住んでおられるんですか？」

「五年くらいかしら。祖母の家でしたの――母方の。祖母とあたしって、もともととても仲よしで、休暇の一部はいつも祖母と過ごしたものでした。あたしが料理の勉強をするためにロンドンに出てきたときには、祖母はもう未亡人で一人暮らしをしていましたから、あたし、ロンドンでは祖母のところに同居することにしましたの。去年、祖母が亡くなって、この家をあたしに遺してくれたんです」

「あなたをずいぶん、かわいがっておられたんでしょうね」

「あたしも、祖母が大好きでしたわ。あたしが祖母の家に住むことについては、家族のあいだでちょっと揉めたんですけどね。父は、祖母と暮らすのはあたしのためにならないという意見でしたの。祖母のことは、父も大好きだったんですけど、あたしが独立心がとぼしくなりはしないかと言って。同じ年ごろの友だちをつくり、ほかの女の子といっしょにフラットを借りて共同生活をしたらいいのにって。でもあたし自身はそういう生活、好きじゃなくて。あたしって、そういうことには気が向かないんですの。それにチェリトンお祖母さまは……」アレクサは唐突に言葉を切った。二人を分けている空間ごしにノエルとアレクサは目を合わせた。ノエルは何も言わなかった。ちょっと間を置いてから、アレクサはさりげなく言葉を続けた。「そのころにはかなり年を取っていましたし、今さらそんな祖母を一人にして、よそに行く気もしませんでしたから」

また沈黙がつづいた。ふとノエルがつぶやいた。

「チェリトン？」

アレクサはため息を洩らした。「ええ」

「めったにない名前ですね」

「ええ」

「よく知られてもいる」

「ええ」

「サー・ロドニー・チェリトン――そうなんですね？」

「祖父ですの。言うつもりはなかったんです。ついロをすべらせてしまって」

そうだったのか。謎は解けた――とノエルは思った。金に糸目をつけぬ豊かさも、贅をこらした装飾品の数々も。今は故人となっているサー・ロドニー・チェリトン。全世界にまたがる金融帝国の創始者。六〇年代、七〇年代には数多くの会社の合併や、いわゆるコングロマリットに関係して、フィナンシャル・タイムズに彼の名が載らない日はないくらいだった。

この家はレディー・チェリトンの住まいだったのか。膝を折り、足をちぢめて椅子にすわっているところはまるで中学生くらいにしか見えない、あどけない顔の、この小柄な料理人、取りすましたところのまったくない、このアレクサがサー・ロドニー・チェリトンの孫娘だったとは。

「思いもよらなかったなあ」とノエルは心底面食らっていた。

「よその方には、たいていの場合、言いませんの。あまり誇りに思っていませんから」

「誇りに思って当然じゃないですか。偉大な人物だったんですから」

「祖父がきらいだったわけではないんですの。あたしにはいつもやさしくしてくれましたし。ただあたしには大規模の買収とか、特定の会社が一方的にますます大きくなるってことがいいとは思えないものですから。あたしね、店の主人がこっちの名を知っていて、のんびり話しかけてくれるような角のお店とか、肉屋さんとかが好きなんですの。ごく普通の人が大企業に呑みこまれて居場所をなくしたり、自分なんか、こんな時代には余計者なんだって考えるようになるのがたまらなくて」

「人間、退行するわけにはいきませんからね」

「ええ、わかっていますわ。父もしょっちゅう、あたしにそう言って聞かせますのよ。でも一つづきの小住宅がこわされて、養鶏場の棚みたいに黒い窓がズラリと並んでいる、殺風景なオフィスビルに取ってかわるなんて情けなくて。それだからあたし、スコットランドが好きなんでしょうね。あたしたちの住んでいるストラスクロイの村ではいつ見ても何一つ、変わっていないように見えますのよ。新聞販売店をやっていたミセス・マックタガートが一日中立ちんぼするのはもうごめんこうむるって引退して、パキスタン人のイシャクさんってご夫婦が店を買い取ったというのが、村の一大ニュースと言っていいくらいで。とてもいい人たちですのよ、イシャクさんたちって。パキスタンの女の人って、きれいな色のシルクの服を着るんですのね。スコットランドにはいらしたこと、あります?」

「サザーランドに行ったことがあります。オイケル川で釣りをしに」

「あたしたちの家の写真、ごらんになります?」

すでにじっくり見せてもらったともいいかねて、「ぜひ」とノエルは答えた。

アレクサに渡された写真に目を走らせ、適当な間を置いてノエルは言った。「住み心地のよさそうなお宅ですね」

「ええ、とても。ここにいるのは父の飼い犬たちですわ」

「お父さまのお名は？」

「エドマンドです。エドマンド・エアド」アレクサは写真をもどしに立ち、ついでに炉棚の上の手提げ時計を見やって「そろそろ八時半になるんですのね」と言った。

「え？」とノエルは腕時計を見た。「いけない。もう失礼しないと」

「そんな必要ありませんのに。あたし、夕食を何かつくること、できますけど」

心をひく、ありがたい申し出で、ノエルは「ありがたいが、しかし……」と言ってみた。

「だってペンブローク・ガーデンズのお宅にお帰りになっても、食料の買いおきなんか、ぜんぜんないんでしょ？　ニューヨークからもどられたばかりなんですもの。それに面倒なこと、ありませんのよ、ちっとも。むしろ、つくってさしあげたいんですの、あたし」その表情から、このままいてほしいと心から願っているのが感じられた。それにまったくの話、空腹で胃が痛くなりかけているくらいだった。「ちょうど具合よく、ラム・チョップスの下ごしらえができていますし」

それで決まったようなものだった。「ありがたいな、好物なんですよ、ぼくの」

アレクサはパッと顔を輝かした。透明な春の泉のように、胸のうちの思いが読み取れた。「よかったわ。おなかをすかせたまま、お帰しするようなことになったらとても気がとがめたでしょうし。このままここにいらっしゃいます？　それともキッチンに降りて、あたしがお料理するところをごらんになります？」

このまま、この掛け心地のいい椅子にすわっていたら、おそらく寝こんでしまうだろう。それにこの家のほかの部分も見たかった。ノエルは重たい腰を上げた。「あなたが腕をふるうところを見せてもらいますよ」

アレクサのキッチンはノエルが予想したとおり、

現代的なイメージからはほど遠く、ごく質素なだけでなく、計画性には縁遠く、長年のあいだに必要なものが自然と集まったという感じだった。石畳の床には蘭草を編んだマットが一、二枚敷いてあり、一隅に松材の食器棚が据えてあった。窓の下にクレーの深い流しがあり、窓ごしにせまい裏庭と、通りに通ずる階段が見えた。流しの後ろと食器棚のあいだの壁には、ブルーと白のダッチ・タイルが貼ってあった。料理用の七つ道具はと、あたりを見回すまでもなかった。分厚いまな板、一列に並んでいる大小の鍋、大理石製ののし板。ハーブを小さくつかねたものが、タマネギの束といっしょにラックから下がり、青々したパセリがマグカップに挿してあった。

アレクサはブルーと白の、肉屋でも着そうな大ぶりのエプロンを取って、腰のまわりで紐を結んだ。厚いスウェットシャツの上でもあり、ずんぐりしたスタイルがいっそう強く印象づけられた。きっちりしたブルー・ジーンズに包まれたまるいお尻が目立った。何か手伝おうかとノエルは申し出てみた。

「べつに何も」とアレクサはグリルに点火したり、引き出しを開け閉めしたり、すでに忙しそうに立ち働いていた。「それともワインの瓶でも開けてくださるかしら。ワインはいかが?」

「どこにあるんですか、ワインは?」

「そこを出たところにワイン用のラックが置いてありますわ……」両手がふさがっているので、アレクサは頭を振って場所を指示した。「床の上に。ワイン・セラーはないんですけど、あそこが家じゅうでいちばん涼しいものですから」

キッチンの奥の小さなアーチをくぐると、かつては流し場だったかと思われるせまい空間があった。ここも石畳で、皿洗い機、洗濯機、丈の高い冷蔵庫、引き出しのいくつもついた冷凍庫などの電気器具が置いてあった。奥のほうに上半分だけガラスをはめたドアがあって、小さな庭に出られるようになっていた。ドアの脇には田舎の家の場合によくあるように、ゴム長が一足と庭仕事用の道具が入っている桶が置かれ、古びたレインコートと形のくずれたフェルトの帽子が掛け釘に掛けてあった。

冷凍庫の隣にワイン・ラックがあった。小腰をかがめて幾本かのワインの瓶を点検したあげく、逸品ぞろいだと感心してノエルはボージョレの一瓶を選んでキッチンにもどった。

「これでどうかな？」

チラッと見て、「ええ、申し分なしよ。いい年のものですしね」とアレクサは言った。「栓抜きはこの引き出しに入っていますわ。いま開けておけば、ワインが呼吸する余裕もあるでしょうし」

栓抜きを見つけて栓を抜くと、ノエルは瓶をテーブルの上に置いた。ほかにすることもないので、彼は椅子を引いてテーブルに向かってすわり、ウィスキーの残りをゆっくり味わった。

アレクサは冷蔵庫からラム・チョップスを取り出し、サラダの材料を集めると、フランスパンを出して、チョップスをグリル鍋に入れ、ローズマリーの瓶を取った。いかにも無駄のない、器用な手つきだった。見ていてノエルは、こんなふうに働いているときのアレクサは自信に満ち、落ち着いて見えると思った。自分が唯一、得意だと知っていることにたずさわっているからだろう。

「まるでプロだな」とノエルが言うと、「プロですもの、あたし」とアレクサは答えた。

「庭仕事もなさるんですか？」

「なぜ、そんなことをおききになるの？」

「裏口に庭仕事に必要なものが一式、ありましたから」

「ああ。ええ、庭仕事もしますわ。でもここの庭はとてもせまくて、庭ともいえないくらいですから。バルネード荘の庭はものすごく広くて、しなければならないことがきりのないほど」

「バルネード荘？」

「スコットランドのあたしたちの家の名ですの」

「ぼくの母も庭仕事というと夢中でしたっけ」そうつぶやいてノエルは、なぜそんなことを言いだしたのか、われながら解しかねていた。誰かにまともにきかれた場合はべつとして、彼はふつう、母親のことを話題にしなかった。「地面を掘り返したり、堆肥を大量に掘り上げたり、絶えずせっせと働いていましたね」

「今はもうなさらないんですの？」

「亡くなりましたのでね。四年前のことです」

「まあ、ごめんなさい、気が回らなくて。お母さま、どこで庭つくりをなさっていらしたんですの？」

「グロスターシャーです。二エーカーばかりの荒れ地が付属している家を買ったんですよ。亡くなるまでに、そこをなかなか風情のある庭園に変えていましたっけ。ランチョン・パーティーなんかのあとで、お客が好んでそぞろ歩きをするような」

アレクサはにっこりした。「お母さまって、あたしのもう一人の祖母によく似ていらっしゃるみたい。ストラスクロイの村に住んでいますのよ、その祖母は。ヴァイオレット・エアドっていうんですけど、誰もが、ヴァイって呼んでいますわ」ラム・チョップスができ上がりかけており、パンも温まり、皿も熱くなっていた。「あたしの母も亡くなりましたの。あたしが六つのときに自動車事故で」

「今度はぼくが悲しいことを思い出させてしまいましたね」

「もちろん、母のことは覚えていますけど、記憶がちょっとぼやけていて。あたしが覚えているのはディナー・パーティーに行く前なんかに、『おやすみなさい』を言いにあたしのところにきてくれた母の姿です。うつくしい薄物のドレスに毛皮をまとって、香水のいいにおいがしていましたっけ」

「わずか六歳でお母さんを失うというのは痛ましいなあ」

「実際のところは、それほどひどい状況でもなかったんですの。エディー・フィンドホーンっていう、とてもやさしいナニーがいましたから。母が亡くなるとあたしたち、いっしょにスコットランドに帰って、バルネード荘でヴァイと暮らすことになって。ですから、母親のいない、たいていの子どもより幸せだったと思います」

「お父さまはその後、再婚されたんですか？」

「ええ、十年前に。ヴァージニアという名で、父よりずっと若いんですの」

「おさだまりの意地わる継母ってわけですか」

「いいえ、ヴァージニアってとってもいい人で、ちょっとお姉さんのような感じ。それにすごくきれいで。ヘンリーって弟もできましたしね。ヘンリーはじき八歳になりますわ」

話しながらアレクサはサラダづくりにかかってい
た。鋭いナイフでトマトやセロリ、小さな、新鮮なマシュルームを切ったり、きざんだりしている、その日焼けした手はいかにも有能そうだった。爪は一様に短く切りそろえられ、マニキュアの気配すらなかった。その手の動きを見守っていること自体、何ともいえぬ満足感を覚えさせた。空き腹にアルコールがしみて、こんなふうに頭が少しぼうっとしている状態で、誰か女性がほかならぬ、この自分のために食事ごしらえをしてくれているのを平和な気持で眺めている――こういう状況を最後に経験したのはいつのことだったか？　記憶の底にかすかに動くものがあった。

もともとノエルは家庭的な女性には関心が薄いたちで、ガールフレンドといえばたいていはモデルか、野心は人一倍もち合わせているが、頭のほうはしごく弱い、若手の女優たちだった。共通しているのはそうした女の子たちの風貌で、いずれも若くてやせぎす、乳房はそろって小さく、脚はやたらとヒョロ長いというふうだった。彼を楽しませ、満足させてくれる、そうした特徴をもつ女性たちは遺憾ながらこぞって家事能力はゼロ。そのうえ、骨と皮というほどにやせこけている場合でも、きまって何らかのダイエットを行なっていた。目の玉が飛び出るように高価なレストランの食事だと、結構パクつくくせに、彼女たちは自分のフラットでも、ノエルのところにきても、ごく簡単なスナックすら調理する気がなかった。

「ダーリング、料理なんて考えるだけでうんざりだわ。それにあたし、おなかがすいていないの。リンゴでも食べれば？」

折々ノエルに首ったけの女の子が残る生涯を彼とともにしたいと、紛いものの薪が炎を上げている炉の前で差し向かいのしんみりした食事を計画したり、週末に父親のカントリー・ハウスに招いたり、せいいっぱいの術策を弄することがあったが、そういうとき、ノエルはぜったいに言質を与えまいときまって逃げ腰、迫られると言を左右にしておよそ煮えきらない態度に終始した。それで相手の女の子は、度重なる電話も、涙ながらの掻き口説きもむなしく、泣く泣くほかの男のもとに嫁ぐということになるのだった。

そんなふうにしてノエルは、三十四歳の今日まで独身でありつづけた。からのウィスキー・グラスをみつめながら彼は、現在の状況に自分が勝利感を覚えているのか、敗北感に打ちひしがれているのか、どっちとも判断しかねていた。

「できたわ」とアレクサが言った。サラダができ上がったということらしく、アレクサはうつくしい緑色のオリーブ油と純粋のワイン酢をまぜたドレッシングにハーブと調味料を加えていた。かぐわしい香りが食欲をそそり、口の中に唾がたまった。

やがてアレクサはテーブルをセットしはじめた。赤と白の格子縞のクロスを掛けたテーブルにワイン・グラスを置き、木製の胡椒挽きと食塩入れと素焼きのバター皿を出し、引き出しからナイフとフォークを取り出してノエルに渡した。ノエルは二人分の席をととのえたうえで、ワインを注ぐころあいかとグラスを満たしてアレクサに差し出した。

受け取ったアレクサはだぶだぶしたスウェットシャツにエプロン姿で、火の前に立っていたために頬が上気していた。「サドルバッグズに乾杯!」と彼女はつつましく言ってグラスを上げた。

ノエルはなぜともなく心を動かされていた。「ぼくはあなたに乾杯しますよ、アレクサ、どうもありがとう」

簡素だがすばらしくおいしいディナーは、ノエルの貪欲な期待に十二分にこたえるものだった。ラム・チョップスはあくまでもやわらかく、サラダはいかにも新鮮でパリパリした歯ざわりが快かった。温めたパンが肉汁やドレッシングを吸い取り、そうしたすべてがうまいワインで流しこまれるというふうで、いくらもたたないうちにノエルの胃袋は堪能し、気分も格段によくなっていた。

「こんなにうまいものを食べたことは、ちょっと記憶にないくらいだな」

「ごくありきたりのものばかりよ」

「しかし完璧だった」ノエルはサラダをもう少し

う」取った。「推薦状が必要なときはいつでも書きましょう」

「ご自分で料理をなさることはありませんの？」

「いや。ベーコン・エッグくらいはこしらえますがね。どうにも仕方がないときには、マークス・アンド・スペンサーあたりでグルメ料理の冷凍食品ってやつを買ってきて温めるんです。ときたま万策つきるとロンドンにいる姉のオリヴィアのところに転げこむんですが、彼女もキッチンではぼくと同様、役立たずでしてね。結局はウズラの卵とか、キャヴィアといった異国的な珍味をつまんでおしまいということになるんですよ。うまいが腹いっぱいというわけにはいきません」

「そのお姉さまは結婚していらっしゃるんですの？」

「いや、キャリアウーマンです」

「お仕事はどういった——？」

「ヴィーナス誌の編集長です」

「まあ」とアレクサは微笑した。「あたしたち二人とも、結構はなやかな身内がいるみたい」

テーブルの上のものを端から平らげながら、ノエルがまだ口寂しい気分でいることを見て取ってか、アレクサはチーズに淡い緑色の種なしブドウの一房を添えてテーブルの上に置いた。それを合いの手にワインの残りを飲みおえたとき、コーヒーを飲むかとアレクサがきいた。このときにはもう、戸外は暗くなりかけていた。くすんだ青みをおびた街路にともる灯の輝きが地下のこのキッチンにまで浸透していたが、おおかたのものは影の中に沈んで見えた。ノエルは突然、衝動的にあくびをした。紛らしようもない大あくびで、ノエルは非礼をわびた。「すみません。もう失礼しないと」

「コーヒーをあがっていらっしゃいな。そうすればお宅にもどってベッドにお入りになるまで、何とか目を開いていらっしゃれるでしょうし。そうね、上で少しリラックスなされば？　コーヒーをお持ちしますから。そのうえでタクシーを呼びますわ」

きわめてわけのわかった提案のように思われた。

「ありがとう」

しかしそう返事をするだけでも、意識的な努力を要するようだった。然るべく発音するためには舌と唇を正確な形に保たなければならないが、自分は酔っぱらっているのか、それとも睡眠不足の結果、前後不覚の眠りに落ちこもうとしているのか、どっちかということさえわからなくなっていた。とにかくコーヒーを入れてくれるというのはありがたい。ノエルは両手をテーブルの上に置いて何とか立ち上がった。客間へと地階からの階段を上がって行くのはいっそう骨が折れ、半ばあたりでつまずいたが何とかバランスを保って、うつぶせに倒れずにすんだ。

一階の客間は、花の香りの漂う中に静かなたたずまいを見せていた。唯一の光源は街灯で、真鍮の炉格子と、天井の中央から吊り下がっているクリスタルのシャンデリアの切り子にキラキラと反射していた。スイッチを押して点灯することでしっとりとした夕闇をさわがすのも心ない気がして、あえて明かりはつけなかった。以前、ノエルがすわっていた椅子の上には子犬が眠っていたので、ノエルは同じソファーの一隅に倒れこんだ。気配に子犬が目を覚まして、頭をちょっともたげてノエルの顔をみつめた。ノエルもじっと見返した。その犬が二匹に見えてノエルは、どうやらおれは酔っぱらっちまったらしいとぼんやり考えた。何しろ、永遠と思われるほどの長時間、眠っていないんだから。いま眠っちゃあまずい。眠ってはいないぞ、おれは……眠ってはいない……

そんなふうにうとうとしているうちに、彼は夢ともうつつともわからぬ状態に落ちこんでいた。七四七型機は轟音を上げて大西洋上を飛び、例の肥満体の隣席の男はすでに高いびきだった。そうこうするうちに会長が彼に、エディンバラに行ってサドルバッグズ社をエドマンド・エアドという男に売っぱらってこいと言いつけた。人声が聞こえた。呼びかけている、叫んでいる声。通りで自転車を乗り回している子どもたち。いや、子どもたちが遊んでいるのは通りではなく、どこかの庭のようだった。彼自身はせまい、天井がやけに高い部屋の窓からそとをのぞいていた。スイカズラの葉がガラスをたたいていた。それは彼の部屋、グロスターシャーの母親の家の彼のかつての部屋だった。そとの芝生ではクリケットのゲームが進行中だった。子どももいた。大人もいた。クリケットではなく、ラウンダーズか、野球か。みんなが上を見上げて彼を呼んでいた。

「降りてきたまえ！」

　しかし彼が降りて行くと、ゲームはすでに終わっており、誰もいなくなっていた。彼は草の上に寝そべって、明るい空を仰いだ。何もかもうまく行っている。願わしくないことは何一つ起こっていない。何一つ、変化していない。どうやら彼は一人のようだった。しかしいずれ誰かがやってくるだろう。待っていればいいのだ。

　べつな音が聞こえた。時計がチクタク時をきざむ音だった。彼は目を開けた。街灯はもうともってお
らず、暗闇も去っていた。そこは母親の庭ではなかった。母親の家でもなかった。見たことのない部屋に彼はいた。自分がどこにいるのか、まるで見当もつかなかった。彼はソファーに仰向けに寝ていた。ひざ掛けがふわりと掛けてあった。ひざ掛けの縁の房が顎をくすぐり、彼はそれを押しやった。上を振り仰ぐと、シャンデリアの切り子細工の飾りがキラキラしていた。それを眺めているうちに、やっと思い出して頭を動かした。窓を背にひじ掛け椅子が見えた。一人の少女がその椅子にすわっていた。カーテンを引いてない窓からさしこむ朝の光を受けて、明るい色の髪が影絵のように黒々と見えた。ノエルは身動きをした。しかし少女は何も言わなかった。

「アレクサ」とノエルは彼女の名を呼んだ。

「え？」眠っているわけではなかったのだ。

「今、何時かな？」

「七時をちょっと過ぎたところですわ」

「朝の七時？」

「ええ」

「つまり、ぼくは一晩じゅう、ここにいたってことか」と彼は長い脚をグッと伸ばした。

「うたた寝をしちまったわけだ」

「あたしがコーヒーを持って上がってきたときには、すっかり熟睡してらしたのよ。起こそうかと思ったんですけど、止めましたの」

　ノエルは目をしばたたいて眠気を払った。アレクサはスウェットシャツにジーンズという前夜の服装

でなく、白いタオル地のローブを着ていた。毛布にくるまっていたらしいが、下から素足がのぞいていた。

「ずっとここにいたんですか？」

「ええ」

「寝室にひっこんでてくれてよかったのに」

「あなたを一人にしてはわるいような気がしたんですの。目を覚まして、さあ、帰らなければばってお思いになっても、真夜中ではタクシーはつかまらないでしょうし。お客用の寝室もいちおう用意したんですけど、そんなことをしても意味がないって気がして、結局そのまま起こさないことに決めて」

忘却のかなたに消えかけている、今しがたの夢のおぼろな結末を、ノエルはふと思い出していた。彼はグロスターシャーの母親の家の庭に寝ころんでいた。誰かが近づいてくる気配。母親のペネラピではなかった。ペネラピはすでに世を去っているのだから。誰かほかの人間が近づいていた。しかしそこで夢は霧散し、アレクサが彼のそばにいた。

驚くほど、気分爽快だった。エネルギーが体じゅうにみなぎり、ひどくさわやかな気分で、つぎの行動にてきぱきと移れそうだった。「さあ、もう失礼しないと」

「タクシーを呼びましょうか？」

「いや、歩いて帰りますよ。そのほうがいい」

「気持ちのいい朝ですわ。お帰りになる前に何か召しあがります？」

「いや、結構ですよ」ひざ掛けを押しやって、ノエルはすわり直し、手で髪の毛をなで上げ、ざらざらした手ざわりの顎に触った。「じゃあ」と彼は立ち上がった。

アレクサはとくに引き止めるでもなく、黙って彼についてホールに出ると、玄関のドアを開けた。そとは真珠色の、さわやかな五月の朝だった。すでに活動を開始している首都の車の音が遠く聞こえ、つい近くの木の茂みの中で一羽の小鳥がさえずっていた。ライラックの香りがそこはかとなく漂っているようだった。

「さようなら、ノエル」

ノエルは振り返って言った。「電話しますよ」

「そんな必要ありませんわ」

「必要がないって――」

「べつにどうってこと、なかったんですから」

「あなたって、やさしいんだなあ」と彼は身をかがめて、新鮮な桃のような、アレクサの頬にキスをした。「どうもありがとう」

「楽しかったわ」

ノエルは歩き出した。階段を降り、はずんだ足取りで歩道を歩いて通りの果てでもう一度、振り返った。アレクサの姿はすでになく、玄関の濃紺のドアはピタリと閉ざされていた。しかし月桂樹の植わっている、その家には何か特別なもの、心ひくものがまつわっているようだった。

ノエルはなぜともなく微笑して歩きつづけた。

六月

June

第4章

六月

七日 火曜日

イザベル・バルメリノーはコリーヒル荘への十マイルの道にミニバスを走らせていた。六月初旬のおよそ午後四時。木々の枝は重たげに緑の葉をつけ、畑の作物も青々と生育していたが、これまでのところ、夏はまだ訪れる気配すら見せていなかった。肌寒いというのではなかったが、じめじめとしめっぽい小雨模様で、クロイ館を出たときからずっとワイパーが動きっぱなしだった。丘の上は雲がひくく垂れこめて、見わたすかぎり灰色一色に閉ざされていた。スコットランドの景観にあこがれて海の向こうからはるばるやってきたのに、陰気な霧につつまれて山も湖もほとんど見えないというのではあまりにも気の毒だと、イザベルはこれから会うはずのツーリストたちに同情していた。

天候のわるさは、彼女自身にとっては問題ではなかった。これまでも田野を横断する、この入り組んだ裏道を数えきれないくらい何度も往復してきたので、もしもミニバスを運転者なしに送り出したとしても、忠実な飼い馬よろしくコリーヒル荘まで何事もなく行って帰ってくるのではないかと思われるくらいだった。

やがていつもの接合点にさしかかってギアを変えて、スイカズラの咲く一方通行の道に折れた。丘に向かってだらだらと上っている、この小道を進むうちに、霧はますます濃くなり、イザベルは用心深くヘッドライトのスイッチを入れた。右手に見えてきた石の塀は、コリーヒル荘の境界線を象徴するものだった。さらに四分の一マイルばかり進むうちに、両脇に門番小屋をひかえたコリーヒル荘の大きな門の前に出た。そのあいだを通って、ブナの古木と草地に縁取られたでこぼこ道をミニバスはガタガタと進んだ。春にはこの草地はラッパズイセンで黄色く見えるほどだが、今はただうら枯れて見えた。

　イザベルはいつしかまた、もの思いにふけっていた。年を取るにつれてますます忙しくなり、その一方、時の経過が加速度的にはやまるようで、知らぬ間に年月が過去へと押しやられて行く。昔は時がありあまるほどあった。立ち止まるとき。すわってラッパズイセンに無心に見入るとき。ほんの思いつきで家事をなげうって裏口のドアから出て丘を上り、ヒバリのさえずりばかりが耳朶にあふれる、夏の朝の広やかな天地の境に身を置いたものだった。それとも州都レルカークで気まぐれな買い物をしたり、女友だちと落ち合ってランチをともにしたり。ワインバーは人いきれで暖かく、親しい会話が飛びかう。コーヒーの香り。自分ではけっしてこしらえないような、手のこんだ料理の香り。

　そんな楽しみはさまざまな理由で、もはや手の届かぬものとなっている。

　自動車道はやがて平坦となり、車輪の下で砂利がきしりだしたと思ううちに、霧の向こうに屋敷がそびえ立った。車がないところを見ると、ほかのホステスたちはすでにめいめいの車に客を乗せて立ち去ったのだろう。ヴィリーナはわたしの到着をやきもきと待っているに違いない。待たされて不機嫌になっていないといいけれど。

　イザベルは車を止めてエンジンを切り、小雨の中に降り立った。玄関のドアが開け放たれているので、舗装した、広いポーチが見えた。ポーチの向こうはガラス張りのドアだった。ポーチには高価そうなスーツケースのたぐいが山積みになっていた。いつもの荷物に輪をかけてぜいたくそうで、イザベルはちょっとひるんだ。巨大なスーツケース、衣装ケース、小型の旅行カバン、ゴルフバッグ、箱、数々の買い物包み、大きな店の名前入りのショッピングバッグ。どれにも「スコットランド田園の旅」の黄色いタグが下がっていた。

　ふと気をひかれて、イザベルはラベルの名を読んだ。ジョー・ハードウィック、アーノルド・フランコ、ミセス・マイラ・ハードウィック、ミセス・スーザン・フランコ。

イザベルはほっと嘆息した。こうして始まるわけだ、またしても。彼女はガラス戸を開けて声をかけた。「ヴィリーナ！」

コリーヒル荘のホールはだだっ広く、羽目板を張った壁がぐるりとまわりを囲んでいた。床に置かれている敷物は、ごくありきたりのもののうちにたいへんな値打ちものが巧みに取り合わされているというふうで、彫刻をほどこしたオーク材の階段が階上へと立ち上がっていた。中央のテーブルの上には、さまざまなものがのっていた。ゼラニウムの鉢、犬の革紐、銅製の手紙の受け皿、大判の革張りの訪客簿。

「ヴィリーナ？」

遠くでドアの閉まる音がしてキッチンのほうから廊下を足音が近づき、やがてヴィリーナ・スタイントンが姿を現わした。背がすらりと高く、いつものことだがしごく落ち着きはらっていて、すっきりした身なりはこれまたいつものことながら、非の打ちどころがなかった。このスカートにはこのブラウスに、こっちのカシミヤのカーディガン、靴は――と時間をかけて取り合わせを入念に検討して一着におよんでいるかのようだった。髪にしても、たった今、ドライヤーの下から出てきたように、いささかの乱れもなくつややかに輝いていた。

イザベルは自分自身の見てくれについて、わずかな幻想もいだいていなかった。高地地方《ハイランズ》生え抜きのポニーのように頑強な体格、色艶のよい顔、荒れた手。外見など、気にしなくなって久しいが、その彼女もヴィリーナを前にすると、せめてもコーデュロイの普段ばきのズボンと、十年一日のような、ヘドロの色あいのベストは着替えてくればよかったと悔やまれるのだった。

「ああ、イザベル」

「遅れたかしら、わたし？」

「いいえ、あなたが最後だけれど、遅刻ってわけではないわ。お宅に泊まるはずのお客は客間でお待ちよ。ハードウィック夫妻とフランコ夫妻。いつものたいていのお客にくらべて、身体強健といった印象が少しばかり強いかも」それを聞いて、イザベルはちょっとほっとしていた。ハードウィック氏とフランコ氏は、自分のゴルフバッグくらい、自分で持つかもしれない。「アーチーはどちら？　今日はあなた、お一人なの？」

「ええ、バルネード荘で教会の会合があるものだから」

「一人でだいじょうぶ？」

「ええ、もちろん」

「じゃあ、お願いしますね。そうそう、みなさんをお連れになる前にちょっと説明しなければならないことができて。計画にちょっとした変更があるのよ。書斎に行きましょうか」イザベルはおとなしくヴィリーナの後ろに従った。何であれ、ヴィリーナの意向を入れる気でいた。

コリーヒル荘の書斎はほかの部屋よりも小ぶりで居心地がよく、パイプの煙とか、薪とか、古書、じいさん犬といったもろもろが醸し出す、男性的なにおいがした。じいさん犬というのは年老いたラブラドールで、おおかたは灰になっている残り火の脇のクッションの上でグースカいびきをかいていた。二人が入って行くと、犬は頭を上げて二人を見たが、「何だ、おまえさんたちか」というように目を二、三度しばたたいたと思うと、すぐまた眠りに落ちた。

「じつはね……」とヴィリーナが口を開いたとき、机の上の電話が鳴りだした。「いやあね」とつぶやきつつ、ヴィリーナは受話器を取った。「ちょっと失礼、すぐ終わるわ……もしもし、ヴィリーナ・スタイントンです……はい」声音が微妙に変わっていた。「まあ、アバリーさん。申しわけありません。折返しお電話してくださって」ヴィリーナは椅子を机の前から引き寄せて腰を下ろし、ボールペンとメモ帳に手を伸ばした。

「ええ、それで結構よ。お宅のいちばん大きなテントをお願いしますわ。淡い黄色と白の縞の裏地がついているのをね。それからダンス・フロアも」イザベルは聞き耳を立てた。邪魔が入ったといらいらしだしていたこともきれいさっぱり忘れて、恥ずかしいとも思わずに、ヴィリーナの一方的な提案や受け答えを興味しんしん、立ち聞きしていた。「日取りですか？　九月の十六日はどうかと考えているんですけどね。金曜日ですわ。いっぺん、こちらにいらして相談に乗っていただけませんか？　来週あたり。水曜日の午前中にでも。ええ、結構よ。では万事そのときに。よろしくお願いしますわね、アバリーさん」ヴィリーナは電話を切り、椅子の背にもたれた。仕事をうまくやりとげた人の満足げな表情だった。「最初のハードルは、これで越えたわけだわ」

「あなた、いったい、何を計画なさってるの？」とイザベルはきいた。

「じつはね、アンガスとかなり前から暖めていた計画があるの。思いきって実現しようってことになって。ケイティーが今年二十一歳になるので、あの子のためにダンス・パーティーを催そうかと話し合ってきたんですけれどね」

「それにしても、ずいぶん豪勢な計画みたい」

「というわけでもないんだけれど、でもまあ、ちょっとしたイベントってことになるかしら。招き返さなければならない知り合いがごまんといるものだから、この際、いっぺんに招待したらどうかって、まあ、虫のいい思惑もね」

「でも九月はまだまださきじゃありませんか。やっと六月に入ったばかりだというのに」

「それはまあ、そうなんですけどね。こうした催しの準備の場合、早すぎることはないわけだから。九月のあわただしさはご存じのとおりだし」

もちろん、イザベルはそのことを身にしみて知っていた。スコットランドの観光シーズンは九月にはたけなわで、雷鳥狩を当てこんで南部から大挙してやってくる連中がひきもきらなかった。大きな屋敷で催されるハウス・パーティーのダンスの夕べ、戸外ではクリケットの試合、スコットランド特有の棒投げなどの野外競技、その他のイベントがめじろ押し。その打ち上げともいうべきものが狩猟会主催のダンス・パーティーなのだった。

「大テントを借りなきゃならないのは、ほんといって屋内では踊るだけのスペースがないからなんですけれどね。ケイティーは、屋内のどこかの片隅をナイトクラブ風にしつらえてもらいたいって言い張って。ロンドンからやってくる、上昇志向のユッピー族の友だちがとぐろを巻ける一郭をって。掛け値なしに上質のカントリー・ダンスのバンドと、気の利いたサービス業者を探す必要もありますしね。でも少なくともテントの手配はすんだわけだわ。お宅にもいずれ、招待状が届くはずよ」ちょっときびしいまなざしで、ヴィリーナはイザベルを見やってつけ加えた。「ルシラも、そのころにはもどっているでしょうし」

一人娘のためにダンス・パーティーを嬉々として計画しているヴィリーナが、うらやましくないといったら嘘になるだろう――とイザベルは思った。ケイティーならパーティーを盛り上げようと彼女なりに努力するだろうし、母親の計画に協力的で、自分のために催されたそのパーティーの一瞬一瞬を楽しむに違いない。イザベル自身の娘のルシラとケイティー・スタイントンは少女のころ、地域の同じ学校に通学していた。そのころには彼女たちも、親たちのあいだでつきあいがある場合に見られる、おざなりの友好関係を結んでいた。ルシラはケイティーの二歳年下で、ケイティーとは個性からして異なっており、学校を出ると、まるで違う人生の道を歩むことになった。ケイティーは、娘をもつならああいう子がいいと誰もが思うようなタイプで、親の希望を入れてスイスの学校に一年間学んだうえでロンドンの専門学校の秘書課程に在籍し、そこを卒業すると相応に価値ある仕事――何かの慈善事業の基金集めに関係している――を見つけて、ウォンズワスに、誰が見ても申し分のない、同年配の娘三人と小さな家を借りて暮らしていた。おそらくいずれナイジェルとか、ジェレミーとか、クリストファーとかいった名の好青年と婚約し、その清純な美貌がカントリー・ライフ誌の第一ページを飾ることになるだろう。結婚式はおそらく伝統にのっとったもので、花嫁のドレスは純白、幼いブライドメイドがずらりと並び、会衆が「妹背《いもせ》をちぎる家のうち」と高らかに斉唱するだろう。

イザベルはルシラがケイティーのようであってほしいとは思っていなかった。しかし折々――今もそうだが――イザベルは彼女の愛すべき、夢多きルシラに世間の娘たちともう少し共通するものがあったらと思わずにはいられなかった。しかし子どものころからルシラは、つよい個性と受動的な抵抗の片鱗を示した。政治的姿勢は一貫して左がかっており、きっかけさえあれば過激な大義名分に情熱的にくみするたちだった。核兵器の廃絶を始めとして、キツネ狩、アザラシの仔の恣意的淘汰、奨学金のカット、ポップ・スターたちが税金対策の一環として思いついた針葉樹の植林といったもろもろにたいする反対運動に入れあげ、同時にホームレスとか、下積みの人々、麻薬常習者、エイズの患者たちの窮状について深く憂慮していた。

小さいときから芸術的というか、創造的な方面につよい関心をもち、パリでオペア・ガールとして半年働いたのちにエディンバラの美術学校に入学したが、この学校に在学中におよそ妙ちきりんな人々とつきあうようになり、そういう連中を折々クロイ館に招いた。いずれも奇妙な見てくれの人間ぞろいだったが、その彼らもルシラには脱帽らしかった。難民の援助団体オクスファムで売っている古着を常用し、レースのイーヴニング・ドレスの上に男もののツイードのジャケット、エドワード王朝風の編みあげブーツという、ちぐはぐな服装で人前に出ることを何とも思わなかった。

美術学校を出たのちもルシラはエディンバラにとどまったが、かつかつの生活費を得る方便としての仕事口すら見つからなかった。その作品は誰にも不可解で買い手がつかず、彼女の絵を展示しようという奇特な画廊もなかった。当時彼女はインディア・ストリートの屋根裏に住み、生活の資を得るために他人の家の清掃という仕事を選んだ。奇妙なことに、これは思いのほか割りがよく、なにがしかの貯金ができると彼女はすぐナップザックと画材を背負ってパリに渡った。イザベルが聞いた娘の消息は、旅の途中で出会った夫婦のパリの家に滞在しているというだけのあっさりしたもので、イザベルの気はいささかも休まらなかった。

いったい、そんなルシラが旅を中断して帰省するだろうか？　局留めでたよりをしたら？　「ルシラ、九月には帰っていらっしゃい。ケイティー・スタイントンのダンス・パーティーへの招待状がきています」とでも？　ルシラはどうせ、気にもとめないだろう。大仰なパーティーはもともと性に合わないのだし、そうしたパーティーで出会うような礼儀正しい青年たちに受け答えする言葉さえ、ろくに思いつかないようだった。「だって、ママ、ああいうところで紹介される男の子って、ものすごく大真面目なんですもの。髪の毛はツイードの撚り糸みたいだし」まったくルシラはどうしようもなかった。それでいて同時に何ともいえず愛らしく、ひどく心をひくところがあり、暖かで、ユーモアにあふれ、愛情こまやかだった。イザベルは娘に会いたくてならなかった。

イザベルはため息をついて、ヴィリーナに答えた。「さあ、たぶん帰ってこないんじゃないかしら」

「まあ、残念だわ」とヴィリーナは同情をこめて言った。同情されるのはありがたいが、うれしくはなかった。「でも招待状はいちおうルシラにも送るつもりよ。ケイティーもルシラに再会できればうれしいでしょうし」

さあ、どうかしら——とイザベルはひそかに懐疑的だった。「それはそうと、パーティーのことはまだ秘密？　それとも話題にしても構わないのかしら」

「もちろん、秘密どころじゃなくてよ。知っていてくださる方が多いほど、ありがたいくらい。中にはこの機会に合わせて、ディナー・パーティーを催してくださるお宅もあるでしょうし」

「よかったら、うちでもそのくらいのことはできるわ」

「ありがたいわ。お願いしますね」二人はそこにすわりこんで、きりなく九月の計画を立てていたかもしれなかったのだが、ヴィリーナは急にわれに返って、当面の問題のことを思い出した。「まあ、たいへん、アメリカ人のツーリストたちのことを、すっかり忘れていたわ。いったい、どうしたことかと不思議に思っているでしょうねえ。さっき予定の変更があるって言ったのはね、こういうことなの」と机の上を探してタイプした書類を取り出した。「お宅に泊まる四人のうちのご主人方は、これまでもおおかたはゴルフがお目当てで、明日もそのつもりらしいのね。従ってグラームズ城行きは割愛することになりますわね。かわりに明日の九時にクロイ館を出て、車でグレンイーグルズに向かう手はずなの。ゲームが終わったら、同じ車で午後もどることになるでしょう。一方、奥さん方はグラームズ城行きをとても楽しみにしていらしてね。十時ごろにここに送り届けてくだされば、合流して大型バスでいっしょに行けるわ」

言われたことをちゃんと覚えていられるようにと念じながら、イザベルはうなずいた。ヴィリーナは恐ろしく有能だったし、このツアーに関するかぎり、あきらかに彼女の上司だった。「スコットランド田園の旅」を主催している旅行社の本拠はエディンバラにあったが、ヴィリーナは現地の業務を代行し、具体的な調節のいっさいを引き受けていた。彼女は毎週イザベルに電話で、何人のお客がクロイ館に割り当てられることになるか（寝室の数からいって六人が限度ということになっていた）を伝えた。お客にちょっとした癖とか、何らかの問題があったりすると、そんなことまで、ことこまかに連絡してくれた。

ツアーそのものは五月に始まり、八月の末まで続いた。それぞれが一週間単位で一定のパターンに従っていた。まずニューヨークを立ってエディンバラで二日を過ごして同市およびイングランドとの境界地方を見て回り、火曜日には大型バスでレルカークに行き、教会堂、城郭、ナショナル・トラストの庭園などを見物し、それからコリーヒル荘でヴィリーナの歓迎を受けたうえで、各ホステスに引き渡される。水曜日はグラームズ城行きとピトロクリへのドライブ、木曜日にはまた大型バスで高地地方《ハイランズ》の観光、かたがたディーサイドとインヴァネスを訪ねる。金曜日にエディンバラにもどり、土曜日には故国のケネディ空港に向けて出発することになっていた。

まったくハードスケジュールもいいところで、アメリカに帰りつくころにはこのツアーの参加者たちはさぞかし疲れ切っていることだろうと、イザベルは同情せずにはいられなかった。

五年前にイザベルをこの企画に巻きこんだのはヴィリーナだった。ヴィリーナは企画の詳細を説明し、美辞麗句をつらねた旅行社のリーフレットを渡した。

由緒ある邸宅のゲストになってみませんか。スコットランドのもっとも典雅な家の暖かいもてなしと、歴史的な重みをもつすばらしい雰囲気にふれ、名家の人々との家族的な親しいつきあいを楽しんでください。


大仰な言い回しにまず辟易した。

「わたしたち、由緒ある名家というわけでもないし」とイザベルは指摘した。

「あら、由緒正しいというのは、事実じゃありませんか」

「それにクロイ館は本当のところ、歴史的な旧家ではないんですもの」

「でもある意味では、れっきとした旧家だわ。それにお宅にはお客用の寝室がいくつもおありよね。何よりもその点が肝心なんですからね。それなりのお礼もさせていただくわけですし……」

イザベルを踏みきらせたのは結局、ヴィリーナのこの最後の一言だった。

ヴィリーナからこうした提案があったころ、バルメリノー家の家運はあらゆる意味でひどくかたむいていた。アーチーの父親は人好きのする、しかしおよそ非実際的な人物で、彼が亡くなったとき、バルメリノー家の財政状態は乱脈をきわめているといっていいくらいだった。彼の死は彼自身にも、まわりのたいていの人間にもまったく不測の事態で、そのため、財産といえるほどのものは、びっくりするほど高額の相続税のせいで、きれいに消えてしまった。ルシラとヘイミシュの二人の子どもの教育費もばかにならず、だだっ広いばかりで、およそ機能的でない屋敷を何とか維持していかなければならないわけで、地所にしても誰かがきちんと管理する必要があった。そんなこんなで、若いバルメリノー夫妻は頭の痛い問題にはやばやと直面することになった。

あたらしく当主になったアーチーは当時まだ正規の軍人だった。将来何で身を立てて行くか、とくに思いつかなかったということもあって、彼は十九歳のときに高地連隊に入隊した。軍隊生活はそれなりに楽しかったが、成功し、傑出しようという、熾烈な野心などはあいにくもち合わせていなかったし、将官級にまで出世するなどということは、自分でもまったく期待していなかった。

何が何でもクロイ館だけはもちこたえて行かなければとバルメリノー夫妻は思いさだめていた。しかし二人はしごく楽観的に、アーチーもまだ若いのだし、除隊したら何らかの仕事について、そのかたわらクロイ館とまわりの地所の管理と経営に当たればいいと考えていた。しかしそうした希望が実現する前に、アーチーの連隊は北アイルランドへの駐留を命ぜられた。

彼の連隊はその四か月後に帰還したが、負傷したアーチーは八か月を経てのち、ようやくクロイ館に帰ることができた。一週間たったとき、イザベルは悟ったのだった――いくらリハビリにつとめても、アーチーが何らかの仕事につくことは、もはや問題外だということを。明けやらぬ夜をまんじりともせずに過ごしつつ、彼女は自分たちの窮境について思いめぐらした。

けれども彼ら夫婦は多くのよき友人たちに恵まれていた。とくにエドマンド・エアドは頼りになった。事態の深刻さに気づいたエドマンドはクロイ館にやってきて、いっさいを引き受けてくれた。農場の借り手を見つけてくれたのも、雷鳥狩についての責任を負ってくれたのも、エドマンドだった。猟場管理人のゴードン・ギロックとともに、エドマンドはヒースの野焼きや、猟場のメンテナンスなどに心をくばってくれ、狩猟権をもふくめて土地を南部の実業家のシンジケートに貸すように計らいもした（自分とアーチーのためにも、彼は狩猟権を確保していた。アーチーの場合は一定の日にかぎっての部分的な権利だったが）。

イザベルにとって、気苦労のうちのいくぶんかでも取り去ってもらえたのはつくづくありがたいことだった。けれども収入の問題はあいかわらず彼女を悩ましていた。アーチーが相続した財産もあるにはあったが、すべてが株券や債券の形だったから、ただちに現金化することもできず、それに結局のところ、それは子どもたちに遺すべきものだった。イザベルにも彼女自身の財産が多少はあった。しかしアーチーの軍人年金とその六〇パーセントの傷痍年金を合わせても大した額にはならない。家を運営し、何とか家族に食べさせ、着せて行かなければと、やりくりに絶えず頭を悩ます毎日が続いた。

というわけで、ヴィリーナの提案にたいしてイザベルは最初はとんでもないと尻ごみしたものの、本当のところ、それは祈りにたいする応答ともいえる、時宜を得た企画であった。

「参加してくださらない、イザベル？　お客のもてなしなら、お手のものじゃありませんか」

まったくだとイザベルは思った。広い屋敷の管理には慣れているし、泊まり客の接待はかつては日常茶飯事といっていいくらいだった。アーチーの父親が生きていたころは狩猟の客のためのハウス・パーティーはしょっちゅうだったし、九月にはダンス・パーティーが何度も催された。学校の休暇中はクロイ館は子どもたちの友だちでふくれ上がり、クリスマスとイースターの休みには、友人たちが一家じゅうで泊まりにきた。

こうした折の忙しさにくらべると、ヴィリーナの提案は、とくに難事業のようにも響かなかった。夏の四か月のあいだ、週に二日を当てるだけでいいのだし、大した手間でもないだろう。それに……アーチーにとっては、ありがたい刺激になるかもしれない。この企画に一枚加われば、いろいろな人がクロイ館に出入りすることになる。お客のもてなしに手を貸しているうちに関心も生まれ、沈みこんでばかりいずに元気を回復するのではないだろうか。

とまあ、そんなふうに考えたのだが、イザベルがそれまで気づかなかったのは、そして苦い思いとともにつくづく悟ったのは、金を払ってくれる客の滞在は、友人の来訪とはまるで違うということだった。前者には何を言われてもご無理ごもっとも、後者の場合のように黙っていても気持が通じ合うということがない。お客がキッチンに入りこんでジャガイモの皮むきをしたり、サラダをつくったりといったことはけっしてしないだろう。とりわけひっかかるのは、この場合、お客が滞在費を支払っているという事実だった。このことは、もてなしそのものがまったく異なったレベルにもとづくものとなることを意味した。つまりすべてのサービスが完璧でなければならなかった。ツアー自体、その種のものとしては高価だったし、ヴィリーナが率直に言ったように、ツーリストたちには当然払っただけのものを提供しなければならない理屈だった。

ツーリストの滞在先の奥さんたちへのガイドラインなるものが印刷されていた。「滞在客の寝室には浴室が（できるなら隣接して）付属していること、ベッドには電気毛布を用意すること、可能なら暖房はセントラル・ヒーティングたるべきこと、暖房は補助的な暖房――できれば暖炉に薪を燃やすなど、無理なら、電気ストーブ、ガス・ストーブなど――の備えつけが望ましいこと、寝室の化粧台の上には生花をかならず飾ること」といった要請の数々が記されていた。（一読、イザベルは最後の条項にちょっとムッとした。いったい、このガイドラインを書いた人は、わたしたちのことを何と思っているのかしら？　わたしはいつだって当然のように、客用寝室に花を飾ってきたわ。）

さらに朝食とディナーについての規則もあった。朝食はたっぷりとした、実質的なものでなければならない。オレンジ・ジュース、お茶、コーヒーと飲み物は三通りそろっていなければならない。夜はカクテルを供し、ディナーに際してはワインを欠かさぬこと。ディナーはきちんととととのった、フォーマルな形式のもので、蝋燭の灯のもとでクリスタルのグラス、純銀製のナイフ、フォーク、そしてスプーンをセットし、すくなくとも三コースが望ましい。食後にはコーヒー、そして楽しい会話。提供できる余興があればますます結構。ちょっとした音楽、たとえばバッグパイプなどは、いやがうえにも興を添えるだろう。

アメリカからのお客はヴィリーナの客間で彼女たちを待っていた。ヴィリーナはドアをパッと開けて言った。「お待たせしてすみません。一つ二つ、解決しなければならない問題がありましたので」委員会の席上での委員長の挨拶のようにそつのない、質問や反駁の余地のない宣言だった。「こちらはみなさまの今夜のお泊まりさきのクロイ館の奥さまですの。みなさまをお迎えにおいでくださったのです」

コリーヒル荘の客間は広々としていて明るく、淡い色調のしつらえで、平生はほとんど使われていなかった。けれども今日は悪天候に配慮してか、炉に火が焚かれて、小さな炎が揺らめいていた。この炉を囲んでひじ掛け椅子やソファーに四人のアメリカ人の旅客がすわっていた。時間つぶしにテレビをつけてクリケットの試合か何かを気がなさそうに眺めていたらしいが、二人が入って行くと立ち上がって笑顔で迎えて、一人が身をかがめてテレビを消した。

「ご紹介いたしましょう。ハードウィックご夫妻とフランコご夫妻です。こちらはみなさんが二日間滞在なさるお屋敷のレディー・バルメリノーでいらっしゃいます」

四人の客とかわるがわる握手しながら、イザベルはさきほどのヴィリーナの「いつものお客にくらべて少しばかり、身体強健という印象が強いかも」という言葉の意味が理解できるような気がしていた。「スコットランドの田園の旅」はどういうわけか、かなりの年配のお客に受けているようで、ときには老衰もいいところ、息は切れるし、足はガクガク、健康状態もあぶなっかしいといった、老齢の男女が参加していることがあった。しかし今日の二組の夫婦は中年といっても通るくらいで、髪には白髪が少々まじってはいるが、見るからエネルギッシュ、そろって健康的に日焼けしていた。フランコ夫妻は小柄で、フランコ氏は頭が禿げ上がっていたが、ハードウィック夫妻は背が高く、筋肉質でスリム、戸外で長時間を過ごしてスポーツに熱中するタイプと見えた。

「少し遅れましたかしら？　失礼しました」とイザベルは遅れたわけではないと思いつつもつぶやいた。「よろしかったらご案内いたしますが」

用意はすでにできていたようで奥さんたちがハンドバッグや新品のバーバリのレインコートなどを取りまとめると、一同はぞろぞろとホールを通ってポーチに出た。

イザベルがミニバスの後部のドアを開けると、ハードウィック氏とフランコ氏は大きなスーツケースを砂利道に転がしたあげく、イザベルに手を貸してミニバスの後部に納めた（これまた珍しいことだった。いつもだと彼女はヴィリーナに協力して、おおかたの荷物をミニバスの中に運びこまなければならなかった）。荷物がすっかり納まると、イザベルがドアを閉めてロックした。ハードウィック夫妻とフランコ夫妻はヴィリーナに別れの挨拶をした。ヴィリーナは言った。

「でも奥さまがたには、明日またお目にかかれますわね。ご主人がたにはゴルフのすばらしい首尾をお祈りしていますわ。グレンイーグルズはきっとお気に召すでしょう」

ドアが開くと、客は思い思いに乗りこんだ。イザベルは運転席にすわって、シートベルトを締めると、イグニションのスイッチを押して発車させた。

「ひどいお天気でみなさんにはお気の毒ですわね。今年はこのあたりでは夏らしい天候の日は、まだ一日もありませんのよ」

「いいえ、そんなこと、わたしたち、ぜんぜん気にしていませんわ。それよりそちらこそ、こんな日にお迎えにきてくださって。お手数をおかけしますわね」

「とんでもありません。わたしの仕事ですから」

「お宅まではかなりの道のりですの、レディー・バルメリノー？」

「十マイルくらいですかしら。あのう、わたしのことはイザベルって呼んでくださいません？」

「ありがとうございます。そうさせていただきましょうか。わたしはスーザン、主人はアーノルド、ハードウィックご夫妻はジョーとマイラですわ」

「十マイルですか」と二人の男のうちの一人が言った。「かなりの距離ですね」

「ええ、いつもですと主人もいっしょにお迎えにあがるんですが、会合に出席する必要がありまして。でもお茶にはもどりますから、お目にかかれますわ」

「バルメリノー卿は経済界に関係しておいでなんですか？」

「いいえ、そうした会合ではありませんの。教会関係の――わたしたちの村の教会の委員会ですの。基金をつのる必要があるものですから。ごく小規模のバザーを催そうと思っておりまして。その教会の設立は主人の祖父が推進したもので、家族としてある種の責任を感じているものですから」

またしても雨が降りだしており、ワイパーが小止みもなく動いていた。ともかくも会話を続けていれば、みじめったらしい雨にばかり、関心が集中せずにすむかもしれない。

「スコットランドは初めてでいらっしゃいますか？」

二人の奥さんは息の合った密集和声の二重唱のように、夫たちはゴルフのために以前にもスコットランドを訪れているが、わたしたちが同行したのはこれが初めてだとこもごもに答えた。「どこに行っても、もう楽しくて」、「ええ、エディンボロ市での買い物はすてきでしたわ」、「もちろん、ずっと雨続きでしたけど、バーバリのコートを買いましたし、雨がいっそ、うれしいくらいでしたのよ」、「雨のせいでエディンボロ市がいっそう由緒ありげに、ロマンティックに見えましたし」、「ほんと。ほら、あのスコットランドのメアリ女王とその三人目の夫のボスウェルがエディンボロ城とホリールード・ハウスとのあいだの一マイルの道に馬を進めた光景を想像したり」

二人がひとくさり話を終えたとき、イザベルは、アメリカのどの地方からこられたのかときいてみた。

「ニューヨーク州のライですわ」

「海に近い地方ですの？」

「ええ、そりゃもう。子どもたちは週末になるとヨットに夢中ですのよ」

イザベルにはその光景が容易に想像できた。こんがりと小麦色に日焼けした子どもたちはビタミン剤と新鮮なオレンジジュースとによる体力増進の効果いちじるしく、健康にはちきれんばかり。海風に髪をなぶらせ、青粉をまぜたような紺碧の海面に大鳥の翼にも似た真っ白な大帆をぐっとかたむけて帆走する、その姿。あふれるばかりの日光。そして青空。くる日もくる日も上天気で、昼はテニスの試合やピクニック、夜はバーベキュー・パーティーといった具合に、毎日の予定は盛りだくさん、おまけに雨など、降るわけがないと、誰にもわかっているのだった。

ここストラスクロイでも思い出の中の夏は、いつもそんなふうだったような気がする。そう、子どものころの夏は。これという、定まった目的もなく、いつ終わるともないほど、長い昼。ああした屈託のない日々、バラの香りに満ちみちた、甘美な日々はどこに行ってしまったのか？　家に帰るのはただ食事のためだけ――ときには食事も戸外でという、あのころの日々はどうなってしまったのだろう？　川で泳ぎ、庭でのんびり寝そべり、テニスにうつつをぬかし、暑気を避けて木陰でお茶のひとときを楽しんだ日々。日光を浴びてほの白く光る野で楽しんだピクニック。ヒースがあまり乾燥しているのでキャンプファイアを焚くのがためらわれるほどで、ヒバリが空高く舞い上がって行く……そうした世界、わたしのあの世界はどうなってしまったのだろう？　輝かしい、あのころの日々を、何週間もぶっつづけの、暗くて湿っぽい雨の毎日に変えてしまったのはこの宇宙に起こった、どんな災害だったのか？

やりきれないのは、天候ばかりではなかったが、天候のせいで、万事がいっそう耐えがたく思われるようだった。アーチーが片方の脚を失ったことも、金を払って泊まってくれる、見ず知らずのお客に愛想よく接しなければならないといったことも。絶えず疲れを意識し、服の新調など思いもよらず、息子のヘイミシュの月謝をどうやって払おうかと思い悩んだり、娘のルシラに会いたくてたまらなくなったり。

気がつくと妙に気ばった声でイザベルはつぶやいていた。「スコットランドでやりきれないのは、まさにこの雨なんですのよ」

はげしい口調にびっくりしたのだろう、一瞬、気圧《けお》されたように誰も何も言わなかった。しかしちょっと間を置いて、奥さんたちのどっちかがきいた。「あのう、よく聞こえませんでしたけれど」

「すみません、雨のことですわ。まったくうんざりさせられますわね、くる日もくる日も雨続きで。わたし、雨の多い夏って、ただもうやりきれなくて」

第5章

長老派教会はスコットランドのいわば国教会で、ストラスクロイではクロイ川の南岸に古めかしい、堂々たる会堂が立っていた。村を縦断する本街道から折れて弓なりの石橋を渡ると、この会堂の前に出る。いかにも牧歌的なたたずまいで、教会領の緑地が川岸まで傾斜していた。この緑地は毎年九月には村民の競技大会の会場となった。ブナの大木の木陰の教会墓地には苔むした墓標がかたむき、そのあいだを縫うように続く草深い小道をたどると牧師館の前に出る。やはりガッチリとした、風格のある構えのこの家は何代かの牧師たちとその大家族の住まいとなってきたが、人も羨む、うつくしい庭園が付属していた。この庭園の果樹や昔風のバラの木は、いま一様に新葉をつけていた。幹の節くれだった果樹は秋にはたわわに実がなるだろう。どの木も勢いがいいのは、高い石の塀によって強風から守られているからだった。そうした魅力的なたたずまいからは時を超越したおおらかさ、安定した家庭の居心地のよさ、そして神をおそれる敬虔さが発散しているようだった。

これにくらべると、橋の反対側の監督派教会は貧しい親戚のようにすこぶる冴えない外観で、威厳のある長老派教会からほど遠からぬところに立っているために、文字どおりにも、隠喩的にも、影が薄くなっていた。すぐ近くを走る本街道とのあいだに細長い草地があって、ここの草は牧師のジュリアン・グロクスビー師がみずから毎週刈っている。斜面を走る小道は会堂裏手の牧師館の前に通じている。会堂も、牧師館も、こぢんまりとした漆喰塗りの、しごくつつましい見てくれだった。会堂には鐘が吊り下がっている小さな塔が付属していて、正面の入口を板張りのポーチが囲んでいた。

会堂の内部もいたって質素で、歴史的な遺物など、いっさい見当たらなかった。座席も月並みなつくりだったし、木の床には祭壇の前まで粗毛織の敷物が敷かれ、一隅に少しゼーゼーいう足踏みオルガンが置かれていた。いつきても、かすかな湿気のにおいが漂っているようだった。

会堂も、牧師館も、今世紀の初めに初代のバルメリノー卿が建てて、なにがしかの維持費を添えて監督区に贈ったものだった。この贈与金からの収入はとうの昔に名ばかりとなっており、会員数もごくわずかだったし、教会の委員たちは収支をつぐのわせるのに絶えず苦労していた。

そんなふうだったから、会堂の電気の配線に問題があるばかりでなく、ひどく危険だということが明らかとなったとき、会員ははたと困惑した。アーチー・バルメリノーは、教会のために一肌ぬごうという志のある少数の人々に働きかけて委員会を組織し、みずから委員長となって主教を訪問して補助金下付の約束を取りつけた。とはいえ、教会員としても手をこまぬいてはいられない道理で、資金集めのためにさまざまな提案がなされ、討議され、つぎつぎにしりぞけられた。そして結局のところ、こういう際に昔から頼りになってきた手段であるバザーの開催が決議されたのだった。時は七月、場所は村の公民館。がらくた市、植物と野菜の即売店、不用品持ち寄りセール、趣味の手芸品ショップ、そしてもちろん、喫茶店といった企画が具体化しようとしていた。

小雨が灰色にけむる六月のある日、エドマンドとヴァージニアのエアド夫妻の家、バルネード荘の食堂のテーブルを囲んで委員会が開かれた。当面の話し合いは午後四時半には満足の行く結論に達し、人目を引くポスターの印刷、台木の上に板を置いた簡易テーブルの調達、ラッフルくじの用意など、こまごまとした計画がまとまった。

牧師夫妻とストラスクロイ・アームズの主人であるトディー・ビュキャナンはすでに帰宅していた。古物店を経営しているダーモット・ハニコムは店番がいないという理由で委員会に出席しなかったため、欠席裁判で不用品持ち寄りセールの責任を負うことになった。

食堂に残ったのは三人だけで、ヴァージニアとその姑のヴァイオレットが長いマホガニーのテーブルの一方の端に、アーチー・バルメリノーがもう一方の端に座を占めていた。ほかの委員たちが帰ったあとで、ヴァージニアがキッチンに行き、お茶を入れてもどったところで盆の上には普段づかいのマグカップ三つ、茶色のティーポット、ミルク入れ、砂糖壺がのっていた。熱いお茶はよみがえったような心持にしてくれ、白熱した論議のあとでもあり、近しい関係の者ばかりの、何の気がねも要らぬ会話が楽しかった。

とはいえ、話題はまだバザーに集中していた。

「不用品持ち寄りセールの責任を押しつけられてと、ダーモットがつむじを曲げないといいが」とアーチーが言った。「電話をして、いやならそう言ってくれと、いちおう申し入れておくほうがいいかもしれないいな」

アーチーはいつもほかの人間の気持に配慮するたちで、旧領主の権柄ずくと取られてはと心をくだくのがつねだった。

しかしヴァイオレットがすぐ、こともなげに言った。「もちろん、つむじなんか、曲げませんとも。勿体をつけずにいつでも力を貸してくれる、頼りがいのある人よ、ダーモットは。ほかの人に頼んだりしたら、かえって傷つくと思うわ。商売がら、どんなものの値打ちだって心得ているんでしょうからね」

ヴァイオレット・エアドは七十代後半の、背の高い、大柄の老婦人だった。着古したコートにスカートという無造作な姿、足にはがっちりしたブローグをはいていた。白髪がまじって灰色に見える細い毛髪をひっつめにして後頭部で小さな髷にまとめていたが、上唇が長く、目と目のあいだが離れているせいか、その風貌はやさしい顔の羊を連想させた。それでいて、無器量とか、やぼったいといった感じがしないのは不思議で、印象的なくらい姿勢のよい、その姿からは押しも押されもせぬ威厳がにじみ出ているようだった。楽しげにきらめく目には知的な輝きもあって、おのずと敬意を引き出しながら驕慢なものをまったく感じさせなかった。

その目は今も愉快げにきらめいていた。「骨を一本くわえた陶製の犬とか、ウィスキーの空き瓶に貝殻を貼りつけた電気スタンドとかいった品にしても、ダーモットなら正当に値踏みするでしょうしね」

ヴァージニアも笑った。「バザーで二十五ペンスくらいで買ったものを、翌日、自分の店で信じられないような高値で売ったりね」

ヴァージニアは上体をそらせるようにして、勉強に飽きた女子中学生のように椅子に身を預けていた。三十を少し出たばかりの今も、新婚当初と少しも変わらずスリムで、ブロンドの髪がにおいたつようにうつくしかった。教会の委員会という、少々フォーマルな会合だったが、いつもと変わらぬ、ジーンズにネービーブルーの厚手のジャケットというスタイルで、つっかけタイプの、艶のある革のローファーをはいていた。優雅な猫のような感じの、小生意気な若い娘という印象を消して、ありふれた愛らしさをハッとするような美貌の印象に高めているのはその明眸で、大粒のサファイアの深い青さをたたえていた。うっすらと色づいた野鳥の卵のような色合いの肌には化粧っ気もなく、ちょっと見にはうら若いおとめのようだったが、近々と見ると目尻から細い皺が何本か走っていて、もうそれほど若いわけではないのだということがわかった。

ヴァージニアは長い指を折り、軽い運動でもしているように両の手首で小さく弧を描いた。

「喫茶店はもちろん、イザベルが引き受けてくださるわけよね」もう一度のんびり身を伸ばしかけて急にやめて、彼女はふときいた。「イザベルは今日はどうして見えなかったの、アーチー？」

「さっき説明したと思うんだが――あなたが席をはずしていたときだったかもしれない――今週の滞在客を迎えにコリーヒル荘に行かなければならなくてね」

「そうだったわね。わたしったら、うっかりしていて。ごめんなさい」

「コリーヒル荘で思い出したんだけれど」とヴァイオレットが言った。「ヴァージニア、お茶をもう少しいただけて？　昨日、わたし、レルカークでヴィリーナ・スタイントンに会ったんですけれどね。もう秘密にする必要はないと言われて。アンガスとヴィリーナ、ケイティーのために九月にパーティーを催すんですって」

ヴァージニアはちょっと眉を寄せた。「秘密にする必要はないって――」

「三週間ばかり前に打ち明けられていたのよ、わたし。でもアンガスに話すまでは秘密にしておいてほしいということでね。アンガスから、やっとオーケーが出たんでしょうね」

「まあ、気をもたせるお話。ダンスがちょっとはさまるパーティーですの？　それとも本格的なダンス・パーティーなんですか？」

「本格的もいいところ。大テント、豆電球、銅版刷りの招待状って豪華さらしいわ。招待された者はせいぜいおめかしをしないと」

「まあ、楽しみだわ」ヴァイオレットが予想したとおり、ヴァージニアはたちまち夢中になっていた。「プライベートなパーティーなら、パーティー券を買う必要もないし。そのかわりってわけじゃないけど、あたらしいドレスを買う口実ができるわけだわ。わたしたち、それぞれ一奮発して、招待客のお宿をすることで協力しないと。その週はエドマンドが、たとえばトーキョウあたりに出張したりしていないように、あらかじめしつこく言っておかなくちゃ」

「エドマンドは今日は？」とヴァイオレットがきいた。

「エディンバラですわ。六時ごろにはもどると思います」

「ヘンリーは？　そろそろ学校から帰る時分じゃなくて？」

「エディーのところに寄って、お茶をご馳走になることになっていますの」

「それはよかったこと。エディーも気が晴れるでしょうし」

ヴァージニアはちょっと不思議そうな顔をした。エディーは落ちこんでいる人間を元気づける名人だった。そのエディーが、ヘンリーに会うことで気が晴れるというのはどういうことだろう？

「エディー、どうかしたんですの？」

ヴァイオレットはアーチーに視線を向けた。「アーチー、あなた、エディーの従妹のロティー・カーステアズを覚えていて？　あなたがイザベルと結婚した年、クロイ館にメイドとして住みこんでいたんだけれど」

「もちろん、覚えていますとも！」アーチーの顔には、名前を口にするのもうんざりといった表情が浮かんでいた。「やりきれない女性だったなあ！　かなり頭がいかれていたようでしたね。母の秘蔵のロッキンガム・チャイナのティーセットをおおかた割ってしまったり、足音を忍ばせて歩き回って思いがけないところに入りこんでいたり。そもそも母がどうして彼女を雇う気になったのか、まったく理解に苦しんだものです」

「嵐のときには港を選ばずっていう諺の、うがった一例じゃないかしら。あの年の夏はとくべつ忙しくて、あなたのお母さまはそれこそ、溺れるものは何とやらって心境でいらしたんでしょうよ。いずれにせよ、ロティーは四か月でお払い箱になって、タラカードの親もとに帰ったんですけどね。そのころには両親も年を取ってしまって。結婚は結局、一度もしなかったようね……」

「驚くにもあたりませんがね……」

「……今じゃ、もちろん、その両親も亡くなって、ロティーはずっと一人で暮らしてきたようですよ。近ごろは日に日におかしくなっているらしくて、とうとうレルカークの精神障害者の病院に入院ということになって。エディーがいちばん近い身内というわけで、毎週のように面会に行ってましたけど、そのうちにお医者さんが、かなりよくなっているから退院させたらどうかっておっしゃって。でももちろん、以前のように一人で暮らして行くわけにはいきませんからね。少なくともさしあたっては」

何ということだろうと同情して、ヴァージニアは問い返した。「でもまさか、エディーが引き取るわけじゃあ――？」

「エディーは、そうせざるをえないって言ってるのよ。ほかに身内はいないんだからって。エディーって、誰もが知っているように、そりゃあ、気持のやさしい人だから。もともと家族の絆とか、責任ってものを重んずるたちだし。血は水よりも濃いとかなんとか、古くさいたわごとを並べて」

「血が水より処置なしって場合も大ありなのになあ」とアーチーが憮然とつぶやいた。「あのロティー・カーステアズと同居するなんて、それよりひどい話はないくらいだと思うが。いったい、いつなんですか、退院の予定は？」

ヴァイオレットは肩をすくめた。「さあ、来月か。八月に入ってからか」

ヴァージニアは二人のやりとりを聞いていたが、ぞっとしたように口をはさんだ。

「その人、まさかエディーのところにずっと同居するなんてことにはならないでしょうね？」

「そうならないといいけれど。一時的な方策ということですめばねえ」

「第一、あの家のどこに寝泊まりできますの？たった二間だけのこぢんまりした家じゃありませんか」

「どこに寝かせるつもりかは、べつにきいてみませんでしたけどね」

「その話、いつお聞きになったんですか？」

「ついけさのことよ。エディーが食堂の絨緞に掃除機を掛けている様子が、何かこう屈託ありげに見えたもので、どうかしたのかってきいてみたの。コーヒーを飲みながらエディーがすっかり打ち明けてくれてねえ」

「まあ、かわいそうに。たまらないわ、よりによってエディーみたいないい人にそんなことが起こるなんて」

アーチーがぽっつり言った。「エディーはまったくの話、聖人みたいな人だから」

「ほんと」とヴァイオレットはお茶を飲みおえて時計をチラッと見やり、大きなハンドバッグや書類、眼鏡のたぐいをまとめだした。「お茶をご馳走さま。おかげで疲れが取れたわ。そろそろおいとましましょうかねえ」

「ぼくももう失礼しよう。クロイ館にもどって、今度はアメリカ人のお客とお茶を飲むことになるわけだ」

「おなかの中がお茶でダブダブになりそうね。今週はどういうお客さま？」とヴァージニアがきいた。

「見当もつかないよ。あまり高齢でないことを願っているんだが。先週のお客の一人なんぞスープにむせて、そのまんま狭心症で逝っちまうんじゃないかとギョッとさせられたよ。さいわい何とか無事におさまったが」

「ツーリストを泊めるって、それなりの責任もあるし、たいへんね」

「責任というほどでもないが。滞在客としていちばん閉口なのは絶対禁酒主義の連中でね――聖書を振りかざすバプテスト派の。オレンジジュースは会話の潤滑油にはならないからね。ところでヴァイ、ここへは車できたんですか？　それともぼくの車でいっしょに帰りますか？」

「くるときは歩きだったんだけれど、丘をテクテク上がって行くのはきついから、便乗させてもらえればありがたいわ」

「送りますよ」

アーチーも書類をまとめて立ち上がり、一瞬、足を止めて体のバランスを整えてから、厚い絨緞を敷きつめた部屋の戸口のほうへと進んだ。ほんの少し脚をひきずっている程度にすぎなかったが、右脚は切り株よろしくで、脚の付け根から下はアルミニウムの義足だったのだから、こんなふうにスタスタと歩けること自体、奇跡にひとしかった。

アーチーはこの委員会の会合に庭仕事の服装のまま加わったことを最前わびていたが、近ごろ彼はそうした身なりでどこへでも出かけていたのだから、とくに気にとめる者もいなかった。くたびれたコーデュロイのズボン、えりにつぎが当たっている格子縞のシャツ、彼が庭着と呼んでいるツイードのぼろジャケット。とくにジャケットは、少し洒落っ気のある庭師だったら、恥ずかしがってけっして着ないような代物だった。

ヴァージニアは椅子を後ろに押しやって立ち上がった。ヴァイオレットのほうは、アーチーのぎくしゃくした動作に合わせて、ずっとゆっくり立ち上がった。とくにはやく帰りたいと思っていたわけでもなかったが、たとい急いでいたとしても、そんな素振りは示さなかっただろう。アーチーにたいして、彼女は深い同情の思いをいだき、雌鶏が雛にたいするような、はげしいまでの保護者的な感情をうちに秘めていた。何といっても彼女はアーチーを、子どものころから知っていた。少年時代、羽目をはずすこともあった青年時代、職業軍人としての彼も。そのころのアーチーは、いつも笑っていた。人生をとことん謳歌し、生にたいする飽くことのない欲求をもっているかのようだった。その明るい気分は麻疹《はしか》のようにまわりの者に伝染した。ヴァイオレットの記憶にあるアーチーは無限に活動的だった。テニスに熱中している彼、連隊主催の舞踏会でパートナーを軽々と振り回すようにして踊っていた彼、クロイ館の裏手の丘に勢ぞろいした狩人たちの先頭に立って斜面を上り、コンパスの長い脚をひらめかし、仲間たちをたちまちあとにしてヒースの野を横切って行く彼。そのころの彼はアーチー・ブレアだったが、今の彼はバルメリノー卿、イザベルはレディー・バルメリノーだった。バルメリノー卿。アーチーのようにやせ細り、おまけにアルミ製の義足をつけている男には仰々しすぎる称号といえた。かつて黒かった髪には白髪がまじり、顔には皺が目立ちはじめており、秀でた眉がくぼんだ目の上に影を落としていた。

アーチーはヴァイオレットの脇に立ち、微笑を浮かべてきいた。「行きますか、ヴァイ?」

「ええ」

「じゃあ……」歩きだしかけて、彼は足を止めた。「いけない! うっかり忘れるところだった! ヴァージニア、エドマンドはぼくに渡してくれって封筒を置いていかなかったかな? 昨夜、電話したときに、林業協議会から緊急の連絡が入ったって言っていたが」

ヴァイオレットはとっさにきき返した。「まさか、この辺でも針葉樹の植林を始めるわけじゃあないんでしょうね?」

「いや、そういうことじゃあないんですよ。荒野《ムア》のはずれに通路をつくりたいということらしいんだが」

ヴァージニアは首を振った。「エドマンドは何も言いおいて行かなかったわ。忘れたのかも。わたしもいっしょに行って探してみましょうか。書斎の机の引き出しの中にでも入っているのかもしれないし」

「そうしてくれるとありがたい。できればその手紙を持って帰りたいんでね」

食堂を出ると、いっそう広いくらいのホールで、松材の羽目板が張りめぐらされ、凝った彫刻のある手すりのついた、どっしりした階段が数段ずつ三つの部分に分かれて階上へと立ち上がっていた。ここに配置されている家具はごくありきたりのものばかりで、ほかに彫刻を施したオーク材の箪笥、折りたたみ式テーブル、かつては居間あたりに置かれていたらしい長椅子のたぐいが置かれていた。長椅子は近ごろではしばしば犬に占領されているが、たまたま今はからっぽだった。

「わたしはここにすわって待っていますからね」とヴァイオレットは言って、犬の寝台がわりの、この長椅子にやっこらさと腰を下ろした。

「すぐにもどりますから」と言い残して、二人は広いホールの奥に姿を消した。書斎から客間、さらにガラス張りのドアを通って天井の高い温室へ通じている通路に消える二人の後ろ姿を、ヴァイオレットは見送った。

一人になったヴァイオレットはかつてのわが家のもろもろの調度や家具に囲まれて、つかの間の一人居を楽しんでいた。彼女はこの家のすべてをよく知っていた。ほとんど思い出すこともできないくらい昔から。家そのもののすべてのムードを、彼女は手に取るように感じてきた。階段のきしみや、心ひく、さまざまなにおいもふくめて。ホールには隙間風がふんだんに吹きこんでいたが、ヴァイオレットは気にしなかった。ここは今では彼女の家ではなかった。ヴァージニアの家だった。しかし、いまだにほとんど同じような雰囲気が感じられるのは不思議だった。まるで長年のあいだに、家自体が独特の性格をはっきりおびるようになったかのようだった。さまざまなことがここで起こったからだろうか。いや、おそらくこの家が一家族のありがたい避難所であり、その家庭生活の試金石だったからだろう。

バルネード荘はそう古い屋敷ではなかった。彼女の父親で資産家のサー・ヘクター・エイキンサイドがこの家を建てたときには、ヴァイオレットが生まれて数年たっていた。ヴァイオレットはいつも、バルネード荘にはどこかしら、彼女の父親に似たところがあると思っていた。大柄で、気がやさしく、太っ腹で、様子ぶったところがまったくなかったサー・ヘクターと彼が建てた家には、たしかに共通点があった。そんじょそこらの成金なら、城郭まがいの尖塔をのせた、醜悪な邸宅を建てていい気持になっただろうが、サー・ヘクターは、見てくれの魅力は乏しくても、実際的な観点からしてはるかに重要な様相に、その傑出した精神を発現させた。

セントラル・ヒーティング、適切な配管、いくつもの浴室、それにメイドたちが楽しく働けるように日光がたっぷりさしこむキッチン。バルネード荘は完成した日からすでに、まわりの風物から遊離したよそよそしさをまるで感じさせなかった。クロイ川の南側に、この土地から産出する石を素材に、川と村を背にしているこの家の姿には莞爾とほほえみかけているようなおおらかさが感じられ、心なつかしいだけでなく、一種雄渾なうつくしさを印象づけた。

この家の広々とした庭園では、灌木も大木もおのおのところを得ていた。庭はサー・ヘクターの情熱の捌《は》け口であり、彼は木々の配置と構成をみずから計画することを無上の喜びとした。型どおり整った芝生を少し踏んで行くと、いつの間にか名も知らぬ草花やラッパズイセン、イトシャジンなどが生い茂る草むらに変わっており、珊瑚《さんご》色、黄色などのツツジがあでやかに咲き香り、ピンクや緋色の花をつけた、丈の高いシャクナゲのあいだに、草を少し刈ってつけた自然の小道が曲がりくねりつつ、さあ、もっと先へと招くように見えかくれしていた。

この庭園の向こうに、ひくい、切り立った塀に隔てられて、一エーカーばかりの草地があった。これは丘に住むポニーの牧草地で、さらにその向こうに石の土手に区切られて近くに住む牧羊業者の土地が続いていた。そしてそのさらに向こうの、はるかかなたに丘陵がそびえ立っていた。いくつもの丘が背伸びして空と接しているさまは、劇場の見事な緞帳《どんちょう》のようにドラマティックだった。恒久的でいて、しかも絶えず変化している自然――季節の移り変り、光のうつろいにつれて、変わらぬものを秘めながら、時とともに様相を変え、変化と恒常が見事にないあわされているのだった。雪の衣に覆われている丘の頂き、斜面がヒースの花で紫色に染まるとき、春のワラビが緑色に萌えるとき、強風の吹きまくるときにも……どの季節にもバルネード荘はうつくしかった。

ヴァイオレットはそうしたすべてを知っていた。バルネード荘は彼女の子ども時代そのものであり、彼女の世界であった。彼女はその四囲の壁のうちで生い育ち、魔法のかもし出す魅力をたたえているその庭で一人遊びにふけり、小川でマスを素捕りし、ずんぐりしたシェトランド・ポニーに乗って村を抜けて、人けのないクロイの丘に上った。そして二十二歳のとき、彼女はこのバルネード荘から嫁いだのだった。

父親のいかめしいロールスロイスの後部座席に、シルクハットをかぶった父親と並んですわって、遠くもない教会に向かった結婚式当日のことを、ヴァイオレットは今もありありと覚えていた。この晴れのときを祝って、ロールスロイスは白いリボンで飾られていた。このためにこの車本来のいかめしさがいくぶんかそがれていたのは、彼女自身の胸のうちとどこか似ていなくもなかった。というのは大柄なヴァイオレットは純白のサテンの窮屈なウェディング・ドレスのうちに無理やり押しこまれた格好で、自分の体が自分であって自分でないような、場違いな気持を味わっていたのだから。祖母から母へ、母から彼女へと伝えられたリマリック・レースのヴェールが、あかぬけた美貌とはほど遠い、彼女の面ざしを隠していた。結婚式ののち、同じロールスロイスでバルネード荘にもどったときのことも、彼女は覚えている。けれどもこのときは、きついコルセットも気にならなくなっていた。なぜならそのとき彼女は、愛するジョーディ・エアドの妻になったのだという誇らしさをしみじみ味わいつつ、車に揺られていたのだったから。

以来、彼女は、たまさかほかで暮らすことはあったが、おおむねバルネード荘を本拠としてきた。最後的にここをあとにしたのは十年前、エドマンドがヴァージニアと結婚したときだった。そのときヴァイオレットは、いよいよこの古い屋敷を去るべきとき、あたらしい若い主婦に謙虚に場を譲るときがきたことを悟った。彼女はバルネード荘の所有権をエドマンドに譲り、アーチー・バルメリノーから、かつて庭師が住んでいた、朽ちかけた家を買い取った。その小さな家は近くの小川の名を取ってペニーバーンと呼ばれ、彼女はクロイ館の地所のうちにあらたに居を定めたのであった。この小さな家の修理と模様替えは心楽しいひとときを彼女に与えてくれ、庭づくりはまだ終わっていなかった。

わたしって、つくづく幸運な女だわ——とヴァイオレットはしみじみ思うのだった。

かすかに犬のにおいのまつわっている長椅子にすわって、ヴァイオレットはまわりを見回した。古びたトルコ絨緞、子どものころから見慣れてきた家具。あまり変わっていないものがあるのはうれしい——とヴァイオレットは思った。バルネード荘に別れを告げたとき、ヴァイオレットは、すべてが一変することを予想していた。エドマンドの妻のヴァージニアはバルネード荘のあたらしい箒として、古い伝統の塵を徹底的に掃き出すだろう。何しろ、彼女はうら若く、一吹きのさわやかな風のように、活力にあふれているのだから。ヴァイオレットは模様替えの結果に少なからぬ関心を寄せていた。しかし広い寝室を一変させ、客間のペンキを塗り替え、食器室を冷凍庫、洗濯機、乾燥機その他の便利な機器を備えたユーティリティ・ルームにしたほかは、ヴァージニアは屋敷にまったく手をつけなかった。ヴァイオレットはこのことを受け入れはしたが、不思議でならなかった。資金に不足はないのだし、あのヴァージニアが古びた絨緞、色あせたカーテン、エドワード朝風の壁紙に囲まれて満足して暮らすとは、どうしても腑に落ちなかった。

このことはもしかしたら、ヘンリーの誕生と関係があるのかもしれない——とヴァイオレットは思うのだった。というのはヘンリーが生まれてのち、ヴァージニアは他のあらゆる関心をなげうって、幼い息子に専心するようになったのだから。もちろん、

「……探すのにちょっと手間取ったものだから。送りますよ」

これはいいことには違いなかったが、ヴァイオレットにとってはいささかショックでもあった。この嫁がそのように母性的であり、子どもに身も心もささげつくそうとは思ってもいなかったのだから。エドマンドが家をあけることが多いために、ヴァージニアとヘンリーが二人だけで留守を守るということが当然しょっちゅう起こった。ヴァイオレットは、夜も日も明けぬ、ヴァージニアの息子への関心のはげしさについて、ひそかな懸念をいだくようになった。そんな育ち方にもかかわらず、ヘンリーがとてもかわいらしい性質の子どもだということに、ヴァイオレットは再三驚かずにいられなかった。母親を頼りにしすぎている気味はあるが、わがままな甘ったれっ子というところはまったくなかった。もしも……

「ああ、ヴァイ、すっかり待たせてしまいましたね」

ヴァイオレットはハッとした。振り向くと、アーチーとヴァージニアがこっちに近づいていた。アーチーは細長い茶色の封筒を、苦闘のすえに勝ちとった旗のように意気揚々と差し上げていた。

第6章

八歳のヘンリー・エアドはエディー・フィンドホーンの玄関のドアについている、いたずら妖精の姿にかたどったノッカーを、ちょっと勿体をつけてカタカタと鳴らした。それはストラスクロイの村のメイン・ストリートに並んでいる平家のうちの一軒だったが、草ぶき屋根をのせている点でも、家の壁と舗道とのあいだの幅のせまい地面にワスレナグサが生えていることでも、ほかの家よりずっとすてきだとヘンリーは思っていた。ノッカーが鳴って間もなく足音が聞こえ、エディーが掛け金を上げてドアをパッと開けた。

「おやおや、やってきましたね、ちっちゃなうるさがたさんが」とエディーは笑いながら言った。

エディーはいつも笑っていた。そんなエディーがヘンリーは大好きだった。「きみの親友は？」ときかれたら、ヘンリーは真っさきにエディーの名を上げただろう。「エディーってどういう人？」ときかれたら、ヘンリーはすぐ、ものすごく楽しい友だちだと答えただろう。ふとってて、白髪で、バラ色の頬をしてて、焼き立てのスコーンみたいに、食べたくなっちゃうような人なんだと。

「今日もいい一日でしたか？　どうでした、ヘンリー？」

エディーはいつもこうきいた。エディーは学校の給食係のおばさんでもあったから、ヘンリーは給食の時間にはいつもエディーと顔を合わせたが、それでもかならずこうきくのだった。エディーが給食係だというのはとても好都合だった。ひき肉のカレー煮とか、カスタードのようにヘンリーがきらいなものはほんのポッチリお皿にのせるだけにして、その一方、好物のマッシュ・ポテトやチョコレート・ジェリーはたっぷりおまけしてくれた。

「うん、ものすごくね」とヘンリーは答えながら、エディーの居間に入って行き、アノラックと学校カバンを寝椅子の上に放り出した。「図画の時間にね、絵を描いたんだ、ぼくたち」

「そう、何の絵を描いたんですか?」

「歌に絵をつけたの」と言って、ヘンリーはカバンの留め金をはずした。どうにも腑に落ちないことがあったのだが、もしかしたらエディーが自分にかわって答を出してくれるかもしれないと望みをかけてやってきたのだった。

「ぼくたちね、『スピード・ボニー・ボート』って歌を習ったの。その歌を絵に描いてごらんって言われてさ。みんなは手漕ぎボートと島々の絵を描いたんだけど、ぼくはこれを描いたの」こう言ってヘンリーは一枚の絵をカバンから引き出した。体育用の靴とペンケースのあいだにはさまっていたので、少し皺くちゃになっていた。「でもマクリントック先生、これを見て吹き出したんだよ。どうしてだか、わかんないんだけど」

「吹き出したんですか?」とエディーはヘンリーの手からその絵を引き取って眼鏡を探しに立ち、それから今さらのようにつくづくと眺めた。「何がおかしいのか、説明はしてくださらなかったんですね?」

「うん、ちょうどベルが鳴ったもんで、授業がおしまいになっちゃって」

エディーが長椅子に腰を下ろすと、ヘンリーはその隣にすわった。二人はひとしきり黙ってヘンリーのその労作を眺めた。ヘンリーはその絵を、われながらなかなかの傑作だと思っていた。かっこいいスピードボートが青い波を切って進んでいるところで、船首の方に勢いよくしぶきがあがり、船尾に雪のように白い航跡が浮き出し、上空にカモメが飛び、ボートの前の部分にショールに包まれて一人の赤ん坊が寝ていた。この赤ん坊を描くのには苦労しちゃったな、だって赤ん坊って鼻も、顎もない、へんてこな顔してるんだもん——とヘンリーは思い返していた。それにこの赤ん坊は今にも海に落っこちそうにあぶなっかしく見えた。でもさ、歌のとおり、赤ん坊だってちゃんと描いたのに。

エディーはしばらく何も言わなかった。それでへンリーはみずから説明の労を取った。

「これ、スピードボートなんだ。この子、歌に出てくる赤ん坊だよ」

「ええ、そのようですね」

「マクリントック先生、どうして笑ったんだろう？ ちっともこっけいな絵じゃないのにさ」

「そうですよね、こっけいどころか、とてもすてきな絵ですわ。ただねえ……スピードっていうのはスピードボートのことじゃないと思いますよ。ボートに、スピードを出して進みなさいって言ってるんでしょうね。それからね、王さまになるために生まれたのはプリンス・チャーリーって王子さまなんですの。その歌に歌われたころにはもう赤ん坊でなく、一人前の大人になっておいでだったでしょうからね」

それでわかった——とヘンリーは納得して、「そうだったのか」とつぶやいた。

エディーはその絵をヘンリーに返して言った。

「でもほんとにすてきな絵ですよね。笑うなんて、マクリントック先生、とても失礼だと思いますよ。カバンの中にきちんとしまって、おうちに持って帰ってお母さまに見せておあげなさい。いいですね？ さあ、エディーが今、お茶を入れてきますからね」

ヘンリーが言われたとおり、絵をしまおうとカバンを開けているあいだに、エディーはやっこらさと立ち上がって眼鏡を炉棚にもどし、キッチンと浴室に通ずるドアの向こうに姿を消した。キッチンも、浴室も、のちに建て増しされたもので、エディーが子どものころにはこの家は居間兼キッチンと寝室の二部屋しかない、バット・アンド・ベンと呼ばれる田舎家だったという。水道もなく、便所も木造のものが庭の奥に立っていた。もっと驚いたことにエディーは五人兄妹で、合計七人がこの家で暮らしたという。両親はキッチンの箱寝台で休み、その上方に赤ん坊を寝かせる棚があり、大きい子どもたちは寝室にゴタゴタと詰めこまれた。エディーのお母さんのミセス・フィンドホーンは水をくむために毎日かなりの距離を歩いて、村のポンプのところまで出かけたものだったともヘンリーは聞かされていた。

入浴は週に一度だけ、キッチンのストーブの前に置いた金属の盥でかわるがわるという決まりで……

「でもどうやって、五人も同じ部屋で寝られたの?」とヘンリーは、そんなせまいところにと不思議でならなかった。エディーのベッドと衣装箪笥だけでいっぱいという感じのあの小さな部屋に、どうしてそんなに大勢が寝ることができたんだろう?

「まあね、五人のみんながみんな、いっしょに寝るってことはありませんでしたからね。末っ子が生まれたころには、いちばん上の兄は農場に働きに出ていましたし、女の子は女の子で年ごろになると、どこかのお屋敷に奉公に上がりましたし。初めて家を離れるときにはどの子も泣きの涙でね。とにかく、みんながこの家に寝泊まりするわけには行かなかったんですし、みんなを食べさせて行くこともできない相談でしたからねえ。それに母としては、わずかでも余分の収入があれば大助かりだったでしょうし」

エディーはほかのことも、ヘンリーに話して聞かせてくれた。冬の夜、干したジャガイモの皮をかぶせて埋み火にした暖炉のまわりを囲んで、姉妹たちはソックス編みの手を動かしながら(下の方の子にはかかとの部分は手に負えず、姉さんか、お母さんがかわりに引き受けた)、ラディヤド・キップリングの物語とか、バニャンの『天路歴程』を読んでくれるお父さんの声に耳をかたむけたものだった。

そうした暮らしはいかにも貧しげに聞こえたが、昔話として聞く分には楽しそうで、とても魅力的に響いた。ヘンリーはまわりを見回して、エディーの家のその昔を想像してみようとしたが、できなかった。この家は明るくて、居心地よげで、昔を思わせるよすがはまったくなかった。箱寝台なんてものもないし。床には渦巻き模様のカーペットが敷かれており、キッチンには古いかまどのかわりに緑色のタイルを貼った、うつくしい暖炉がもうけられている。窓には花模様のカーテン、テレビのセットもあり、とてもきれいな陶器の装飾品がきちんと並べられていた。

さっきの絵をカバンにしまって、ヘンリーはもう一度掛け金をかけた。「スピード・ボニー・ボート」……勘違いだったんだ。ぼくって、よく勘違いをするみたい。学校で習った歌を前にもいっぺん、間違って覚えていたことがあったっけ。「ナット・ブラウン・メイド」ってやつ。ほかのみんなと声を合わせて元気いっぱい歌いながら、ぼくはそのクルミみたいに茶色い顔の女の子を想像することができた。ケディジャ・イシャクみたいに褐色の肌、つやつやしたお下げの女の子が風の吹きすさむ湖を渡ろうとボートをせっせと漕いでいるところを。あの歌のときは、母さんが説明してくれた。

歌の文句じゃない、普通の言葉のときだって、意味がぜんぜんわからないことがある。ほかの人が言った意味がわからずに音だけで察しをつけなきゃいけないとき、その言葉というか、音から頭に浮かんだイメージがこびりついて離れないことがある。大人は休暇でマヨーカーに行ったとか、ポージガルに行ったとか言うけど、どこのことなのか、ぼくにはぜーんぜんわかんない。グリースに行ったという人もいる。グリース（脂）なんてとこ、ぼくだったらぜったいに行く気にならないけど。エディーが一度、どこかのおばさんが、娘が道楽者と結婚したためにはらわたがひきちぎれそうになったと話してくれたことがある。あの晩、ぼくははらわたをひきちぎられたおばさんの姿を夢に見て、ひどくうなされた。

しかしそうした勘違いでいちばんあとあとまでたたったのは、祖母のヴァイオレットが言ったことについての誤解だった。小さな息子が何かしきりに思い悩んでいることに気づいて、母親のヴァージニアが誤解を正してくれたからいいようなものの、もしも彼女の介入がなかったなら、ヘンリーと彼の大好きな祖母とのあいだの疎隔は、永久に続いていたかもしれなかった。

ヘンリーはある日の放課後、祖母のヴァイオレットのところでお茶をご馳走になろうとペニーバーンに寄った。その日は荒れ模様で、強風が唸り声をあげて小さな家のまわりに吹きまくっていた。と、暖炉のそばにすわっていたヴァイが腹立たしげな声を上げて突然立ち上がり、どこかから折たたみ式の衝立を出してきて、庭に通ずるガラス張りのドアの前に立てた。なぜ、そんなことをするのかという、ヘンリーの問いにたいするヴァイオレットの返事はヘンリーを震え上がらせ、彼はそれからというもの、ほとんど口をきかず、母親が迎えにきたときは心底ホッとして、祖母にたいして「ご馳走さま」とも言わずにさっさとアノラックを着て退散したのだった。

それっきり、彼はペニーバーンに行く気になれず、それでいて、ヴァイを守ってあげなければいけないのにとしきりに良心がうずいてならなかった。母親が彼に、ペニーバーンに行かないのかときくと、彼はいつも何か口実をもうけて、エディーのところなら行くと答えた。とうとうある夜、彼が入浴しているところに母親がやってきて、彼が近ごろぷっつりペニーバーンに行きたがらなくなったことにやんわり触れて、どういうわけなのかと静かにきいた。

「前にはいつだってペニーバーンに行きたがったものなのに。何があったの？」

こうまともにきかれて、彼はかえってホッとしていた。

「だって怖いんだもん」

「いったい何が怖いの？」

「そいつ、庭からやってきて居間に入ってくるんだって。ヴァイは衝立を立てたんだけど、そいつ、そんなもの、ぶっとばしちゃうんだって。ほっといたらそいつ、ヴァイにけがをさせるかもしれないし。ねえ、ヴァイがペニーバーンにいるの、あぶないんじゃないかなあ」

「いったい、何のこと？　何がやってくるって言うの？」

ヘンリーはまざまざと、そいつの姿を思い描くことができた。斑点のある、長い脚、同じく斑点のある長い首、めくれた唇からのぞいている、大きな黄ばんだ歯、今にも跳びかかって噛みつくのではないかと思われる、恐ろしい形相。

「おばけキリンだよ！　ものすごく大きいキリンなんだよ！」

母親のヴァージニアは何が何だかわからないという顔をした。「ヘンリー、何をばかなことを言ってるの？　キリンはアフリカか、動物園にしかいないわ。ストラスクロイの村になんか、くるものですか！」

「くるんだよ、そいつは！」とヘンリーは大声で言った。「ヴァイがそう言ったんだもん。庭からやってきて、ドアをバタンと開けて、居間に入りこむジラフ（キリン）がいるんだって、ヴァイ、言ったんだから！　ほんとだよ！」

長い沈黙があった。ヘンリーは母親の顔をみつめていた。ヴァージニアは大きな輝く目で息子の顔を見返した。ニコリともせずに。

それからようやく彼女は口を開いた。「ヴァイはね、ジラフがいるって言ったんじゃないのよ。隙間風《ドラフト》が入ってくるって言ったんだと思うわ、ヘンリー。人をゾクゾクさせる、冷たい隙間風《ドラフト》が入ってくるって」

隙間風《ドラフト》か。キリン（ジラフ）じゃなかったんだ。ぼく、隙間風《ドラフト》のことを大騒ぎしてたんだ。ばっかみたい！　けれども祖母が怪物に襲われる危険がなくなったのがうれしくて、自分のばかげた勘違いはあまり気にならなかった。

「ほかの人たちに言わないでね、ぼくの勘違いのこと」とヘンリーは言った。

「ええ、でもヴァイには説明しなければね。ヴァイは誰にも言わないでしょうよ」

「ヴァイにはいいよ。でもほかの人には黙っててよ」

母親は約束してくれた。ヘンリーは浴槽から跳び出して、しずくをポタポタ垂らしながら、ぬれた体ごと、ふわふわした大きなタオルにくるまって母親にすっぽり抱えこまれた。母親は彼をかたく抱きしめて、あなたがかわいくて食べてしまいたいと言った。それから、二人でいっしょに『草競馬』を歌った。夕食は彼の好物のマカロニ・チーズだった。

さてエディーはヘンリーのためにソーセージをいためてくれたばかりでなく、ポテト・スコーンを焼き、そのうえ、ベークト・ビーンズの缶詰まで開けてくれた。ヘンリーが彼女のキッチンのテーブルに向かってすわり、出されたものをかたっぱしからムシャムシャ食べているあいだ、エディーは向かい合わせにすわってお茶を飲んでいた。彼女自身はもっとのちに食事をするつもりらしかった。

食べながらヘンリーは、エディーが普段より口数が少ないことに気づいていた。いつもだとこうした折々、二人はつぎからつぎへときりなくいろいろな話をした。ヘンリーはエディーの口から、この谷間の村のゴシップを飽きることなく聞いた。誰それが亡くなり、遺族にどれだけの遺産を残したとか、ある家の息子が農場主の父親に反抗してレルカークにつっ走り、ガレージで働くことにしたとか、どこそこの娘が身をもちくずし、子をみごもったとか。けれども今日ばかりは、そうした情報は一言も彼女の口をもれなかった。エディーはえくぼのある肘をテーブルの上につき、細長い、貧弱な裏庭を窓ごしにじっとみつめていた。

「何だか考えこんじゃってるね、エディー」とヘンリーは言った。ヘンリーがふさぎこんでいるとき、エディーはいつもそんなふうに言うのだったが。

エディーはホーッと嘆息した。「ああ、ヘンリー、わたし、どうしたらいいのか、さっぱり、わからなくてねえ」

ヘンリーには何のことか、それこそさっぱりわからなかった。しかし重ねてきかれてエディーはようやく説明した。タラカードに住む従妹がいる。ロティー・カーステアズという名前なのだが、昔から頭がよくなかった。結婚したことがなく、家事見習に住みこんだことはあるが、それも勤めあげることができなかった。両親が亡くなるまではいっしょに暮らしていたのだが、その後、どんどんおかしくなり、病院に入院しなければならなくなった。精神ショーガイとか何とかいうらしい——そうエディーは言った。でも今ではいちおうよくなって、そのうちには退院という運びになるだろう。そうしたら、たぶん、わたしのところにきて住むほかないのではないか。ほかに行くところもないのだから。

そう聞かされて、ヘンリーは憤慨した。親友のエディーを独占したかったからでもあった。

「でもエディーのところには、余分の部屋なんかないじゃないか!」

「わたしの寝室を使ってもらうことになるでしょうね」

ヘンリーはますます憤慨した。「でも——でも——だったらさ、エディーはどこに寝るの?」

「居間の折りたたみベッドで」

エディーはふとっているから、折りたたみベッドじゃ、さぞ窮屈だろう。「どうしてドティーが折りたたみベッドに寝ないのさ?」

「お客は大切にしないとね。それに、ドティーじゃありません。ロティーっていう名なんですよ」

「ロティー、長いこと、泊まるの?」

「それはまだよくわかりませんけどね」

ヘンリーはちょっと考えてからきいた。「エディー、給食の仕事、やめちゃうの? 母さんやヴァイを手伝うのは?」

「何を言うんですか、ヘンリー? やめたりなんかしませんともね。ロティーは寝たきりというわけではないんですから」

「ぼく、ロティーって人、好きになれるかなあ?」

これは重大な質問だった。

エディーは返事に苦しんだ。「どうでしょうかねえ。かわいそうな人なんですよ、ロティーはね。ちょっと足りないんだって、父はいつも言ってましたっけ。男の人が戸口から顔を出そうものなら、キャアキャア悲鳴を上げてね。それに、ぶきっちょったらありませんでしたよ。何年も前のこと、クロイ館のレディー・バルメリノーにいっとき、お仕えしたことがあったんですが、お皿やお茶碗をあんまりたくさんこわしたもので、とうとうお払い箱になってしまってねえ」

ヘンリーはギョッとした。「だったら、洗い物をさせちゃだめだよ。エディーのもってるきれいなお皿、めちゃめちゃにこわしちゃうかもしれないもん」

「めちゃめちゃになるのは、お皿ばかしじゃありますまいよ……」とエディーは陰鬱な声で予言した。

しかしヘンリーがこの興味深い話題に十分ついていけないうちに、エディーは小さな子どもにこんなことを言うなんてと思い直し、快活な表情をよそおって、決然と話題を変えた。

「ポテト・スコーンをもう少しあげましょうか? それとも、そろそろ好物のチョコレート・バーを出してあげましょうかね?」

第7章

六月

　アーチーとヴァージニアといっしょにバルネード荘の玄関から出てポーチの階段を砂利道へと下りながら、ヴァイオレットは雨がやんでいることに初めて気づいた。空気の湿っぽい感じは残っているが、気温は上がっているらしい。ヴァイオレットは顔を上げて、西方から吹いてくるさわやかなそよ風を頬に受けた。低く垂れこめていた雲が吹き払われかけてところどころに青空がのぞき、聖画に斜めにさしている一条の光のような強い日ざしがまぶしかった。うつくしい夏の夕方になるだろう──今さらという感じは拭えないがとヴァイオレットは思った。

　アーチーの古いランドローヴァーのところで、二人はヴァージニアに別れを告げた。ヴァイオレットは若い嫁の頬に軽くキスをした。

「エドマンドによろしくね」

「ええ、伝えますわ」

　ランドローヴァーに乗りこむのは、二人のどっちにとっても骨が折れた。ヴァイオレットの場合は年のせいで動作が緩慢になっているからだったが、アーチーも金属の義足のためにちょっともたもたした。ドアがバタンと閉まると、アーチーは車をスタートさせた。自動車道を門まで走り、長老派教会の前を通る小道に出て橋を渡り、本街道の手前で一時停車したが、行きかう車もないままにランドローヴァーはそのまま、ストラスクロイの村を縦断するこの道を進んだ。

　つつましいたたずまいの監督派教会の前にさしかかると、グロクスビー牧師が草を刈っているのが見えた。

「グロクスビーさんには、まったく頭が下がりますね。じつによくやっておられる」とアーチーがつぶやいた。「バザーで何とか収益を上げることができるといいんですが。それにしてもヴァイ、今日はわざわざ出席してくださって、ありがたかったですよ。庭仕事に熱中したいところだったでしょうに」

「もともと冴えないお天気だったし、草取りをする気もなかったわ」とヴァイオレットは答えた。「こういう日って、どうせなら何か価値のあることに時間を使いたいって気分になるものじゃやなくて？ちょっとおかしな言い方かもね。子どものことや孫のことがむしょうに気がかりなとき、それでいて口出しをするわけにもいかないとき、ふと思い立って洗濯場の床をせっせと洗いはじめたりすることがあるけれど、まあ、そういったたぐいかしら。夕方になっても心配はあいかわらず、でも少なくとも洗濯場はピカピカってわけ」

「家族の誰かのことがとくに気にかかっているんじゃないでしょうね、ヴァイ？　あなたの場合、心配するようなことは何もないいんじゃないですか」

「女はみんな、家族のことで何かしらいつも思い悩んでいるものなのよ」とヴァイオレットは率直に言った。


ランドローヴァーはかつては大工の作業場だったガソリンスタンド、ついでイシャク夫妻のスーパーの前を走り過ぎた。その少しさきにクロイ館の裏道に通ずる門が立っていた。アーチーがギアを変えて開けっぱなしの門内に入ると、道はたちまちけわしい上り坂になった。そう遠からぬ昔、この道の周囲はことごとくバルメリノー家の私園で草地のビロードのようになめらかな緑の草を純血種の牛が食《は》んでいたものだが、今では耕されて大麦やカブの畑になっていて、盛時の名残をとどめているのは数本の広葉樹ばかりだった。「しかしいったい、何を心配しているんです？」とアーチーがきいた。

ヴァイオレットはためらった。アーチーが相手なら、安心して何でも話すことができることはわかっていた。血をわけた息子同様、アーチーは彼女ときわめて近しい間柄だった。エドマンドより五歳年下ではあったが、二人は兄弟のようにいっしょに育ち、何事につけても行動をともにし、幼いころから大の仲よしだった。

エドマンドがクロイ館に出かけていなければ、

アーチーがバルネード荘にきていた。二人がそのどっちにもいなければ、そろって銃をかつぎ、犬を連れて丘を歩き回っては兎や野兎をねらい撃ちしているか、管理人のゴードン・ギロックを手伝ってヒースの野焼きをしているか、雷鳥狩のための隠れ塁《バット》を修理しているというふうだった。湖にボートを走らせたり、クロイ川の褐色の淵に釣り糸を垂れてマスを釣っていたり、テニスに興じたり、丘の水を集めて流れている川が凍るとスケートに興じたり。切っても切れぬとは、あの二人のことだと誰もが言ったものだった。まるで兄弟のようだと。

だが二人は兄弟ではなかったし、やがて疎遠になるときがきた。エドマンドは頭がよかった。父親も母親も人並み以上に知的だったが、エドマンドはそのどちらとくらべても、二倍かた頭脳明晰だった。一方、アーチーは学問の方はさっぱりだった。

エドマンドはケンブリッジを経済学の優等学位を得て卒業するとすぐ、ロンドンの威信ある銀行に入社した。

アーチーのほうは、シティーの会社への就職なんて退屈もいいところだと軍隊に入ることにした。サンドハースト士官学校を出ると高地連隊に所属し、いっときドイツに駐留した。エドマンドのほうはずっとロンドン勤務だったが、勤めさきの銀行でたちまち頭角を現わし、五年後、サンフォード・カベン社の部長として引き抜かれた。やがて結婚したが、その結婚がまた彼にロマンティックな光彩を添えることになった。エドマンドの結婚式に花婿の母としてウェストミンスターは聖マーガレット教会の長い側廊を花嫁の父サー・ロドニー・チェリトンと腕を組んで進んだときのことは、ヴァイオレットの記憶にあたらしい。そのとき彼女は、息子がキャロラインを愛しているから結婚したのであって、彼女を囲む富の霊気《オーラ》に惑わされているのでないといいがとひそかに願ったものだった。

さてその後、月日はめぐりめぐって、アーチーもエドマンドもストラスクロイに舞いもどることになった。アーチーはクロイ館に、エドマンドはバルネード荘に。友人ではあるが、今はもう昔のように親密ではなくなっている二人の中年の男たち。どちらの身にも、いいことばかりとはいえない、多くのことが起こった。多くの年月が過ぎ去った——橋の下を川が流れるように。二人の境遇は今ではひどく違っていた。一人は富裕なビジネスマン、もう一人は収支をつぐのわせるのに言うに言われぬ苦労をしている旧地主。しかし彼らのあいだに一種の堅苦しさ、妙に礼儀正しいと言うか、よそよそしいところがあるのはそのせいではなかった。

二人はもはや、兄弟のような間柄ではなくなっていた。

さまざまな思いが胸に行きかい、ヴァイオレットは思わず大きく嘆息した。アーチーが微笑して言った。「どうしたんです、ヴァイ、そんなため息をついて？　それほど厄介な問題があるわけでもないんじゃないですか？」

「ええ、もちろんよ」アーチーはただでさえ、苦労の種にこと欠かないのだ。わたしの問題なんかでこのうえ、心配させることはない。さりげなく触れるにとどめておこう。「ただねえ、わたし、アレクサのことが心配で。あの子がポツンと一人で暮らしているのが、気になってならないの。好きなことをやって生活しているんだし、あの子がいま住んでいる家は小さいなりにチャーミングだわ。レディー・チェリトンの遺産で一生、安定した暮らしが約束されていることもわかっているんですけれどね。でもあの子ったら、人とつきあうことをほとんどせずに、引きこもって暮らしているみたいでね。自分は不器量で、退屈で、男性の目から見てまるで魅力がないって、決めこんでいるようなの。自信ってものが欠けているのよ。アレクサがロンドンに行くと言いだしたときは、独立した生活をし、同じ年ごろの友だちもつくるだろうと喜んだものだけれど、結局のところ、レディー・チェリトンのところに住みこみのコンパニオンよろしく居ついて、外出もろくにしないようでしたからね。今後運よく、やさしい人柄の男性とめぐりあって、その人があの子と結婚しようという気を起こしてくれたら、言うことはないんだけれど。あの子には、心をつかう相手が、夫や子どもが必要だわ。アレクサは天性、母性的なところのある子ですからねえ」

アーチーはそうした打ち明け話に、同情をもって耳をかたむけてくれた。彼も彼女の祖母や父親同様、アレクサを愛していたのだから。「幼いときに母親をなくしたというのは……ぼくらには測り知られないくらい、衝撃的な経験なんでしょうからね。それで、自分はほかの女の子とはどこか違うという気持になっているんじゃないでしょうか。何かが欠けているというか……」

ヴァイオレットは考えこみながら答えた。「そうかもしれないわね。ただキャロラインは愛情を率直に表現したり、娘にこまやかな愛を注いだりというたちの母親ではなかったから。第一、アレクサと多くの時間を過ごすということからしてごく珍しかったと思うわ。アレクサに安定感を与え、愛情を注いだのはエディーだったのよ。エディーはいつも、あの子といっしょにいてくれたわ」

「しかしヴァイ、あなたはキャロラインが好きだったんじゃないですか？」

「ええ、もちろん、好きでしたよ。きらう理由もありませんでしたからね。キャロラインとわたしは、しごく仲よく折り合っていたわ。でもあの人はちょっと変わったところのある、内向的なたちでしたからね。あのころ、わたし、ロンドンで息子夫婦と孫といっしょに数日を過ごそうと出かけて行くことがありましたっけ。わたしがアレクサとエディーと過ごしたいと思っていることを察して、キャロラインはたびたびわたしを招いてくれましたからね。わたしとしてはもちろん、喜んで出かけて行きましたよ。でも居心地よく過ごしたとはいえなかったんじゃないかしら。もともとわたし、都会が好きじゃないし、車の往来のはげしい街路やゴタゴタと立ち並ぶ家々を眺めていると、何だかまわりをぎっしり取り囲まれているような気がしてきてねえ。閉所恐怖症っていうのかしら。キャロラインはゆったりとした、気のおけないホステスではなかったし、あの人のところではわたし、いつも自分が余計者のような気がしてねえ。だいたい、意味もないおしゃべりというものができないたちだったからね、キャロラインは。あの人とさし向かいで過ごすとき、わたし、何とか会話を続けようと必死で努力したものだったわ。わたしがどうかするとたいへんなおしゃべりだってことは、あなたもよく知っているわよね。なのに沈黙がはさまり、それも暖かい、居心地のよい沈黙ではなくて、必死で夕ピストリに針を刺しながら何とか話をしようと思うんだけれど、どうにもうまく行かないのよね」と言いさして、ヴァイオレットはアーチーの顔を見やった。「こっけいに響くかしら？　それともわたしが言おうとしていることをわかってくれて？」

「ええ、わかりますよ。キャロラインのことはほとんど知りませんが、たまさか会うと、こっちがとんでもなくばかな、ドジな人間のような気にさせられましたっけ」

アーチーとしてはわざと冗談めかした言い方をしたのだろうが、ヴィオレットはにこりともしなかった。アレクサのことで頭がいっぱいだったのだ。

このころにはランドローヴァーはクロイ館への丘の道を半分ほど上り、ヴァイオレットの住まいであるペニーバーンへの曲がり角にさしかかっていた。門らしいものはなく、柵の左寄りにちょっとした隙間があいていた。アーチーはこの切れ目にランドローヴァーを進めて、タールマック舗装をした小道ぞいに百ヤードほど走らせた。この小道の両側はきちんと刈った草とブナの生け垣に縁取られていた。小道はやがてかなりの広さの庭へと開け、片側にヴァイオレットの住まいである白いペンキ塗りの家があり、もう一方の側に車が二台入るガレージがあった。ガレージのドアは開いていて、ヴァイオレットの乗用車と手押し車、芝刈り機、その他、庭仕事の七つ道具が見えた。

ガレージとブナの生け垣のあいだに物干し場があった。その朝、ヴァイオレットは一洗濯終えており、ロープに吊した洗濯物がそよ風にひるがえっていた。戸口の脇にちょうど吸い取り紙のような色合いのピンク色のアジサイの植わっている木の桶が置かれ、家の壁に接してラヴェンダーの生け垣があった。

アーチーは車を入口に寄せて止めて、エンジンを切った。しかしヴァイオレットはすぐ降りようとはしなかった。アレクサの問題をいったん持ち出したからには、中途で打ち切るつもりはなかった。

「そんなわけだから、あんな悲劇的な形で母親を失ったことが、アレクサの自信喪失の原因だとは、わたしには思えないのよ。エドマンドが再婚して継母ができたことだって。ヴァージニアはアレクサのことをよく理解し、そりゃあ、やさしく接してくれたわ。ヘンリーという小さい弟ができたことだって、喜び以外の何ものでもなかったんですからね。両親の愛と関心を弟と争うなんてことは、アレクサにかぎってまったくなかったのよ」ヘンリーの名を口にしたことで、ヴァイオレットはまたべつな心配ごとを思い出していた。「じつはわたし、ヘンリーのことでも気をもんでいるのよ、アーチー。エドマンドはヘンリーをテンプルホールに寄宿生として入学させようと考えているようでね。わたしの見るところ、ヘンリーの場合はまだ早すぎるという気がしてならないの。それにあの子が本当に入学することになったら、わたし、ヴァージニアのことが心配で。ヴァージニアにとって、ヘンリーは命そのものなんですものね。ヴァージニアの意志に反して、ヘンリーがテンプルホールに送られるようなことがあったら、エドマンドとヴァージニアの夫婦仲が冷えることだってないとはいえないと思うのよ。エドマンドは出張が多くてね。一週間、エディンバラに行きっぱなしってこともあるし、そうかと思うと、ときには地球の反対側に行っていたり。そういう生活って、夫婦にとっていいことじゃないという気がしてねえ」

「しかしエドマンドと結婚したとき、ヴァージニアはそうしたことを十分承知していたんじゃないですか。とにかく、あまり気をもまないほうがいいですよ、ヴァイ。それにテンプルホールはいい学校ですし、コリン・ヘンダーソンは思いやりのある校長です。ぼくはテンプルホールに絶大な信頼を置いているんですよ。うちのヘイミシュなんぞ、学校が大好きで一分一分を楽しんでるようですよ」

「ええ、でもお宅のヘイミシュは、ヘンリーとはまるで違うたちの子どもですものね。ヘイミシュは八歳のときにはもう、ちゃんと自分で自分の面倒が見られるくらい、しっかりしていたんだし」

「そりゃまあ」とアーチーはいささか誇らしげに認めざるをえなかった。「タフなやつですからね、ヘイミシュは」

　ヴァイオレットはふと恐ろしいことを思いついたように、心配そうにきいた。「テンプルホールでは小さい子をぶったりなんかしないでしょうね？」

「とんでもない！　あの学校でいちばん恐れられている罰は、ホールの木の椅子にすわらされることです。どういうわけか、あの椅子にすわらされると、どんな強情っぱりの子のうちにも、神にたいする懼れがたたきこまれるようでね」

「そう、せめてもそれはありがたいことだわ。幼い子どもをぶつなんて、野蛮きわまる習わしですものね。処罰の方法としても愚かしいし。大きらいな人間にぶたれるなんて、憎しみと恐怖が心のうちにしこるだけじゃありませんか。敬愛している人に命じられて、固い椅子にすわらせられるほうが、ずっとわけのわかった処罰でしょうよ」

「ヘイミシュのやつ、最初の一年間はしょっちゅう、その椅子のご厄介になったようですよ」

「わるい子。とにかく、ヘンリーが家を離れて寄宿学校に送られるって考えると、わたし、いても立ってもいられないくらい、心配でね。それにロティーのこともあるわ。わたしね、エディーが今後ずっと、あの頭のおかしい、困った人にしばりつけられるのかと思うと、気が気でなくて。わたしたちみな、エディーを長いこと頼りにしてきたもので、エディーがもう若くないんだってことを、つい忘れてしまうのよね。このうえ、ロティーをしょいこんで、エディーがまいってしまわないといいんだけど」

「まあ、今のところはロティーはまだエディーのところにきていないんですから。結局のところ、引き取らずにすむかもしれないじゃないですか」

「もちろん、ロティー・カーステアズが死んでくれるといいなんて思ってるわけじゃないわ。でもそんなことでもないかぎり、問題は解決しないという気さえしてねえ」

　アーチーの顔を見ると、ちょっと驚いたことに、彼は今にも笑いだしそうなユーモラスな表情になっていた。「やれやれ、ヴァイ、おかげでこのぼくまでいい加減、陰気な気分になってしまいましたよ」

「あらあら、ごめんなさい」とヴァイオレットは片手でアーチーの膝を冗談めかして軽くたたいた。「わたしったら、くだらない愚痴をたらたら。気にしないでちょうだい。ねえ、ルシラからたよりはあって？」

「最近の手紙では、パリのどこかの屋根裏にとぐろを巻いているということでしたが」

「世間じゃ、子どもは喜びの源だって言うけれど、ときにはやりきれない頭痛の種でもあるわね。さあ、いつまでもあなたを引きとめて、くだらないおしゃべりの相手をさせていては申しわけないわ。イザベルがあなたの帰りを待ちこがれているんでしょうに」

「いっそ、クロイ館でお茶をもう一杯、いかがです？」アーチーはそうしてもらえればうれしいのだがと言うように、ヴァイオレットの顔を見た。「アメリカからのお客さんの相手をしてくださるとありがたいんですがね」

ヴァイオレットは考えてみただけでガックリして、あわてて言った。「ごめんなさいね、アーチー、今のわたしには、どうやらそんな元気はなさそう。利己主義かしら、こういうのって？」

「そんなことはありませんとも。ちょっと言ってみたまでです。ぼくもときにはツーリストたちに調子を合わせてしゃべったり、サービスこれつとめたりというのを、やりきれないと思うことがありますが、イザベルの苦労にくらべたら、どうってことありませんよ」

「ええ、イザベルはつくづくたいへんな仕事をしていると思うわ。迎えに行ったり、送り届けたり、お料理をして、テーブルをセットして、ベッドメーキングをして。そのあげく、会話がとぎれないように気をくばらなきゃならないんですものね。そりゃ、一週間にたった二晩といってしまえばそれまでだけど、でもあなたが乗り出して、お金儲けのほかの方法を考え出せないものかしら？」

「何かいい代案でもありますか？」

「今のところは何もないわ。でもわたし、あなたがたが今のような苦労をしないですむといいのにって心から思ってるのよ。時計をあともどりさせることはできない相談だけど、わたし、ときどき、クロイ館の状況が昔のままだったらどんなによかったかって、つくづく思って。あなたのご両親がご健在で、あなたがたがみんな、あのころのように若かったらって。誰もがきりなく出たり入ったり、車が自動車道を騒々しい音を立ててやってきたり、帰ったり、クロイ館には話し声や笑い声が絶えず響いていたわね」

こう言いながらヴァイオレットはアーチーのほうを向いたが、彼は顔をそむけていた。彼の目はヴァイオレットの物干し場の方に注がれていた。まるでヴァイオレットの布巾や、ピローケースや、がっちりしたブラジャーや、シルクのニッカーズが風にひるがえっている光景が世にも興味ある景色であるかのように。

あなたとエドマンドが無二の親友だったころに時計をもどすことができたら――とヴァイオレットは心の中でつけ加えたが、口には出さなかった。

「それにあのころはパンドラがいたわ――あのどうしようもない、かわいらしいやんちゃさんがね。わたし、いつも思うのよ――クロイ館をあとにしたとき、パンドラはわたしたちのあいだから、笑いのおおかたを持ち去ってしまったんじゃないかしらって」

アーチーはちょっとのあいだ、何も言わなかった。それから「ええ」とポッツリ言い、それっきり黙ってしまった。

いささかの緊張が二人のあいだに生まれていた。それを紛らそうと、ヴァイオレットはせわしげに持ち物をまとめはじめた。「これ以上、あなたを引き止めてはわるいわ」

こう言うと、古びたランドローヴァーのドアを開けてヴァイオレットは降り立った。「乗せてくださってありがとう、アーチー」

「話ができてうれしかったですよ、ヴァイ」

「イザベルによろしくね」

「伝えますよ。じゃあ、いずれまた」

アーチーがランドローヴァーを回すあいだ、ヴァイオレットはその場にたたずんで待ち、車が小道づたいに丘を上って消えるのを見送った。後ろめたい思いを振りきれなかったのは、アーチーといっしょにクロイ館に行って、イザベルの入れてくれるお茶を飲みながら、初対面のアメリカ人の話し相手をつとめるべきだったと気がとがめていたからだった。しかし今さらどうすることもできはしない。アーチーはすでに去っていた。ヴァイオレットはハンドバッグを探って鍵を出し、ドアを開けて家の中に入った。

一人になってアーチーはなお車を走らせた。道はしだいにけわしくなり、スコット・マツや、丈の高いブナの木立が前方に見えてきた。そのかなたの上方に丘陵地がそそり立ち、大きな岩や砕けた岩のゴツゴツしている崖にハリエニシダやワラビが生えはびこり、シラカバの若木が芽ばえていた。車はぎりぎりまで上りつめたのか、木立のところで左に回ると道はにわかになだらかになった。そこから屋敷まではブナの並木道が続いている。丘の頂きから一筋の小川が斜面をほとばしり、途中で一連の淵や滝をつくりつつ、弓なりの石橋の下を流れていた。この小川はペニーバーンと呼ばれ、斜面のずっと下方でヴァイオレット・エアドの庭の一角に流れこんでいた。

ブナの葉陰に拡散している光線は透明で、うっすらと緑色がかっていた。頭上には葉をいっぱいにつけた枝が重たくしない、巨大な寺院の中央の通廊を進んでいるといった感じがした。並木道が唐突に後方にしりぞいたと思うと、屋敷が見えてきた。崖の際にそびえ立つ、がっちりした正方形の建物で、その下方に谷の全景がパノラマのように広がっていた。夕風のおかげで雲がきれぎれに散り、靄も消えかけていた。はるかに起伏する、いくつかの丘も、静かに安らっているような農地も、黄金色の陽光にひとしく洗われていた。

ほんのつかの間にもせよ、一人でいることが何ものにもまして重要だという気持がアーチーの胸にこみ上げていた。自分勝手だということはわかっていた。ただでさえ帰りが遅くなっているのだから。イザベルは夫の自分の帰りを待ちかねているだろうし、精神的支えを必要としてもいるだろう。しかしアーチーはこの良心の痛みを強いて胸のうちから押し出して、家の物音の聞こえてこない、ちょっと離れたところに車を止めてエンジンを切った。

とても静かだった。木々のあいだを吹きすぎる風の音、ダイシャクシギの鳴き声。アーチーはその静寂にじっと耳をこらした。ずっと遠くの野で鳴いている羊の声。耳もとにさっきのヴァイオレットの言葉が響いているようだった。「あなたがたがみんな、あのころのように若かったらって……きりなく出たり入ったり……それにあのころはパンドラがいたわ……」

ヴァイはあんなことを言うべきでなかった。思い出を掻き立てられるのはたまらない。こうしたやるせないノスタルジアに胸のつぶれるような思いをするのは願い下げだ。あなたがたがみんな、あのころのように若かったら。

アーチーはかつてのクロイ館に思いを馳せた。小学生のころの寄宿学校からの帰宅。将校に任官してのちの、折にふれての帰省。スポーツカーの屋根を下ろし、風に頬を打たせて、車の馬力をぎりぎりまで上げて轟音とともに丘を一気に上り——何もかもこの前の帰省のときと同じに違いないという、若者の特権である思いこみに心も軽く。砂利の上にブレーキをきしらせて屋敷の前に車を止めると、開いている戸口から犬たちがワンワン吠えながら飛び出してくる。けたたましい歓迎ぶりに家中が彼の帰宅に気づいて、彼が家の中に足を踏み入れるころにはあっちからも、こっちからも集まってきている。両親、執事のハリス、その妻でコックのミセス・ハリス、その他、メイド、ちょうど居合わせた通いのお手伝いなどなど。

「アーチー、まあ、うれしいこと！　お帰り！」

そしてそこにはパンドラがいた。わたし、いつも思うのよ——クロイ館をあとにしたとき、パンドラはわたしたちのところから、笑いのおおかたを持ち去ってしまったんじゃないかしらって。パンドラ。彼の妹。記憶の中のパンドラは十三歳くらいで、すでにとてもうつくしかった。彼には、長い脚をひらめかして階段を駆け降り、彼のひろげた腕の中に跳びこむパンドラの姿が見えるようだった。ほほえんでいる、豊かな口もと、すでにして異性の心をそそる女らしい風情をたたえている、吊り上がり気味の目。その体を抱き上げて振り回したときに感じた空気のような軽さ。そして彼女の声。

「やっと帰ってきたのね、ひどい人、あたしたちをさんざん待たせて。あたらしい車、買ったみたいね。子ども部屋の窓から見ていたのよ。ドライブに連れてって、アーチー、時速百マイルで飛ばしましょうよ」

パンドラ。彼は知らずしらず、微笑を浮かべていた。いつも――そう、すでに子どもの時分から、彼女は生そのものを謳歌し、ごく堅苦しい場面にも活気と笑いを注ぎ入れた。この妹がどういうルーツから出ているのか、それは彼にはどうしてもわからなかった。生まれと育ちはたしかにブレア一族なのだが、他の成員とあらゆる意味で異なっていて、妖精の取り替え子といってもいいくらいだった。

赤ん坊のときのパンドラ、幼い少女のパンドラ、魅力的な脚を持つティーンエイジャーのパンドラ。彼女は中学生時代にもぶくぶく肥満したり、にきびをこしらえたり、自信の喪失に悩んだりといったことがまるでなかった。十六歳のときには二十歳くらいに見えたし、アーチーが家に招いた友だちは一人残らず彼女に恋をするか、どうしようもなく魅了されるかだった。

若いブレア兄妹にとって、何かが起こらない日はなかった。ハウス・パーティー、狩猟会、夏はテニス、八月にはヒースの花咲く、日のあたる丘へのピクニックといった具合だった。アーチーはとくにあるときのピクニックのことを思い出していた。そのときパンドラは暑くてたまらないとさんざん文句を言ったあげくに、着ているものを残らず脱ぎすてて前後の見境いもなく、またほかの者の呆れ返った顔を気にもとめずに、素裸で湖に飛びこんだものだった。アーチーはまた、あるときのダンスのことを思い出した。パンドラはその夜は日焼けした肩もあらわなシフォンのドレスを身にまとい、『ヤナギの枝の皮をむいて』や『パースの公爵』の調べに乗って、相手を取っかえひっかえ、旋風のようにめまぐるしく踊りまくっていた。

そのパンドラがいなくなってしまって、もうかれこれ二十年になる。芳紀まさに十八歳、アーチーの結婚式の数か月のち、彼女は夏のあいだにスコットランドを訪れていたアメリカ人と駆け落ちをして、その男とともに空路カリフォルニアに行き、やがて彼の妻となった。その噂はたちまちのうちに広まって、郡内にショックと驚愕を波及させた。しかしバルメリノー一家は深く敬愛されていたから、ほとんど誰もが同情と理解を示し、「そのうち、帰っておいでになりますよ」と多くの人が言った。が、パンドラは帰ってこなかった。両親の葬儀にさえ、出席しなかった。それどころか、今も『ヤナギの枝の皮をむいて』を踊りつづけているかのように、それまでと同様の気まぐれぶりを発揮して、破滅的な情事から情事へと渡り歩いている感があった。アメリカ人の夫とはほどなく離婚し、カリフォルニアからニューヨークに行き、その後、フランスに渡った。フランスではしばらくパリにいたらしい。ときどきアーチーあてに、思い出したように近況をほんの数行書きなぐった絵葉書をよこすのがせいぜいで、きまって末尾にキスのかわりに、へなへなと曲がった大きな×印が添えてあった。さんざんあちこちしたあげくに、最近ではマヨルカ島のヴィラに落ち着いたらしい。いったい、今はどういうたぐいの人間と暮らしているのだろうか？

アーチーとイザベルはパンドラについて、とうの昔にあきらめているはずだった。しかしアーチーは折々、この世の誰よりもパンドラに会いたいと思うことがあった。青春時代は過去となり、彼の父のつくった家庭は崩壊し、執事のハリス夫妻は何年も前に引退していた。家事の手伝いも今では週に二回、アグネス・クーパーが丘を上って村からやってくるだけとなっていた。

クロイ館を囲む土地についていうなら、事態は前より好転しているとはいいがたかった。管理人のゴードン・ギロックは裏手に犬小屋のある、小さな石づくりの家に住んでいるが、雷鳥の住む荒野《ムア》はエドマンドの口ききで、あるシンジケートに貸され、今ではエドマンド・エアドが管理人の給料を支払っていた。農場も彼の手を離れ、広大な草地は畑となって作物が植わっていた。庭師（雨風にさらされた棒ちぎれのように痩せた男で、アーチーの少年時代には彼にとってすこぶる重要な人物だった）はわずらったあげくに亡くなり、かわりの人間は雇われなかった。この庭師が丹精して見事につくりあげた、塀に囲まれた庭は今では草ぼうぼう。シャクナゲも剪定する者がいないままに、やたらとはびこっていたし、硬式テニスのコートは苔むしていた。庭師といえばアーチー自身で、村はずれの汚らしい小屋に住んで兎をわなにかけたり、サケをこっそり釣ったりして暮らしを立てているウィリー・スノディーが飲みしろほしさに、ときたま手を貸すばかりだった。

そしてぼく自身は？——とアーチーは思いめぐらした。高地連隊の退役中佐。金属の義足をもち、六〇パーセントの障害手当つき。夜はしばしば悪夢にうなされる情けなさだ。しかしまあ、イザベルの奮闘のおかげで父親から譲られた土地は手放さずにいる。クロイ館は神ゆるしたまわば手つかずでヘイミシュに遺してやりたい。足が不自由で、家計の収支をつぐのわせるのに苦労してはいるが、自分はいまだにクロイ館のバルメリノー卿なのだ。大仰な称号におよそ似つかわしくない、こっけいなくらい情けない現状ではあるが。なぜ、何もかもこう落ちめになって行ったのか、つきつめて考えたところで意味がない。どのみち、自分にできることがあるわけではないのだから。そうだ。繰り言には意味がない。義務が呼びかけている。レディー・バルメリノーである、妻のイザベルが待っているのだ。

どういうわけか、アーチーの気分は前よりよほど軽くなっていた。エンジンをスタートさせて、彼は屋敷までの短い砂利道にランドローヴァーを進めた。

第8章

　ほとんど一日じゅう、雨が降りつづいていたが、今は雨も上がり、ヘンリーはお茶のあと、エディーと彼女の庭に出ていた。この庭は川のほとりまで傾斜し、二本のリンゴの木のあいだに洗濯物が吊されていた。ヘンリーはエディーを手伝って洗濯物をロープからはずして籠に取りこんでいた。シーツは皺がすっかり取れるように、二人して端の方をもって勢いよくピシッと音を立ててたたんだ。やがて二人は家にもどり、エディーはアイロン台を出して幾枚かのピローケース、テーブルクロス、それによそ行きのブラウスにアイロンをかけはじめた。ヘンリーはアイロンかけの際の独特のにおいをうれしく吸いこみながら、熱いアイロンが、湿り気をおびた、ゴワゴワしたリネンの皺を伸ばし、清潔に、さわやかに、折り目正しく仕上げて行く過程を感心して見守っていた。

「エディーって、アイロンかけ、とってもうまいんだね」

「何年もやってきたんですもの、当たりまえですよ」

「何年もって、本当は何年になるわけ、エディー？」

「さあ……」とエディーはアイロンを立てかけて置き、えくぼのような、小さなくぼみのある、血色のよい、ふっくらした赤い手でピローケースをたたみはじめた。「わたしは今六十八歳ですけど、ミセス・エアドのところにご奉公に上がったときには十八歳でしたからね。計算してみたらどうです？」

　ヘンリーでも、そのくらいは計算できた。「五十年だよね」

「これからさきのことですと五十年はずいぶん長いようですが、振り返ってみるとあっという間にたってしまったような気がするのはとても不思議ですねえ。人生っていったい、どういうんでしょうか」

「アレクサとロンドンにいたときのこと、話してよ、エディー」ヘンリーはロンドンに行ったことがなかったが、エディーはずっと以前にしばらくロンドンで暮らしたことがあった。

「おやおや、ヘンリー、そのことならもう一千回も話してあげたじゃないですか」

「また聞きたいんだよ、ぼく」

「そうですねえ……」エディーはナイフの刃のようにとがった皺の一つを、力をこめてプレスしながら話しはじめた。「あなたのお父さまはずっとお若いときに、キャロラインさまって女の方と結婚していらしたんですの。ロンドンのウェストミンスターってところの聖マーガレット教会で結婚式をおあげになって。わたしたち、みんなして出かけて行ったんですよ。バークリーってホテルに泊まって。そりゃもう、大したお式でしたっけ！　かわいらしいブライドメイドさんが十人も。みなさん、白いドレスをお召しになって、それこそ、白鳥の群れのようでしたね。お式のあとでリッツって、べつなホテルでレセプションがありましてね。そこもやっぱりゴージャスなホテルで、ウェーターはそろってモーニングなんぞを着て、お客と取り違えるくらい、勿体ぶっていましたねえ。お酒はシャンパンやら何やら、お料理も何から手をつけたらいいか、迷うくらいでしたよ」

「ジェリーもあった？」

「ありましたともね。黄色、赤、緑——ありとあらゆる色のジェリーがね。そのほか、コールド・サーモンとか、指先でつまんで食べられるような、かわいらしいサンドイッチとか。ブドウの砂糖づけの砂糖衣にシャンデリアの明かりが照りはえていましたっけ。キャロラインさまはワイルドシルクのドレスの裳裾を長く引いて、頭にはお父さまから贈られたダイヤのティアラがのっていて、まるで女王さまのようでしたよ」

「きれいだった？」

「ヘンリーったら！　花嫁さんはうつくしいにきまっていましょう？」

「うちの母さんと同じくらい、きれいだった？」

　しかしエディーには余計なことを言う気はなかっ

た。「キャロラインさまはあなたのお母さまとは違う意味で、ご器量のいい方でしたねえ。お背がすらりと高くて、うつくしい黒い髪をおもちで」

「エディーは好きだった？」

「もちろんですよ。きらいだったらアレクサのお世話をしに、ロンドンまでわざわざ出かけて行くわけもないじゃありませんか」

「ロンドンに行ったときのこと、話してよ」

エディーはピローケースをかたわらに置き、ブルーと白の格子縞のテーブルクロスのアイロンかけに取りかかった。

「ちょうどあなたのジョーディおじいさまが亡くなった、すぐあとのことでしたねえ。わたしはそのころ、まだバルネード荘で暮らしていて、ヴァイおばあさまのご用をつとめていたんですがね。わたしはヴァイおばあさまのお話相手をし、おばあさまはわたしにいろいろなことを話してくださいましたっけ。わたしたち、二人だけで暮らしていたんですの。アレクサが生まれるってことは、あなたのお父さまから聞いて知っていました。ジョーディおじいさまのお葬式に出席するためにこちらにもどられたときに、お父さまが話してくださったんです――『キャロラインに子どもができた』って。ヴァイおばあさまには、すばらしいニュースでしたわ。亡くなったご主人のかわりに、あたらしい小さな命が芽ばえかけている――そのように思われたんでしょうね。そのとき、わたしたち、キャロラインさまが赤ちゃんのお世話をするナニーを探していらっしゃるって聞いたんですの。ヴァイおばあさまは、そりゃもう気をもまれましてねえ。お孫さんのお世話が、もの知らずの、ろくでもないぐうたらナニーに任されて、ばかげた考えが植えつけられる一方、ゆっくり時間をかけて話相手になったり、絵本を読んだりといった、かんじんのことがおろそかになるんじゃないかって。ロンドンに行こうなんて気は、それまでわたしにはこれっぽかしもありませんでしたよ――あなたのおばあさまがわたしにお頼みになるまではね。バルネード荘も、もちろん、ストラスクロイの村も離れる気なんてなかったんですから。でもねえ……さんざん話し合ったあげく、わたしもとうとう心を決めたんですの——ほかにどうしようもないならって。それでロンドンに行ったんです」

「父さん、エディーに会ってとってもうれしかったんじゃないかなあ」

「ええ、喜んでくださいましたよ。それに結局のところ、わたしがうかがったのはいいめぐり合わせだったんです。アレクサは元気な丈夫な赤ちゃんでしたけど、お産のあと、キャロラインさまのお加減がとてもわるくて」

「麻疹《はしか》にかかったの？」

「いいえ、麻疹《はしか》じゃありません」

「百日咳？」

「いいえ、そういう病気とは違うんですの。神経の病気っていったらいいでしょうかね。産後の気鬱とかいうんですって。見ていて胸がつぶれるような思いをしましたよ。治療のために入院なさらなければならなくて。退院なさったあとでも、赤ちゃんのお世話どころじゃありませんでね。でもそのうちに少し快方に向かわれたので、お母さまのレディー・チェリトンがクルーズで、マデイラ島というううつくしい島に連れていらしたんですの。一、二か月、過ごすうちにだんだんよくなられて」

「エディーは一人ぼっちでロンドンに残ったの？」

「一人ぼっちってわけじゃありませんでしたよ。毎日、お掃除に通ってくる、気持のいいおばさんがいましたし、あなたのお父さまも出たり入ったりしてなさいましたし」

「だけどさ、エディーはどうしてそのとき、スコットランドのヴァイのところにもどらなかったの？」

「もどるところだったんですよ、バルメリノー卿ご夫妻のご結婚式のときに。もちろん、ほんのいっときの滞在で、またロンドンに帰るはずでしたけど。そのころはまだバルメリノー卿ではなく、ただのアーチー・ブレアさんでしたけどね。とてもハンサムな、お若い将校さんでしたっけ。そのとき、キャロラインさまはまだマデイラで、あなたのお父さまが、みんなでいっしょに出かけて、バルネード荘に滞在しようじゃないかって言ってくださって。それを聞いて、あなたのヴァイおばあさまはとても興奮なさって屋根裏からベビーベッドを下ろしたり、赤ちゃん用の毛布を洗ったり、古い乳母車の埃を払ったりで、わたしたちが行くのを心待ちにしてくださったんですけどね。間のわるいことにアレクサの歯が生えはじめて。まだほんの小さな赤ちゃんでしたけど、よほど痛かったんでしょうね、一晩じゅう泣きどおしで、わたしがなだめすかそうとしても何の効きめもなくて。その二週間ってもの、わたしはろくに眠れませんでね。それであなたのお父さまが、これじゃあ、北への長旅はとても無理だって言いだしなさったんです。もちろん、そのとおりでしたけど、わたしはすっかりがっかりして、ほとんど泣きそうでしたわ」

「ヴァイもがっかりしたんだよね？」

「ええ、がっかりなさったと思いますよ」

「父さんは結婚式に出たの？」

「お出になりましたともね。アーチーさんとは昔から親しいお友だちでしたから、どんなことがあったって出席なさらないわけにはねえ。でも結局、お一人でお出かけになるほかなくて」

テーブルクロスのアイロンかけは終わり、よそ行きのブラウスの番になった。エディーがアイロンの尖端を肩のギャザーの部分に入れて動かしているのを見ていると、ピローケースの場合より格段にむずかしい技術を要するように思われた。

「ロンドンの家のこと、聞かせてよ」

「何べんも聞いた話じゃありませんか。いい加減、飽き飽きでしょうに」

「ぼく、大好きなんだよ、その家のこと、聞くの」

「じゃあ、もういっぺん、話しますかね。そのお宅はケンジントンに並んで立っているうちの一軒でしたがね、とても背の高い、幅のせまい家で、キッチンは地下、育児室は家のてっぺんにありましたから、わたしはしょっちゅう、えっちらおっちら階段を上ったり下りたりで一苦労しましたっけ。でもとてもうつくしいお宅でしたよ。どっちを向いても高価な、貴重なものばかり。それにいつも何かしら、特別なことが起こっていましたね。お客さまがつぎつぎにお見えになってディナー・パーティーが催されたり、すばらしい服を着た方々が玄関からぞくぞく入っていらっしゃったり。アレクサとわたしはいつも階段の曲がり角のところに腰を下ろして、手すりの隙間ごしにこっそり高みの見物をしていたものでしたっけ」

「お客は気づかなかったんだよね」

「ええ、そう、誰もわたしたちには気づきませんでしたねえ。まるで隠れんぼみたいでしたわ」

「そいからアレクサとエディーはよく、バッキンガム宮殿に行ったんだよね」

「ええ、衛兵交代を見にね。タクシーに乗ってリジェント・パークの動物園に行って、ライオンを見ることもありましたよ。アレクサが学校に通うようになると、学校やダンスのクラスにいっしょに歩いて通いましたっけ。お友だちの中には貴族の若さまやお姫さまもいて、そういうお子のナニーときたら、そりゃもうお高くとまっていてねえ」

貴族の若さまやお姫さま。どっちを向いても大事そうなものばかりの家。エディーはロンドンで暮らしてるあいだ、すっごくおもしろかったろうな。

「ロンドンを離れてスコットランドに帰ることになったときは、悲しかった？」

「悲しかったのはね、ヘンリー、悲しいことが起こったために、ロンドンをあとにすることになったからでしたわ。とんでもないことが起こったんですの。通行人のことなど、まるっきり考えもせずに車を猛スピードで運転していた男の人がいて、一瞬のうちにエドマンドは奥さまを、アレクサはお母さまを、レディー・チェリトンはたった一人のお嬢さんをなくしてしまわれたんですからねえ」

なくした。恐ろしい言葉だ。紐を鋏でジョキンと切ったら、もう元どおりにはならないみたいに。死ぬって、そういうことなんだ。

「アレクサ、いやがった？」

「いやがったという言い回しは、そうした悲しいお別れにはぴったりしないんじゃないでしょうかね」

「だけどさ、それでエディーはスコットランドに帰ることができたんでしょ？」

「まあね」とエディーはため息をついて、ブラウスをたたんだ。「ええ、それでもどってきたんですけどね――みんなして。あなたのお父さまはエディンバラでお仕事をなさるために。アレクサとわたしはバルネード荘で暮らすために。でもね、やがてすべてがいいほうに変わりはじめて。大事な人と死に別れても、一生その悲しみを抱きしめて暮らさなければいけないってわけはないんですからねえ。少したつと、わたしも悲しみの重荷を道ばたに下ろして歩きつづけました。とくにアレクサにとっては、まったくあたらしい生活が始まったんですの。あなたがいま通ってる、ストラスクロイの学校に入学して、村の子どもたちと仲よくなり、ヴァイおばあさまから自転車とかわいいシェトランド・ポニーをいただいて、少したつと、ロンドンにいたころのアレクサとは別人のようになりましたっけ。でも一人で旅行できるようになると、アレクサはお休みごとにレディー・チェリトンのところでしばらくのときを過ごすようになってね。レディー・チェリトンは寂しい方でしたから、せめてもそのくらいはって、ヴァイおばあさまやあなたのお父さまはお考えになったんでしょうね」

アイロンかけは終わり、エディーはアイロンの電源を切り、すっかり冷えるまで炉の中に置き、アイロン台をたたんだ。けれどもヘンリーはまだ、この興味深い話題を打ち切る気になれなかった。「エディーはさ、アレクサの前には、うちの父さんの世話をしたんだよね？」

「ええ、八歳になって寄宿学校に入られるまでね」

「ぼく、いやなんだ、寄宿学校に入るの」

「やめましょ、そんな話」とエディーは勢いよく言った。めそめそとかき口説かれるのはまっぴらだったのだ。「それに寄宿学校のどこがわるいんです？あなたくらいの年のお子さんがたくさん行ってなさるんでしょうし。フットボールとか、クリケットとか、みんなでいっしょに大騒ぎをしたり、結構楽しそうじゃありませんか」

「だってぼく、誰も知らないんだもん。友だちなんか、一人もいないし。ムーも持って行けないし」

エディーはムーのことをよく心得ていた。ムーとは、ヘンリーが赤ん坊のとき、ベビーベッドでいつも掛けていた毛布の切れっぱしだった。それはヘンリーの枕の下にしまわれ、夜、ヘンリーはそれを握って眠りについた。ムーがないと眠れなかった。ムーは彼にとってとても重要な意味を持っていた。

「いいえ」とエディーは正直に言った。「ムーを持って行くわけにはいかないでしょうね。それは確かです。でもテディーは持って行っても何とも言われないでしょうよ」

「テディーじゃ、だめなんだよ。それにヘイミシュ・ブレアは、テディーを持って行くのは赤ん坊だけだって言ってるよ」

「ヘイミシュ・ブレアの言うことなんて、気にするんじゃありません」

「それにさ、エディーもいないんだもん。お昼の給食のときにも会えないし」

エディーはそれまで強いて威勢よく振舞っていたのだが、ふと片手を伸ばすとヘンリーの頭をなでて髪の毛をくしゃくしゃにし、やさしく言って聞かせた。「あなたももう赤ちゃんじゃないんですしね。誰でもみんな、大きくならないわけには行かないんですよ。やがてはつぎの段階に進んで行きませんとね。わたしたちがめいめい、途中で立ち止まってごらんなさい、世の中、進歩して行きませんからねえ。さあさ」と時計を見た。「もうおうちに帰らないとね。六時までには帰すって、お母さまに約束しましたからね。一人で帰れますか？　それとも途中まで送りましょうか？」

「ううん、一人でだいじょうぶ」

第9章

エドマンド・エアドは再婚したとき、そろそろ四十の声を聞こうとしていた。妻のヴァージニアは二十三歳だった。ヴァージニアはスコットランドの出身ではなく、デヴォンで生まれ育った。父親はかつてはデヴォン・ドーセット連隊所属の将校だったが、父祖伝来の広い農場の経営にあたるために退役した。それはダートムアと海のあいだの広い農地で、ヴァージニアはここで育った。しかし母親はアメリカ人で、七、八月の暑い季節を実家で過ごすために毎夏、娘を連れて里帰りをした。実家はロングアイランド南岸のリーズポートの村にあり、グレート・サウス・ベイを横切ってファイン島の砂丘を望む景勝の位置を占めていた。

祖父母の家は羽目板壁の古い家屋で、広々として風通しがよく、海風が薄物のカーテンを揺らし、庭の香りを屋内に漂わせた。庭は広々として、木々の茂る、静かな通りから白い杭垣で隔てられていた。戸外生活にふさわしくしつらえられたデッキが張り出し、羽虫が入りこまないように網戸をめぐらした、広やかな、涼しいポーチもあった。けれどもこの家の最大の魅力はカントリー・クラブに隣接していることで、レストランやバー、ゴルフコース、テニスコート、トルコ石色の水をたたえたプールなど、クラブの施設をいつでも利用できた。

靄の立ちこめる、湿っぽいデヴォンとはまるで異なった世界での毎夏の経験は、若いヴァージニアに磨きをかけ、洗練された雰囲気をおびさせた。その結果、彼女が同年配のイギリスの少女とはどこか違う個性の持ち主となったのは自然の成り行きだった。ニューヨークの五番街の店で買った服はおしゃれでトレンディーだったし、母親譲りの、ちょっと間のびのした物言いもチャーミングな印象を与えた。ブロンドの髪のカットの斬新さや、アメリカ娘のそれのような長い、すらりとした脚に感嘆する友だちがいる一方、羨望が悪意のこもる嫉妬に発展する場合もあった。

こうした反応にも、彼女は早くから対処する術《すべ》を学んでいた。

アカデミックな才能がとくにあるわけではなかったが、ヴァージニアは戸外活動が好きで、スポーツに目がなかった。ロングアイランドではテニス、ヨット、水泳、デヴォンでは乗馬、冬になるとフォックス・ハンティングに興じた。彼女が成長するにつれて、青年たちは争ってそのまわりに群らがり、駿馬にまたがった狩猟服姿の彼女、丈の短い白いテニス服姿でコートせましと跳び回る彼女にうっとりとした。クリスマスのダンスのときにはまるで蜂が蜜の壺に群がるように、多くの青年が彼女に引き寄せられた。家にいるときは電話が鳴りっぱなしで、父親は文句を言いはしたが、内心、娘が自慢でならなかった。そのうち、彼は文句を言うのをやめて、彼女のためにもう一台、電話機を取りつけた。

学校を出ると、ヴァージニアはロンドンに出て電動タイプライターを使いこなすことを覚えた。退屈な訓練ではあったが、とくに才能も野心もない女の子としてはほかに習得すべき技術も思いつかなかった。彼女は仲間とフラムにフラットを借り、腰掛け的な仕事についた。そのほうが縛られずに行動できるし、楽しい招待なら、仕事さきに遠慮せずに応ずることができるからだった。彼女のまわりにはあいかわらず男たちが集まっていたが、多くは以前より年配の、富裕な男たちで、ときには妻帯者もいた。彼女は、彼らが自分のために巨額の金を浪費するのをとくに何とも思わなかった。男たちがいっこうに報われぬ欲望にやきもきし、献身に倦みつかれて、ヴァージニアは自分のことをどう思っているのだろうと思い悩んでいるとき、彼女はロンドンから姿を消し、祖父母のもとでまたもや楽しい夏を過ごすか、イビサ島のハウス・パーティーに参加するか、スコットランドの西海岸をヨットで帆走しているか、デヴォンでクリスマスを過ごしているかだった。

そうしたあわただしい小旅行の一つの折に、彼女はエドマンド・エアドに会った。九月のある夜、彼女はレルカークシャーで開かれた狩猟会のダンス・パーティーに出席した。会場となった家が学校時代の友だちの家で、彼女はたまたまその家に滞在していたのだった。それはまず豪勢なディナー・パーティーに始まるもので、ディナーにさきだって客(滞在客も、その日招かれてきた客も)は広い書斎にたむろしていた。

ヴァージニアは最後に書斎に入ってきた。ほとんど白く見えるほど淡いグリーンのドレスはストラップレスで、片方の肩を光沢のあるサテンでつくったツタの小枝でとめてあった。濃緑の葉がつややかだった。

ヴァージニアは部屋に入るとすぐ、エドマンドに気づいた。彼は暖炉に背を向けて立っていたが、際立って背が高いので目についた。部屋の端と端から二人は目を合わせ、しばらくそのまま見かわしていた。黒い髪に白髪がいく筋かまじって、銀ギツネの毛のようというのがヴァージニアが受けた第一印象だった。ハイランドの美々しい民族衣装を身につけた男たちをヴァージニアは見慣れていたが、そうした服装が彼の場合のように自然で、水際立って見える例を、彼女はいまだかつて知らなかった。市松模様のストッキングとキルト、くすんだ暗緑色のジャケットには銀のボタンがついていた。

「ああ、やっとお出ましね、ヴァージニア」とその家の夫人が言った。「こちらは……」紹介された人々の名前を彼女はほとんど耳に留めていなかった。最後にようやく、「……そしてね、こちら、エドマンド・エアドよ。エドマンド、ヴァージニアをご紹介しますわ。デヴォンの出身だけど、目下、わたしたちのお客さまなの。でも今、話しはじめてはだめよ。ディナーの席をお隣同士にしましたからね。おしゃべりはそのときに……」

そんなふうに一目で魅せられたのは、そして恋に落ちたのはヴァージニアにとって初めての経験だった。リーズポート・カントリー・クラブのころ、恋をしたことはあった。夢中になったこともないわけではなかった。けれども数週間以上続いた恋愛沙汰はあったためしがなかった。これは違う。これまでの恋愛とはまるで違う。いささかの疑問の余地もなく、ヴァージニアはこの人と一生をともにしたいと感じていた。この信じがたい奇跡が実際に自分に起こっているのだということ、相手のエドマンドもこの自分にたいしてまったく同じような気持をいだいているのだということに気づくには、さして長くはかからなかった。

世界はたちまち輝かしい、うつくしい場所となった。支障が起こる心配はないとヴァージニアは確信していた。幸福に眩惑されてヴァージニアは、時を移さずただちにエドマンドと結ばれたい、いっさいの常識を、退屈きわまる建て前をなげうちたいとひたすら思った。自分の命だって惜しまない、必要なら山のてっぺんにでも上ろう。罪の泥沼に沈んでもいい。住む場所なんか、どうだっていいのだから。彼さえいれば、ほかのことは本当にどうでもいいのだ。

けれどもエドマンドはヴァージニアと違って、彼女に心を奪われはしたがあくまでも冷静だった。彼はヴァージニアに自分の状況をじっくり時間をかけて説明した。自分はサンフォード・カベン社のスコットランド支社長だ。かなりに名を知られ、問題を起こせばマスコミの好餌になるだろう。エディンバラはせまい都会だ。自分には友だちも多いし、事業上の知り合いもたくさんいる。彼らの尊敬と信頼を自分は高く評価しているのだ。通常の行為の基準を逸脱した行動に出て、タブロイド新聞のゴシップ欄に登場するようなことになれば、ただばかげているというだけでなく身の破滅にも導きかねない。

それに家族のことも考えないわけにはいかない。

「家族ですって?」

「そう、ぼくは一度結婚している」

「そうでなかったら不思議なくらいだわ」

「ぼくの妻は事故で死んだ。しかしぼくにはアレクサがいる。十歳の女の子だ。現在はぼくの母とストラスクロイの村に住んでいるが」

「わたし、小さい女の子って好きよ。アレクサのこと、気をつけて面倒を見るわ」

しかしそのほかにも越えなければならないハードルがいくつかあった。

「ヴァージニア、ぼくはきみより十七歳年上だ。四十歳の男というのは、きみには老人のように思えやしないかね？」

「年なんて、関係ないわ」

「結婚すれば、きみは否応なしにレルカークシャーのへんぴな村に住むことになる」

「わたし、格子縞のスカートをはいて、羽根のついた帽子をかぶるわ」

エドマンドは苦笑した。「残念ながら、一年じゅう、九月というわけではないからね。友人たちの家までは何マイルもある。冬は長いし、暗い。誰もが冬眠状態だ。きみは何て退屈なところだろうと呆れるに違いないよ」

「エドマンド、あなた、わたしとの結婚に疑問をいだきはじめて、わたしを思いとまらせようとつとめてるわけ？」

「そういうわけじゃないんだよ。ぜんぜん違う。ただ、きみはぼくとの結婚についての真実のすべてを知るべきだ。幻想があってはならない。きみはとても若い。きみはうつくしいし、活力にあふれている。きみにとって、人生はすべてこれからなのだからね……」

「その人生を、わたし、あなたと過ごしたいの」

「問題はそれだけではない。ぼくの職業のこともある。仕事はぼくの生活の少なからざる部分を吸い上げている。それに家をあけることが多い。海外出張もある。ときには二、三週間も留守にする」

「でも結局はわたしのところに帰ってきてくれるんでしょ？」

ヴァージニアは頑として退かなかった。そんな彼女を、彼はいとおしく思って嘆息した。

「ぼくはね、ぼくら二人のために、状況がまったく違っていたらと残念でならないんだよ。ぼくがもう一度若くなれたら、何の責任もなしに、自由に行動できる身だったら。そうすればいっしょに生活しながら、お互い同士を発見して行けるんだろうがね。お互いの愛を確信して」

「今だって確信してるのよ、わたし」そのとおり、ヴァージニアの確信は揺るがなかった――ほんの少しも。

エドマンドはヴァージニアを抱きしめた。「だったら、ほかにどうしようもないな。どうやらぼくはきみと結婚しなければならないらしい」

「お気の毒さまね」

「ぼくと結婚することで、きみは本当に幸せになるんだろうか？　ぼくはきみを幸せにしてあげたいんだよ、心から」

「エドマンド、ああ、エドマンド、わかってちょうだい。幸せになっちゃいけないって言われたって、わたし、どうしようもなく幸せなんですからね」

彼らは二か月後の十一月の末にデヴォンで結婚した。ヴァージニアの命名式がとり行われた小さな教会での、静かな結婚式だった。

蜜月時代は終わった。ヴァージニアは後悔なんて、ほんのわずかにしろ、していなかった。カジュアルな、気まぐれな恋愛沙汰は過去のものとなり、彼女はまったく振り返らずにそれらを過ぎ去らせた。わたしはミセス・エドマンド・エアドなのだ。

新婚旅行ののち、二人はバルネード荘に向かった。ヴァージニアにとってはあたらしい、いうならば出来《レディーメード》あいのわが家であった。

スコットランドにおける生活はヴァージニアのそれまでのいかなる経験とも異なったものだったが、彼女はそのあたらしい生活に適応しようと涙ぐましいばかりの努力を重ねた。ほかの人たちもどうやら、彼女という、あたらしいメンバーを快く迎えようとそれなりに努力していることがわかったからだった。ヴァイオレットはすでに思いきりよくバルネード荘をあとにして、ペニーバーンで暮らしはじめていたし、その態度はあくまでも模範的な不干渉のそれだった。エディーも同じようにきっぱりした態度を取った。わたしもお暇をいただきたいと思う、自分が育った家、母が遺してくれた小さな家で暮らすときがきたと考えるからだと。住みこみの仕事はもうこれっきりにして、今後は通いでヴァージニアとヴァイオレットの家事の手伝いをしようと思う——という意向を、エディーは明らかにしていたのだった。

エディーはヴァージニアの新婚時代、聖書にある「いと高きやぐら」のような力づよい存在だった。必要なときは思慮深い助言をしてくれたし、楽しいゴシップの宝庫でもあった。アレクサを理解するのに必要と考えて、エドマンドの最初の結婚についてある程度の情報をヴァージニアに伝えてくれたのも、エディーだった。けれども一通りのことを話すと、それっきり、エディーは二度とキャロラインのことを口にしなかった。それはすでに終わったこと、過去のことだ。橋の下を流れる水のように流れ去って、二度ともどることはないのだ。ヴァージニアは心からありがたく思った。昔からエアド家にいたエディーはすべてを見聞きしてきたわけだし、まかり間違えばこうるさい存在になりかねなかった。ところがエディーは彼女の最も親しい友だちの一人となった。

アレクサと近しくなるにはもう少し時間がかかった。やさしい性質の、内向的な傾向のアレクサは内気で、どうかすると自分の殻のうちに閉じこもりがちだった。彼女は取り立ててうつくしい娘ではなかった。ちょっとずんぐりした体型で、淡い色の髪はかすかに赤みをおび、白い肌によく似合う色合いだった。アレクサは初めは家族のうちの自分の地位について自信を欠いているようだったが、ヴァージニアに気に入ってもらいたいと心から願っているのがいじらしかった。ヴァージニアもできるだけ、それにこたえるようにした。この小さな女の子はエドマンドの娘だ。彼ら二人の結婚生活の重要な一要素なのだ。この子の母親にはなれないけれど、姉になら、なれるかもしれない。そっと、さりげなく、同年配の者にたいするように話しかけて、その心を傷つけないようにこまやかに配慮しつつ、彼女はアレクサがその殻から出るように働きかけた。ヴァージニアはアレクサの得意とするところ、彼女の絵や人形に関心を示し、すべてのイベントに、またすべての活動に仲間入りさせた。これは不便なこともあったが、いちばん大切なのはアレクサをなおざりにされたような気持にさせないことだった。

アレクサがヴァージニアにたいして遠慮をなくして打ちとけるには半年かかったが、それだけのことはあった。アレクサがごく自然に若い継母を信頼するようになったとき、いじらしいほどの賛嘆と献身的な愛情を示したとき、ヴァージニアは努力が報われたことを感じた。

そんなふうにして、ヴァージニアにはあたらしい家族ができた。しかし同時に彼女はあたらしい友人たちをも得た。ヴァージニアの若さを好ましく思い、彼らの愛するエドマンドが彼女を選んだという事実のゆえに、彼らはヴァージニアを歓迎した。バルメリノー夫妻はもちろん、ほかの人たちも。ヴァージニアは本来社交好きで、孤独を好まなかった。けれども彼女はやがて、自分に好意をもつ人々、自分とのつきあいを望んでいる人々に囲まれていることに気づいた。エドマンドは結婚当初から社用でしばしば家をあけたが、その留守ちゅう、誰もが彼女にたいしてやさしい心づかいを示し、ときには自宅に招待し、あるいは電話をかけてきて、寂しくないか、ふさぎこんではいないかと心をつかってくれた。

ヴァージニアは孤独な思いを噛みしめているわけではなかったし、憂鬱でもなかった。彼女は夫の留守をひそかに喜んでいるくらいだった。夫の不在がすべての喜びを、幸せを、かえって増し加えるように思われたからだった。エドマンドは留守をしても、いずれは彼女のもとにもどってくるはずだった。それに帰ってくるつど、彼と結婚してよかったという思いは、以前よりかえって増すようだった。アレクサの世話に没頭し、あたらしい家を整えること、友人たちとのつきあいに入れこむことで、彼女は夫のいない空虚な日々を満たし、エドマンドがホンコンから、フランクフルトから、彼女のもとに帰ってくるときを指折り数えて待った。一度エドマンドは彼女をともなってニューヨークに行き、その後の一週間の休暇をリーズポートで過ごした。その一週間を彼女は、生涯の最良の日々として記憶していた。

そしてヘンリーが生まれたのであった。

ヘンリーの誕生はすべてを一変させた。わるいほうにではなく、いいほうに。すばらしい現在がいっそうよくなるということが可能ならばだが。ヘンリーが生まれてのち、ヴァージニアはよそに行きたいとはさらさら思わなくなった。そのように自己を脱却した愛が自分に可能だとは、それまで彼女は考えたこともなかった。ヘンリーにたいする気持はエドマンドにたいする愛とは異なっていたが、予期しなかっただけにいっそう貴重だった。自分が母性的な女だなどとは思ったこともなかったし、そうした言葉の真意を分析したこともなかった。しかしこの小さな人格、この小さな生命は、彼女をものも言えないほどの驚異の思いにひたらせた。

人々は彼女をからかった。けれども彼女は気にしなかった。彼女はヘンリーを、エドマンドやヴァイオレット、エディーやアレクサとわかちあった。結局のところ、ヘンリーがもっぱら自分に属しているということを知っているので、わかちあうこと自体がうれしかった。ヴァージニアはヘンリーの成長を見守り、その進歩の一刻一刻を楽しんだ。彼は転び、起き上がり、歩いた。回らぬ舌でしゃべった。そのたびに彼女は強く心を揺さぶられた。彼女はヘンリーと遊び、絵を描き、アレクサが人形の乳母車に弟を乗せて芝生を押して回るのを見守った。彼女とヘンリーは草の上にいっしょに寝そべってアリを観察し、川まで歩いて行って、流れのはやい茶色の川に小石を投げこんだ。冬の夜々、炉辺にすわっていっしょに絵本を読むこともあった。

ヘンリーは二歳になり、三歳になり、五歳になった。ストラスクロイ小学校に彼が入学した日、彼女は門のところにたたずんで、ヘンリーが校舎の戸口に向かって歩いて行くのを見送った。その辺じゅうに子どもたちが群れ遊んでいるようだったが、どの子も彼にまったく無関心だった。そのときのヘンリーはいかにも小さく、いとけなく見えた。幼い息子が遠ざかって行く姿を見送って、ヴァージニアはいじらしさに胸にこみ上げるものを覚えていた。

三年後の今も、ヘンリーはあいかわらず小柄で、頼りなげに見えた。彼女は息子にたいして以前にもまして保護者的な気持を感じていた。そしてこの保護者的な感情こそ、彼女自身の地平線上に兆しかけているように思われる暗雲の原因であった。彼女はひそかにそれを恐れていた。

折々エドマンドとのあいだで、ヘンリーの将来をめぐる問題が表面化することがあった。しかし彼女はそれについて夫とつきつめて語り合うことを避けていた。しかしエドマンドは彼女がどう考えているかを知っているはずだった。近ごろではその問題は二人のあいだで話題となっていなかった。寝ている子を起こすことはないから、彼女としてはそれを話題にしようとも思わなかった。エドマンドと対決する必要が生ずるのは困る。できればそのままにしておくほうがいい。これまで彼女は、夫にたいして自分の意見をぶつけたことがなかった。結局のところ、重要な決定は、夫に任せておくほうがいい。エドマンドはわたしより年長だし、ずっと賢明で、はるかに有能だ。ただ、今度ばかりはべつだ。ヘンリーに関わることとなのだから。

もしもわたしが見なかったら、注意を払わなかったら、問題は消えてなくなるのではないだろうか。

アーチーとヴァイオレットが乗った、古びた、傷だらけのランドローヴァーがガタガタと音を立てて遠ざかって行ったとき、ヴァージニアは何となく無目的な、満たされぬ思いにかられ、何をする気にもならぬままに、しばらく家の前にたたずんでいた。

教会の委員会がはさまって昼間の時間が半分かた過ぎ去っていたが、家に入って夕食のことを考えるには少し早すぎた。天気は刻々好転しつつあり、太陽が雲間から現われようとしていた。庭いじりでもしようかしら――とちょっと思ったが、結局、家にもどって食堂のテーブルからカップを集めてキッチンに運んだ。テーブルの下の籠のなかでうつらうつらしていた、エドマンドの二頭のスパニエルは彼女の足音を聞きつけて目を覚まし、外に出してもらうことを期待して、はやくもうずうずしているらしかった。

「このカップを皿洗い機に納めてくるわ」とヴァージニアは犬たちに言って聞かせた。

「それから散歩に行きましょう。でもちょっとだけよ」ヴァージニアはいつも犬たちに話しかけた。ときには（今もそうだったが）自分の声の響きが耳に快かった。気のおかしくなった年寄りはわけのわからない一人ごとを言うことがあると聞いたことがあるのを、彼女は思い出していた。なぜ、一人ごとを言うのか、理解できるような気がすることもあった。

裏手のキッチンに行くと、早く早くと急き立てるようにグルグル回っている犬たちを制しながら、ヴァージニアは掛け釘から古びたジャケットを取ってゴム長をはき、外に出た。川の南側の土手に平行して走っている木陰の小道を彼女は進んだ。犬たちはすでにさきに立って走っていた。二マイルほど川上に橋がもう一つ架かっており、この橋を渡ると街道にもどることになり、さらに進むと村に出る。けれどもヴァージニアは橋をあとにしてそのまま進み、木立が終わって荒野《ムア》が始まっているところへと足を向けた。見渡すかぎり、ヒースとワラビと雑草が何マイルにも渡って勢いよく生い茂り、爪先あがりに傾斜して丘陵地に続いていた。はるかかなたの斜面に羊の群れが草を食んでいた。聞こえるのは水の音ばかりだった。

少しさきでダムのところに出た。川はその上を越えて下に深い淵をつくっていた。ここはヘンリーの気に入りの泳ぎ場だった。ヴァージニアは土手に腰を下ろした。夏には彼女は弁当持ちでヘンリーとここにくる。犬たちは川が大好きだった。いま彼らは膝まで川につかって、まるで何か月も水にありついていないかのようにゴクゴクと渇きを癒していた。ようやく堪能すると彼らは川から上がり、はげしく胴震いしてしぶきを四方に飛ばした。ヴァージニアの服にもしぶきが飛んだ。午後の太陽は暖かく、ヴァージニアはジャケットをぬいでそのぬくもりを楽しみたかったのだが、やがて予想どおり、ユスリカの群れが集まってきた。ヴァージニアは立ち上がって口笛を吹いて犬たちを呼び、家路についた。

キッチンで食事の用意をしていたとき、エドマンドが帰ってきた。ディナーにはロースト・チキンを食べるつもりで、ブレッドソースをつくろうとパンをおろし金でおろしてパン粉をこしらえていたときに車が止まる音がした。驚いて時計を見上げると、まだやっと五時半だった。ずいぶん早い帰宅だが、何かあったのだろうか？　いつもだと七時か、どうかするともっと遅くまで帰ってこないのに。

わるい知らせを聞かされるのでないといいがと心配しながら、ヴァージニアはパン粉をミルクと玉ねぎとクローヴといっしょにソース鍋に入れた。ホールからの長い廊下を近づいてくるエドマンドの足音が聞こえ、やがてドアが開いた。ヴァージニアは笑顔で振り向いたが、何となく不安を覚えていた。

「今もどった」とエドマンドは言わでものことをポッツリ言った。

夫のいかにも男性的な風貌は、いつものようにヴァージニアの胸に満ち足りた思いをあふれさせた。ネービーブルーのチョーク・ストライプのスーツにライトブルーのシャツ、真っ白なカラー。クリスチャン・ディオールのシルクのタイは彼女がクリスマスに贈ったものだった。手にブリーフケースを下げていた。一日、会社で過ごしたあげくに長時間、車を走らせてきたのだから服は多少皺になってはいたが、その顔には疲労の影もなかった。母親のヴァイオレットも、エドマンドの疲れた顔は見たことがないと言っていたが。

背がすらりと高く、体型も以前と少しも変わらず若々しいエドマンドの、しばしば半眼に閉ざされる物静かな目のまわりには、皺もほとんど目立たなかった。ただ以前漆黒だった髪が銀髪になっていたが、あいかわらずたっぷりとして櫛目のあとがうつくしかった。どういうわけか、老いを知らぬその風貌は雪白の髪のせいで、いっそうぬきんでた魅力を発散させているように思われた。

「どうなさったの？　ずいぶん早いお帰りじゃありませんか？」

「ちょっとわけがあってね。あとで説明するよ」こう言って妻にキスをし、ソース鍋を見やった。「いいにおいだな。ロースト・チキンか」

「当たりよ」

エドマンドはブリーフケースをキッチンのテーブルの上に置いた。「ヘンリーは？」

「エディーのところ。六時までは帰らないと思うわ。お茶をご馳走になって帰ることになっているから」

「そりゃ、好都合だ」

ヴァージニアは眉を寄せた。「好都合って？」

「きみとゆっくり話し合いたくてね。書斎に行こう。ソースはあとでこしらえたらいいだろう……」

こう言うと、エドマンドははやくもキッチンを出て歩きだしていた。どういうことだろうと懸念をいだきながらも、ヴァージニアはソース鍋を脇に移し、レンジに蓋をして、夫のあとに従った。エドマンドは書斎の炉のそばに膝をついて新聞紙と焚きつけに点火しようとしていた。ヴァージニアはそれとなく批判されたように、かすかに自己防御的な気持で口走った。

「エドマンド、わたし、ソースをこしらえてジャガイモの皮をむいたら火を焚くつもりだったのよ。何だか妙な日だったわ。午後じゅう、食堂で教会の集まりがあって、ここには足を踏み入れなかったものだから……」

「どうってことはないさ」

新聞紙に火がつき、焚きつけがパチパチいいだしていた。エドマンドは身を伸ばして両手を打ち合わせながら、立ったまま、炎を見守っていた。その横顔からは彼が何を考えているかはわからなかった。

「バザーは七月に開くことになったわ」とヴァージニアは椅子の一つのひじ掛けに腰を下ろした。「わたし、いちばん割りのわるい役を引き受けてしまって――不用品集めよ。そうそう、アーチーが林業協議会からきた封書を渡してもらうはずだったたって――あなたもご存じだとか。机の上にあったから持って行ってもらったわ」

「ああ。きみに託して出かけるつもりだったんだが」

「……ねえ、すばらしくエキサイティングなニュースを聞いたのよ。スタイントンさんたち、九月にパーティーを催すんですって――ケイティーのために」

「知っているよ」

「知っているって――」

「今日、アンガス・スタイントンとニュー・クラブのランチでいっしょになってね。そのとき、聞いたんだ」

「とても大がかりなパーティーみたい。大きなテントを張って、バンドを呼んで。食べものもいっさい、業者に頼むことにしたんですって。わたしね、ものすごくセンセーショナルなドレスを手に入れるつもり」

エドマンドは振り返って妻の顔に見入った。ヴァージニアは急に言葉を切った。エドマンドはもしかしたら、今わたしが言ったことをぜんぜん聞いていなかったんじゃないだろうか？　「どうかして？」と彼女はちょっと間を置いてからきいた。

「ぼくが今日早くもどったのはね、午後からは会社にいなかったからなんだ。テンプルホールに行って、コリン・ヘンダーソン校長に会ったんだよ」

　テンプルホール。コリン・ヘンダーソン。ヴァージニアの心臓は早鐘のように打ちだしていた。口の中がカラカラに乾いているのが意識された。「なぜなの、エドマンド？」

「コリンと話し合いたかったからだよ。ヘンリーについては、もう一つ、はっきり心を決めていなかったんだが、今ではそれこそ、唯一正しいことだと見きわめがついた」

「正しいことって？」

「この九月にヘンリーをテンプルホールに入学させることについてだよ」

「寄宿生として？」

「通学するわけにもいくまい」

　このときにはヴァージニアの不安は消え、徐々にではあるが、はげしい怒りが取ってかわっていた。エドマンドにたいしてこのような怒りを覚えたのは、まったく初めてだった。怒りとともに、彼女ははげしいショックを受けていた。夫がときに高圧的であること、独裁的とさえいえることは承知していた。しかし彼に陰険なところがあろうとは。彼は妻の彼女が見ていないところで、彼女を裏切ったのであった。実際、彼女は夫の行動を裏切りと感じていた。こちらが防御策を講ずる間もなく、一発の銃弾を放つ余裕も与えずに。

「そんな権利、あなたにはないはずよ」うわずった声はヴァージニア自身にも他人のそれのように響いた。「エドマンド、あなたにはそんな権利はないわ」

　エドマンドは眉を上げた。「権利がない？」

「わたしを連れないで、わたしに何も言わずにテンプルホールに出かけて行く権利は、あなたにはないはずじゃなくて？　行くならわたしもいっしょに行くべきだったでしょうからね。あなたがおっしゃるようにヘンダーソンさんと話し合うためにね。ヘンリーはあなたの息子であると同様、わたしの息子でもあるのよ。それをこそこそと一人で出かけて、わたしのいないところで、わたしに一言のことわりもなしに、万事を取り決めるなんて！」

「何もこそこそ出かけて行ったわけじゃないし、現に、こうして報告しているんじゃないか」

「ええ、事後承諾という形でね。わたし、いてもいなくても変わりない人間として、発言権のない人間として、お手軽に扱われるのはいや。わたしたち夫婦の場合、なぜ、いつもあなたがすべてを決めることになるのかしら」

「それはたぶん、ぼくがいつもそうしてきたからだと思うが」

「あなたは卑怯よ」ヴァージニアは立ち上がって、かたく腕組みをしていた。夫に打ってかからないように、われとわが腕を緊縛しているかのように。いつもは従順な妻の立場をくずさない彼女だったが、今は仔のために断固戦う雌虎だった。「あなたは知っていらっしゃるはずよ。いえ、ずっと知っていらしたはずよ。わたしがヘンリーをテンプルホールに入学させることに反対だということを。あの子はまだ小さすぎるわ。幼すぎるのよ。あなた自身は八歳で寄宿学校に入ったわけだし、ヘイミシュ・ブレアが在学していることも知っているわ。でもすべての家のすべての子どもが、そうした伝統に杓子定規に従わなければならない必要がどこにあって？ 小さな子どもを家庭から引き離して寄宿学校に入れるなんて古くさいわ。前時代的というか、時代錯誤よ。もっとわるいのは、そんなことをする必要がまったくない場合に、あなたがそうした決断を下したことだわ。ヘンリーが十二歳になるまでストラスクロイの学校にとどまってわるいわけはぜんぜんないというのに。十二歳になってから、寄宿学校に行けばいいじゃありませんか。それなら理屈にかなっているわ。でもそれまではだめ。わかってちょうだい、エドマンド、今はだめ」

　エドマンドは心から驚いているといった表情で、妻をみつめた。「なぜ、ヘンリーにかぎって、ほかの男の子の場合と違う育て方をしようとするんだね？ なぜ、十二になるまで家に置いておこうとするんだね？ ほかの家の子と違う変わり者というレッテルがあの子に貼られてもいいのかね？ きみは、ほとんど大人になるまで家で勝手に振舞っているアメリカの男の子とヘンリーを混同しているんじゃないのかね……」

　ヴァージニアはかっとなっていた。「アメリカとは何の関係もないわ。どうしてそんなひどいことが言えるの？　これはね、ごくノーマルな、良識のある母親が、自分の子どもについて感じていることなのよ。間違った考え方をしているのはあなたのほうだわ、エドマンド。でもあなたって人は、自分だって間違いをする可能性があるってことを考えてみようともしないたちだから。あなたはヴィクトリア時代の父親のようだわ。頭が古くて、柔軟な考え方ができず、頑迷姑息で」

　はげしく言いつのったが、エドマンドの表情は動かなかった。そうした折、エドマンドはまさにポーカー・フェイスで、眠そうに目を半ば閉じ、口をキュッと結んで沈黙していた。ヴァージニアは夫がもっと自然に振舞ってくれれば、すなわちわれを忘れて激怒し、癇癪を起こし、声を荒げてくれればいいのにと心から思った。けれどもエドマンド・エアドはそういうたちの男ではなかった。ビジネスの面でも、彼は冷静きわまる、物に動じない人間として知られていた。この場合も彼は終始動揺を見せず、完全に自己抑制し、妻の挑発に乗らなかった。

「きみは自分のことしか、考えていない」と彼は静かに言った。

「わたしはヘンリーのことを考えてるのよ」

「いいや、きみはあの子を自分の手もとにとどめておきたいと思っている。しかもきみの望む方法で育てて行きたいと考えている。きみのこれまでの人生は恵まれていた。何ごとも思いどおりに運んできた。きみは両親に甘やかされ、たいていのことは大目に見てもらった。きみの両親にかわって、今度はぼくがきみの我意を通してきたわけだ。だが誰にとっても成長しなければならないときというのが訪れる。きみは今、そのときを迎えようとしているんだよ。ヘンリーはきみの所有物ではない。きみは彼を押えつけている手を放さなければいけない」

　エドマンドがそんなことを、この自分にたいして言うなんてと、ヴァージニアはとうてい信じられない思いだった。

「ヘンリーを自分の所有物だなんて、そんなこと、わたし、思ったこともないわ。そんな侮辱的なことを、あなた、よくもこのわたしに！　あの子はそれなりにれっきとした一個の人格よ。わたしがその人格を産んだんですもの。わたし、ちゃんとそう承知しているわ。でもあの子はまだやっと八歳になったばかりよ。ナースリー・スクールを終えたばかりじゃありませんか。あの子には家庭が必要よ。わたしたちが必要なのよ。生まれてからずっと見てきた、見慣れてきた環境の与える安定が、あの子には不可欠だわ。枕の下にムーがないと眠れない——そんなところがあの子にはまだあるのよ。そんな幼い子を右から左に遠くの学校に送りつけるなんて。わたしは不賛成よ」

「わかっている」

「あの子はそれにはまだ小さすぎるわ」

「だからこそ、成長する必要があるんだよ」

「つまり、わたしから離れて成長する必要があるっていうのね？」


　このヴァージニアのつぶやきにたいして、エドマンドは沈黙していた。ヴァージニアの燃えるような怒りは消え、彼女は敗北感に打ちひしがれ、傷つき、ほとんど泣かんばかりに気落ちしていた。そんな気持を隠すために、彼女は夫から顔をそむけ、窓際に行って冷たいガラスに額をくっつけた。そして熱い目で、暗い庭を見るともなくみつめてたたずんでいた。

　しばらくの沈黙ののち、エドマンドはいかにも彼らしく、諄々と説きはじめた。「テンプルホールはいい学校だよ、ヴァージニア。コリン・ヘンダーソンはすぐれた校長だ。あの学校の生徒たちは無理じいされることなく、きちんと勉強するように教えられている。ヘンリーの場合、最初はつらいだろう。小さな子どもにとって、団体生活はつらいものだ。競争もあるし、生活はタフだ。そうしたことに早く立ち向かうに越したことはないんだよ。生きて行くことの楽しさとつらさを同時に受け取って行くことを、子どもはそうやって学ぶのさ。そうした状況を、きみも受け入れてくれないかな。ぼくのために。へンリーはきみに頼りすぎている」

「わたし、ヘンリーの母親なのよ」

「きみはヘンリーを窒息させているよ」こう言い放って、エドマンドは落ち着いた足どりで書斎から出て行った。

第10章

金色の夕暮れの光を浴びて、ヘンリーは家路をたどっていた。あたりにほとんど人けがなかったのはそろそろ午後の六時だからで、たいていの人は家でお茶のテーブルを囲んでいるころあいだった。ヘンリーはなごやかな、そうした情景を想像してみた。たぶんスープ、それにタラの切り身か、肉の厚切り、食後にケーキとビスケット——といったものを熱々の濃いお茶で流しこむのだ。ヘンリー自身はエディーがご馳走してくれたソーセージで快く満腹していた。でも寝る前に、母さんがココアを持ってきてくれるかもしれない。ココア一杯だったら、胃袋にはまだ余地がある。

ヘンリーは二つの教会のあいだをつないでいる、弓なりの橋を渡った。クロイ川にかかるこの橋のいちばん高いところでヘンリーは足を止めて、古びた欄干の上から身を乗り出して下の川面をみつめた。農民が寄るとさわると嘆き合うくらいの雨続きで、川は流れてくるあいだに集めたもの（木の枝とか、わら屑とか。ヘンリーはいっぺん、子羊の死体が橋の下に打ち寄せられているのを見たことがあった）を下流へと運んでいた。谷のずっと下方では土地はぐっと平坦となり、川幅も広がり、家畜が夕方水を飲みにくる草地を曲がりくねっているが、流れはここでは急で、小さな滝や深い淵をつくって岩の上をほとばしっている。

このクロイ川の川音は、赤ん坊のころからヘンリーの記憶に鮮明に焼きつけられている、さまざまな音の一つだった。夜は開けひろげた寝室の窓から、川は彼に語りかけた。そして毎朝、目を覚ますとまず彼はその音を聞いた。上流には、アレクサが泳ぎを教えてくれた淵があった。ヘンリーは学校友だちとその土手で泥まみれになって水遊びをした。ダムをつくったり、キャンプの真似ごとをしたり、することはきりなくあった。

後ろのほうで長老派教会の大時計がおごそかに六時を告げた。ヘンリーは欄干からしぶしぶ身を引き離し、川の南岸の小道をたどりはじめた。頭上の丈の高いニレの木の梢で、ミヤマガラスがかしましく鳴きかわしていた。

バルネード荘の開けひろげた門のところにさしかかると、ああ、うちに着いたと急に気が急いて、ヘンリーは肩からかけたカバンをバタバタさせながら走りだした。母屋のまわりを回ったとき、父親の濃紺のＢＭＷが砂利道に駐車しているのが見えた。珍しいこともあればあるものだと胸がおどった。ふつう父親は彼がベッドに入ってから帰宅する。しかし今夜は両親はきっとキッチンにさしむかいですわって、その日のニュースを仲よく取りかわしているに違いない。母親は夕食の支度をし、父親はのんびりとお茶を飲んでいるだろう。

そう期待したのだが、キッチンには二人の姿はなかった。玄関から入ったとたんにそれがわかったのは、書斎の閉ざされたドアの向こうから話し声が聞こえてきたからだった。たったそれだけのことなのになぜ、ハッとしたのか、なぜ、ただならぬものを感じたのか——それはヘンリー自身にもわからなかった。

突然、口のなかがカラカラに乾いているのをヘンリーは意識した。彼は広い廊下をそっとつま立って歩いて、書斎のドアの外にたたずんだ。入って行って二人を驚かせるつもりだったのだが、そうせずについ聞き耳を立てていた。

「……あの子はまだやっと八歳になったばかりよ。ナースリー・スクールを終えたばかりじゃありませんか。あの子には、家庭が必要よ。わたしたちが必要なのよ」これまで一度も聞いたことのない、興奮した声で、母さんがしゃべっていた。甲高い、今にも泣きだしそうな声だった。「……右から左に遠くの学校に送りつけるなんて、わたしは不賛成よ」

「わかっている」と父親の声が答えた。

「あの子はそれにはまだ小さすぎるわ」

「だからこそ、成長する必要があるんだよ」

「つまり、わたしから離れて成長する必要があるっていうのね？」

父さんと母さんが何か言い合っている。口げんかをしている。いつも仲よしの父さんと母さんが。恐怖に身も凍る思いで、ヘンリーはつぎに起こることをただじっと待っていた。しばらく間を置いて、父さんの声が聞こえた。「テンプルホールはいい学校だよ、ヴァージニア。コリン・ヘンダーソンはすぐれた校長だ。あの学校の生徒たちは無理じいされることなく、きちんと勉強するように教えられている。ヘンリーの場合、最初はつらいだろう……」

そういうことだったのか。ぼくをテンプルホールにやろうとしているんだ。寄宿学校に入れようとしているんだ。

「……そうしたことに早く立ち向かうに越したことはないんだよ。生きて行くことの楽しさとつらさを同時に受け取って行くことを、子どもはそうやって学ぶのさ」

友だちと別れ、ストラスクロイの村を、バルネード荘を離れて、エディーとも、ヴァイとも別れて。

ヘンリーはテンプルホールで上級生になるはずのヘイミシュ・ブレアに思いを馳せた。ぼくよりずっと大きくて、威張りくさってて、意地悪で。ヘイミシュはばかにしたように言った。「学校にテディー・ベアなんて持ってくのは赤ん坊だけさ……」

「……ヘンリーはきみに頼りすぎている」と父親の声が響いた。

ヘンリーはそれ以上、聞いている気がしなかった。それまで経験した、ありとあらゆる恐怖がヘンリーに襲いかかるようで、彼は書斎のドアの前からたじたじとあとしざりし、やっとホールにもどると、クルッと背を向けていちもくさんに走りだした。ホールを抜け、階段を駆け上がり、廊下を走って自分の部屋へと。後ろ手にドアをたたきつけるように閉めて彼はカバンを放り出し、ベッドに身を投げ出すと羽根布団にくるまり、枕の下に手を突っこんでムーを探った。

ヘンリーはきみに頼りすぎている。

だからぼくは遠くの学校に行かされるんだ。親指を口に突っこんで、ムーをギュッと頬に押しつけると、さしあたっては安全という気がした。心をなぐさめられて、ヘンリーは泣くのをやめにして目を閉じた。

第11章

クロイ館の客間はフォーマルな折々にかぎって用いられてきたもので、それにふさわしく広々としていた。高い天井は白、天井と壁のあいだの渦巻き模様の蛇腹も白。壁は色あせた赤いダマスコ織に覆われ、床のトルコ絨緞はところどころすりきれてはいたが、華やかな色合いは昔に変わらず、快いぬくもりを感じさせた。ソファーや椅子のあるものにはカバーが掛かっていたが、あるものは生地のままのビロード張りで、一つとしてマッチしていないのはおかしいくらいだった。小さなテーブルがあちこちに配置され、バタシー産の繊細な色の小箱やら、銀色の額縁に納められた写真やら、カントリー・ライフ誌のバックナンバーやらが雑然とのっていた。壁には暗い色調の油絵がいくつも掛かっていた。肖像画とか、花瓶にあしらわれている花の絵で、ソファーの後ろのテーブルの上には香り高いシャクナゲの花が、中国製の陶器の壺にこぼれんばかりに活けてあった。

縁に革をあしらった大きな炉囲いの背後で、薪の火が赤々と燃えていた。炉の前に置かれている敷物は、けばの立っている白いシープスキンで、体をぬらした犬たちがすわりこむと、羊のにおいが漂った。炉は大理石を敷きつめたもので、見事なこしらえの炉棚の上には金めっきとエナメルの華麗な燭台が一対、ドレスデン陶器の人形が二つ、それにヴィクトリア朝のものらしい、凝ったデザインの置時計。

この時計が今しもひそやかに十一時を知らせたところだった。

誰もがハッとした。漆黒のシルクのパンツにクリーム色のクレープのブラウスを合わせた、シックな装いのミセス・フランコは、もうこんな時刻だなんてとびっくりして見せた。おしゃべりが楽しくて、知らない間に時が飛び去ってしまったと。「でもわたし、もう休ませていただきますわ。うちの人も、もしも明日、グレンイーグルズ行きに間に合うように起きるつもりなら、引き取ったほうがいいと思いますけど」

奥さんの声にフランコ氏もおとなしく立ち上がり、ミセス・ハードウィックも釣りこまれるように立った。「申し分なく楽しい夜でしたわ。それにエレガントなディナーのおいしかったこと……お二人のお心のこもったおもてなし、ありがとうございました……」

おやすみなさいが言いかわされた。彼女なりの取っておきの（二年前に新調した）グリーンのドレスを着たイザベルは客を階上の寝室に送りとどけるべく、さきに立って客間を出たが、それっきりもどってこなかった。そんなわけでアーチーは、「十一時なんて宵の口だ、まだ一、二時間は」と思っているらしいハードウィックと二人だけ、客間に残された。

アーチーはべつに閉口してもいなかった。ジョー・ハードウィックは、毎年やってくるツーリストの中ではいい部類の客だった。リベラルな見解を持つ、なかなかのインテリで、とりつくろわぬユーモアが快かった。客の組み合わせしだいで話がいっこうに弾まぬときもあり、ホストのアーチーを困却させることもなきにしもあらずだったが、ハードウィックはディナーのあいだ、会話がとぎれないように心をくばり、自分のこっけいな失敗談を一つ二つ披露し、思いがけず、ワインにかけての蘊蓄ぶりを示したりもした。料理が二つ目のコースに進んだころには、食卓はアーチーが父親から受けついだワイン・セラーの話でもちきりだった。

さてアーチーが注いだ寝る前の一杯を、ハードウィックはありがたそうに受けた。アーチーは自分にも一杯注ぎ、炉に丸太を一、二本放りこんでから、足をシープスキンの敷物の上に置いて椅子に深々と腰を下ろした。ジョー・ハードウィックはクロイ館についてもう少し聞きたいと思っていたようで、こうした古い館に自分はひどく魅力を感じると切りだした。バルメリノー家はここに住んでどのくらいになるのか？　貴族の称号は何に由来しているのか？

この屋敷の歴史はどういったものなのか？

好奇心からというよりも、心底興味を感じているらしかったし、アーチーも快く応じる気になった。初代のバルメリノー卿であるアーチーの祖父はかなり名のある実業家で、帆布に用いるような強靭な織物の生産で財をなした。貴族の称号を受けたのも、いうならばその結果で、十九世紀末にクロイ館とその周辺の土地を買い入れたのだと彼は語った。

「当時はここには人家はまったくなくて、十六世紀に起源する城砦まがいの塔があるばかりだったようです。この家は、元からあったその塔を合わせる格好で、私の祖父が建てたのです。ですから裏手の一部の起源は古いんですが、基本的にはヴィクトリア朝のものです」

「ずいぶん広壮な建物のようですが」

「あのころの人間は法外な規模で暮らしていたようで……」

「土地の面積もかなり……？」

「ええ、しかし今では大部分は人に貸してあります。荒野《ムア》も雷鳥狩のために、あるシンジケートに貸し出されていて、友人のエドマンド・エアドが宰領してくれています。私も部分的に権利を保有していましてね、勢子が獲物を追い立てる、いわゆるドライビング猟のときは同行することにしています。ストーキング猟のほうは親しい友人たちとの楽しみに取ってあるんですよ。農地も今は人に貸してあります」と言って、微笑した。「そんなわけですから、目下のところ、私には責任というものがまるでないんですよ」

「だったら、あなたは毎日、何をなさっておられるんですか？」

「イザベルを手伝い、犬たちに餌をやり、できるかぎり、運動をさせるように気をつけています。その他、倒木の始末をしたり、薪をこしらえて家に運びこんだり。物置小屋の一つに丸鋸《のこ》を備えつけていましてね、ときおり村からぐうたらなじいさんがやってきて、手を貸してくれるんですよ。草刈りもやります」と言葉を切った。こう列挙しても、仕事というにはあまりにも中途半端だったが、それ以上、思い浮かぶこともなかった。

「釣りはされますか？」

「ええ。クロイ川を村から二マイルばかりさかのぼった川上に漁場をもっています。丘の中腹に湖があるんですが、魚が水面近くにくるときに行きあわせると、けっこう楽しめます。ボートを湖に出すと、静かで、落ち着いた気持ちになれます。冬の午後四時には、あたりがかなり暗くなるんですが、私は地下室に仕事場をもっていましてね。修理の必要のあるものがいつも何かしらあるものですから。門を修理したり、幅木をあたらしくしたり、イザベルのために食器棚をつくったり、棚をふやしたり、その他もろもろです。私は木工が好きでしてね。人間にとって基本的な作業といえますし、作業療法の役も果たしてくれます。軍隊に入るよりも、指し物師になる修業をすべきだったかもしれません」

「スコットランドの連隊に入隊なさったんですか？」

「高地連隊に十五年間、所属していましてね。そのうちの二年間は、アメリカ軍に協力してベルリンに駐屯していました」


話題はベルリンから東欧ブロックに移り、さらに政治、国際問題へと発展した。もう一杯酒を注いで話し合ううちに時の観念がはっきりしなくなっていた。二人がようやく、このあたりでやめてお互い、ベッドにひっこもうと申し合わせたときには、すでに午前一時を回っていた。

「すみませんでしたね。つきあっていただいて」とジョー・ハードウィックは詫びた。

「とんでもない」とアーチーはからのグラスを取り上げて、グランドピアノの上に置いてあった盆の上にのせた。「……私も長時間寝るたちではないので、夜は短いほどありがたいんですよ」

「その……」とハードウィックは言いかけてためらった。「立ち入ったことをうかがうようですが――脚をひきずっておられるのは事故か何か……？」

「いえ、北アイルランドで片脚を撃ちぬかれたんです」

「義足をつけておられるんですか？」

「ええ、アルミニウム製のやつをね。これがなかなか精巧にできているんですよ。ところで朝食は何時になさいますか？　八時十五分ということでよろしいですか？　グレンイーグルズにご案内する車がくる前に少しゆっくりなされるように。モーニング・コールは必要ですか？」

「お手数でなかったら。そう、八時ころにお願いしましょうか。こちらの山の空気がいいからなんでしょう、いったん眠ると前後不覚で」

アーチーがドアを開けに立とうとしたとき、ジョー・ハードウィックが、グラスののっている盆は自分がキッチンに持って行こうと申し出た。感謝しながらも、アーチーは頑として聞かなかった。

「どうか、お構いなく。この家のしきたりなんですから。あなたはお客です。家事のためには指一本、動かしてくださらないほうがいいんですよ」

二人は前後してホールに出た。「どうもありがとうございました」とジョー・ハードウィックは階段の下に立って言った。

「いや、こちらこそ。ゆっくりお休みになってください」

アーチーは客が姿を消し、寝室のドアの閉まる音が聞こえるまで階段の下に立っていたが、それから客間にもどり、炉の火を埋め、炉囲いを張りめぐらし、重たいカーテンを引き、窓の押え金がちゃんとかかっているかどうかを確かめた。庭は月光に洗われ、ふとどこかでフクロウの鳴く声がした。アーチーは酒瓶などはそのままにして部屋を出ると、明かりを消した。ホールを横切って食堂に行くと、テーブルの上にはもうディナーの痕跡もなく、すでに朝食の皿やコップがセットされていた。後ろめたい思いにかられたのは、これが伝統的に彼の役回りだったからで、彼が客とのんびり座談にふけっているあいだにイザベルが万事一人でやってのけていたのだった。

キッチンに行ってみると、ここでもすべてがきちんとかたづいていた。彼の愛犬の二頭のラブラドールはアーガ・クッカーのそばの籠の中で眠っていた。二頭とも、彼が入ってきた気配に目を覚ましてちょっと頭をもたげた。尻尾がパタッ、パタッと床をたたいていた。

「おまえたち、外を一っ走りしてきたのかい？　イザベルが寝る前に外に出してくれたんだね？」

　パタッ、パタッ――二頭とも満ちたりた様子だった。べつにし残したこともなさそうだ。

　では寝るとするか。ホッとしたとたんに、一時にガックリとはげしい疲労を意識していた。階段を上り、歩きながら電灯を消し、自分用の更衣室に入って、アーチーは寝支度に取りかかった。まずディナー・ジャケットをぬぎ、蝶ネクタイをはずし、カラーを取り去り、シャツをぬいだ。それから靴とソックス。いちばんこみいっているのがズボンをぬぐ際の段取りだった。だがそれを渋滞なくこなすために、彼は一種の手続きを完璧に実践していた。衣服戸棚に貼ってある丈の高い鏡がそんな彼の姿を遠慮会釈なく映し出していたが、彼はそっちをまともに見ないように心していた。裸の自分の姿を見るのがたまらなくいやだからだった。灰色の切り株のような太腿、ギラギラ光るアルミニウムの義足、ねじ釘や蝶番、義足を固定させるためのベルト、革紐――すべてがあらわにされている光景は何かこう破廉恥な、猥雑な印象さえ与えた。

　アーチーは急いで手を伸ばしてシャツ・スタイルの寝間着（パジャマより着やすいからだった）を取り、頭からかぶった。それから隣の浴室に行き、用を足すと歯を磨いた。広々とした寝室には明かりはついていなかったが、カーテンのない窓から月光が流れこんでいた。幅の広いダブルベッドの一方の側で熟睡していたイザベルが、ふと身動きをして目を覚ました。

「アーチー？」

　彼はベッドの自分の側に腰を下ろした。

「ああ」

「今、何時ごろ？」

「一時二十分ごろじゃないか」

　ちょっと思いめぐらしてから、イザベルはきいた。

「話しこんでいらしたのね？」

「ああ。すまない。きみを手伝わなければいけなかったのに」

「そんなこと。でも今日のお客さまはみなさん、とても気のおけない、いい方たちだったわ」

　アーチーはハーネスの革紐をはずし、切り株のような太腿から詰め物入りのカップを取り去った。義足がすっかりはずれると、彼はおぞましい、そのアルミ製の用具をベッドのそばの床の上に置こうと身をかがめた——翌朝、もたつかずに手早く義足をつけられるように帯や紐をきちんと整えて。義足を取り去ると、自分の体が急にいびつにゆがみ、妙に軽くなったような気がした。切り株のような大腿部が熱をおびて、しきりに痛んだ。長い一日だったと彼は思い返していた。

アーチーはイザベルのかたわらに身を横たえて、ひんやりと冷たい感触のシーツを引っぱって肩を覆った。

「だいじょうぶ?」とイザベルが夢うつつといった、ぼんやりした声できいた。

「ああ」

「ヴィリーナ・スタイントンが、ケイティーのためにダンス・パーティーを計画しているんですって。聞いていらした?」

「ヴァイオレットから聞いたよ」

「わたし、あたらしいドレスを買わないと」

「ああ」

「着て行くものがまるでないんですもの」

こうつぶやきながらも、イザベルはすでに半ば寝入っているようだった。

夢のその部分が始まるやいなや、アーチーは何が起ころうとしているかをはっきり知っていた。それはいつも同じ夢だった。人っ子一人いない、落書きだらけの壁ぞいの荒涼たる通り。暗い空。雨。彼は防弾チョッキを着て、ランドローヴァーの装甲車を運転して闇の中を進んでいた。いつもと違って、同行する仲間もいず、たった一人で。

何としても兵舎にもどらなければ——彼はそればかり考えていた。兵舎というのはアルスター警察の分駐署の建物で徹底的に城砦化されており、奇襲されずに帰着できれば身の安全は保証されたようなものだった。だが案の定、彼らは彼を待ちぶせしていた。雨のために視界がかぎられていたが、相手は四人、道全体に立ちふさがる感じで、装甲車が通るのを待ちぶせしていたのだった。顔を黒い布でスッポりと覆面し、手に手に武器をかざして彼らは襲いかかってきた。彼はライフル銃に手を伸ばした。しかし銃は消えていた。しかもランドローヴァーはいつの間にか止まっていた。止めたつもりはなかったのに。ドアが開き、彼らは彼に襲いかかって車の外に引きずり出した。今度は袋だたきにして殺すつもりかもしれないと思ったのだが、今回も同じだった。茶色い紙包みのように見える、爆弾入りの包みを、彼らは車の後部座席に乗せた。彼は立ったまま、見ているほかなかった。彼はそれからふたたび運転席にすわらされ、悪夢は本格的に始まった。装甲車は兵舎の開けひろげられている門から突入し、やがて爆弾が爆発して兵員もろとも兵舎をぶっとばすだろう。彼は狂気に駆られてでもいるように、しゃにむに運転していた。雨はいっかなやまず、視界はまったく利かなかった。おそらく彼にできるのはただ一つ、爆弾ごと、ローヴァーごと、そのために掘られた穴の中に突っこみ、爆発の直前に車から飛び降りて死に物狂いで逃げることだけだったろう。

パニックが彼をとらえていた。自分の荒い息づかいが耳もとに割れ返るように響いていた。門がギーッと開き、ローヴァーは門を通り抜けて傾斜路を下り、大穴目がけて突っこんでいた。穴を囲むコンクリートの壁が光を遮断していた。逃げなければ。彼はローヴァーのドアのハンドルを夢中で引いた。しかしドアはびくともしなかった。時限爆弾はチクタク時をきざんでいた。死の時計。殺人時計。その時計とともに彼は閉じこめられているのだった。アーチーは絶叫した。彼がここにいることは誰も知らない。彼はなお絶叫した。

目が覚めた。女のようにあわれっぽい悲鳴をあげている自分。口をポカンと開け、顔に汗を伝わらせて……しかし力強い腕が彼を抱きしめていた。

「アーチー」

イザベルがそこにいた。彼をしっかり抱きかかえていた。ややあって、彼女はそっと夫の頭を枕の上にもどした。やさしくささやきかけて、彼女は彼をなだめた——おびえている幼い子どもをあやすように。彼女はそっと彼の目もとにくちづけした。「だいじょうぶ、みんな、ただの夢よ。あなたはちゃんとここにいるわ。夢だったのよ、何もかも。あなたはここにいる。わたしもいっしょにいるのよ。みんな、とうにすんだことだわ。あなたは目を覚ましているんですもの、もう」

アーチーの心臓は早鐘のように鳴り、冷や汗がわいていた。妻の抱擁に身をゆだねて彼はじっと横たわっていた。そのうちに息づかいも落ち着き、彼は水を満たしたグラスに手を伸ばした。けれどもそれより早く、イザベルがグラスを取って彼の口にあてがっていた。十分飲んだと見て取って、彼女はそのグラスをテーブルの上にもどした。

アーチーが静かになったとき、イザベルはかすかに笑いをふくんだ声で言った。「二階のお客さんたち、誰も目を覚まさないといいけど。わたしがあなたを絞め殺しているのかと勘違いするといけないわ」

「わかっている……すまない」

「やっぱり……同じ夢？」

「ああ、いつも同じだよ。雨、覆面の襲撃者、爆弾、そしてあの大穴。どうして起こりもしなかったことを夢に見るんだろう？」

「わたしにもわからないわ、アーチー」

「あんな夢、二度と見たくないのに」

「そうでしょうとも」

アーチーは頭をめぐらし、顔をイザベルの柔らかい肩に埋めた。「夢さえ見なくなったら、またきみを抱けるかもしれないのに」

八月

August

第12章

八　月

十五日　月曜日

　クロイ館に郵便が配達されるとき、それはまるで移動祝祭日のような歓迎を受けた。郵便局員のトム・ドライストンは赤いライトバンを運転して、その地方を広範囲にわたって巡回する。谷間へと通ずる、果てしもない、曲がりくねった片側通行の道を走って、彼はへんぴな場所にある牧羊地や小作地に郵便を配達した。幼い子どもたちをかかえて、世間からかけ隔たった生活を余儀なくされている農家の若い妻たちは、ひんやりした、さわやかな風の中で洗濯物を干しながらトムがやってくるときを待ちこがれていたし、一人暮らしの老人たちはトムが持病の薬を届けてくれるのを、ついでにちょっとばかり無駄話をしたり、ときには彼とお茶のテーブルを囲むのを楽しみにしていた。トムは冬になるとライトバンをランドローヴァーに替えた。最悪の吹雪のときはべつとして、彼は家族が待ちに待っているオーストラリアからの手紙とか、通信販売のリトルウッズのカタログを見て若い奥さんが注文したブラウス――といった郵便物を配達して回る。吠えたける北西風が電話線や電灯線を切ってしまったときなどは、トムはしばしば外界との唯一の絆であった。

　というわけで、トムが無駄口をたたかない、気むずかしい男で、耳に痛い言葉を吐くたちだったとしても、彼の日ごとの訪問は歓迎されただろう。ところが彼は生まれも育ちもタラカードの、いたって陽気な青年で、きびしい自然環境や天候が課する悪条件をものともしなかった。それに郵便配達をしていないときはアコーディオンの名手としてもてはやされ、歌や踊りのつどいの折には欠かせぬ存在だった。ビールのコップを壇上の床の上に置いて、ジグやリールをきりなく演奏するバンドをリードしている彼の姿は、村人にとって見慣れた光景だった。トムの行くさきざきには、聞いているとひとりでに踊りだしたくなるような軽快な音楽が流れる。彼が郵便を配達しながら絶えず口笛を吹いているからだった。

八月半ばの月曜日だった。雲の垂れこめる、風の吹きすさむ日で、夏らしい暑さは感じられなかったが、少なくとも雨は降っていなかった。イザベル・バルメリノーはエプロン姿でクロイ館のキッチンのテーブルの一方の端に座を占め、三つがいの雷鳥の羽根をむしっていた。金曜日に撃ち落とされたもので三日間、貯蔵室に吊してあった。もう少し吊しておいたほうがいいのだが、イザベルはやっかいな下ごしらえを、つぎのツーリストの一団が到着する前にすませておきたいと思っていた。

キッチンはだだっ広くて、ヴィクトリア朝時代のそれのたたずまいを感じさせた。そこはまた、イザベルの忙しい日常をしのばせるよすがにあふれていた。調理台には縁の欠けた白色陶器が積まれ、メモ板には絵葉書、住所のメモ、配管工に電話する必要について書きなぐったメモなどが貼ってあった。犬たちの籠は、オーブンを四つも備えた、大きなアーガ・クッカーの脇に置かれており、かつてハムを吊してあった天井の掛け釘からはドライフラワーの大きな束が吊り下がっていた。アーガ・クッカーの上方に、滑車で上げ下げできる棚があった。丘に出かけて露にぬれたツイードのコートとか、すっかり乾ききっていないシーツとかを掛けて、空気に当てる仕組みだった。しかしこれは必ずしも満足の行く乾燥コーナーではなかった。朝食にキッパーズが供されることがあると、ピローケースにうっすらとなまぐさいにおいがまつわりつくことがあるからだった。しかしイザベルは乾燥戸棚を持っていないのだから、ほかにどうしようもなかった。

アーチーの母親のレディー・バルメリノーの時代には、この滑車の棚に関して何度となく繰り返された笑い話があった。当時は住みこみのコックとして、ミセス・ハリスがキッチンに君臨していた。彼女はすばらしいコックだったが、衛生面に関する愚かしい偏見についぞ悩まされたことがなかった。アーガ・クッカーの上に彼女はいつも黒い鉄製の、スープストックの大鍋をデンと据えており、肉がまだついている骨とか、残り物の野菜とかが、しょっちゅうグツグツ煮えていた。このスープを土台にして、ミセス・ハリスは名代のスープをこしらえた。ある年、狩猟のためにやってきたお客を迎えてのハウス・パーティーの折、外はひどい悪天候で、アーガ・クッカーの上方の棚には雨水のしみこんだジャケットや、ニッカーボッカーや、セーターや、毛のぽやぽやした靴下などが常時ぶら下がっていた。その二週間のあいだにスープは日を追って味がよくなり、こたえられぬ風味を備えるようになった。お客はレシピーをと乞うた。「まあ、ミセス・ハリス、何てこくのあるスープでしょう！　つくり方をぜひ教えてくださいな」しかしミセス・ハリスはただ胸を張って、「ちょっとしたコツでして」と答えるばかりだった。その週が終わって、パーティーの客はミセス・ハリスのふくれた赤い手に過分の祝儀を握らせて帰って行った。お客が帰ったのち、スープストックの鍋も用ずみとなって、洗うためにようやくからにされたが、何とその底に、あまり清潔ともいえぬ狩猟用ストッキングの片方が、半ばフェルト化して発見されたのだった。

さてイザベルはすでに四羽の雷鳥の羽根をむしりおえ、あと二羽で終わりというところまできていた。むしった羽根がいたるところにフワフワ舞っていた。イザベルはそれを新聞紙をひろげた上に集めては、黒いビニールのゴミ袋の中に入れ、今しもべつな新聞紙をひろげて、五羽めに取りかかろうとしていた。その折も折、口笛の音が聞こえてきたのだった。

裏口のドアがパッと開き、トム・ドライストンが陽気な口笛とともにキッチンに飛びこんできた。と、一陣の風が吹きこみ、羽根が雪のように空中に舞い上がった。イザベルは情けなさそうな悲鳴を上げ、トムはあわててドアを後ろで閉ざした。

「殿さまの獲物のおかげで、奥方さまは大忙しですね」とトムは言った。羽根がフワフワッと降りてきてイザベルは一つ、くしゃみをした。トムは調理台の上に一束の郵便物をバシンと音を立てて置いた。

「ヘイミシュ坊やに手伝ってもらうわけにはいかないんですか?」

「ヘイミシュはいないのよ。アーガイルの学校友だちの家に、一週間の予定で出かけているものだから」

「クロイの金曜日の狩猟はどんなあんばいでした?」

「思わしくなかったようよ」

「グレンシャンドラじゃ、合計四十三つがいが撃ち落とされたらしいが」

「もともとうちの猟場にいたのが、あっちに飛んでったんじゃないかしら。境の柵を越えて友だちを訪問に出かけたところを撃たれたんでしょうよ。コーヒーを一杯いかが?」

「今日はいいですよ。すみません。配達せにゃならん郵便物がワンサとあるんですよ。州議会の回状やら何やら。じゃあ、また……」

こう挨拶してトムは帰って行った。ドアをたたきつけるように閉める前に、早くも口笛の音が聞こえていた。

イザベルは雷鳥の羽根をむしりつづけた。調理台の前に行って、何か心を浮き立たせてくれるようなたよりでもきていないかと郵便物を点検したくてたまらなかったのだが、努力してそんな気持をおさえていた。まず羽根をむしり、その羽根をかたづけてから手を洗い、郵便物を一瞥しよう。一通り眺めてから、臓物を引き出すという汚れ仕事に取りかからなければ。

郵便車の音が遠ざかったと思うと、ホールから廊下をこっちに近づいてくる足音がした。大儀そうな、ギクシャクした足音だった。数段の石段を一歩一歩降りてくる足音。ドアが開いて、夫のアーチーが姿を現わした。

「今きていたのはトムかね?」

「口笛が聞こえたでしょ?」

「林業協議会からの手紙を待っているんだがね」

「わたし、まだ見る暇がなくて」

「雷鳥の下ごしらえをするなら、そう言ってくれれば手伝ったのに」アーチーの口調は後ろめたげというより、非難がましく響いた。

「わたしのかわりに臓物を出してくださるとありが

たいんだけど」

　アーチーは顔をしかめた。鳥を撃ち殺すことも、傷ついた鳥の首をひねって息の根を止めることもできたし、頼まれれば羽根をむしりもしたが、腹をかき切って臓物を出す役回りは願い下げというところらしかった。こうした彼の態度は、イザベルとのあいだでは、いつもちょっとした摩擦の原因で、彼はすばやく話題を（彼女の予期どおり）変えた。

「郵便物はどこにある？」

「トムが調理台の上に置いてったわ」

　アーチーは脚をひきずりながら調理台のところに行き、鳥の血などで汚れないように、テーブルのもう一方の端の腰掛けにすわると、封筒をパラパラとめくった。

「しょうがないな。肝心のものがきていないようだ。だがルシラから一通きているよ」

「うれしいわ。そのうち、くるだろうとは思っていたけれど……」

「……それとはべつに、大きくて、分厚い、固そうな封筒が一つ。まるで女王陛下からの招待状みたいだがね」

「ヴィリーナの筆跡？」

「かもしれない」

「わたしたちへの招待状よ」

「同じようなのがほかに二通。『乞転送』というラベルつきだ。一つはルシラあて。もう一つは……」アーチーはちょっとためらった。「パンドラあてだな」

　イザベルは唐突に手を止めた。羽根の散っている細長いテーブルごしに、イザベルとアーチーは顔を見合わせた。「パンドラあてですって？　まあ、驚いた、ヴィリーナはパンドラまで招待しているの？」

「そのようだね」

「おかしな話。ヴィリーナはわたしに、そんなこと、一言も言わなかったのに」

「言わなきゃならないわけもあるまい」

「とにかく転送しないとね。わたしたちの分を開けてみてくださいな。どんな招待状かしら」

　アーチーは自分たち夫婦あての一通の封を切り、「なかなか豪勢じゃないか」と眉を吊り上げた。

「浮き出しの銅版刷り、おまけに金縁だ。九月十六日か。あの用意のいいヴィリーナにしては珍しい。ぎりぎりまで招待状を送らなかったんだね。一月弱しか余裕がないんだから」

「ちょっとした行き違いがあったようよ。印刷屋が間違えて裏側に印刷してしまったらしいのね。送り返してやり直しをさせたために遅くなったらしいわ」

「裏側だって、どうしてわかったんだろう?」

「ヴィリーナって、そういうことはよく心得ている人だから。完全主義者なんですもの、彼女。いったい、どういう文面?」

「『バルメリノー卿ならびに令夫人』って宛名だよ。『ミセス・アンガス・スタイントンは娘のケイティーのために自宅でダンス・パーティーを催します』——とか何とか書いてあるよ。『ご出席のお返事をお待ちしております。ダンスは午後十時から』だとさ」と言って招待状を差し上げて見せた。「強烈な印象だね」

眼鏡がないので、イザベルは目を少しすぼめるようにして夫の肩ごしにのぞいた。

ミセス・アンガス・スタイントンは
娘ケイティーのために
自宅で
ダンス・パーティーを催します。
一九八八年九月十六日
ご出席のお返事をお待ちしております。
ダンスは午後十時から。

レルカーク州タラカード
コリーヒル荘

「感銘を受けるわね。炉棚に飾ると、すごく印象的に見えそう。アメリカのツーリストたちはてっきり、王族からのご招待だと思うんじゃないかしら。ところで、ルシラからの手紙を読んでくださらない?わたしたちにとっては、ルシラの手紙のほうがはるかに重要なんですから」

アーチーはフランスの消印の押してある、薄っぺらな封筒の封を切って、罫の入った、これまた薄っぺらなレターペーパーを引き出した。

「トイレット・ペーパーみたいな頼りない紙だな」

「読んでくださいな」


パリ。八月六日。大好きな父さんと母さんに。ずいぶん長いこと、おたよりしないでごめんなさい。ニュースを知らせる暇なんてなかったのよ。今後のあたしの動静を伝えておこうと思って走り書きしています。二日後にはここを出て南下するつもりです。交通機関はバスを使うつもりですから、ヒッチハイクをするんじゃないかなんて心配はご無用。ジェフ・ハウランドという名のオーストラリア人といっしょです。美術大学の学生じゃなくて、クィーンズランド出身の牧羊業者よ。一年間休みを取ってヨーロッパをヒッチハイクで回ってきたみたい。イビサ島に彼の友だちがいるので、まずそこに行くかもしれません。イビサ島に着いてからどうするか、それはまだ決めていません。でもひょっとしたらマヨルカ島に渡らないともかぎりません。その場合、あたしがパンドラを訪ねるっていうのはどうかしら？　彼女の住所、なくしちゃったので、送ってもらえますか？

それと現金が少しピンチなので、あたしのつぎの手当てが入るまで貸してくださいませんか？　イビサ島、私書箱73、ハンス・バーグドルフ気付でお願いします。パリは天国みたいにすてきでしたが、この季節は旅行者ばかりが目につきます。誰もが海か山に行ってしまっているんですもの。このあいだ、すばらしいマティス展を見ました。


心からの愛を送ります。心配しないでね。

ルシラ

送金、お願い。忘れないでくださいね。


アーチーは手紙をたたんで封筒に納めた。

イザベルは一言言った。「オーストラリア人ですって？」

「牧羊業者だとさ」

「ヨーロッパをヒッチハイクで回ってきたって」

「でもこれからはバス旅行をするつもりらしいから」

「まあね、もっと困ったことになっていないだけよしとしなければ。でもルシラがパンドラに会いに行くかもしれないなんて……ふしぎなめぐり合わせじゃなくて？　わたしたち、パンドラの名を何か月も口にしなかったのに、ここにきて、あっちを向いても、こっちを向いても、パンドラの名にぶつかるんですもの。イビサ島って、マヨルカ島からかなり離れているのかしら？」

「大して遠くないんじゃないか」

「ルシラがうちに帰ってきてくれるとねえ」

「イザベル、あの子はすばらしく楽しくやっているんだよ」

「あの子がお金に困っているんだと思うと、わたし、気が気でなくて」

「すぐ小切手を送るよ」

「会いたいわ、とっても」

「わかってる」


イザベルが羽根をむしりおえた、六羽のあわれな雷鳥の死骸が頭上に一列にぶら下がっていた——頭を一様にかしげて、鉤爪の生えている足先をダンサーのように小粋に曲げて。イザベルは鋭く研ぎ上げたナイフに手を伸ばして、最初の一羽のグッタリした体にためらわずに突き刺した。それからナイフを下に置き、片手を鳥の体内に突っこんだ。朱に染まったその手を引き出して灰色がかった真珠色に光る長い一連の臓物を取り出すと、それは新聞紙の上に驚くほど大量に山積みになった。臭気のほうも強烈だった。

アーチーは跳び立つように立ち上がった。「あっちで小切手を書いてくるよ」と郵便物をまとめて逃げ腰になった。「忘れないうちに」そうつぶやいて、彼はキッチンのドアをピタリと閉ざして書斎に向かった。円満な家庭に似つかわしからぬ、いささか血なまぐさい、その情景を閉め出してしまうべく。

机に向かって、アーチーは一瞬、パンドラの封筒を手に思案した。ついでに一筆、添えることにしようか。ヴィリーナの招待状といっしょに届くように。ほんの一言。「パーティーがあるんだ。楽しいと思うよ。帰ってこないか。クロイ館に滞在したらいい。ぼくらみんな、きみに会いたいんだよ。ねえ、パンドラ、帰ってきたまえ……」

　前にも書いたことがあった。帰ってこいと。しかし彼女は返事を書く気もないようで、まったく音沙汰がなかった。彼はため息をつき、転送してもらうために封筒の住所を書き直した。切手を何枚かとエアメールのレッテルを貼るとかたわらに置いた。

　それから彼はルシラのために百五十ポンドの小切手を切った。そのうえで娘あてに手紙を書きはじめた。

クロイ館にて

ルシラに

　きみの手紙をけさ受け取った。ありがとう。南仏への旅が楽しいといいね。イビサ島に足を伸ばすのに必要な金を何とか都合できるように、きみの依頼の小切手はイビサに送るつもりだ。パンドラを訪問するということだが、彼女のほうでもきみたちに会えれば大喜びだろう。しかし計画を立てる前に電話をして、訪ねたいという意向を知らせるほうがいいだろうね。

　彼女の住所はマヨルカ島、プエルト・デル・フエゴ、カーサ・ローサだ。電話番号はわからないが、パルマで電話番号簿を見たらいい。

　べつに、スタイントン夫妻がケイティーのために催すパーティーへの招待状を送る。ほんの一か月足らずさきのことで、きみたちにはもっと楽しい計画があることだろうが、きみが出席できれば、母さんはどんなに喜ぶことか。

　十二日はとてもいい天候だった。ぼくは午前中だけ狩猟隊の仲間入りをした。みんなが気をつかってくれ、ぼくはずっと下手の隠れ塁《バット》をあてがってもらった。ヘイミシュが同行して銃や獲物袋を持ってくれた。丘を上るときにも感心にこのおやじをいたわってくれてね。エドマンド・エアドはとくにはなばなしい戦果を上げたが、結局のところ、獲物はしめて二十一つがい半、それに野兎二羽だった。ヘイミシュは昨日、一週間の予定でアーガイルの学校友だちの家に行った。マス釣り用の釣り竿を持って行ったが、本当は海釣りに行きたいと思っているらしい。

きみのことをいつも想っているよ、ルシラ。

父より

アーチーはこの手紙を読み返して、きちんとたたみ、大きめの茶封筒を見つけて手紙と小切手、それにヴィリーナの招待状をいっしょに入れた。封をして切手を貼り、宛名はルシラの指示どおり、イビサの私書箱あてとした。彼はパンドラあてのものとこれと二通をホールに持って行き、ドアの脇に置いてある櫃の上にのせた。誰かが村に行ったついでに投函するだろう。

第13章

十七日 水曜日
スタイントン家からの招待状は、その週の水曜日にオヴィントン・ストリートの家に届いた。まだ早朝で、アレクサはバスローブに身を包んで半地下のキッチンにたたずみ、やかんの湯がわくのを待っていた。庭に通ずるドアは開け放され、ラリーが庭の隅々のにおいを嗅ぎ回っているのが見えた。これが彼の日課で、ときおり猫のにおいを嗅ぎつけてひどく興奮することがあったりした。
薄曇りの朝だった。もう少したてば雲のかげから陽がさし、その暖かさで靄を払ってくれるかもしれないとアレクサは望みをかけていた。郵便受けがカタンと鳴る音に窓のほうに目をやると、歩道を大股に遠ざかって行く郵便配達の脚が見えた。

　アレクサは盆を出してポットに二人分のティーバッグを入れ、湯がわくとお茶を入れた。ラリーをそのまま庭で遊ばせておいて、彼女は盆を片手に地下からの階段を上がった。

　ドアマットの上に郵便物が落ちていた。アレクサは盆を器用に持ちかえて、身をかがめて郵便物を拾い上げ、バスローブの大ぶりのポケットに押しこむと裸足に厚い絨緞のやわらかい感触を意識しつつ、さらに階段を上がって行った。

　寝室のドアは開け放され、カーテンもすでに引かれていた。大して広い部屋ではなく、祖母から譲られたベッドが大部分を占めていた。それは幅の広い、ふかふかの、どっしりしたベッドで、両端の枠も真鍮製の大ぶりのものだった。アレクサは盆を下に置いてシーツのあいだにふたたび身を滑らせた。

「目が覚めてる？　お茶を持ってきたんだけど」

　ベッドのもう一方の側の大きなふくらみはすぐには反応を示さなかったが、ややあってうめき声が洩れ、いっそう大きく盛り上がったと思うと、褐色に日焼けした腕が一本、毛布の下から現われてノエルの顔がのぞいた。

「何時だい？」黒く見えるほど濃い色の髪が白いリネンのピローケースの上に乱れ、顎に無精髭がチョボチョボと生えかけていた。

「八時十五分前よ」

　ノエルはもう一度うめき声を洩らし、指で髪の毛を掻き上げた。

「おはよう」とアレクサは呼びかけて、身をかがめてザラザラした頬にキスをした。ノエルは片手をアレクサの後頭部にあてがって引き寄せ、「さわやかなにおいがするね」とささやいた。

「レモン・シャンプーのにおいでしょ」

「いいや、レモン・シャンプーじゃない。アレクサ・エアドのにおいだよ」

　ノエルが手をどけると、自由になったアレクサはもう一度彼にキスをして身を起こし、朝のお茶を入れるという主婦らしい役目に専心した。ノエルは拳を固めて枕をたたいてふくらませると、起き直ってその枕に身をもたせかけた。素裸で、たった今、どこか熱帯のリゾート地から帰ったばかりのように日焼けしていた。アレクサは湯気を立てているウェジウッドのマグカップを渡した。

ノエルは黙ってゆっくりお茶を飲んだ。目が覚めてから人心地がつくまでにかなりの時間を要するたちで、朝食前にはほとんどしゃべらなかった。アレクサはノエルの日常的な習慣の一つとして、そういうことにも心づくようになっていた――彼がコーヒーを入れるときの、靴を磨くときの、あるいはドライ・マティーニをつくるときの手順と同様に。夜は夜で、ノエルはポケットをすっかりからにして、中のものを化粧台の上に並べる習慣だった。並べる順序からして決まっていた。財布、クレジットカード、ペンナイフ、小銭。小銭も種類わけしてきちんと積み重ねる。アレクサにとっていちばん楽しいのは、ベッドに横になって、ポケットから持ち物を出して並べているノエルにじっと目を注ぎながら、彼が寝支度をすませて彼女のそばに身を横たえるのを待っているときだった。

毎日が彼についてのあたらしい知識をもたらした。毎晩が新鮮な、うれしい発見を提供してくれた。楽しいこと、うれしいことがつぎつぎに起こり、それが重なって、一瞬一瞬、毎時毎分がいっそう豊かな歓びに満ちあふれているようだった。ノエルとともに暮らし、家庭の暖かい味わいと情熱のほとばしりという、至福に満ちたときを彼と共有することでアレクサは、どうして世間の人々が結婚を望むのかを生まれて初めて理解するようになった。それはたぶん、そうした至福が永久に続くためなのだろう。

かつてアレクサは――いや、つい三か月前までは――自分が完全に充足していると思いこんでいた。この家にたった一人で、子犬のラリーだけを伴侶として暮らして、自分の仕事に、またささやかな日課に没頭し、夜分ときたま外出したり、友だちを訪ねたりするだけで満足しきっていたなんて。そんな生活は半分死んでるようなものなのに、どうしてあたし、そうした暮らしに耐えられたのかしら？　彼女は近ごろよくそんなふうに思いめぐらした。

「人間、誰しも、持ったためしのないものをほしがってじれることはないものですからね」という、彼女の昔のナニーのエディーの声がはっきり耳もとに響くようだった。エディーを想って、アレクサは知らず知らず微笑していた。自分のマグカップにもお茶を注いでかたわらに置くと、アレクサはポケットに手を入れてさっきの郵便物を引き出し、羽根布団の上に並べた。ピーター・ジョーンズの請求書、窓を二重ガラスにしてはという、業者からのダイレクトメール、バーンズに住む女性からの、冷凍料理を届けてほしいという依頼、最後のは大きめの、白い、角ばった封筒だった。

スコットランドの消印。何かの招待状かしら？　結婚式への招待状だわ、きっと。

親指を差し入れるようにして封を切ると、アレクサは中のカードを取り出した。

「驚いたわ！」

「どうした？」

「ダンス・パーティーへの招待状なの。『おまえを宮廷の舞踏会に行かせてあげよう』とフェアリーのおばあさんはシンデレラに言った……」

ノエルは手を伸ばしてカードを引き取った。

「ミセス・アンガス・スタイントンって？」

「スコットランドであたしたちの近くに住んでる人。近くっていっても十マイルくらいは離れてるけど」

「ケイティーというのは？」

「スタイントン家の娘よ。ロンドンで働いているの。あなたもどこかで出会っているかも……いえ、会ってはいないでしょうね。ケイティーはもっぱら近衛隊の将校たちとつきあっているみたいだから……いっしょに競馬を見に出かけたり」

「九月十六日だってさ。行くつもりなのかい？」

「たぶん、行かないわ」

「どうして？」

「あなたがいっしょならべつだけど」

「ぼくは招待されていないんだよ」

「わかってるわ」

「『愛人同伴でよければうかがいます』って返事を書く気、あるかい？」

「あたしに愛人がいるってこと、まだ誰も知らないのよ」

「きみはいまだに家族に、ぼくがこの家に入りこんでいるってことを話してないんだったね？」

「まだよ」

「何か理由があるの？」

「理由ってべつに……さあ、よくわからないわ……」と答えたものの、アレクサにはちゃんとわかっていた。自分だけの秘密にしておきたかったのだ。彼女は今の今、ノエルとともに愛の世界、相手についてのあらたな発見また発見の秘密の世界に住んでいた。それは魔法の世界でもあった。その魔法の世界にひとたび侵入者を入れたなら、その世界は瓦解しないまでも、どうしようもなくひびが入ってしまうのではないか——そうアレクサは恐れていたのだった。

それに……残念なことだがアレクサはこれまで、どんな形にもせよ、思いきった行動に出る勇気を欠いていた。取って二十一歳だという事実は、それだけでは勇気を掻き立ててはくれなかった。彼女は十五歳の少女のように、なるべくみんなの感情を害したくない、みんなに気に入ってほしいと思いつめていたのだから。今のこの生活について打ち明けたら、家族はどんな反応を示すだろうか？　そう考えると胸がキュッと痛くなった。感心しないと言わんばかりの、父親のむっつりした顔、ヴァイの呆れ返ったような驚きの表情。そしてヴァージニアの心配そうな面持ち、予想される、矢継ぎばやの質問。

いったい、どういう男だ？　どこで出会ったんだね？　同棲しているって？　あのオヴィントン・ストリートの家で？　なぜ、これまで黙っていたの？何をしてる人？　そう……名前は？

エディーにも話さないわけにはいかないだろう。「レディー・チェリトンがお聞きになったら、おちおちお墓の中に納まっていらっしゃるわけにもいかないと思われるんじゃないでしょうかね」

家族のそれぞれの反応。理解してくれっこないというのではない。気持がせまいとか、偽善的だというのでもない。誰もがあたしを愛してくれている。ただあたし、みんなをあたしのことで心配させたくないから……

アレクサはお茶を少しすすった。

ノエルが言った。「きみはもう中学生じゃないんだよ」

「わかってるわ。あたしはもう、一人前の大人なんですものね。こんなに意気地のない大人じゃないといいんだけど」

「きみはぼくらの、世間の言う罪深い同棲について恥じているのかい？」

「恥じてなんかいないわ。ただあたし……家族を……みんなの気持を傷つけたくないの」

「きみが話す前にほかから小耳にはさんだら、そのほうがずっと傷つくと思うが」

アレクサはノエルの言うとおりだということを知っていた。「でもどうしてわかるわけがあって？」

「ここはロンドンだよ。噂話はたちまちにして伝わる。ぼくらのことが、いまだにきみのお父さんの耳に入っていないのは不思議なくらいだよ。ぼくの忠告を聞いて、勇気を出したまえ」

ノエルはからのマグカップをアレクサに渡して、彼女の頬にすばやくキスをした。それからバスローブに手を伸ばし、両脚をそろえて床に下ろした。

「そのうえでミセス・スティフデンとか何とかいう奥さんに返事を書いて、パーティーにはうかがう。すばらしい王子さまといっしょにって言ったらいい」

まだ浮かない気持ではあったが、アレクサはわれ知らず微笑していた。「ほんとにいっしょにくる気があって？」

「まあ、ないだろうね。伝統的な民族舞踊というやつは、どうも苦手なんだ」こう言い残してノエルはバスルームに行った。ほとんどすぐ、シャワーの音が聞こえた。

だったら、何もガタガタあわてることはないんだわ——とアレクサはもう一度招待状を取り上げて眉をちょっと寄せた。こんな招待状、こなければよかったのに。厄介な問題を掻き立てるばかりじゃないの。

第14章

二十二日 月曜日

その八月の月曜日、マヨルカ島は前代未聞の熱波のお見舞いを受けて茹だるような暑さだった。朝からひどい暑気だったが、正午ごろには暑さはすでに耐えがたいほどで、少しでも気の利いた人間は家にこもって気息えんえんとベッドに横たわるか、木陰のテラスで昼寝をするか、どっちかを選んでいただろう。丘の中腹の旧市街の家々は、シエスタの時間をきっちり守っているのだろう、よろい戸を下ろして静まり返っていた。街路は人通りがパッタリとだえ、店々も扉をかたく閉ざしていた。

けれども波止場では様子がガラリと違っていた。人出がやたら多く、多額の金が飛びかい、シエスタなんて時代後れだ、とても守っちゃいられないというのがおおかたの風潮だった。観光客たちはもちろん、昼寝などとんでもないと思っていた。大枚の金を払って休暇を楽しみにはるばるやってきたのだし、かたときも眠りほうけている気はなかった。日帰りの客は行くところもないままに、のぼせた顔に一様に汗をにじませながら、舗道にテーブルを並べているカフェの椅子にすわりこんでいた。冷房の効いたアーケードのギフトショップを軒並みひやかしている者もいた。

海岸にはシュロの葉を編んだ傘が点々として、どっちを見ても干しニシンのような色の肌をした半裸の体が並び、マリーナはさまざまな船でごった返していた。ここの連中は自分たちにとって何がいちばんいいことなのかをよく知っているようで、いつもは瞬時もじっとしていないヨットも、ランチも、油を流したようにおだやかな海にのんびりつかってゆっくり上下していた。デッキの帆のかげには、マホガニー色に日焼けした体が死んだように動かずに午睡のひとときを過ごしていた。

　パンドラはその朝、かなり寝坊をした。一晩じゅう、落ち着きなく寝返りを打ち、午前四時ごろに睡眠薬を服用して、ようやく少し眠った。取りとめのない夢ばかり続く、重たい眠りだった。もっと眠っていたかったのだが、キッチンでメイドのセラフィーナがガチャガチャとにぎやかな音を立てはじめたので夢は四散し、ややあって彼女は不本意ながら目を開けた。

　雨の夢だったわ――とパンドラは思い返していた。雨と茶色に濁った川と、ひんやりした、湿っぽいにおいの夢。風の音がしきりだった。それは深い湖と暗い丘の夢でもあった。その丘を縫うように続く、ぬかるんだ小道の果てに雪をいただく丘の頂きが見はるかされた。しかし何にもまして記憶に彫りつけられているのは、雨だった。ザアザアと真っ直ぐに落ちてくる、まともな雨ではなく、さりとてこのマヨルカ島におけるような、雷鳴をともなう熱帯雨でもなかった。それは音もなく降りつづける、靄にも似た、スコットランドの雨だった。雨雲に乗って現われ、煙のようにひそやかに降りつづけて……

　パンドラは身動きをした。夢に見た、さまざまなイメージも今は消えていた。いったい、なぜ、今になってスコットランドの夢を？　長い年月を経た今、遠い過去の、冷えきった思い出が何だってしきりに袖を引くのか？　たぶん、この八月のむごいほどの暑気のせいだろう。この耐えがたい日々、無慈悲に照りつける太陽のぎらつくような輝きと埃と乾燥、猛暑の昼の黒々とした影が、対照的にさわやかなにおいのまつわる、北の国のやさしい靄への憧れを誘うのかも。

　パンドラは枕の上で頭の向きを変えて、夜どおし開け放してあったガラス張りの引き戸の向こうにテラスの手すりと炎のようなゼラニウムの花を見た。雲一つない青い空は、すでに熱気でギラギラしていた。

　パンドラは片肘をついて身を起こし、幅の広い、空虚な感じのベッドの脇のテーブルの上から腕時計を取った。午前九時。キッチンの物音はますます騒々しさを増し加えていた。皿洗い機がゴーゴーと鳴り、セラフィーナがその存在を明らかにしていた。セラフィーナがきているとすれば彼女の夫の庭師のマリオもすでに庭に出て、古風な鍬をつかって草取りに余念がないだろう。とすれば素裸で泳ぐことはもうできないわけだ。マリオとセラフィーナは旧市内に住んでいて毎朝、マリオのモーターバイクで威勢よい轟音を上げ、丘をフルスピードで飛ばして通ってくる。セラフィーナはたぶん、たくましい褐色の両腕を夫の腰のまわりにしっかり回して、サドルにしとやかに横すわりして。二人の到着を告げるけたたましい音をパンドラがもっと前に聞きつけなかったのは、強い睡眠薬のせいだろう。

暑さはすでに耐えがたいほどつのり、半裸のパンドラはシーツがクシャクシャになっているベッドにこれ以上横たわっている気もしないままに、薄い上掛けをはねのけて大理石の床を裸足で横切り、寝室に行った。小さなハンカチーフを二枚、結び合わせただけのようなビキニを身につけると、彼女はふたたび寝室を通ってテラスにもどり、プールへと階段を降りた。

パンドラはプールに跳びこんだ。水は、よみがえったような気分になるほど、冷たくはなかった。彼女はそのまま泳ぎつづけた。クロイの湖に跳びこんで氷のようなその冷たさに悲鳴を上げて浮き上がった、かつての日々のことが胸にゆききしていた。体じゅうの毛穴に冷水がしみこんだときの苦痛。しびれるほどの冷たさは一瞬息ができなくなるほどだった。あれはまったくの話、雪どけ水の冷たさだった。あんなに冷たい水中でどうして泳ぐことができたのか？　アーチーも、彼女も、彼らの友だちも、嗜虐的といえるほどの、ああした痛みにどうして耐えられたのだろう？　しかしあれはたしかに至福のひとときでもあった！　水から出て、ぬれた体を拭く間も惜しんでセーターを頭からかぶり、小石まじりの浜辺で焚き火をし、世界一の美味といっていいマスを燃えさしの上であぶったときのこと。そののち口にした、どんなマスも、キャンプ・ファイアを囲んでの、ああした食事の折々に彼らが堪能した魚の味には遠くおよばなかった。

　パンドラはなお泳ぎつづけた。細長いプールを何度も行ったりきたりしながら、彼女はまたしてもスコットランドに思いを馳せていた。今はもう夢でなく、意識的な思い出が胸にゆききしていた。しかし夢と現実とのあいだに、どのような違いがあると言うのか？　そう自問しながら、パンドラは思い出に身をまかせた。湖に発して丘の山腹をほとばしり流れてクロイ川に合流する小川の水路にそって続く草深い小道。その小道を想像の中でパンドラはたどった。泥炭をふくんで茶っぽくにごり、まるでビールのように泡立ちつつ流れている、その小川の水は岩の上にほとばしり、マスが隠れひそんでいる深い淵にしぶきを上げていた。何世紀ものあいだに、この流れはおのずと小さな谷を切りひらき、川の岸辺は北方から吹きつける強風から守られている。この緑ゆたかな小天地は、野の花々が咲きにおう、うつくしい一郭でもあった。ジギタリス、ナデシコ。ワラビが青々と生い茂っているかと思うと、アザミが伸び上がるようにして紫色の花を咲かせていた。若者にとりわけ人気のある、特別な場所があった。みんなはここをコリーと呼び、春には何度も、そして冬に入っても（北風をまともに受ける湖畔があまりにも寒く、キャンプ・ファイアを焚く気もしないときには）ときおり、ここでピクニックを楽しんだ。

　しかしパンドラの想いは昔をなつかしんでそこに長くとどまることなく、さらにさきへと気ぜわしく進んだ。あるかなきかの道はしだいにけわしく傾斜して、巨大な岩層や、時そのものよりも太古からという感じの花崗岩の断崖のあいだを曲がりくねっていた。最後の曲がり角を折れると、はるか下方に谷の全景が牧歌的なあでやかさで広がっていた。日がいっぱいにあたっている、その谷の上に雲の影が動き、クロイ川は一すじの輝く糸のようにいかにもかぼそく、弓なりの二つの橋が木立のあいだに見え隠れしていた。ストラスクロイの村は、子ども部屋の絨緞の上に建っているおもちゃの村のようにかわいらしく見えた。

　パンドラはつかの間、物思いにふけったが、またすぐ思い出に身をまかせた。傾斜がなだらかになり、前方に鹿の猟場とのあいだを区切る柵、さらに高い門が見えた。そして最初の木立。スコット・マツ、その向こうにブナの木の緑が。やがて猟場管理人のゴードン・ギロックの家。ミセス・ギロックの洗濯物が風をはらんで幟《のぼり》のようにひるがえり、車の音に昼寝の夢をやぶられた犬舎の猟犬たちが、狂ったようにけたたましく吠えていた。

ああ、もう一息でわが家。小道はタールマック舗装の道路に変わり、農場付属の建物、農具小屋、石づくりの物置、納屋、牛小屋などが両側に並んでいる。家畜の、そして家畜の糞のにおいが漂い、門がもう一つ。色あざやかな花の咲く庭をひかえた農家の前を過ぎると、スイカズラの花に埋められた石塀、そして家畜脱出防止溝《キャトル・グリット》がある。自動車道の両側をシャクナゲが縁取っていた。

クロイ館。

ああ、もうたくさん。パンドラはつぎからつぎへとわく、取りとめのない思い出を押しやった。わけもなく興奮している子どもたちを制するように。それ以上、思い出にひたる気はなかった。気まぐれな望郷の想いに身をまかせるのはもうたくさん。

スコットランドに想いを馳せるのはもうたくさん。プールの全長をいま一度泳ぎきると、パンドラは浅い階段を上ってプールから出た。裸足の下の石はすでに熱くなっていた。体からポタポタと水を垂らしながら、パンドラは家にもどって浴室に行き、シャワーを浴び、髪を洗い、袖のない、ゆるやかな、清潔な服――彼女が持っているうちでいちばん涼しそうな――を着た。寝室をあとにして、パンドラはホールを横切り、キッチンに行った。

「セラフィーナ」

セラフィーナはバケツ一杯のムラサキイガイを洗っていたが、流しの前からくるりと振り向いた。褐色の肌の小づくりのずんぐりした体格で、たくましい素足に縄底のエスパドリーユをつっかけて、焦げ茶色の髪をうなじで髷に結っていた。いつも黒い服を着ているのは、絶えず誰かしらの喪に服しているからだった。祖父母の一人とか、遠い親戚とかの喪が明けたと思うと、すぐまた一族の誰かの訃報を聞くというふうだった。どの黒服もまったく同じに見えたが、その陰気さを埋め合わせるように、上っぱりとか、エプロンはどれも派手な色合いの、けたたましいような模様のものばかりだった。

セラフィーナはカーサ・ローサのいわば家つきのメイドだった。このヴィラを建てたイギリス人の夫婦のもとで十五年間にわたって働いてきたのだが、二年前、家族の強い希望や健康上の心配から、持ち主は進まぬ気持でイギリスに帰った。パンドラは彼らからこのヴィラを買い受けたのだった。買ってみてわかったのだが、彼女は家とともに、セラフィーナとマリオをも受け継いだということらしかった。初めのうちセラフィーナは、パンドラのもとで働きたいのかどうか、すぐには心が決まらなかったようで、パンドラもセラフィーナについて、そのまま雇いつづけようかどうしようかと迷っていた。セラフィーナはとくに感じがいいたちではなく、仏頂面を見せるときもあった。しかしまあ、一か月様子を見ようと思っているうちに一か月が二か月、二か月が三か月となり、一年となった。そのうちにどちらの側から何を言うでもなく、試験的な関係は落ち着くべきところに落ち着いたのであった。

「セニョーラ、おはようございます《ブエノス・ディアス》。お目覚めですか？」

十五年間、イギリス人の雇い主のもとで働いてきたために、セラフィーナはまずまずの英語を話した。パンドラはこのことをありがたく思っていた。パンドラはフランス語は流暢に話したが、スペイン語はてんでだめだった。

「朝食は？」

「テーブルの上に出しておきました。コーヒーをすぐお持ちしますわ」

朝食のテーブルは自動車道を見下ろすテラスに用意されていた。ここは日陰になっていて、海からのそよ風が入るので涼しかった。居間を横切りながらパンドラは、コーヒーテーブルの上の本にふと目を引かれた。大判の豪華な装丁の本で、彼女の誕生日にアーチーが送ってくれたものだった。『ウェンライトのスコットランド』。パンドラは兄がなぜ彼女にこの本を送ってくれたのかを知っていた。アーチーは妹に何とか里心を起こさせて帰郷させたいと、彼らしく控えめに、しかし熱心に誘っているのだった。その気持もまた彼らしく見え見えだった。兄の気持がわかっているだけに、パンドラは今日まででその本を開いたことがなかった。けれどもいま彼女はふと足を止めて、その表紙に見入った。『ウェンライトのスコットランド』。またスコットランドだわ。今日はノスタルジアにひたる日なのかしら？突然自分を襲った、この心弱さを嗤うように、彼女は微笑した。でもただ開いてみるだけなら、わるいこともないだろう。彼女は身をかがめてその本を取り上げると、そのまま、テラスに行った。そして本をテーブルの上にのせたまま、オレンジの皮をむきながらページを繰った。

それはまさにコーヒーテーブル・ブック、パラパラとめくって暇つぶしをするのにふさわしいたぐいの本だった。ペン画のスケッチ、精緻な地図、簡単明瞭な説明。カラー写真もふんだんに納められていた。モーラの浜の銀色の砂。ベン・ヴォーリック。ドカットの滝。なつかしい名前の数々が太鼓の響きのように重たく胸に沈んだ。

パンドラはオレンジを食べはじめた。果汁が本のページの上にしたたり落ちた。彼女はそれを無造作に払いのけた。ページに黄色いしみが残った。セラフィーナがそこにコーヒーを運んできたが、パンドラは顔を上げる気もなく、吸いこまれるように『ウェンライトのスコットランド』に目を走らせていた。

のどかな、長い旅ののち、川は突如爆発するように荒々しい勢いでほとばしり、白く泡立つ瀑布となって岩のゴツゴツした、広い水路にそって落下する。岩を食む激流のひたすらな猛進とでもいおうか。急流の行く手をはばむのは木々の茂る小島の数々だ。小島の一つはマクナブ一族の埋葬の地で、枝ぶりのよい木々のつくる木陰が旅情をやさしくなぐさめてくれる。

パンドラはコーヒーを一口すすり、さらに一ページめくるというようにして読み進んだ。『ウェンライトのスコットランド』に、パンドラはその日一日読みふけった。朝食のテーブルからプールの脇の長椅子に席を移し、昼食後にはベッドにたずさえて行き、午後五時には読みおわっていた。読みおえた本を彼女は床に落とした。

　すでにずっと涼しくなっていたが、今日ばかりは彼女は日中も暑さをほとんど忘れていたようだった。ベッドから降りると戸外に出てもう一泳ぎして白いコットンのズボンをはき、ブルーと白のブラウスを着た。それから髪をとかし、アイラインを引き、イアリングと金のブレスレットをつけ、白いサンダルをはき、香水をスプレーした。香水の瓶はほとんどからで、買いに行く口実がうれしくてパンドラはふと微笑した。

　ちょっと出てくるとセラフィーナに声をかけてパンドラは玄関から出ると階段を降りて、車を入れてあるガレージに行った。車に乗って曲がりくねった丘の道から、港に通ずる広い道路に出て郵便局の中庭に駐車し、局で郵便物を受け取り、持ってきたバスケットに入れ、まだ混雑している街路を、あっちでドレスの品定めをし、こっちで見事なレースのショールの値段をきいたりしながら、パンドラはのんびりウィンドー・ショッピングをして歩いた。香水店でプワゾンの大瓶を買い、なお歩きつづけたが、一貫して海岸の方角を目指すうちに、海岸と平行して走る、幅の広いシュロの並木道にさしかかった。もう日が暮れかけているのに、砂浜に寝そべっている者、泳いでいる者、まだ遊び足りない人々がたくさんいるようだった。沖のほうではウィンドサーファーのヨットが夕風を受けて、海面をかすめて飛ぶ小鳥が翼をふとかたむけるように、波の上に帆をかしげていた。

　やがて小さなカフェの前に出た。テーブルが三つ、四つ、鋪道に出ていたが、客の姿はなかった。ウェーターがやってくると、彼女はコーヒーとコニャックを注文した。それから掛け心地のよい鉄製の椅子にすわって身をのけぞらせ、サングラスを頭の上に押し上げると、さっき郵便局で受け取った郵便物をバスケットから取り出した。一通はパリから、もう一通はニューヨークの彼女の顧問弁護士からだった。さらにヴェニスからの絵葉書。ひっくり返して目を走らせると、まだシプリアニに滞在しているエミリー・リヒターからだった。クロイ館から転送されてきた大きな、白い角封筒も一つあった。アーチーの手跡で、ここの彼女の宛名が書きこまれていた。封を切って読んだとき、信じられないといった、ついで面白がっているような表情がパンドラの顔に浮かんだ。ヴィリーナ・スタイントンの招待状であった。

娘ケイティーのために
自宅で

驚いたこと。過去の時代からというか、別世界からお呼びがかかった感じだ。別世界――そう、たしかに。しかし奇妙な偶然で、それは彼女が日がな一日、住んでいた世界でもあった。なぜか胸騒ぎがしていた。何かの前兆だろうか？　この招待状は、あだやおろそかにすべきものではないのかもしれない。もしも何かの前兆だとしたら――そもそも前兆なんてものを信ずるたちだったかしら、わたしは？――とパンドラは胸に問うていた。

「娘ケイティーのために自宅で」だって。笑っちゃう。パンドラは似たような、べつの招待状を思い出していた。クロイ館の書斎の炉棚の上に飾ってあった、仰々しい招待状。

「ごたいそうねえ」とアーチーとわたしは笑いとばしたものだった。ガーデン・パーティーやクリケットの試合やダンス・パーティーへの招待状。ダンスはある年の九月の一週などは、ほとんど毎晩で、寝る暇もないくらいだったっけ。車の後部座席でうとうとしたり、ほかの人たちがテニスをしているあいだに日向で昼寝をして睡眠不足を解消したり。衣装戸棚にはパーティー用のドレスがずらりと並び、それでいてしょっちゅうママに、着るものがないと不平を言ったものだった。あの青みをおびた氷のようなサテンのドレス。あれはみんなが知っていた。なぜって、わたし、あのドレスを北部狩猟会のダンス・パーティーに着て行ったんだから。でもどこかの男がドレスの前のほうにシャンパンを掛けてしまって。あのしみ、それっきり落ちなかったっけ。ローズ・ピンクのドレスはどうなったんだったかしら？

そうそう、裾飾りがやぶれて、肩紐の一つもゆるくなってしまって。わたしに甘いママは、お裁縫でも習って自分でつくろったらいいのにとお説教をするかわりに、いっしょに車でレルカークやエディンバラに行き、わたしの気まぐれにつきあって店から店へと歩き回ってくれたものだった。夢のようにうつくしい、そして当然ながら目の玉が飛び出るくらい、高価なドレスが見つかるまで。

わたしって、本当にひどく甘やかされていたのね。みんなに賛美され、大事にされて。……なのにわたしは、そのみんなに対してひどいことを……

招待状をテーブルの上に置いて、パンドラは海のほうを見やった。ウェーターが小さな盆にコーヒーとコニャックをのせて運んできた。パンドラは礼を言って、金を払った。ほろ苦い、焼けつくように熱い、真っ黒なコーヒーを飲みながら、パンドラはウインドサーファーたちを見守り、ゆっくり目の前を通り過ぎていく通行人たちを眺めるともなく眺めた。夕日はいつの間にか沈んで、海は純金を溶かしたようにギラギラと輝いていた。

あれっきり一度も帰っていないんだわ。わたし自身がそう決めたのだった。両親も、アーチーも、追ってはこなかった。でも家族の人たちは、そののちも連絡を絶やさなかった。手紙がきた——しょっちゅう。昔に変わらず愛に満ちた、やさしい手紙の数々。両親が亡くなったのちは手紙はとだえるだろうと思ったのだが、アーチーが両親にかわって手紙をよこすようになった。狩猟のくわしい報告、自分の子どもたちについてのニュース、村の取りとめのないゴシップまで。手紙の終わりはきまって、「ぼくらはみんな、きみに会いたくてたまらない。どうしてもどってこないのだ？　ほんの数日でも滞在してくれれば、どんなにうれしいか。最後に会ってから、ずいぶん長い年月がたってしまった……」と結ばれていた。

一艘のヨットが、マリーナから出て行こうとしているところだった。かすかなモーターの音。そのヨットが岸辺を離れ、風を受けて帆をいっぱいに張るまで、彼女の目は見るともなく、その動きを追っていた。彼女の内なる目はしかし目前のヨットでなく、クロイ館のあのとき、このときのイメージを追っていた。

　パンドラの想いはふたたび、めまぐるしいばかりの速さで動きだしていた。そして今度は彼女はそうした想いを引きもどさず、むしろそれに身をまかせた。ポーチの階段を上がってクロイ館へと。その玄関へと。ドアは開けひろげられていた。彼女を引きとめるものはもはや何もなかった。帰ろうと思えば、いつだって帰ることができるのだ……彼女はカップを持つ手に力をこめて、それを下に置いた。こんなことを考えて何になるというのだ？　過去はつねに金色の光彩をおびている。人が思い出すのはいつも過去の輝かしい部分なのだから。でも思い出の暗黒の部分については、どうなのか？　そっとしておいたほうが、閉め出しておいたほうがいい出来事は？

　トランクの中に秘めかくされている、悲しい恋の思い出ぐさは？　トランクの蓋はきっちり閉まり、鍵がかかっている。それに過去は人々なのだ――場所ではなく。なつかしい人々を欠いている場所は、汽車が永久にこなくなった停車場のようなものだ。わたしはもう三十九。ノスタルジアは現在からすべてのエネルギーを吸い上げてしまう。わたしはノスタルジアにひたるほど、もう若くはない。

　パンドラはコニャックに手を伸ばした。ちょうどそのとき、彼女と夕映えのあいだのテーブルの上に黒々とした影が落ちた。彼女はハッとして顔を上げ、かたわらにたたずむ男の顔を見やった。男は軽く一揖した。

「パンドラ」

「カルロス！　いったい、どうしたっていうの？」

「カーサ・ローサにうかがったんですが、誰もいなかったので。あなたがぼくのところにこないとしたら、ぼくのほうから訪ねないわけにはいきませんから」

「ごめんなさいね」

「それで港にきてみたんですよ。どこかで会えるんじゃないかと」

「買い物をしていたの」

「ここにすわってもいいですか？」

「もちろんよ」

　カルロスは椅子を引き出し、彼女と向かい合ってすわった。四十台の半ばくらいの背の高い男で、カラーにネクタイ、軽いジャケットというフォーマルな服装だった。髪の毛は濃い茶色。目も同じ色。蒸し暑い夕方なのに、その服装はいかにも涼しげでさわやかだった。その英語は非の打ちどころがなく、一見、フランス人のように見えた。しかし実際にはスペイン人だった。

　カルロスはまたきわめて魅力的な風貌の男でもあった。パンドラは微笑して言った。「ブランデーを頼みましょうね。それでよくて？」

第15章

二十四日　水曜日

　ヴァージニア・エアドはハロッズのスイングドアを押して通りに出た。店内の暑さと混雑にうんざりしていたのだが、店の外も似たようなものだった。湿度の高い日で、空気は排気ガスと、大した用事もないのに雑踏に身をまかせている閉所恐怖症の人々の熱気で、むんむんしていた。ブロンプトン・ロードでは車が渋滞し、舗道にはのろのろとしか進めない人の波があふれていた。都会の通りがこれほどまでに雑踏するということを、ヴァージニアはつい忘れていた。日常的な用を足そうと街に出てきたロンドンっ子ももちろんいるのだろうが、大部分は地球上のありとあらゆる土地からこの都を目指してやってきた観光客、旅行者のようだった。それにしてもこんなにたくさんの人がロンドンに集まっていようとは。ナップザックを背負った金髪の大柄の学生たちが群れをなして通りすぎる。イタリア人――いや、スペイン人かもしれない――の一族がぞろぞろと行く。あざやかな色のサリをまとったインド女性が二人。そしてもちろん、アメリカ人、わたしの第二の故郷の人たち――とヴァージニアはほろ苦い思いをいだきつつ、眺めやった。アメリカ人は服装ですぐそれとわかる――服装と、首からぶら下げているカメラで。大きなテンガロン・ハットをまぶかにかぶっている肥満体の大男もいた。

午後の四時半。一日じゅう、買い物に過ごした証のような袋やら包みやらを両手に下げて、ヴァージニアは痛みだした足をもてあましつつ、さてどうしたものか決めかねて、通りにたたずんでいた。

選択肢は二つあった。

一つは当面可能な交通手段を利用して、カッジウィズ・ミューズにあるフェリシティ・クロウの居心地のいい家に帰ること。フェリシティが買い物に出かけていても、愛犬のダックスフントを連れて近くの公園を一回りしに出かけていたとしても、鍵を持っているから家に入ることはできる。靴をぬぎ、お茶を入れ、疲れきって無感覚になっている体をベッドに投げ出せたら。いっそそうしようかと気持がしきりに動いた。

それともオヴィントン・ストリートに行こうか。アレクサが留守だという可能性は高いが、ロンドンに出てきた以上、当然、訪ねるべきだろう。アレクサの安否を確かめないと良心のうずきを感じるというほどではないが、ロンドンにきていながら継娘と連絡も取らずにスコットランドにもどるなんて、考えられなかった。つい前の晩もフェリシティの家から電話したのだが返事がなく、珍しいことだがどこかのパーティーに出かけているのかもしれないと受話器を置いた。けさも、そして昼食の折にも、さらに美容院からも(ドライヤーの熱気に茹だりながら)電話してみたのだが、捕まらなかった。ひょっとして遠出をしているのか。

そんなことを考えながら歩いていたとき、小柄な日本人の男が逆方向に気を取られていたのだろう、彼女にぶつかり、そのはずみに買い物包みの一つが落ちた。いかにも日本人らしく男は丁重に詫びて包みを拾い上げ、塵を払って彼女に返し、微笑を浮かべつつ、帽子を上げて会釈した。その後ろ姿を見やりながらヴァージニアは、もう限界だという心境になり、たまたま目の前で客を降ろしたタクシーに、ほかの人間にさきんじられてはと急いで乗りこんでいた。

「どこに行きやしょう?」

すでに心は決まっていた。「オヴィントン・ストリートに」着いたら運転手にちょっと待ってもらって、もしもアレクサが留守だったら、そのまま、フェリシティのところに帰ることにしよう。そう決心したので気分もずっとよくなっていた。窓を開けて風を入れると彼女は後ろに背をもたせかけ、靴をぬごうかと思案した。

オヴィントン・ストリートまではほんの一またぎだった。車がその通りへと折れたとき、ヴァージニアは身を乗り出して、アレクサの車が駐車しているかどうかと目を走らせた。あった——赤い線の一本入った白いミニバンが玄関の濃紺のドアの前に止まっていた。ホッとしながらヴァージニアは運転手に声をかけた。

「ちょっと待っててくださる? 誰かいるかどうか、確かめるあいだ?」

「いいすよ」

買い物包みをまとめてようやくタクシーを降りると、玄関前の階段を上がってヴァージニアはベルを押した。とたんに家の中で子犬のラリーが吠えだし、「静かにしなさいったら」というアレクサの声が聞こえた。ヴァージニアは買い物包みをドアの脇に置き、料金を支払おうとタクシーのところにもどった。

アレクサはキッチンで暑さにもめげずに、その日の洗い物をしていた。バンの後部に乗せてチジックから持ち帰ったものだった。ソース鍋、プラスティックの容器、木製のサラダボウル、ナイフ、卵の泡立て器、汚れたグラスが詰まっている段ボールの箱はワインの空き箱だった。すべてを洗って乾かして戸棚に納めたら二階に行って、クシャクシャになっているコットンのスカートとシャツをぬぎ、シャワーを浴びて、下から上まで着替えるつもりだった。それがすんだらお茶を飲もう……中国産のラプサンスーチョンにレモンを一切れ浮かせて……そのあと、ラリーをしばらく散歩に連れて行き、それからディナーの心づもりをしよう。チジックからもどる途中で魚屋に寄ってニジマスを買った。ノエルの好物で、アーモンドを掛けて焼けばおいしく食べられるだろう。食後は……

タクシーが通りをゆっくり近づいてくる音が聞こえた。流しの前に立っているので、通りの様子は部分的にしか見えなかった。女性の声。舗道を近づくハイヒールの靴音。アレクサは蛇口の下でグラスをゆすぎながら耳をすましました。と、ベルが鳴った。

ラリーは呼び鈴の音がきらいで、ひとしきり甲高く吠え立てた。アレクサもいつも手いっぱいで多忙だったから仕事を中断されるのがいやで、ラリーとほとんど同じくらい、不意の来客を好まなかった。いったい、誰が今ごろ？「静かにするのよ、おばかさんねえ」こうつぶやいて、アレクサはグラスを下に置き、エプロンの紐をほどくと階段を上がった。家の中に招き入れなければならないような、重要な客ではないだろう。ドアを開けると、高価そうな買い物包みが一山置いてあるのがまず目に入った。タクシーがUターンして帰って行く音がした。そして……

アレクサはハッと息を呑んだ。継母のヴァージニアが突然現われたのだから無理もなかった。ロンドン向きのしゃれた服装で、家にいるときの無造作な身なりとはかなり違っていたが、もちろん、すぐわかった。黒いドレスに緋色のジャケット、エナメルのパンプス、髪は名のある美容師の手をへたらしい、あたらしい髪型で、後ろで形よく、きっちりとまとめられ、黒い大きなベルベットのリボンが結んであった。

ヴァージニア。ほれぼれするようなあで姿だが、予告なしの、思ってもいない突然の出現で、この訪問のひろげるであろう波紋を思ったとき、一つのことをのぞいて、すべてがアレクサの念頭を離れ去った。

ノエルについて、どう説明しよう？

「まあ、ヴァージニア」

「ショックで卒倒したりしないでちょうだいね。タクシーを待たせておいたのは、留守かもしれないと思ったからなのよ」こう言ってヴァージニアは継娘にキスをした。「買い物をしてきたの」と言わでもの説明をし、身をかがめて買い物包みを取り上げた。アレクサも何とか気を取り直して手伝った。

「ロンドンに出ていらしてるってことさえ、知らなかったわ」

「ほんの一日、二日の予定で出てきたの」二人は買い物包みをホールのテーブルの上にまとめてのせた。「どうして電話してくれなかったのかなんてきかないでちょうだい。何度も電話したのよ。どこかに出かけているのかと思ったわ」

「いいえ」とアレクサはドアを閉ざした。「あたしたち……あたし、昨夜は外で食事をして、日中もずっと仕事で家をあけていたものだから。ちょうど今帰って、洗い物をしていたのよ。それでこんなひどい格好をしてるわけ……」

「ひどいどころか、あなた、とてもすてきに見えてよ」とヴァージニアはアレクサの顔をつくづくと見た。「少しやせたかしら？」

「さあ。目方、計ったことがないから」

「どういうお仕事だったの？」

「お年寄りの九十歳のお誕生日をお祝いするランチョン・パーティーでね。チジックの、川を見下ろすすてきなお屋敷だったわ。全部で二十人——みんな親戚ですって。曾孫まで二人いたわ」

「どういったメニュー？」

「コールド・サーモンにシャンパン。これはご本人の注文なの。それからバースデー・ケーキ。でも、ヴァージニア、ロンドンにくるつもりだってこと、どうして知らせてくださらなかったの？」

「とくにどうってことないわ、急に思いついたものだから。一日、二日、どうしても家をあけたくなって。今日は一日、買い物をして歩いたのよ」

「そうみたいね。その髪型、とてもすてきだわ。でもくたくたに疲れてるんじゃなくて？　入って、足を休めてちょうだい……」

「ええ、何よりもそうしたくて……」ヴァージニアは開いているドアから入ってジャケットをかたわらに投げやり、いちばん大きなひじ掛け椅子に倒れこむと、蹴るようにして靴をぬぎ、両足をスツールの上にのせた。「ああ、いい気持……」

アレクサは立ったまま、継母のくつろいだ姿を見下ろした。どのくらい、この家にいるつもりかしら？それにしても何だって……？　「どうせならここに泊まってくださればよかったのに」そうしようなんてヴァージニアが言いださないのはわかっているが、当然、そう提案すべきだろう。

「もちろん、そうさせてもらおうかとも考えたわ。でもフェリシティ・クロウに、今度ロンドンに出てきたらきっと泊めてもらうって約束していたものだから。子どものころからの友だちなのよ、フェリシティは。わたしたちの結婚式にはブライドメイドなんか、いなかったけれど、もしもそういう豪華な式だったとしたら、まっさきにブライドメイドになってもらったでしょうね。近ごろはさっぱり会う機会がなかったんだけど、会えば女学生みたいにばかげたことを言い合ってはゲラゲラ笑いっぱなし」

とすると、この家に泊まるように勧める必要はないわけだ。「どこに住んでいらっしゃるの、そのお友だち？」

「カッジウィズ・ミューズのかわいらしい家なの。この家ほど、すてきじゃないけど」

「あのう——お茶はいかが？」

「構わないでちょうだい。何か冷たいものをいただけたらうれしいけど……」

「冷蔵庫にコークが冷えてるわ」

「何よりだわ」

「じゃあ、とりあえず……取ってきますね」

アレクサはヴァージニアを残してキッチンに降りて行き、冷蔵庫からコークの缶を取り出した。ヴァージニアがここにきてしまった以上、冷静な、客観的な態度を取ることが必要だろう。しかし冷静な、客観的な態度というのはもともと、アレクサの得意とするところではなかった。階下にはノエルの存在の形跡らしいものはほとんどない。彼の防水ジャケットとツイードの帽子が一階のトイレの掛け釘に掛かっているし、客間にはフィナンシャル・タイムズが置いてある。が、まあ、せいぜいそのくらいだった。しかし二階となると話はべつだ。ノエルの身のまわりのものがいたるところに置いてある。第一、ベッドが二人用にこしらえてあるのは一目瞭然だ。そうした痕跡を残らず隠すなんてことは問題外だろう。もしもヴァージニアが二階のトイレを貸してくれと言いだしたら……

アレクサはどうしたものかと心を決めかねていた。見方によっては、こんなふうにヴァージニアに知ってもらうのがいちばんいいのかもしれない。計画したわけでもないのに成りゆきでこうなった以上、つまりヴァージニアがこうしてこの家にきてしまった以上、かえってよかったのかもしれない。ヴァージニアは若い世代に属している。厳密にいって血のつながった身内ではない。ヴァージニアならわかってくれるのではないだろうか。よかったと言ってくれないともかぎらない。父さんと結婚する前にはいろいろな男の人とつきあいがあったのだろうし。ヴァージニアはあたしの味方になってくれるんじゃないかしら。小太りの、内気なアレクサがボーイ・フレンドを見つけたばかりでなく、彼に心を許し、自分の家に入れ、おおっぴらに同棲しているという破天荒な事実を、あまりショックを与えない形で家族に話してくれるには、彼女が最適任なのかもしれない。

一方、いったん彼について話しだしたら、大切にしてきた秘密が明らかになって、ノエルを他の人々とわかちあうことを期待されるだろう。彼について話せば、当然、家族のみんなに会ってもらうことになるだろうし。たとえば父親がロンドンに出てきたときに電話してきて、クラリッジでディナーをいっしょにと誘われるかもしれない。そんなことになったらと、アレクサの膝はガクガクした。とはいえ、結局のところ、彼女としてはそうした状況に自分なりに立ち向かえないわけではなかった。問題はノエルであり、彼の反応だった。そんな立場に置かれたら彼は、それとはない圧力が加えられているという印象を持ってしまうのではないだろうか？　そうなったら目も当てられない。三か月ノエルと暮らしてみてアレクサは、彼という人間の屈折した、気まぐれな心情を知りつくし、外部からの圧力ほど、ノエルにとって我慢ならないものはないのだと悟るようになっていたのだったから。

途方にくれ、どうしてよいか思案にあまって、アレクサは何とか理性的な考え方をしようと努力した。くよくよ考えたってどうなるものでもないんですからね——と彼女はエディーの声で自分に言い聞かせた。あるがままに物事を受け止めるほかないんじゃないですか？　エディーのことを思い出したせいで少し心強くなったような気がして、アレクサは冷蔵庫のドアを閉めてグラスを出すと、ふたたび階段を上がった。

「手間取ってごめんなさいね」ヴァージニアはタバコをふかしていた。

「タバコはやめたのかと思っていたのに」

「ええ、でもまた始めたの。あなたのお父さんには内緒よ」

アレクサはコークの缶を開けてグラスに注ぎ、ヴァージニアに渡した。

「ありがとう。ああ、おいしい！　喉が渇いて死にそうだったのよ。店の中って、どこもかしこも、どうしてああ暑いんでしょうねえ。それにどこに行っても、たいへんな人出で」アレクサは膝を折って、ソファーの隅に身をちぢめた。

「どっちを見ても、ほとんど観光客ばかりなのよね。あたしもチジックからもどるのに何時間もかかったのよ。それにヴァージニア、その靴は買い物には向いていないわ。ロンドンの通りは、スニーカーでないと無理じゃないかしら」

「そうなのよね。ばかみたい。ロンドンにドレスアップしてくるなんて。習慣って恐ろしいわね」

「買い物は何を？」

「着るものよ。もともとケイティー・スタイントンのパーティーに着ていくものを探すつもりで出てきたんだから。あなたのところにも招待状が届いてるみたいね」

「まだ返事を書いていないいんだけど」

「もちろん、行くでしょうね？」

「さあ……決めていないのよ、あたし……このところ、かなり忙しかったもので」

「もちろん、出席すべきよ。あなたが帰ってくるのを、わたしたちみんな、当てにしてるのよ」

アレクサは即答を避けた。「どんなドレスを買ったの、ヴァージニア？」

「夢みたいにすてきなドレスよ。ヴォイルのような白い布地で、スカートが何層にもなってて、小さな黒い水玉模様なの。肩は細いストラップ。パーティーまでに上手に日焼けしないとね」

「どこで見つけたの？」

「キャロライン・チャールズ。帰る前に見せてあげるわね。でも、アレクサ、パーティーには何とか出席するようになさいね。九月だし、みんながそろう、いい機会だし。すばらしいパーティーになると思うわ」

「そうね、考えておくわ。父さんは元気？」

「ええ、元気よ」と答えてヴァージニアは顔をそむけてタバコのさきを灰皿にこすりつけて火を消した。アレクサはにべもない返事にちょっといぶかりつつ、ヴァージニアが父親の消息をさらにくわしく聞かせてくれるのを待っていた。けれども彼女はそれっきり何も言わなかった。

「ヘンリーは？」

「ヘンリーもとても元気よ」

「二人とも、うちにいるの？」

「いいえ、エドマンドは今週はエディンバラのフラットだし、ヘンリーはスリーピングバッグを持って、ペニーバーンのヴァイのところに泊まりに出かけて留守なの。夏のあいだにデヴォンに連れて行って三週間過ごしたのよ。とても楽しかったわ。わたし、あの子に乗馬の手ほどきをしたの。農場の動物たちがとても気に入ってね。わたしの父と釣りに出かけたこともあったし」また沈黙が続いた。何となく気づまりな沈黙でアレクサは、自分の思い過ごしだろうか、それとも――と少し不安になっていた。ヴァージニアはまた続けた。「本当はアメリカに連れて行きたかったんだけれど。リーズポートっていうか、ロングアイランドが急に恋しくてたまらなくなって。でも祖父たちがしばらくクルーズの旅に出かけて留守だってわかっていたし、それだったら行っても意味がないと思ったから」

「そう」外の通りで車が動きだす音がした。「ストラスクロイでは何か変わったことがあって？」

「べつに。あいかわらずよ。七月に教会でバザーをしたのよ。電気設備の費用を捻出する必要があって。想像もつかないくらい、たいへんな労力をつぎこんでね。結局四百ポンドばかりの純益があったわ。わたしなんか、くたびれ儲けもいいところだと思ったんだけど、アーチーも、牧師さんも、とても喜んでいるようだったから、まあ、よかったんでしょうね。ヘンリーはラッフルくじで、ルバーブ・ワインを一瓶、当てたわ。ヴァイのお誕生日に贈るつもりみたい」

「まあ、いいわねえ。ヴァイは元気なんでしょうね？　エディーは？」

「エディーといえば、困ったことが起こってねえ。アレクサ、あなた、何も聞いていなくて？」

どういうことだろう？　ヴァージニアの口ぶりから容易ならぬ状況を想像して、アレクサは心配そうにきいた。「聞いていないかって、何のこと？」

「エディーのところに、ちょっと頭のいかれた従妹って人が同居することになってね。それがまた、たいへんな人みたいなの。つい先週からなんだけど、エディー自身、近ごろは気もそぞろって感じなのよ」

いつも落ち着いている、あのエディーが気もそぞろだなんて！　アレクサは胸も凍る思いで問い返した。「気がおかしい従妹って？」

ヴァージニアはロティー・カーステアズをめぐる話をかなりくわしく物語った。アレクサはギョッとしてつぶやいた。「カーステアズさんって覚えてるわ。とても年を取ったご夫婦でしょ――タラカードの上手の丘の農家に暮らしていた。日曜日にときどきストラスクロイにやってきて、エディーのところでお昼を食べて行ったみたいだけど」

「ええ、従妹というのは、その人たちの娘らしいのね」

「ガタガタと騒々しい音を立てて走る、小さな車の前の座席に小柄なおじいさんとおばあさんがすわっていたのを思い出すわ。後ろの座席にはその二人の娘だっていう、大柄な、何かこうギクシャクした感じの女の人がすわっていたけど」

「それがロティーと彼女の両親だったのよ。お父さんもお母さんも二人とももう亡くなったらしいのね。それからってもの、ロティーは気がおかしくなる一方だったみたい――せいぜい内輪に言ってもね」

アレクサは義憤を感じていた。「でもどうしてエディーが面倒を見なけりゃいけないのかしら？　エディーはそんな責任、取れるわけがないくらい、忙しく暮らしているのに」

「わたしたちみんな、口がすっぱくなるほど、そう言ったんだけど、エディーはまるで聞こうとしないのよ。ロティーはどこに行くあてもないんだからの一点ばりで。とにかく先週、ロティーはエディーのところに救急車で到着して、それ以来、あの家にいつづけているわ」

「でもいつまでもってわけじゃないんでしょ？　当然、自分の家に帰って行くはずじゃなくて？」

「ええ、わたしたちもそう願っているんだけれど」

「ヴァージニア、あなたも会ったの、その――ロティーって人に？」

「会ったかですって？　村中をうろついて、相手かまわずペラペラしゃべりちらしてるわ、彼女。村の中ばかりじゃないのよ。ついこのあいだのことだけど、わたし、犬を連れてダムのあたりまで散歩に行ったのよ。土手にすわっていたとき、何だか妙な気がして振り返ったらどうでしょう、ロティーが後ろからすりよってくるところだったの」

「まあ、気味がわるい」

「ほんとに気味がわるかったわ。エディーの目をうまいこと、ぬすんでは出歩くらしいのね。そればかりじゃないのよ。夜は夜で、家を抜け出してはその辺をほっつき歩いて。べつに何か困ったことをするってわけじゃないんだけど、窓から彼女がこっそり家の中をのぞいていると思うだけで、何かこう背すじが寒くなって」

「見かけはどんな？」

「ちょっと見には、とくに気がおかしいようにも見えないわ。奇妙な感じはするけれどね。皮膚は青ぶくれしてるみたいで、目はブーツのボタンを二つ、並べたよう。おまけにしょっちゅう、ニヤニヤ笑いを浮かべていてね。相手に取り入るような笑顔っていったらいいかしら。エドマンドとアーチー・バルメリノーは、ロティーは昔からそんなふうだって言ってるわ。ある年、クロイ館でメイドとして働いていたことがあったんですって。レディー・バルメリノーはよっぽど、人手不足で困っていらしたんでしょうね。ヴァイの話じゃ、アーチーとイザベルが結婚した年だったそうだけど。アーチーは、ドアを開けるたんびにロティーがドアのかげに隠れていたものだって言ってるのよ。おまけにそそっかしくて、レディー・バルメリノーが大切にしてらした茶器を残らず割ってしまったんですって。それでとうとうお払い箱になったって話よ。そんなわけだから、ね、わかるでしょ？　とにかく問題なのよ、彼女がエディーの家に同居することになったのは」

電話が鳴った。

「いやだわ、こんなときに」アレクサはストラスクロイの村の、このちょっとしたドラマに夢中になっていたので、うるさそうにつぶやきながらも、いやいや立ち上がって机の前に行き、受話器を取った。

「もしもし」

「アレクサ・エアドさん？」

「ええ」

「わたしのこと、覚えていらっしゃるかどうか。モイラ・ブラッドフォードですわ。先週、トムソンさんのお宅のディナー・パーティーにお呼ばれしてましたの。それでですね、わたしもあなたにパーティーのお料理をお願いしたくて……」

ビジネスの電話だった。アレクサはメモ帳とボールペン、それに予約用の手帳に手を伸ばした。

「……十月以後を考えているんですけど、今から計画しておいた方がいいんじゃないかと……」

料理は四コース、十二人分。モイラ・ブラッドフォードは、「それであのう、費用のおよそのところをうかがわせてくださいませんかしら」と婉曲にきいた。

アレクサは先方の依頼に耳をかたむけ、質問に答え、メモを取った。後ろでヴァージニアがドアのほうに歩きだす気配を感じて顔を上げるると、身ぶりと口の動きで「ちょっとトイレ」と言っているらしかった。二階のトイレでなく、玄関脇のを使ってくれとアレクサが言う間もなく、若い継母は早くも階段を上がっていた。

「……ワインはもちろん主人が……」

「あの、もしもし？」

「ワインを開けるのや、注ぐのは宅の主人がいたしますから」

「……はい、わかりました。それだけうかがえば十分だと思います。くわしいことは、のちほどこちらからお電話するということで、いかがでしょう……？」

「ええ、でも今、およその手はずを決めておくほうがいいんじゃないでしょうかしら。わたしとしてはそのほうが好都合なんですの。それからお給仕のことですけど、お友だちかどなたか、手を貸してくださる方がいらっしゃるんですか？　それともあなたお一人でお給仕もなさるんですの？」


ヴァージニアは二階に姿を消していた。二階では階下と違って、ノエルの存在の痕跡は歴然としている。ヴァージニアはすべてを見て取り、容易に結論を引き出し、事実を察するに違いない。奇妙なことだが、アレクサはあきらめの気持のまじった、一種の安堵を感じていた。今さら、気をもんでも始まらない。取りつくろおうにも、どうせもう手遅れだった。

アレクサは一つ深く息を吸いこんだ。そしてテキパキとした声音で電話の向こうの相手に答えた。

「いいえ、手伝いはとくにいませんわ。でもご心配にはおよびません。一人で、ちゃんとやりこなせますから」


ヴァージニアは靴をぬいで階段を上がりながら、この家は小さいなりに、ロンドンの家のうちでもとびきりすてきな、優雅な住まいだと、いつもながら感嘆の思いを禁じえなかった。壁にはうつくしい壁紙が貼ってあり、白いペンキは輝くばかりで、さわやかな雰囲気が快い。絨緞は厚く、窓には趣味のいいカーテンがたっぷりとして、どこもかしこも居心地のいいこと、このうえなしだ。そんなふうに考えながら階段を上りつめると、寝室と浴室のドアが半開きになっていた。浴室に入ってみると、木の葉と小鳥をあしらった更紗の、あたらしいカーテン（裏打ちをして厚みをもたせてあった）が掛かっていた。ほかにも改装したところはないかとヴァージニアはまわりを見回した。カーテン以外には目新しいものは見あたらなかったが、思いがけないものを見つけてヴァージニアは目をみはり、このこととの意味するところに思いおよぶと、ほかのことはすっかり念頭を去ってしまった。歯ブラシ掛けに歯ブラシが二本、ガラスの棚に髭剃り道具とエドマンドも愛用しているシャネルのアフターシェーヴのアンティーアス、浴槽の脇には大きなトルコ・スポンジ、蛇口からは石けんが紐で吊り下がっていた。ドアの裏の掛け釘にバスローブが二つ――ブルーに白の縞の大ぶりのものと、もう少し小さめの白いのと。

このころにはヴァージニアは、二階に上がった、当面の必要をまるで忘れていた。浴室を出ると、彼女は階段の上がり口にたたずんで耳をすました。階下はしんとしていた。電話はどうやら終わっているらしい。アレクサの声ももう聞こえなかった。彼女は寝室のドアをみつめ、ふと手を伸ばして押すと中に入った。ベッドに枕が二つ並び、アレクサの寝間着がきちんとたたんで一方の側に、男ものの空色のパジャマがもう一方の側に置いてあり、ベッドの脇のテーブルに豚革のトラベル・クロックが軽快に時をきざんでいた。あの時計はアレクサのものではない――と思いつつ、ヴァージニアはなお寝室の中を見回した。化粧台の上の銀製の柄のついたブラシ、鏡から吊り下がっているシルクのネクタイ、男物の靴がズラリと一列。衣装戸棚の戸は具合でもわるいのか、半開きになっており、のぞいてみるとハンガーに男物のスーツが何着か吊されているのが目についた。箪笥の上にアイロンをかけたシャツが一山置いてあった。

後ろで足音がしたので振り返ると、アレクサが立っていた。くしゃくしゃになったコットンの服を着て、いつもとちっとも変わりなく見えた。いや、そうではなかった。どこか微妙に違っていた。「あなた、少しやせたかしら？」とヴァージニアはアレクサに会ったときにすぐきいたのだが、今、彼女はようやく納得していた。アレクサにあらたに備わったように思われる、何ともいえぬ輝き、彼女から発している、いわくいいがたい霊気《オーラ》のようなもの――それはダイエットのせいなどではないのだということを。

二人は目を合わせた。アレクサは視線をそらすこともなく、しごく落ち着いていた。罪の意識や恥の思いなど、薬にするほどもないのだ――とヴァージニアは継娘のためにうれしく思った。アレクサももう二十一歳。時がかかりはしたが、彼女なりにようやく成長したということなのだろう。

そこにたたずんでヴァージニアは初めて会った、子どものころのアレクサを思い出していた。内気で自信がなく、相手の心を迎えたいと努力しているのがいじらしいくらいだった。そのとき、ヴァージニアは幼い継娘にたいし、注意して言葉を選び、うっかり口を滑らせて言うべきでないことを言ったり、してはならないことをしたりしないようにと、慎重のうえにも慎重を期して彼女に近づいたのだったが。今も同じだった。

結局のところ、さきに口を切ったのはアレクサだった。「一階のトイレを使ってって言うつもりだったんだけど」

「ごめんなさい。つつき回るつもりはなかったのよ」

「つつき回らなくたって、証拠歴然ですもの」

「わたしに知られていやな気持？」

「いいえ、いずれはわかることだし」

「どうかしら？　わたしに話してみない？」

「もしもそのほうがよかったら」

ヴァージニアは寝室から出て、ドアを後ろで閉ざした。アレクサが言った。「下にもどりましょう。下で話すわ」

「でもわたし、まだトイレに行っていないのよ」とヴァージニアが言い、緊張がほぐれて二人は声を合わせて笑っていた。

「ノエル・キーリングって名なの、その人。家の前の通りで会ったのよ。たまたま二軒さきのペニントンさんっていうご夫婦の家でディナー・パーティーが開かれるはずだと思ってやってきたらしいのね。でもあいにく日を取り違えていて、ひどく途方にくれているように見えて」

「そのとき、初めて会ったわけ？」

「いいえ、以前にも会ったことがあったのよ。よそながらっていうか。つまりカクテル・パーティーで一度。それから彼の会社の重役会のランチをこしらえたことがあって、そのときにもう一度」

「どういう会社？」

「広告会社よ。ウェンボーン・アンド・ワインバーグって」

「年はいくつなの？」

「三十四歳」こうつぶやくアレクサの顔に夢見るような表情が浮かんでいるのを、ヴァージニアは見た。愛している男について、やっと話す気になった少女の表情だった。「ノエルって——さあ、どういったらいいかしら？　もともとあたし、人のことを描写するの、得意でないから」


短い沈黙があった。ヴァージニアはしばらく待ったうえでアレクサに話を続けさせようと促した。

「ところがこのオヴィントン・ストリートで、たまたま彼と再会した。彼が日を取り違えてディナー・パーティーにきた日にってことなのね？」

「ええ、そのとき彼、疲れきっていて。あたしが見ても、すぐ察しがつくくらいに消耗していたのよ。ニューヨークからもどったばかりで、一睡もしないまま、出てきたんでしょうね。それであたし、つい、『お入りになりませんか』って誘ってしまったの。いっしょにワインを飲んで、それからあり合わせのもので食事をして——ちょうどチョップスがあったから。そのあと、彼、ソファーでうたた寝をしてしまって」

「あなたのもてなしようが退屈だったってこと？」

「いやなヴァージニア、彼、ほんとに疲れきっていたのよ」

「ごめんなさい。続けてちょうだい」

「つぎの晩がペニントンさんのところのパーティーの当夜で、行く前に彼、この家に寄ってくれたの。

バラの大きな花束を持って。お礼のしるしってことなんでしょうね。その二晩あとにあたしたち、そとで二人で食事をしたの。それからあとは雪だるま式に……」

　ヴァージニアは「雪だるま式」というのはこういう場合、適切な表現かどうかと思いながら一言、「そう」とだけ、つぶやいた。

「そのあとのある週末に、一日、田舎にドライブに行ったの。青い空の、暖かい日で、あたしたち、ラリーを連れて行って丘陵地を何マイルも歩き回ったのよ。ロンドンにもどる途中でディナーを食べて、それから彼のフラットに寄ってコーヒーを飲んだの。そして……結局……その……時刻もひどく遅かったし……それで……」

「彼のところに泊まったのね」

「ええ」

　ヴァージニアはもう一本、タバコを取って火をつけた。ライターをしまって彼女は言った。「翌朝になっても、あなたは後悔しなかったのね？」

「ええ、ぜんぜん」

「あなたにとって……初めてのこと……だったわけ？」

「ええ。でもそんなこと、きくまでもないんじゃないかしら？」

「そうよね。わたし、あなたのことはとてもよく知っているんですものね」

「それで最初はちょっと具合がわるかったの。あたし、彼にそう気づかせるのがつらかったし、だからといって、初めてじゃないっていうふりをすることもできなくて。それって、泳ぎがすごく達者だってふりをしてた人が水に飛びこんでみたら、たちまちアップアップっていうようなものでしょ？　あたし、溺れ死にしたくなかったの。だからあたし、ノエルに話したのよ。まるで中学生みたいだって呆れられるか、おかたいって嗤われるか、どっちかだと思っていたんだけど、でもノエルがそれを聞いて何て言ったと思って？　まるですばらしい、思いがけないプレゼントをもらったようなものだって――そう言ったのよ、彼。そしてね、翌朝、ものすごく大きな音を立ててシャンパンのコルクの栓を飛ばして、あたしを起こして。あたしたち、ベッドにすわっていっしょにそのシャンパンを飲んだの。それから……」

アレクサはちょっと口をつぐんだ。息を切らしていた。言うだけのことを言ってしまったということなのだろう。

「それから、またまた雪だるま式にってことね……」

「何ていったらいいかしら。あたしたち、そのあと、ずっといっしょにいるようになって——お互い、仕事をしているときはもちろん、べつだけど。それでしばらくたつうちに、会ってはまた別れわかれになるっていうのや、相手のところの歯ブラシを借りるってことをきりなく繰り返しているのがばからしく思えてきて、二人で話し合ったの。ノエルはペンブローク・ガーデンズに住み心地のいいフラットをもっているし、あたしとしても喜んで彼のところに移る気はあったのよ。でもチェリトンおばあさまが大切にしていらしたものがいっぱい残っている、この家を放り出すわけにもいかなかったし、同じ理由で人に貸すのも気が進まなくて。いうならばちょっとしたディレンマだったんだけど、たまたまノエルの友だちが結婚して住むところを探しはじめたものだから、彼のフラットをその人たちに貸すことにして、彼がここに引っ越してきたってわけなの」

「もうどのくらいになるの?」

「二か月くらいかしら」

「わたしたちには一言も洩らさなかったのね」

「恥ずかしかったからでも、秘密にしておきたかったからでもないの。信じられないくらい、すばらしいことが起こったたって思いを、二人だけのものにしておきたかったものだから——しばらくのあいだだけでも。内緒にしておくってこと自体、何となく魔法の一部のような気がして」

「彼には家族はあるの?」

「両親は亡くなっているんだけど、お姉さんが二人いるんですって。一人は結婚して、グロスターシャーのどこかに住んでいて、もう一人はロンドン」

「会ったことはあるの?」

「いいえ。ほんといって、会いたいとも思っていないの。その人、ノエルよりかなり年上で、ちょっとこわいみたいな感じ。ヴィーナス誌の編集長で、すごくエネルギッシュな人らしいの」

「で、わたしが家にもどったら、みんなに報告したほうがいいのかしら？」

「その判断はおまかせするわ」

　ヴァージニアはちょっと思案した。「エドマンドがほかの人から聞く前に、話しておくほうがいいにきまっているわ。エドマンドはしょっちゅうロンドンを出たり入ったりしているし、こういうことって、とかく噂になるものだから。とくに男の人たちは、その種のことを好んで話題にするようだし」

「ノエルもそう言うのよ。父さんに話してくださる？　ヴァイにも？　とっても話しづらいかしら？」

「そんなことないわ。ヴァイはすばらしい人ですもの。どんなことを聞いても、ショックを受けたような顔をしないで、おおらかに受け入れてくれると思うわ。あなたのお父さんについていうならば――そうね――目下のところ、わたし、彼が何を言おうが、どう受けとろうが、わたしの知ったことじゃないって心境なの」

　アレクサは聞きとがめて眉を寄せた。「どういうこと？」

　ヴァージニアは肩をすくめた。アレクサと同じように、彼女も眉をしかめていた。こういう表情を見せるとき、いつも若々しい、そのうつくしい顔に皺がくっきり目立つことに、アレクサは気づいていた。そんなときのヴァージニアは、あまり若々しくは見えなかった。

「はっきり言ってしまうほうがいいでしょうね。わたしたちの間柄、目下のところ、あまり友好的とはいえないのよ。もうかなり長いこと、わたしたち、言い争いを続けていてね――べつにののしり合ってるわけじゃないけれど。礼儀正しい、でも冷たい関係っていうことかしら」

「でも……」ノエルのことをいっとき忘れて、アレクサは不安を面にみなぎらせてヴァージニアの顔をみつめた。彼女の父親について、ヴァージニアがそうした冷ややかな声音で語るのを、いまだかつて聞いたことがなかったし、彼女の記憶にあるかぎり、二人が争ったことは一度もなかった。これまでのところ、父親と継母は、いつもぴったり息が合っているようだった。二人のあいだに深い愛情が通っていることは見るから明らかで、いっしょにいるときは、たとえドアが閉まっていても、笑い声や仲むつまじい話し声が洩れ聞こえてきた。話題はかぎりがないようで、父親と継母の互いの愛情のかもしだす安定した雰囲気に浸りたくて、アレクサは休みが取れると必ずバルネード荘に帰ったものだった。二人といるのが楽しいからだった。二人が言い争いをするなんて、話し合おうとしないなんて、愛し合わなくなってしまったなんて、アレクサにとっては、考えるさえ耐えられなかった。二人が二度と愛し合うことがなくなってしまったら……？　二人が離婚するようなことになったら？「そんなの、たまらないわ。ねえ、いったい、何があったの？」

それまで喜びにあふれていたアレクサの顔からたちまちにして喜びが消えるのを見て、ヴァージニアは後ろめたい思いに駆られ、言いすぎたと後悔した。ノエルのことを話題にしているうちにヴァージニアは、アレクサが自分の継娘だということを忘れていた。それでまるで同年配の打ち明け話の相手であるかのように明らさまに、また冷ややかに当面の自分の問題についてしゃべっていたのだった。しかしもちろん、アレクサは同年配の友だちではなかった。

ヴァージニアは急いで言った。「そんな顔、しないでちょうだい。それほどひどい状況でもないんだから。ただね、エドマンドがヘンリーを寄宿学校に入れるって、あくまでも言いはるものだから。一方、わたし自身は、ヘンリーをどうしても行かせたくないわけなの。あの子はやっと八歳だし、幼すぎると思うのよ。エドマンドはこのことについて、わたしがどう思っているか、ちゃんと承知しているくせに、わたしに何の相談もなく、入学の手続きをしてきたのよ。わたし、情けなくて。この問題がくすぶって、わたしたち、それについて話題にすることもできなくなってしまっているの。それっきり、そのことを話し合っていないのよ。二人とも意地になってるのね。そういういきさつもあって、わたし、ヘンリーをデヴォンに連れて行ったの。ヘンリーは、自分が寄宿学校に送られるってこと、それについて、わたしたちがお互いに腹を立てているってことを知っているのよ。あの子のことを思って、わたし、家での日々をせいぜい楽しく過ごさせようと遊び相手になったり、いっしょに何かしたりしようとつとめているんだけれど。エドマンドの悪口をヘンリーに言おうなんて夢にも思っていないのよ。もともとあの子、父親を心からあがめているんですもの。つらいのよ、わたし」

「ヘンリーがかわいそう……」

「ええ。ヴァイのところに一日、二日泊まれば気もまぎれるんじゃないかと思ってね。わたしとしてもあたらしいドレスを買いたいし、あなたに会いたくもあってヘンリーをヴァイに頼んで出てきたわけ。ヴァイとヘンリーはそりゃあ、気の合う、仲のいいカップルなんですものね。ほんとのところ、あたらしいドレスがとくにほしかったわけでもないんだけど、あなたに会うことができたし、あなたがいい出合いをしたみたいで、それだけでも、ロンドンに出てきた甲斐があったような気がしてるのよ」

「でもいずれはバルネード荘に帰らないわけにはいかないんじゃなくて？」

「ええ、状況がいいほうに変わらないともかぎらないし」

「残念だわ。でもあたしにはよくわかるわ。父さんって、いったん心を決めると、てこでも動かないんですものね。まるで煉瓦塀みたいに、押しても突いても微動もしないって感じ。仕事もその流儀でこなしてきたんでしょうね。出世街道まっしぐらというのも、それだからじゃないかしら。でも父さんと違う考えを持っている場合、自分なりの意見を持っているときには、むずかしい立場に立たされることになるのよね」

「そのとおりよ。わたし、思うことがあるの。エドマンドが一度でも大しくじりをする羽目に立ったら、もうちょっと人間らしくなるんじゃないかって。いっぺんでもそうした経験をすれば、自分だって間違いをすることがないわけじゃないんだって認めるようになるかもしれないし。でも実際にはエドマンドはこれまで、間違いらしい間違いをしたためしがなかったし、過ちなんてものとはまるで縁のない人だったのよね。だから認めないんだわ、自分が間違っている可能性もあるってことを」

その点、ヴァージニアとアレクサは見解をまったくひとしくしているわけで、二人はお手上げといった表情で顔を見合わせた。

アレクサがふと、あまり確信のなさそうな口調でつぶやいた。「テンプルホールに入学してみたら、ヘンリーだって、あんがい学校が好きになるかもしれないわ」

「わたしもそれを願っているのよ、わたしたちみんなのために」とヴァージニアは言った。「とくにヘンリー自身のためにね。すべてはわたしの思いすごしだったんだって証明されれば、いっそありがたいくらいよ。でもわたし、ヘンリーにとっては、寄宿学校での一分一秒さえ、やりきれないだろうって予想しているものだから」

「ヘンリーと離ればなれのあなたなんて、想像することもできないわ」

「それが問題なのよね。わたし自身にも想像もつかないんですもの」

ヴァージニアはタバコをもう一本取った。アレクサは、嘆いていても始まらない、何にもせよ、行動を起こす必要があると判断した。

「ねえ、何か飲みましょうよ。お互い、あまり楽しくないことを話し合ったあとなんですもの。元気づけの一杯が必要じゃなくて？　何がいいかしら？スコッチ？」

ヴァージニアは腕時計を見て言った。「わたし、そろそろ帰らないと。フェリシティがディナーをいっしょにしようと待っているでしょうし」

「時間はまだたっぷりあってよ。せっかくだからノエルに会って行ってくださらないかしら？　そろそろ帰る時分だし。ノエルのことがわかってしまった以上、会わずに帰るなんてだめよ。ノエルに会って、感じがいい人だったたって報告できれば、そのほうが父さんに話すのもずっとたやすくなると思うし」

ヴァージニアは微笑した。アレクサは二十一歳、それなりの経験をもつ女性に成長している。しかしそれでいてあいかわらず、何ともいえず、ナイーヴな娘なのだった。

「いいわ。あなたの言うようにするわ。でもスコッチはあまり強くしないでね」


ノエルは会社の近くの路上の花屋で、アレクサのために花を買った。カーネーションとスイートピーにカスミソウを取り合わせた花束だった。べつに買うつもりはなかったのだが、通りすがりに目にとめてアレクサが喜ぶかもと、あともどりして眺め直していると、花売りの女性はそろそろ店じまいをして帰ろうと思っていたやさきだったのだろう、一束の値段で二束売ってくれた。二束だとぐっとリッチに見えた。

オヴィントン・ストリートで暮らすようになってからというもの、ノエルは毎日、会社から歩いて帰ることにしていた。脚の緊張をやわらげる、いい機会だったし、歩いたためにエネルギーを消耗するというほどの距離でもなかった。通りの果てで家へと曲がりながら、目下のところ、自分はあの居心地のいい家の居住者なのだと思い返すのはわるくない気分だった。

アレクサと暮らすようになったことで、ノエルはいろいろな点で得をしていた。アレクサはチャーミングな、従順な愛人であるばかりでなく、およそ要求がましいところがないという点でもありがたい存在だった。はじめのうちノエルは、アレクサが彼を独占しようとやっきになり、彼女と過ごしていない時間について憶測をたくましくし、嫉妬を燃やすのではないかと恐れていた。以前の経験で懲りていたからで、そういう女性とかかり合うと、首のまわりに石臼を結びつけられてでもいるようなわずらわしさにいたたまらなくなったものだった。しかしアレクサは彼がこれまで交渉をもった、どんな女性とも違っていた。彼が海外からのお客のために一席もうけなければならなかったり、クラブでの週二度のスカッシュのゲームにうつつをぬかしたりして帰りが遅くなっても、恨みごと一つ言わず、一貫して寛大で、ものわかりがよかった。

アレクサは彼がドアの鍵を回す音をいち早く聞き

つけて彼が玄関のドアを開けるころ、地階とのあいだの階段を駆け上がって迎えてくれた。ノエルはドリンクのグラスを手にくつろぎ、シャワーを浴びてさっぱりしたところで、めっぽううまい夕食の食卓につくのだった。食事がすむと、テレビのニュース番組を見るか、音楽を聞くか。そのうえでアレクサをベッドにともなうということになった。

さてノエルは足取りを速めて玄関前の階段を一足とびに駆け上がり、花束をもう一方の手に持ちかえると、ズボンのポケットに手を突っこんで鍵を探った。油をさしてあるドアは音もなく内側に開いた。そのとたん、開け放されている客間のドアの向こうから話し声が聞こえてきた。誰か客がきているらしい。珍しいことがあればあるものだ——とノエルはちょっとびっくりしていた。ノエルがこのオヴィントン・ストリートの家に移り住んでからというもの、アレクサは訪問者をいっさい家に入れないようにしていたのだから。

「……せめても夕食を食べて行ってくだされればうれしいのに」という、アレクサの声が聞こえた。ノエルは音を立てないように気をつけてドアを閉めた。

「フェリシティに電話してことわるわけにはいかないのかしら？」

ホールのテーブルの上には誰かのとびきり高価そうな買い物包みが山積みされていた。ノエルはブリーフケースを床に置いた。

「それはできないわ。泊めてもらっているのに勝手に予定を変えるなんて失礼ですもの」

女性の声だった。ノエルは膝をちょっと曲げてホールの壁に掛かっている楕円形の鏡をのぞき、片手で髪の毛を撫で上げた。

「ディナーはマスのグリルにアーモンドをまぶして……」

ノエルが開いている戸口から入って行くと、アレクサはこっちに背を向けてソファーにすわっていたが、客はすぐ彼に気づいた。そのわずかな空間を隔てて、彼女は一瞬、ノエルと目を合わせた。ノエルが見たこともないほど、深い青い色をたたえた目がみつめていた。その瞳の輝きは挑戦的と思えるほど、冷静だった。

「こんにちは！」と客は先手を打って声をかけた。アレクサがハッとしたように立ち上がった。「ノエル、聞こえなかったわ。帰ってらしてたの？」

アレクサのほとんど化粧をしていない頬はバラ色に紅潮し、家着もちょっとくしゃくしゃだったが、それなりにとても愛らしかった。ノエルは彼女に花束を渡し、身をかがめてその頭のてっぺんにキスをした。

「話に夢中になっていたんで聞こえなかったんだろう」と言って、彼は客のほうに振り向いた。客は立ち上がっていた。背の高い、ブロンドのすばらしい美女で、黒いドレスがほっそりした肢体をぴったり包んでいた。大きな黒いベルベットのリボンを後頭部で結んでいる。「始めまして。ノエル・キーリングです」

「ヴァージニア・エアドですわ」客はノエルが差し出した手をしっかり握った。輝かしい青い目にこもる冷静な光と矛盾している、親しみを感じさせる握手だった。アレクサがこの継母に、自分についてすべて腹蔵なく打ち明けていることを、ノエルは察した。このグラマーな女性は彼らの状況について何もかも承知しているに違いない。彼としては受けて立つほかないということか。

「ではつまり……」

「あたしの継母のヴァージニアよ、ノエル」とアレクサが早口に言った。ちょっとどぎまぎしているようで、そのせいだろう、いつもの彼女らしくなく、ちょっと構えた口調になっていた。

「スコットランドからロンドンに買い物に出てきたばかりですって。突然なので、あたし、びっくりしてしまって。まあ、きれいな花！　これをあたしに？　うれしいわ！」と花束に鼻さきをうずめ、うっとりと香りをかいだ。「カーネーションって、どうしていつも、ブレッド・ソースのにおいがするのかしら」

ノエルはヴァージニアに微笑を向けた。「彼女の場合、一事が万事、料理に結びついてしまうんですからね」

「あたし、この花、すぐ水につけてくるわ。ちょうどドリンクをこしらえて飲んでるところだったの」とアレクサが言った。

「そのようだね」

「あなたも召しあがる？」

「ああ、もちろん。だがいいよ、自分でつくるから」

アレクサは花束を持ってキッチンへと去った。

ヴァージニアと二人だけになったノエルは彼女のほうに向き直った。「どうか、おすわりになってください。話しこんでおられるところをお邪魔したようですね」

ヴァージニアはすらりとした脚を優雅に折って、ふたたび椅子に腰を下ろした。

「ロンドンにはいつ出ておいでになったんですか？いつごろまで滞在なさるおつもりでしょう？」

古くからの友だちに誘われて、急に思いついて出てきたのだとヴァージニアは説明した。ちょっとアメリカ風のアクセントがチャーミングな、低い声だった。アレクサに電話で連絡を取ろうとしたのだがうまくいかず、いなくてもともとだからと訪ねてきて、アレクサの不意をおそうことになってしまった——そう彼女は説明した。

そんな話を聞きながら、ノエルは自分のドリンクをこしらえた。グラスを手にヴァージニアがすわっているところにもどると、彼はヴァージニアと差し向かいに座を占めた。すばらしい脚の持ち主だとあらためて感嘆していた。

「で、スコットランドにはいつ、もどられるんですか？」

「明日にも帰ろうかと思っていますの。明日か、あさってには」

「アレクサが夕食にお誘いしていたようですね。そうしてくださるとうれしいんですが」

「ありがとう。でも約束があるものですから、もう帰らないと。あなたがおもどりになるまでいてほしいって、アレクサに言われてつい長居してしまったんですの」サファイアのように輝く日がひたとみつめた。「あなたをわたしに引き合せたかったんでしょうね、アレクサは」

すばらしく率直な人だ——とノエルは感嘆していた——思わせぶりな言い回しをいっさいしないところがいい。彼はその挑戦に、同じく率直に応じようと心を決めた。「ぼくらの現在の状況については、アレクサからお聞きになっていると思いますが？」

「ええ、聞きましたわ——すっかり」

「ぼくとしてはお目にかかれてよかったと思っているんです。誰にとっても、そのほうが問題がないのではないのかと」

「何か問題が——あったんですの？」

「いや、ぜんぜん。ただアレクサは多少気がとがめていたのではないでしょうか」

「ええ、もともとひどく良心的なたちですから」

「家族がどう思うかと、かなり気にしていたようです」

「家族はアレクサにとって、とても大きな意味をもっているんでしょうね。ちょっと変わった育ち方をしてきた子ですから。そのためにある点ではかなり成熟していながら、べつな点では、まだひどく子どもらしいところがあって」

　ヴァージニアの言葉の意味を、ノエルはちょっと測りかねていた。そうした点は、彼がすでに自分で発見しているということくらい、察しがついているだろうに。「要するに、アレクサは誰も傷つけたくなかったんですよ」

「父親に、わたしから話してほしい——彼女、そう言ってますのよ」

「そうしていただければ何よりだと思います。ぼく自身、そのほうがいいと彼女に言いつづけてきたんですが」と言ってノエルは微笑した。「お父さんは、娘をたらしこんだ男をぶちのめそうと鞭を手に乗りこんでこられるでしょうかね？」

「そんなことはないと思いますよ」と言って、ヴァージニアはハンドバッグに手を伸ばし、タバコを一本、取り出すと金製のライターで火をつけた。「エドマンドは感情に左右されるたちではありませんから。でもあなたとしてはできるだけ早く、エドマンドとお会いになったほうがいいんじゃないかしら」

「逡巡していたのは、ぼくじゃあないんですよ」

　ヴァージニアはタバコの煙ごしに彼の顔をじっと見た。「いっぺん、バルネード荘にいらっしゃいません？　それがいちばんいいんじゃないでしょうか？　そうすれば家族にいちどきにお会いになれるし、アレクサにも精神的な支えがあるわけですしね」

アレクサが育ったバルネード荘に滞在してはどうかと招待されているわけだ。まわりにすばらしい田園が広がっているあの屋敷。見事な猟犬がいて、温室があって、いうならばエドワード王朝風の、あのがっちりした、古めかしい家に……アレクサはバルネード荘の提供する喜びについて、いつも情熱をこめて語る。うつくしい庭、楽しいピクニック、小さな弟のこと、祖母のこと、年取ったナニーのこと。ノエルはそこそこ関心を示しはしたが、それ以上の期待はしていなかった。おもしろいことが起こりそうな場所とも思えなかったのだ。それにノエルは他人の家にのっぴきならず入りこむことになり、その結果、退屈な思いをする羽目になることを、ひたすら恐れていた。

しかしこうしてヴァージニア・エアドと相対してみてノエルは、バルネード荘についていだいていた見解が百八十度転回するのを感じた。このエレガントな、洗練された女性、催眠術にかけられているような、ふしぎな影響を相手におよぼす、その目。アメリカに何かしら関わりがあることを思わせる、母音を少し引き伸ばす話し方。こうした女性が退屈なわけはない。客にたいして余計な干渉をせずに、こっちが望むならタイムズをあてがって放っておいてくれるくらい気が利くと同時に、風向きしだいで、目さきの変わった、楽しい趣向を考え出したり、さの思いつきで、気持のいい人柄の友人たちを集めてパーティーを一席催したりする、行き届いたホステス。そんなふうに、ノエルはそれからそれへと思いめぐらした。釣りの楽しみもあるだろう。おそらく狩猟も。もっとも彼自身は狩猟は一度も試みたことがないから、そっちはどうでもいいが。「招待してくださって、どうもありがとうございます」とノエルは言った。

「ことさらに計画したように見えない、ごくさりげない機会があればこのうえなしじゃないかと思うの……きっかけはとにかく、どっちみち、くるつもりでいたんだっていう印象が与えられれば、それに越したことはありませんものね……」ちょっと考えこむような表情が、いいことを思いついたとばかりにパッと輝いた。「そうだわ。スタイントン家のダンス・

パーティーがあるわ。これ以上に自然なことってないんじゃないかしら。アレクサは今のところ、パーティーへの出席について迷っているようだけど」

「ぼくが行かないなら行くつもりはないって言っていましたね。もちろん、ぼくは招待されていないわけですし」

「そんなことは何とでもなりますもの。わたしからヴィリーナ・スタイントンに一言、話しておくわ。ああいうパーティーって、もともと男性の数が足りないのよ。ヴィリーナは大喜びするでしょうよ」

「まずアレクサを説得してその気にさせないと」

彼がこう言ったとき、アレクサがピンクと白の花瓶を手に部屋に入ってきた。ノエルのプレゼントの花がさりげなく活けてあった。「二人であたしの陰口、きいてらしたのかしら？」と軽く言って、アレクサは花瓶をソファーの背後のテーブルの上に置いた。「とてもきれいじゃなくて？　ありがとう、ノエル。花を贈られるって、とてもうれしいものね。自分が何だかとくべつな存在になったようで」一本だけついと伸びているカーネーションをちょっといじったが、すぐやめて、アレクサはソファーの片隅の席にもどった。「アレクサを説得してその気にさせないとって、いったい、どういうこと？」

「スタイントンさんのパーティーに出席することについてよ」とヴァージニアが言った。「ノエルもいっしょにってこと。ノエルの分の招待状が送られるように、わたしが手配するわ。だからそっちはわたしに任せて。ノエルにはそのあいだ、バルネード荘に泊まってもらうことにしましょう」

「ノエルは行きたいなんて思わないかもよ」

「行きたくないなんて、ぼくは言ってないよ」

「あら、言ったわ！」とアレクサはやっきになって叫んだ。「招待状が届いた日に、民族舞踊はあまりぞっとしないって、あなた、言ったじゃありませんか、ノエル！　それであたし、この問題はもうこれっきりだって思ったのよ」

「実際的な話し合いはしなかったからね」

「つまり、行ってもいいってこと？　そうなの？」

「きみがいっしょに行こうって言うならね」

アレクサはとても信じられないというように頭を

振った。「でもノエル、それこそ民族舞踊もいいとこなのよ。リールやら何やら。そんなの、あなた、我慢できると思う？　踊れなかったら楽しいわけないでしょうし」

「ぼくだって、そのほうの経験がまったくないってわけじゃないんだよ。サザーランドに釣りに行ったときのこと、ある晩、ホテルで飛び入り歓迎の無礼講のパーティーがあってね、ぼくらみんな、未開人のように跳ね回ったっけ。ぼくも結構、陽気に仲間入りしたような気がするよ。ウィスキーを二杯もあければ、民族舞踊だって何だって、こなす気大ありさ」

ヴァージニアは笑いだした。「まあね、民族舞踊にうんざりしたとしても、ナイトクラブやディスコみたいなものもあるらしいから、そっちに入りびたっていればいいんじゃないかしら」タバコのさきを灰皿にこすりつけて火を消して、彼女は続けた。「どう思って、アレクサ？」

「あたしが今さら何を言ったって、どうってことないみたい。あなたがた二人のあいだで、話はもうちゃんとついてしまってるようなんですもの」

「だとしたら、わたしたちのちょっとしたディレンマも、うまいこと、解決したわけね」

「ちょっとしたディレンマって？」

「ノエルがごくさりげなくエドマンドに会えるようなチャンスを、どうしたらつくれるかって問題よ」

「ああ」

「そんな情けなさそうな顔をしないのよ、アレクサ、それこそ、申し分のないチャンスじゃありませんか」と言ってヴァージニアは時計に目をやり、グラスを下に置いた。「さあ、わたし、本当にもう帰らないと」

ノエルが立ち上がって言った。「送りましょうか、どこかまで？」

「いいえ、結構よ。でも、そうね、タクシーをつかまえてきてくださったら、とてもありがたいんだけれど……」

ノエルが出て行くと、ヴァージニアは靴をはき、うつくしい髪型が乱れていないかとチェックし、緋色のジャケットに手を伸ばして着た。ボタンをはめながら、ヴァージニアはアレクサの心配そうな目の表情に気づいて、はげますように微笑した。

「ねえ、何も心配は要らなくてよ。あなたがたが家の中に足を踏み入れる前に、わたしが万事、ちゃんと取り計らっておきますからね」

「あなたと父さんのことも、あたし、心配で……あなたがたがそのときになってもいがみ合っているなんてこと、ないでしょうね？　家の中の空気が険悪で、あなたがたがお互いにたいして腹を立てていたりしたら、あたし、いたたまらないと思うの」

「もちろん、そんなことあるものですか。そのことはもう忘れてちょうだい。そもそもあんなこと、あなたに聞かせるべきじゃなかったのよね。だいじょうぶ、みんなですばらしいときが過ごせると思うわ。ヘンリーが学校に行ってしまえば、わたし、たぶん寂しくて、あなたが帰ってくれたらとても元気づけられるでしょうし」

「ヘンリーが寄宿学校だなんて。あたし、考えただけで胸がいっぱいになってしまって」

「さっきも言ったように、わたしもつらくて。でもあなたにしても、わたしにしても、このことについては何ができるわけでもなさそうだから」二人はキスをかわした。「ドリンクをご馳走さま」

「寄ってくださって、ありがとう。それにあたしたちのこと、とてもよくわかってくださって。あのう……ノエルって、いい人でしょ？」

「たしかにとてもいかすわね。これであなた、あの招待状に出席の返事を出す決心がついたでしょ？」

「ええ、もちろん」

「そしてね、アレクサ、すてきなドレスを新調なさいね」

第16章

二十五日 木曜日

エドマンド・エアドがＢＭＷをエディンバラ空港の駐車場に入れたときには、ロンドンからの午後七時着のシャトル便はすでに雲の中から機影を現わして着陸体勢に入っていた。急がず、あわてずエドマンドはあいている駐車場所を見つけて車を降りるとドアをロックしながら、到着しようとしている飛行機を見守った。ぴったりのタイミングに大きな満足感を覚えていた。何にしろ、誰にしろ、漫然と待っているとき、エドマンドはとかくいらいらした。彼にとっては流れゆく時の一瞬、一瞬が貴重で、たった五分にしろ、所在なく過ごすのは苦痛なばかりでなく、いいようのない挫折感を感じさせた。

エドマンドは駐車場を抜け、道路を横切って空港ビルの中に入った。ヴァージニアが乗っているはずの飛行機はすでに到着していた。知人か身内を迎えにきたのだろう、かなりの人々が三々五々群れていた。それは種々雑多な群れで、見るから興奮した様子で目あての人間を待っている者がいる一方、まったく無関心らしい者もいた。幼い子どもを三人連れた若い母親がちっともじっとしていない子どもたちに腹を立てて、そのうちの一人を平手でピシャリとぶった。ぶたれた子はものすごい声を上げて泣きわめきはじめた。やがて荷物を乗せたコンベヤーが動きはじめた。エドマンドはズボンのポケットの中の小銭をチャラチャラさせながらたたずんでいた。

「やあ、エドマンド」

呼びかける声に顔を上げると、毎日のようにニュー・クラブの昼食どきに顔を合わせている男だった。「やあ！」

「誰かを迎えに？」

「ヴァージニアをね」

「私は娘と孫を二人。一週間、こっちに滞在すると言ってよこしてね。誰かの結婚式で。孫娘の一人がブライドメイドの役を仰せつかったそうで。飛行機はいちおう定刻どおりに着いたようだね。私は先週、ヒースローからの三時のシャトル便に乗ったんだが、五時半まで離陸しなくてね」

「まったくやりきれないね、そういうときは」

階段の上のドアがあいて、旅客の第一陣が姿をを現わした。ある者は出迎え人を目で探し、ある者はたくさんの手荷物をもてあましている様子だった。ロンドンでの会議や会合からの帰りらしいビジネスマンが、いつものようにかなりの割合を占めており、判で押したようにブリーフケース、雨傘、たたんだ新聞といった小道具を持っていた。そのうちの一人は気恥ずかしそうな顔をするでもなく、赤いバラの花束をかかえていた。

エドマンドはそうした人々に目を走らせながらヴァージニアを待っていた。上背のある均整の取れた体格、エレガントなスーツ、落ち着いた物腰、半ば閉じた目、無表情な顔からは、その心のうちに去来する思いは読み取れなかった。彼をよく知らない者がそんな彼を見たとしたら、その内奥にひそむ、ひそかな不安についての手がかりを見出すことはなかったろう。じつのところ、エドマンドは、ヴァージニアが迎えにきている自分を見てはたして喜ぶかどうか、どのような反応を示すか、測りかねていたのだったが。

ヘンリーを寄宿学校にやるつもりでいると彼が唐突に告げた、あの夜から、二人の関係は苦痛な緊張に満ちたものとなっていた。それまで彼らは言い争い一つしたことがなかった。エドマンドはもともと、他の人間の賛成や承認なしに平気で暮らせるたちの人間だったが、今度のこの妻との思わぬ仲たがいにはつくづくうんざりしており、このあたりで休戦に漕ぎつけたい、妻とのあいだの妙に礼儀正しい、冷えた関係に終止符が打たれ、けりがつかないものかと切望していたのだった。

希望がいだけるような状況ではなかった。ストラスクロイ小学校が夏休みに入ると、ヴァージニアはヘンリーを連れてデヴォンの両親のところに出かけて三週間も家を留守にした。エドマンドはこの長逗留のあいだにヴァージニアの心の傷が癒え、機嫌を直して帰ってくるのではないかと望みをかけていたのだったが、愛児と休日を過ごすうちに、彼女はいっそう態度を硬化させ、バルネード荘にもどってきたときには以前に輪をかけて冷ややかに、言葉少なくなっていた。

かぎられた一定期間であれば、エドマンドも彼なりにこれに対処することができたろう。しかし彼は、自分とヴァージニアとのあいだに存在する、ぎごちない空気にヘンリーが気づかないわけがないということを知っていた。ヘンリーはものをあまり言わなくなり、どうかするとベソをかき、以前にもまして大事なムーに頼るようになっていた。エドマンドはムーが我慢ならなかった。自分の息子が古びた赤ん坊用毛布の切れっぱしなしではいまだに眠れないということは、彼にとって何とも忌ま忌ましいことだった。エドマンドはすでに何か月も前からヴァージニアに、ヘンリーがムーなしでもいられるようにムー離れさせる必要があると再三説いてきたのだが、ヴァージニアは彼が見るかぎり、その助言を無視していた。テンプルホール校へのヘンリーの入学は三週間後に迫っている。何とか、ムー離れするように、ヴァージニアにも彼女なりに努力してもらわなければ――とエドマンドは考えていた。

デヴォンの長滞在も思うような効果を上げず、ヴァージニアはその後も決然とかたくなな態度を取りつづけていて、エドマンドはほとほとやりきれない気持になっており、若い妻ともう一度口論しても、この問題に直面しなければと考えていた。しかしそんなふうにことを荒だてれば、状況はかえって悪化する一方だろうとも思われた。現在の彼女の心境では、まかり間違えばヴァージニアはさっさと荷づくりをして、クルーズから帰った祖父母の待つロングアイランドのリーズポートに行ってしまうだろう。祖父母のもとで彼女は昔に変わらず、ちやほやと甘やかされ、「もちろん、おまえの言うことは正しいよ。かわいそうに、年端も行かないヘンリーを、母親のおまえから引き離して寄宿学校に入れようなんて」と、夫の彼はまるで冷酷無情の怪物のように言いなされるに違いない。

　というわけで、エドマンドは何も言わず語らず、感情的な嵐が一段落するまで待つことにしたのだった。どっちみち、彼としてはいったん決めたことをひっこめるつもりはないのだし、妥協しようなんてさらさら考えていないのだからと。結局のところ、態度を変えなければならないのはヴァージニアのほうではないか。
　二、三日、一人でロンドンに行ってくるとヴァージニアが宣言したとき、エドマンドはむしろホッとしたくらいだった。数日を楽しく過ごし、漫然と買い物でもしてくれれば、ヘンリーの入学についてももののわかりのいい態度をとるようになるかもしれない。そうした気晴らしに効果がないとしたらどんな方策も成功するわけがない――そう思いもした。留守のあいだ、ヘンリーはヴァイのところに泊まることになっている――とヴァージニアは言った。あなたはお好きなようになさってくださいなとも。そこで彼は犬たちをゴードン・ギロックに預かってもらい、バルネード荘を閉めて、その週をエディンバラはマリ・プレースのフラットで過ごしたのだった。
　そんな一週間を過ごさなければならなかったことについては、彼はべつに気にとめていなかった。いっさいの家庭的問題を心のうちから閉め出して彼は仕事に没頭し、実り多い長時間を会社で過ごすのを喜んでいた。それにエドマンド・エアドが単身エディンバラに滞在しているというニュースが口づてに伝えられると、食事にきてほしいという招待が際限なく舞いこんだ。ヴァージニアの不在中、彼はただの一度もフラットで夜の時間を過ごしたことがなかった。

　しかしぎりぎりのところ、彼はヴァージニアを愛しており、こんなにも長いこと、二人のあいだに泥沼のように広がっている、ぎくしゃくした空気が心外でならなかった。空港で彼女が現われるのを待つあいだ、エドマンドは妻がロンドンで楽しいひとときを過ごしたために、それなりに筋の通った考え方をするようになって帰ってくることを切に願っていた。

　そう、ヴァージニア自身のために。なぜなら妻の非難と憤懣から彼の家庭内にうずまくようになった暗雲のもとで、もう一日だって暮らす気は彼にはなかったのだから。妻の態度が変わらなかったらバルネード荘にはもどるまい、エディンバラにいつづけようという決心を、彼はすでに固めていた。

　ヴァージニアは最後に現われた旅客の一団のうちにまじっていた。戸口をぬけ、階段を降りて彼女は近づいてきた。エドマンドはすぐ妻の姿に気づいた。髪型が変わり、見慣れぬ、明らかに新調のコスチュームに身をつつんでいた。黒いズボン、サファイア・ブルーのシャツ、ほとんどくるぶしまで覆うくらいに長いレインコート。航空バッグのほかに高価そうな箱やら、買い物袋やらを下げて。買いものにひとしきり、うつつをぬかして帰ってきたエレガントな女性の典型的な姿だった。いつものように、彼女は見る者の心をときめかせるセンセーショナルな魅力を発散させ、十歳は若く見えた。

　ぼくの妻。いまだにしこっている二人のあいだの悶着にもかかわらず、エドマンドはその瞬間、妻の不在中、自分がどんなに彼女の存在を求めていたかを今さらのように悟った。身じろぎもせずにその場にたたずんだまま、彼は心臓が早鐘のように打ちだすのを意識していた。

　ヴァージニアも夫の姿に気づいて立ち止まった。二人の目が合った。ヴァージニアの輝かしい青い目。二人のどちらにも長く長く思われた一瞬、視線がひたと切りむすんだ。と、ヴァージニアの頬が微笑にほころび、彼女は夫の立っているところへと階段を降りてきた。

　エドマンドはホーッと吐息をついた。その嘆息のうちには安堵と歓喜、ふつふつと湧く、若者のそれのような幸福感がいわくいいがたくこもっていた。どうやらロンドン行きが効いたらしい。ああ、これで何もかもうまく行く。エドマンドは自分の顔が妻の笑顔にこたえるようにひとりでに笑みくずれるのを意識し、妻を迎えるべく歩みを進めた。

　十分後、二人は自動車の中にいた。ヴァージニアの荷物はトランクに納まっていた。ドアを閉ざし、シートベルトを締めると、そこはもう二人だけの世界であった。

　エドマンドは車のキーに手を伸ばし、手の中でポンと軽く一度投げて、「これからどうしようか。きみは何をしたい？」と妻にきいた。

「何かいい提案があって？」

「真っ直ぐにバルネード荘に帰るか、フラットに行くか。それともエディンバラで食事をしてからバルネード荘に帰るか。ヘンリーはもう一晩、ヴァイのところに泊まるはずだから、今夜はわれわれはどのようにでも過ごせるんだよ」

「わたしはどこかで食事をして、それからバルネード荘に帰りたいけど」

「だったら、そうしよう」エドマンドはキーをさしこんでイグニションを入れた。「ラファエリにテーブルを予約してあるんだよ」巧みな運転で混雑している駐車場をあとにすると料金所で金を払い、道路に出た。

「ロンドンはどうだった？」

「暑くて混んでいて。でも楽しいことは楽しかったわ。いろいろな人に会って、パーティーに――そうね、四つくらい行ったかしら。フェリシティが『オペラ座の怪人』の切符を手に入れてね。お金、ずいぶんつかってしまったわ。請求書が届いたら、あなた、目を回すかも」

「スタイントンのところのパーティーに着るドレスは見つかったのかい？」

「ええ、キャロライン・チャールズで。夢みたいにすてきなドレスよ。髪型も変えたわ」

「すぐ気がついたよ」

「どう思って？」

「とてもエレガントだよ。そのレインコートも新品のようじゃないか」

「ロンドンに着いたら、何だかお上りさんのような気がして、やたら買いまくったのよ。このコートはイタリア製。ストラスクロイでは用なしね、きっと。でもほしいと思ったら矢もたてもたまらなくて」

　こう告白して、ヴァージニアは笑った。彼の愛する、かわいらしいヴァージニアがそこにいた。エドマンドの胸には、ああ、よかったという安堵の思いが広がり、アメリカン・エクスプレスの多額の請求書が舞いこんでも、この気持を忘れないようにしようと心に決めていた。

「もっと頻繁にロンドンに行く必要があるのよね、きっと」

「アレクサには会ったかい？」

「ええ。報告しなけりゃならないことがいろいろあるのよ。でもそれはもっとあとまで取っておくつもり。ディナーをいただきながらでいいんじゃないかしら。ヘンリーはどうしてます？」

「一昨日の晩、電話したんだが、いつものようにとびきり楽しくやっているらしい。ヴァイがケディジャ・イシャクをペニーバーンにお茶に招いてくれて、ヘンリーはケディジャと小川にダムをつくって紙のボートを浮かせたそうだ。もう一晩、ヴァイのところで過ごせると大喜びだったよ」

「それであなたは？　あなたは何をして過ごしていらしたの？」

「仕事さ。夜はディナーに招かれてね。社交的な一週間を過ごしたというべきだろう」

ヴァージニアは口もとをゆがめて、夫の横顔をチラッと見やった。しかし「思ったとおりね」とつぶやいた声音には苦っぽい響きはこもっていなかった。

車は昔ながらのグラスゴー・ロードを通ってエディンバラの市内に入った。近づくにつれて、鋼鉄の板を張ったように冷たい感じの広漠たる空を背に、エディンバラのもっとも印象的な姿が繰りひろげられた。幅の広い通りは葉を重たくつけた木々の緑に縁取られ、スカイラインに尖塔や塔が際立ち、岩の上にそそり立つエディンバラ城の威容があたりを圧していた。城のてっぺんに掲げた旗が風に鳴る音が聞こえた。やがて新市街にさしかかり、車は均整の取れた、ジョージ王朝式テラスの並ぶ一郭や、三日月形のゆったりした広場のある地域を走っていた。ここの家々の砂岩の壁は軒なみ洗ったようにすがすがしく、古典的な窓や柱廊玄関、優美な扇状窓を備えた建物が、たそがれの光の中に蜂蜜色に輝いて見えた。

一方通行の道にそって一めぐりして、エドマンドは人けのない迷路のような小道に車を進め、やがて玉石で舗装した、せまい通りに出た。この通りの向こう側にはエディンバラの誇る、最もうつくしい教会堂の一つが立っていた。どっしりしたアーチ形の戸口の上方にそびえ立つ塔の、金色に光る時計はおりしも九時を指そうとしており、二人が車を降りたとき、あたりの建物の屋根の上にチャイムの調べが響きわたった。その響きに驚いて鳩たちがいっせいにパッと舞い上がった。チャイムの最後の調べが鳴り止むと、鳩たちはふたたび窓敷居の上や欄干の上に落ち着いて、まるで愚かな慌てぶりを恥じているかのようにさりげなくクークー鳴きながら羽をたたんでいた。

「あの鳩たち、チャイムの音なんてしょっちゅう聞いているんでしょうに、さっぱり慣れていないみたいね」とヴァージニアがつぶやいた。

「何かに慣れて落ち着きはらっている鳩なんて、お目にかかったためしがないよ。きみはどう?」

「考えてみるとそうね」

エドマンドは妻の腕を取って歩道を横切り、とあるドアを押した。レストランの中はけっして広くはなかったが、ほの暗い照明の中に挽き立てのコーヒーとニンニクと地中海料理のうまそうなにおいが漂っていた。かなりの数の客が入っているようで、テーブルはおおかたふさがっていた。けれどもヘッド・ウェーターがすぐ二人に気づいて進み出た。

「いらっしゃいませ、エアドさま、奥さま」

「こんばんは、ルイジ」

「テーブルはお取りしてございます」

エドマンドがとくに頼んでおいた一隅のテーブルは窓際で、糊の利いたピンク色のダマスコ織りのテーブルクロスに揃いのナプキン、細い花瓶にバラが一輪挿してあり、チャーミングな、心をそそる、いささか秘密めいた感じがした。仲たがいに終止符を打つにはぴったりの雰囲気であった。

「申し分ないよ、ルイジ。ありがとう。モエ・エ・シャンドンは?」

「ご用意させていただいております、エアドさま。アイスペールに冷やしておきました」

二人はそのよく冷えたシャンパンのグラスをかたむけた。ヴァージニアはロンドンでのパーティーについて、訪れた展覧会について、ウィグモア・ホールのコンサートについてくわしく物語った。

二人は料理のオーダーにゆっくり時間をかけてラヴィオリとタリアテーレのかわりに、アヒルのパテとテイ川産のサーモンの冷やしたものを頼んだ。

「なぜ、わざわざイタリアン・レストランに連れてきたのかってことになりそうだね。テイ川のサーモンなら、家でも食えるんだから」

「それはね、テイ川のサーモンほどおいしいものは世の中にないからよ。それにロンドンで目まぐるしい社交生活を経験したあとでは、わたしも異国的なお料理に食傷しているみたい」

「あっちで誰とディナーを食べたかは、不問に付すことにするよ」

ヴァージニアは微笑した。「わたしもよ」

いささかも急がずに、二人は非のうちどころのない、美味な料理をたいらげ、濃いクリームをかけた新鮮なラズベリーと、絶妙な味のブリー・チーズで仕上げをした。ヴァージニアはバーリントン・ハウスの展覧会について、ドーセットにコテージを買おうという、フェリシティ・クロウの計画について、『オペラ座の怪人』のプロット（エドマンドがすでに知っていたからいいようなものの、ちょっと聞いただけではさっぱりわからない、こみいった筋だった）についてくわしく物語った。エドマンドはその一語一語に吸いこまれるように耳をかたむけた。妻が帰ってきたのが、その声を聞くのが、楽しかった日々を彼とわかちあおうとしている、その彼女の姿勢が言いようもなくうれしかった。

テーブルの上の皿が下げられ、コーヒーが運ばれてきた。濃い、香り高いコーヒーが小さなカップから湯気を立てていた。テーブルの上にはウェイファースのように薄いチョコレートの一皿ものっていた。

このころには他のテーブルには客の姿はほとんどなくなり、彼らのほかにはもう一組の男女がすわってブランデーのグラスをかたむけているだけだった。男は葉巻をくゆらしていた。

モエ・エ・シャンドンの瓶はすでにからで、アイスペールの中にさかさまに納められていた。「ブランデーでも飲むかい？」とエドマンドがきいた。

「いいえ、もう何も要らないわ」

「ぼくは一杯、もらいたい気分だがやめておこう。運転をするからね」

「運転なら、わたしがかわってもいいけど」

エドマンドは首を振った。「いや、ぼくももう要らない」と椅子にすわったまま、上体を少しのけぞらせた。「ありとあらゆることを聞かせてもらったようだが、アレクサのことだけはまだ話題に上らなかったね」

「取っておいたのよ、最後まで」

「つまり、いいニュースってことか」

「と思うわ。あなたがどうお思いになるかはわからないけど」

「話してみたまえ」

「昔気質の父親みたいな反応を示さないでいられる?」

「ぼくがそんな父親だったためしがあるかい?」

「そんな質問をしたのはね、アレクサに恋人がいるからなの。その人、引っ越してきて、あのオヴィントン・ストリートの家で彼女といっしょに暮らしているのよ」

エドマンドはすぐには答えなかった。ちょっと間を置いて、彼はさして動揺した様子も見せずに言った。「いったい、いつからなんだね?」

「六月ごろじゃないかしら。わたしたちに言わなかったのは、誰もがうろたえて、感心しないといった態度をいっせいにとるんじゃないかと気を回したからのようよ」

「相手を、われわれが気に入らないのではとあやぶんでいるわけか」

「そうじゃないの。アレクサはむしろ、会えばかならず気に入ってもらえると思っているようよ。ただあなたがどんな反応を示すか、見当もつかないってことらしいわ。それでわたしからあなたに話してほしいって」

「きみはその男に会ったのかい?」

「ええ。ちょっとだけ。いっしょにドリンクを一杯。あまり時間がなかったものだから」

「それで、いい印象をもったのかね?」

「ええ、とても。ハンサムで、なかなかチャーミングな青年だったわ。ノエル・キーリングって名前」

エドマンドのコーヒーカップはからになっていた。彼は目でルイジに合図して、もう一杯注いでもらった。それから考えこんだ様子で目を落としつつ、コーヒーをスプーンでまぜた。その端正な顔からは何を考えているのか、まったく見当がつかなかった。

「ね、どう思って？」とヴァージニアがうながした。

エドマンドは妻の顔を見やって微笑した。「あの子にそういうことが起ころうとは想像もしていなかったと思い返していたんだよ」

「でも喜んでいらっしゃるのね？」

「アレクサを好いてくれ、かなりの時を彼女と過ごそうという気になっている男が見つかったのは慶賀すべきことだろうね。これほどドラマティックな形を取らなかったほうが、誰にとっても受け入れやすかったろうが。しかし何であれ、重大な決断を下す前にまず試験的な段階を踏むというのが当節の避けがたい傾向のようだから」こう言って熱いコーヒーを一口ふくみ、カップを下に置いた。「アレクサはめずらしいほど、世間ずれしていない子どもだからね」

「アレクサはもう子どもじゃないわ、エドマンド」

「子ども以外のものとして彼女のことを考えるのはむずかしいよ」

「でもそうすべきだわ」

「わかっている」

「わたしからあなたにすっかり話すってことについても、アレクサは気をもんでいるみたいだったわ。話してもらいたいと言いながら、何だか、自分の秘密が明らかになってしまうことを恐れているようでもあって」

「ぼくとしてはどうしたらいいと、きみは思っているのかね？」

「とくに何をする必要もないのよ。アレクサはね、九月の、スタイントン家のダンス・パーティーが計画されている週末に、彼を連れてこっちにくるつもりになっているの。わたしたちみんな、できるだけさりげない態度で迎えたらいいのよ……ノエルがアレクサの幼なじみか、学校友だちみたいにね。それがいちばんいいんじゃないかしら。わたしたちにできるのは、せいぜいそのくらいで、そのさきは本人しだいってことで」

「それは――きみの思いつきかい？　それともアレクサの――？」

「わたしの思いつき」といささかの誇りをこめてヴァージニアは答えた。

「きみは本当に頭がいいよ。感心した」

「わたし、アレクサにほかのことも話したわ、エドマンド。わたしたちが先週ずっと、仲のいい夫婦とはとてもいえなかったことも」

「ごく内輪にいってもね」

ヴァージニアはキラキラ輝く目で、ひたと夫をみつめた。

「わたしとしては、べつに思い直したわけじゃないし、態度を変えてもいないわ。ヘンリーを行かせたくないという点では、以前とまったく同じよ。寄宿学校に入学するにはまだ幼すぎる――今でもわたし、そう思っているわ。あなたがしようとしていることはたいへんな誤りだと考えてもいるわ。でもヘンリーがわたしたちのあいだにしこっている敵意に気づいて動揺しているのが、ひしひしと感じられて。自分たちのことを考えるのはもうやめたほうがいい――そう気がついたのよ。それより子どもたちのことを考えるべきだって。ヘンリーのこと、アレクサのことを考えようじゃないの、エドマンド。なぜってアレクサははっきり言ったんですものね――わたしたちが睨み合いを続けるようだったら、ノエルを連れて帰省するのは気が進まないって。わたしたち二人のあいだに気まずい空気があるなんて、考えるだけでもたまらないからって」ヴァージニアは言葉を切って、エドマンドが何か言いだすかと待っていたが、彼が何も言わないのでまた続けた。「わたし、いろいろ考えてみたの。リーズポートに行った場合、祖父母がはげしく言い争っていたらどうだろうって。でもそんな光景、想像もできなかったわ。わたしたちもヘンリーとアレクサのために、夫婦げんかなんか、それこそ想像もつかないようなカップルでありつづけることが必要なんじゃないかしら。わたし、譲るつもりはないのよ、エドマンド。あなたの考え方に同調するつもりはないわ。でも癒すことができない傷は我慢するほかないと思うの。それに、わたし、あなたが恋しかったのよ。自立する女性っていう役柄は、本当いって、わたしは好きになれないみたい。ロンドンにいるあいだじゅう、わたし、あなたがいっしょだったらって思いつづけていたわ」ヴァージニアは両肘をテーブルの上について、顎を両の手のひらの上に埋めた。「ね、このとおり、わたし、あなたに首ったけなのよ」

ほんのちょっとの間を置いて、エドマンドはつぶやいた。「すまない」

「すまないって――わたしがあなたを愛しているってことについて？」

エドマンドは首を振った。「いや、そうじゃない。きみに相談もせずにテンプルホールに出かけて、コリン・ヘンダーソンとのあいだで一切を取り決めたことについてさ。ぼくとしてはもっと、きみにたいする思いやりをもって行動すべきだった。独断的だったよ。わるかった」

「あなたが自分のとった行動について間違っていたって認めるのを聞くのは、今が初めてだと思うけど」

「二度とふたたび、そんな状況にならないようにしたいものだね。お互い苦痛すぎるからね」

エドマンドはつと手を伸ばして、妻の手を取った。「じゃあ、仲直りだね？」

「保留条件を一つ、つけておきたいわ」

「保留条件とはどういう――？」

「定められた恐ろしい日がきて、ヘンリーがテンプルホールに向けて出発する日がきたら、わたしが連れて行くのは願い下げってこと。当然みたいにそう求められたり、期待されたりするのはいやなの。かりにそうしようと思っても生理的にとても耐えられそうにないのよ。時がたって、あの子といっしょに暮らせない毎日に慣れれば、送って行くこともできないわけではないかもしれないわ。でも最初のときはぜったいにいや」

「それは引き受けるよ。ぼくが連れて行こう」

時刻がもうずいぶん遅く、もう一組のカップルもすでに立ち去っていた。ウェーターたちは、早く帰って店を閉めさせてほしいといった顔を見せないようにつとめながら、所在なげにまわりにたたずんでいた。エドマンドは勘定書を持ってこさせ、それが届くまでのひととき、椅子の背に身をもたせかけた。彼はふとジャケットのポケットに片手を突っこみ、白い厚い紙にくるんで、赤い封蝋で封をした、小さな包みを取り出した。

「きみにと思って」と言って、彼はそれをテーブルの上に置いた。「帰ってきてくれてうれしいという心ばかりのプレゼントだよ」

第17章

ヘンリーがもしも両親の住むバルネード荘にいるわけに行かなくなったとしたら、第二のわが家ともいうべき住まいは祖母のヴァイの住むペニーバーンだったろう。小さな家だが、ここには彼の部屋もあった。かつての玄関の上方にある、かわいらしい一室で、幅のせまい窓から庭を、谷を、またその向こうの山々を見晴らすことができた。首を少し突き出して振り返ると、木々に半ばかくれて、はるかにバルネード荘を望むことができた。朝、目を覚ましてベッドの上に起き直ると、のぼる太陽が早朝の長い光の指を野の上に差し伸べているのが見え、小川のほとりのニワトコの古木の梢でクロウタドリがさえずっているのが聞こえた。ヴァイはニワトコの木があまり好きでなかったが、ヘンリーが木登りのコツを呑みこむには手ごろの高さだったので、伐らずに残しておいた。その木で木登りの練習をするうちに、ヘンリーはクロウタドリの巣を見つけたのだった。

それはごく小さな部屋で、そこで眠りにつくのはまるで『ピーター・パン』のウェンディの家で、あるいは戸棚の中で眠るような感じがした。その部屋の魅力は、まさにその手狭さにあった。ベッドと小さな箪笥があるだけで、箪笥の上方に鏡が吊るされていた。ドアの裏側に掛け釘が二つあり、これが衣服戸棚のかわりをしていた。ベッドの頭の上のほうには小さな電灯がついていて、そうしたければ寝ながら本を読むこともできた。カーペットはブルー。壁は白。壁にはブルーベルが群れ咲いている森陰のうつくしい額、窓には野の花の模様のある白地のカーテンが掛かっていた。

今夜はヴァイの家で過ごす最後の晩だった。明日は母さんが迎えにきて、家に連れ帰ってくれるだろう。それはヘンリーにとって、奇妙な数日であった。ストラスクロイの小学校ではすでに冬学期が始まっていて、彼の友だちはみな学校にもどっていた。テンプルホールに入学することになっているヘンリーをのぞいて小学生は日中、村から出払っているわけで、ヘンリーには遊び友だちがいなかった。しかしどういうわけか、今の彼にはそんなことはまるで気にならなかった。エディーはほとんど毎日のようにペニーバーンに通ってきたし、ヴァイはヴァイで小さな男の子にとってどういうことが楽しいか、うれしいかをよく心得ていて、つぎからつぎへとすてきなことを思いついてくれた。

ヴァイと彼は庭仕事に夢中になった。ヴァイはまたヘンリーにもつくれるフェアリー・ケーキのつくり方を教えてくれ、夜は夜でものすごく大規模のジグソー・パズルを出してきて、二人してひとしきり、まだ埋まっていない穴を埋めるのに夢中になった。ある午後は、ケディジャ・イシャクがやってきて、お茶のあとでいっしょに小川に行ってダムをつくった。おかげで二人ともビショぬれになってしまったが。べつな日、ヴァイと彼はお弁当を持って湖のほとりにピクニックに出かけ、二十四種類もの野の花を集めた。ヴァイは彼に、吸い取り紙のあいだにはさんで分厚い本を重しに押し花をつくることを教えてくれた。押し花ができたら、古い練習帳にセロテープで貼るつもりだった。

夕食と入浴をすませて、今ヘンリーはベッドの中で図書館から借りてきたイニッド・ブライトンの『五人と一ぴき』を読んでいた。ホールの時計が八時を打つのが聞こえたと思うと、階段をえっちらおっちら上がってくるヴァイの大儀そうな足音が聞こえた。「おやすみなさい」を言いにくるのだろう。

小さな部屋のドアは開けてあり、ヘンリーは読みかけの本を下に置き、ヴァイが入ってくるのを待った。やがてヴァイの姿が戸口に現われた。背が高く、大柄で、がっちりした体格の、彼の大好きな祖母は、部屋に入ってくるとベッドの足の方にくつろいだ姿勢ですわった。スプリングのきしる音がした。彼はスリーピングバッグの中に気持よく納まっていたが、ヴァイはその上から毛布を掛けて肩や足をくるみこんでくれた。ヘンリーは誰かがベッドの上にすわって足の方まで暖かくくるむようにキッチリと毛布をたくしこんでくれるというのは何ともいえないくらい、いい心持ちだとしみじみ思っていた。やさしく守られている――そんな気分にひたることができるのがうれしかった。

ヴァイはシルクのブラウスを着て、衿にカメオのブローチを留めて、やわらかいヒースの花の色がブルーにまじっているような、いい色合いのカーディガンを羽織っていた。手に眼鏡を持っているのは、彼が頼めば『五人と一ぴき』を一、二章読んでもいいということなのだろう。

「明日の今ごろは、あなたは自分のベッドにもどっているわけよね。お互い、たっぷり楽しいときを過ごしたじゃないの」

「うん」ヘンリーは祖母と二人でやったいろいろな楽しいことの数々を思い返しながらつぶやいた。祖母を一人ぼっちにして、喜びいさんでうちに帰るのは何となく後ろめたいような気もした。でもヴァイはこの小さな家に何の心配もなしに、幸せに暮らしているのだから。エディーについても、同じように安心していられるといいのだが。

　近ごろ、ヘンリーはエディーの家にプッツリ立ち寄らなくなっていた。ロティーが怖いからだった。ロティーにはどことなく、魔女めいたところがある――と彼は思っていた。またたきもせず、こっちをみつめる、濃い茶色の目も、ぎくしゃくした、奇矯な行動も、筋道のおよそ立っていない、会話ともいえないような、とめどのないおしゃべりも、この印象を強めていた。ヘンリーにはたいていの場合、ロティーが何を話しているのか、さっぱりわからなかったが、ロティーのおしゃべりにエディーが消耗していると察しがつくだけに、何ともやりきれない気持だった。エディーはヘンリーに、ロティーにやさしくしてくれと頼んでおり、彼としてもできるだけ、礼儀正しくふるまおうと心がけていたのだが、本当のところ、彼はロティーがいやでたまらず、この薄気味のわるい従妹と一つ屋根の下にエディーが寝起きして、何かと面倒を見ているのだと思うと、おちおち気が休まらなかった。

　折々新聞の見出しがヘンリーの目をひくことがあった。新聞には、手斧やナイフで殺された人のことがいろいろと書いてあったりする。あのロティーなら、そういう恐ろしいことだってやりかねない――と彼は感じていた。何かが思うように行かなかったり、カッとなったりしたら、ロティーは彼の大切なエディーに襲いかかることがないとはいえない。たぶん、夜中に、闇にまぎれて。そのあげく、血まみれになって死んでいるエディーをキッチンの床に放りっぱなしにして姿を消すだろう。

　そんな想像をして、ヘンリーは思わず身ぶるいした。ヴァイが気づいてきいた。「どうかしたの、ヘンリー？　あなたのお墓の上を幽霊が歩いているのかしら？」

　ヴァイはからかうように軽い口調で言ったのだが、その言い回しは胸のうちにしこっている恐れとどこか似ているようで、ヘンリーはしどろもどろにようやく言った。

「ぼく、エディーの従妹のこと、考えていたの。あの人、ぼく、きらいなんだ」

「まあ、何を言うの、ヘンリー」

「エディー、あの人といっしょにずっと暮らすの、危険だと思うんだよ、ぼく」

　ヴァイはちょっと顔をしかめて見せた。「ほんと言うとね、ヘンリー、わたしもエディーはさぞかしたいへんだろうと思っているところだったのよ。エディーにとっては大きな試練だろうと察しもつけているわ。気味がわるいといってもわたしたちは朝、コーヒーを飲みながら、ロティーについて噂話を取りかわすくらいがせいぜいだけれど、ロティーといっしょに暮らしているエディーにとっては、たしかにやりきれないでしょうね。でもロティーのせいで、どうにもたまらない思いをすることもあるにはあるでしょうけど、エディーの身に危険がおよぶということはないと思うわ。とくにあなたが想像しているようなことは、ぜったいに起こりっこないわ」

　どんな想像をめぐらしたか、それについて話したわけでもないのに、ヴァイにはちゃんとわかっているらしい。ヴァイはそういうこと、いつだってすっかりわかってくれる。ほんとにありがたい人なんだ、ヴァイって――とヘンリーは何かこう心をなぐさめられていた。

「ヴァイはこれからもエディーのこと、気をつけてくれるよね、そうでしょ、ヴァイ？　怖いことが起こらないように、守ってくれるよね？」

「ええ、ええ、心配しないでもだいじょうぶよ。エディーに変わりがないかどうか、毎日、確かめるようにして、しっかり目をくばっていますからね。それにね、わたし、そのうち一度、ロティーをお茶に招こうと思っているのよ。そのあいだだけでも、エディーがちょっと息がつけるように」

「ロティー、いつになったらエディーの家から出て行くの？」

「さあね、よくなったら一人で暮らせるかもね。でもああいうたちの病気は時間がたたないと、よくならないから」

「エディー、一人のときはとっても楽しそうだったんだよ。なのに今はすっごくユーウツそうなんだもん。それにエディー、今じゃ折りたたみベッドに寝てるんだって。自分の家にいるのに自分の部屋で暮らせないなんて、たまらないよね」

「エディーは心のやさしい人だからね。たいていの人間より、ずっといい人だから。気の毒な従妹のために自分を犠牲にしているのよ、エディーは」

犠牲という言葉を聞いて、ヘンリーは旧約聖書のアブラハムとイサクの話を連想した。

「ギセイって、あのう、イケニエってことでしょ？ロティー、エディーをイケニエにしちゃうの？」

ヴァイは思わず笑いだした。「まあ、ヘンリー、あなた、とんでもない想像をしているみたいね。いい子だから、エディーのことをくよくよ心配しながら眠るんじゃないのよ。明日になったらお母さんに会えるという、うれしいことを考えておやすみなさい」

「うん、そうする」そのほうが、もちろん、ずっといいにきまっている。「母さん、明日の何時ごろにくると思う？」

「さあね。あなたは明日はとても忙しいはずよ。ウィリー・スノディーとウィリーの白イタチといっしょに兎狩に行くんでしょ？　お母さんはお茶のころには見えると思うわ。あなたが帰ってきたときには、もうちゃんと待っているでしょうよ」

「母さん、ロンドンから何かぼくにおみやげ、買ってくるかなあ」

「かもね」

「ヴァイにも、何かおみやげがあるんじゃない？」

「わたしはおみやげなんて当てにしていないわ。もうじき、誕生日がくるから、そのときがきたら、プレゼントがもらえるかも。あなたのお母さんはいつもとてもすてきなプレゼントを選んでくださるのよ。こういうのがほしかったんだって、もらってから初めて気がつくような、すばらしいプレゼントをね」

「ヴァイのお誕生日って、いつだっけ？」知っているはずだが、忘れてしまっていた。

「九月の十五日よ。スタイントンさんのパーティーの前の日」

「やっぱり、みんなでピクニックに行くの？」

ヴァイは毎年、自分の誕生日にピクニックを計画した。大勢の人が参加し、湖畔で落ち合って火を起こしてソーセージを焼いたりしたあげく、ヴァイが持参したバースデーケーキを食べることになっていた。ヴァイがそのケーキを切るとき、集まった人々がまわりを囲んで、「お誕生日おめでとう!」と声を合わせて歌うのだった。ケーキはチョコレートケーキのときも、オレンジケーキのこともあった。前の年のはオレンジケーキだった。

　ヘンリーは前年のヴァイの誕生日のしだいを思い出していた。風の吹きすさぶ日で、折々にわか雨もパラついた。しかし悪天候も何のその、にぎやかな、とても楽しいパーティーだった。そのとき、彼はヴァイにフェルトペンで描いた絵を贈った。母さんが本職の絵描きさんの絵のように台紙に貼り、額に入れてくれたのだった。ヴァイはその額を自分の寝室に飾っている。今年、彼は教会のバザーのラッフルくじで当てたルバーブ・ワインを贈るつもりだった。

　でも今年は……「今年はぼく、ヴァイの誕生パーティーに出られないんだね」

「そうね。今年はテンプルホールに行っているわけだから」

「誕生パーティー、早めにすること、できないかなあ。ぼくが出席できるように」

「ヘンリー、誕生パーティーを繰り上げるわけにはいかないわ。でもあなたがいないと、何だか気が抜けたみたいでしょうよ」

「手紙でパーティーのこと、知らせてくれる?」

「もちろんよ。あなたもわたしに手紙を書いてちょうだいね。聞かせてもらいたいことが山ほどあると思うわ」

「ぼく、行きたくないの、テンプルホール」

「そうらしいわね。でもあなたのお父さんは行くべきだと考えているんだし、ほとんどの場合、お父さんが、万事、いちばんよく心得ているんですものね」

「母さんも、ぼくを行かせたくないんだよ」

「それはね、お母さんがあなたをとても愛しているからなの。あなたがいないとどんなに寂しいか、察しがつくからなのよ」

　ヴァイの言葉を聞きながらヘンリーは、テンプルホールに行くことについて祖母と話し合うのは今が初めてだと気づいていた。それはヘンリーにとって、寄宿学校行きが、議論することはもちろん考える気もしないくらい、つらいことだったからにほかならない。それにヴァイも、自分から進んでそれについて話題にしようとはしなかった。しかしいったん、それについて祖母と話しだすと、何だか気持がほぐれるようだった。ヴァイにだったら何だって言えるということをヘンリーは知っていた。それにヴァイは、彼が打ち明けたことをほかの人に話すなんてことをぜったいにしなかった。

「父さんと母さん、けんかしてるんだよ」とヘンリーは言った。「腹を立ててるみたい、お互いに」

「ええ、知ってるわ」

「どうして知ってるの、ヴァイ?」

「わたしは年を取っているかもしれないけど、ばかじゃないのよ。それにね、あなたのお父さんはわたしの息子なんですもの。母親には息子のことがわかるものなのよ、ヘンリー。いいところも、あまりよくないところもね。わるいところがわかっても、お母さんが息子を愛していることには変わりはないわ。でもそのために息子のことが、前よりちょっぴりよくわかるようになったりするものでね」

「父さんと母さんがつんけんしているの、ぼく、とってもいやだったんだ」

「そうでしょうとも」

「ぼく、寄宿学校なんか、行きたくないの。でも父さんと母さんがお互いに腹を立ててるのはもっとたまらないんだよ。ぞっとしちゃうんだ。そういうとき、うちにいると頭がキューッと痛くなるみたいで、すっごくいやな気持」

ヴァイはホッとため息をついた。「わたしがどう思っているか、あなたが知りたいのなら言ってしまうけれど、あなたのお父さんもお母さんも目の前のことしか考えていないと思うのよ。それにとても自分勝手だわ。でもわたしとしては口出しをするわけにはいかないの。はたから口を出す筋合いじゃないんですものね。母親がしてはならないことの一つはそれなのよ。余計な干渉をしないようにってことなの」

「ぼく、本当は明日はうちに帰りたいんだよ。でも……」と言いかけて、ヘンリーは祖母の顔をみつめた。いったい何を言うつもりだったのか、自分でもわからなくなっていた。

ヴァイはにっこりした。ヴァイが微笑すると、顔がそれこそ皺だらけになった。ヴァイはヘンリーの手の上に自分の手を重ねた。暖かい、乾いた手ざわりで、庭仕事に荒れてか、少しザラザラした感じだった。「離れているほど、思いはつのるってことわざがあるくらいでね、あなたのお父さんとお母さんは三、四日、離ればなれになっていたわけよね。そのあいだに、ゆっくりものを考える余裕もあったんじゃないかしら。二人とも、自分が間違っていたって思い直すようになっていると思うのよ、今ごろは。だって二人とも、とても深く愛し合っているんですものね。誰かを愛していれば、いっしょに暮らしたいと、もうけっして離れずにいたいと思わずにはいられなくなるものなの。お互いに心を打ち明け合い、いっしょに笑うことができるようでありたいと自然と考えるでしょうよ。それはね、呼吸することと同じように、重要なことなのよ。たぶん今ごろはそれに気づいて、前と同じように何もかも、すっかりよくなっていると思うわ」

「本当にそう思う、ヴァイ？」

「ええ。確かよ」

確信のこもった声音に、ヘンリーも確信をいだき、深く安堵していた。ああ、よかった——と彼はつくづくうれしかった。肩から重荷が転がり落ちたようだった。おかげで何もかもずっとよくなっていた。家を、両親を離れ、テンプルホールに入学しなければならないということすらも、そのおぞましさをいくぶんか失っていた。なつかしいわが家がこれまでと同じでなくなってしまうのではないかという心配ほど、恐ろしいものはない。ほっと安心し、祖母にたいする感謝と愛に胸がいっぱいになって、ヘンリーは両腕を差し伸べた。ヴァイが身をかがめるとヘンリーは祖母を抱擁し、その首にしがみつき、老いた頬に何度もキスをした。身を引いたとき、祖母の目がキラキラと光っているのにヘンリーは気づいた。

「さあ、もうおやすみなさい」と祖母が言った。

このときには、彼はもうその気になっていた。急に眠くてたまらなくなり、ヘンリーは枕に身をもたせかけ、下のムーを探った。

ヴァイはちょっとからかうように彼に笑いかけた。そっとやさしく。「あなたはもう古ぼけた、その赤ちゃん毛布の切れっぱしなんか、要らないはずよ。あなたはもう大きな男の子よ。あなたにはフェアリー・ケーキがつくれるわ。むずかしいジグソー・パズルができるわ。集めた野の花の名前をみんな言えるじゃありませんか。ムーなしでも、あなたはちゃんと眠れるはずよ」

ヘンリーは鼻をくしゃくしゃにしかめた。「でも今夜はいいでしょ、ヴァイ?」

「じゃあ、今夜はいいってことにしましょう。でも明日はね。明日は、できれば……いいわね?」

「うん」ヘンリーはあくびをした。「明日なら……いいかも……」

ヴァイオレットは身をかがめて孫にキスをし、ベッドから降りた。スプリングがふたたびギーッと鳴った。「おやすみなさい、いい子ちゃん」

「おやすみなさい、ヴァイ」

彼女は明かりを消して部屋を出た。しかしドアは開けておいた。闇はやわらかく、風がそよそよと吹きこみ、丘の香りがした。ヘンリーはゴロッと寝返りを打って横向きになると、ボールのように身をまるめて目を閉じた。

第18章

八月

二十六日 金曜日

十年前、ヴァイオレット・エアドがアーチー・バルメリノーから買った家は、見晴らしがずばぬけていいということと、西の境界線をなす丘の斜面をほとばしり流れている小川（ペニーバーンという家の名は、その小川から取られた）があるということのほかには取り柄のない、野暮ったくて平凡な、小さなコテージだった。

ペニーバーンはアーチーの所有地の中心部に位置し、村はずれから立ち上がっている丘の中腹に建っていた。クロイ館の裏手の自動車道からアザミの生い茂るでこぼこ道に折れると、その小さな家の前に出る。倒れかかった杭のあいだに張った有刺鉄線（ところどころ破れていた）の柵を両側にひかえた、歩きにくい道だった。

家の南側の斜面にはささやかな庭があった。この庭も、ほつれの目立つ有刺鉄線の柵に囲まれており、物干し場としてつかわれているせまい芝生と、雑草が茂り放題の菜園、かつての鶏舎の名残りをとどめている倒れかかった小屋と金網、それに腰のあたりにまで達するイラクサの茂みから成っていた。

家そのものは冴えない色の石づくりで屋根に灰色の瓦をのせ、栗色のペンキが剥げかけて見る影もなかった。コンクリートの階段が庭から玄関の前へと立ち上がり、部屋はいずれも小さくて薄暗く、やぶれた壁紙がところどころ垂れ下がって、湿っぽいにおいが漂い、どこかの水道の蛇口から水が洩っているのだろう、ポトンポトンとしずくの垂れる音がしていた。

それは誰が見てもぞっとしない代物で、エドマンド・エアドは初めて見たとき、こんなところに住まおうなんてとんでもない、もっといい物件がいくらでもあるだろうにと母親をつよく諫めたくらいだった。

けれどもヴァイオレットには彼女なりの理由があって、この家が気に入っていた。数年間というもの、住む者もなかったために廃屋にひとしくなってはいるが、かびが生えて陰気くさい雰囲気がみなぎっているにもかかわらず、何かこう気持のよい、親しみやすい感じがした。とくに丘の斜面をほとばしり流れる小川が地所のうちにあるのが、こたえられぬ魅力だった。そのうえ、眺望がすばらしかった。家の中を見て回りながらヴァイオレットはところどころで足を止めて、窓にはまっている煤けたガラスを少しばかり拭き、そのガラスごしに下方の村と川、谷、遠くの丘などの眺めを楽しんだ。眺望と小川の存在——その二つが彼女の心を逆らいがたく誘った。そんなわけで、買いひかえたほうがいいという息子の助言を、彼女はあえて無視したのであった。

修理と改装をすべて自分の宰領でということがまた楽しかった。すっかり終わるまでに六か月を要したが、その間、ヴァイオレットは、「あたらしい住まいに引き移ることができるまでは、バルネード荘で暮らしたらいいじゃないですか」というエドマンドの申し出をていねいにことわって、谷間の数マイル上手にあるツーリスト・パークからキャンピング・カーを借りて、キャンプ生活をいとなむことにした。それまで一度もそうした生活をしたことがなかったのだが、もともとジプシー気質なのだろう、そんな暮らしに長年あこがれてきたので、このチャンスを逃す手はないとばかり、文字どおり飛びついたのだった。キャンピング・カーは家の裏手に、コンクリート・ミキサー車や、手押し車や、ショベルや、さすがの彼女もたじろぐほどのガラクタの山などと並んで止められた。開いているドアからヴァイオレットは四六時中、職人たちの様子に目をくばることができたし、建築家の車が坂道をガタクリやってきたとたんに飛び出して行って、辛抱づよい彼をひとしきり悩ました。この愉快なキャンプ生活も最初の一、二か月はちょうど夏の季節でもあり、その楽しさを損なうものといえばユスリカの群れの攻撃、それに少々雨もりのする屋根くらいのものだった。

しかし冬の強風が吹きはじめるとキャンピング・カーは一たまりもなくガタピシと震え、嵐の浜辺につながれている小舟さながら、今にもひっくり返るのではないかと思うくらい、揺れに揺れた。ところがヴァイオレットはスリル満点とばかり、強風の吹きすさむ闇夜を楽しんだ。大女の彼女の背丈には寸の足りない、幅のせまい板敷きのベッドに横になって、ヴァイオレットはむせび泣くような風の音に耳をすまし、月の出ていない寒空を横切るちぎれ雲に目をこらした。

しかし彼女は職人たちをなだめたり、叱咤したりしながら、家が完成する日をただ漫然と待っていたわけではなかった。ヴァイオレットにとっては、庭は家よりいっそう重要だった。職人たちが家の改築に取りかかる前から、彼女はトラクターを所有している男を雇い、この男が古びた柵を杭ごと、やぶれた有刺鉄線ごと、取っぱらってくれた。その柵のかわりに彼女は、自動車道の両側と彼女のせまい所有地のまわりとにブナの生け垣を植えた。十年を経た今、生け垣は高すぎるというほどではないが、いかにもこんもりと茂り、いつ見てもつややかな葉をたくさんつけて、小鳥たちの格好な隠れがとなっていた。

生け垣の内側には立ち木を植えた。東側には針葉樹を。好きだからではなかった。早く大きくなるし、冷たい風を防いでくれるという理由からだった。西側の小川の上に枝を垂れているのは節くれだったニワトコ、ヤナギ、ヤエザクラなどだった。庭の下手にもっぱら低木のツツジやキジムシロを植えたのは、視界をさえぎらないようにという配慮からだった。春になると、草のあいだに球根植物がつぎつぎに花開いた。

ペニーバーンにはゆるやかなカーブをなす花壇が二つあって、一つは草本植物の花壇、もう一つにはもっぱらバラが植わっていた。その二つの花壇のあいだにかなりの広さの芝生があった。芝生は傾斜しているので芝刈りはちょっと骨が折れ、ヴァイオレットは電動式の芝刈り機を買った。しかしヴァイオレットが操作をあやまって感電死するのではないかとエドマンドがまたまた干渉し、ウィリー・スノディーが週一度芝刈りにくるように話をつけた。ヴァイオレットは、こみいった器械を扱うことにかけては、ウィリーより自分のほうがはるかに有能だということを知っていたが、無用な波風を立てないに越したことはないと、この取り決めを受け入れた。ときたまウィリーはひどい二日酔いで決まりの日にやってこないことがあったが、そういうとき、ヴァイオレットはホクホクして、すこぶる手際よく芝刈り機を操作した。

エドマンドにはべつに報告しなかった。

家そのものについていうならば、彼女は裏側を表側に、つまり家の向きをひっくり返しにし、せせこましくてプロポーションのわるい、それぞれの部屋のあいだの間仕切りを残らず取り払った。今では主要な出入り口は北側にあり、かつての玄関口は庭に通ずる、ガラスドアにかわり、居間からじかに庭に出られるようになった。コンクリートの階段はこわされて、かわりに螺旋形の石段が設けられた。この石段の石は崩れた堤防の石を利用したものだった。そうした石のあいだに生え出ているムラサキナズナやタイムは、踏まれると何ともいえずいいにおいを放った。

よくよく考えたすえにヴァイオレットは、この家のくすんだ石の外壁はどうにも我慢ならないと判断し、思いきって白く塗り替えることにした。窓や戸口の縁をくっきりと黒く際立たせると、全体の感じがキリッと引きしまって、地に足がついた、さわやかな印象が添えられた。白い壁が殺風景に見えないようにと藤を植えたが、十年たった今もやっと彼女の背丈ほどにしか成長していなかった。その藤が屋根に届くころには、たぶんわたしは死んでいるだろうとヴァイオレットは思うのだった。

七十七歳にもなったら、庭に植える草花は一年草にかぎるほうがいいのかもしれない——ともヴァイオレットはときおり考えた。

こうなると欠けているのは温室だけだった。バルネード荘の温室はヴァイオレットの母親のたっての希望で、家と同じ時期にしつらえられた。レディー・プリムローズ・エイキンサイドは戸外のスポーツにはまったく関心がなく、スコットランドの原野のまっただなかで暮らさなければならないとしたら、温室はぜったいに欠かせないと考えた。温室のおかげで鉢植えの植物やブドウのたぐいがふんだんに供給されるのもありがたいことだったが、スコットランド特有の天気、すなわち陽は照っているのに、氷の刃を呑んだように冷たい風が吹きまくっているような日、温室は格好の避難所となった。まったくの話、この地方では冬の季節ばかりでなく春にも、また秋にも、そうした日がしばしばはさまることがあり、レディー・プリムローズはどうかすると夏の日々もしばしば温室で過ごし、そこで友だちをもてなしたり、ブリッジに興じたりした。

娘のヴァイオレットはというと、客をもてなす場所として温室をこしらえたわけではなかった。彼女はそこの暖かさと平安、湿った土のにおい、シダやフリージアの香りを心から愛していた。庭仕事をするには天気がどうもというときでも、温室に行けば何かしらすることがあった。それに昼食のあとでのんびりすわって、タイムズのクロスワード・パズルに頭をひねるのに、温室ほどいい場所はなかった。

そう、ペニーバーンに温室がないのは玉にきずだった。けれどもよく考えたすえに、ヴァイオレットはこのささやかな住まいには、温室などという大仰な設備はそぐわないと思い定めた。温室をこしらえたりしたら、せっかくの家に勿体ぶった印象が添えられて、むしろ、こっけいじみて見えるだろう。せっかくの新居にそんな侮辱を加えるなんて、もってのほかだと彼女は思った。木々が気持のよい木陰をつくってくれる、日当たりのいい庭にすわって、クロスワード・パズルに頭をひねるのだって、それなりに楽しいのだからと。

さてヴァイオレットは今、その庭に出ていた。秋風になぎ倒される前にと、ハマシオンに支柱を立てるのに午後じゅうずっと忙しい思いをしていたのだった。それは、秋について考えはじめるのにふさわしい日といえた。寒くはないが、空気がいかにもさわやかで、快い香りがあたりに漂い、一種の活気にあふれているようだった。農民は収穫に忙しく、丈の高い大麦の畑から響いてくるコンバインの、この季節らしい音が不思議に安らかな思いを誘った。空は青く、西の方から吹きよせられたちぎれ雲が競い走っていた。田舎のおじいさんたち、おばあさんたちが「太陽がまたたきをしている日」と呼ぶような日和で、陽が照ったり、かげったりしていた。

多くの人と違って、ヴァイオレットは季節のうつろいを嘆かなかった。夏が終わって長い暗い冬がこようとしていることを、心もとなく思う人はたくさんいるだろう。「スコットランドみたいな、天候のあてにならないところによく住む気になれるわねえ。雨が多くて、うすら寒くて」と言う人には言わせておけばいいとヴァイオレットは思うのだった。わたしは、ほかのどこに住まおうとも思わないし、ここを離れてどこに行く気もないのだからと。

夫のジョーディの生前には、二人でずいぶんあちこちと旅をした。ヴェニスにも、イスタンブールにも行った。フィレンツェやマドリッドの美術館を訪れもした。ある年などは考古学的な関心のある旅客を当てこんだクルーズの旅に参加して、ギリシアに行った。またべつな年にはノルウェーのフィヨルドを船で旅して北極圏に行き、真夜中の太陽を見た。しかしジョーディが亡くなってからは海外旅行をする気がなくなった。よそに行くよりもここに、彼女のルーツのあるところに、子どものころから見慣れてきた田園の風景に囲まれて暮らしたい――そう思っていた。

天候についていうならば、ヴァイオレットは天気をまったく度外視していた。凍てつこうが、雪が降ろうが、強風が吹きすさもうが、雨が降ろうが、はたまた炎熱の日が続こうが、意にも介さなかった。戸外に出て、その一部となっていられるなら、悪天候なんて問題ではなかった。

農婦のそれのように雨風にさらされ、日焼けした、皺の目だつ彼女の顔を見れば、そうした日々のいとなみがありありとうかがわれた。七十七歳ともなれば、皺が少しばかりあってもどうということはない。エネルギッシュで、行動的な晩年の代償としては安いものではないか。

ヴァイオレットは残っていた最後の支柱を立てて、これまた最後の針金をひねってそれを留めた。

芝生の上へと一歩下がって、彼女は仕事の成果をためつすがめつした。支柱は今はありありと見えるが、ハマシオンが少し茂ったらたちまち見えなくなってしまうだろう。ヴァイオレットは時計を見た。じき三時半になる。ふとため息をついたのは、庭仕事を打ち切って家に入るのがいつでも残り惜しいからだった。しかし彼女は手袋をはずして手押し車の中に落とすと、道具と残りの支柱と針金の巻いたものをまとめて手押し車にのせて、家のまわりをガレージへと回り、翌日までしまっておこうと園芸道具を棚にきちんと納めた。

キッチンの入口から家の中に入ってゴム長をぬぐと、ヴァイオレットはジャケットを掛け釘に掛けた。それから電気ポットに水を満たし、スイッチを入れた。盆の上にカップを二つ、ソーサーにのせて並べ、クリーマー、砂糖壺、チョコレートを塗ったダイジェスティヴ・ビスケットの一皿を置いた（お茶のときには何も食べないことにしているヴァージニアと違って、ヴァイオレットはスナックをちょっぴりつまむのがきらいでなかった）。それから二階の寝室に行って手を洗い、靴を見つけてはくと髪をなでつけた。汗でテラテラ光っている鼻の頭にはフェイスパウダーを少しはたいた。と、丘の道から小道へと入ってくる車の音がした。一呼吸おいて車のドアのバタンと閉まる音がしたと思うと、玄関のドアが開き、ヴァージニアの声が響いた。

「ヴァイ！」

「いま行くわ！」

パールのイアリングを手早くつけて後れ毛をなでつけると、ヴァイオレットは階段を降りた。嫁のヴァージニアがホールに立って降りて行く彼女を待ちうけていた。スラリと長い脚をコーデュロイのズボンに包み、革のジャケットを袖を通さずに肩に羽織っていた。あたらしいヘアスタイルか、額から髪をぐっと掻き上げて、うなじでリボンを結んでいる。いつものことながら無造作なようでいて何ともエレガントで、しかもここしばらくなかったくらい、幸せそうに見えるヴァージニアであった。

「ヴァージニア、お帰りなさい。うれしいわ。それにあなた、すばらしくシックに見えてよ。そのヘアスタイル、とてもすてき」二人はキスをかわした。

「ロンドンの美容院で？」

「ええ、イメージ・チェンジのころあいじゃないかって気がしたもので」と言いながらヴァージニアはまわりを見回した。「ヘンリーは？」

「ウィリー・スノディーと白イタチをつれて兎狩に行ったわ」

「まあ、ウィリーと？　いやあね」

「どうってことないと思うけど。もう三十分もすれば帰ってくるでしょうよ」

「そういう意味じゃないんです。あの飲んだくれの、しょうもないおじいさんと何がおもしろくていっしょに出かけるのかと不思議で」

「ほかの子どもたちはみんな学校で、遊び友だちがいないのよ、ヘンリーは。今週、芝刈りにきたウィリーと仲よくなったようでね。ウィリーが誘ってくれたのよ、兎狩にいっしょにこないかって。ヘンリーがあまり行きたそうだったものだから、わたし、つい、行ってもいいって言ってしまったの。いけなかったかしら？」


ヴァージニアは笑って首を振った。「いいえ、もちろん、そんなことはありませんわ。ただあまり思いがけなかったものだから。白イタチを使う兎狩がどういうものなのか、ヘンリーにはわかっているのかしら。それって、血なまぐさい狩なんじゃありませんの、かなり？」

「さあ、わたしにも見当がつかないわ。まあ、いずれもどってきたら、くわしい話を聞かせてもらえるでしょうよ。時間までにちゃんと帰るように、ウィリーが気をつけてくれると思うわ」

「ウィリーって、あてにならない酔っぱらいの、しょうがないおじいさんだと思っていらっしゃるんじゃないんですか？」

「ええ、でもわたしに約束したことはきちんと守ると思うしね。それに、昼間から酔いつぶれたりはしないでしょうから。ところで、ロンドンはどうだったの？　ずっと元気で、楽しいひとときを過ごしてきたんでしょうね？」

「ええ、とっても」と言って、ヴァージニアは平たい紙包みをヴァイオレットに渡した。チャーミングな包装が心をひいた。「ロンドンからお土産を買ってきましたわ」

「まあ、そんな心配、要らなかったのに」

「ヘンリーを預かっていただいて、とてもありがたくて」

「それどころか、わたしこそ、ものすごく楽しかったのよ。でもヘンリーはあなたの帰りを待ちこがれているわ。あなたに会いたくて、バルネード荘に帰りたくて。荷づくりもとっくに終えて。ええ、朝食のずっと前にすませていたくらいよ。それはそうと、ロンドンでのこと、何もかも聞きたいわ。すわって、わたしがお土産を開けるところを見てちょうだい」

ヴァイオレットはヴァージニアのさきに立って居間に行き、暖炉のそばの彼女の椅子にらくらくと腰を下ろした。ほとんど半日ぶりに足を休めることができるのがうれしかった。ヴァージニアはその椅子のひじ掛けにすわった。リボンをほどき、包装紙を取りさると、オレンジと茶色の二色から成る、スマートな平たい箱が出てきた。蓋を取ると、薄い紙に幾重にも包まれてエルメスのスカーフが現われた。

「まあ、ヴァージニア、こんなすてきなものをわたしに……？」

「おかげさまで安心して行ってこられたんですもの」

「でもヘンリーを預かること自体、わたしにとってはとくべつにうれしいことなのよ」

「ヘンリーにもおみやげを買ってきましたのよ。車の中に置いてありますわ。うちに帰る前にここで開けてもいいと思って」

ピンクとブルーとグリーンのあざやかな配色のスカーフは、グレイの毛織の服に明るい色どりを添えてくれそうだった。「本当にすてきなスカーフ。いくらお礼を言っても足りないくらいよ……ところで」ヴァイオレットはスカーフをたたんで箱に納めるとかたわらに置いた。「いっしょにお茶をいただきましょうよ。ロンドンでのこと、残らず聞かせてね。くわしい話を聞きたいわ……」

「で、あなた、いつもどったの？」

「昨夜のシャトル便で。エドマンドが空港に迎えにきてくれて、車でエディンバラに行ってラファエリでディナーをいただいたんですの。それからまた車でバルネード荘に」

「つまり……」ヴァイオレットは、ちょっときっとしたまなざしでヴァージニアの顔をみつめた。「そうやっていっしょに過ごしているあいだに、意見の違いを何とか調整することができた——そういうことなのね？」

ヴァージニアはわれ知らず顔を赤らめた。「まあ、ヴァイ、何もかも察していらしたのね？」

「誰にだって察しがついたと思うわ。わたしはべつに何も言ったりしなかったけれど、あなたがたのあいだがしっくり行っていないとき、ヘンリーにはとても気がかりなんだってことはわかってやらなくてはね」

「ヘンリー、何か言ってましたの？」

「ええ、ひどく動揺しているようでね。テンプルホールに行くというだけでもたまらないのに、あなたとエドマンドが角突き合ってるなんて、我慢ならなかったと思うわ」

「角突き合ってるなんて……」

「妙にかた苦しく礼儀正しいのは、角突き合いより、もっとわるいくらいよ」

「わかってますわ。わるかったとも思っています。でもエドマンドとわたし、ちゃんと仲直りしたんですのよ。事情が変わったわけではありませんけれど。エドマンドはいったん決心したことを変えようなんて考えもしないでしょうし、わたしはわたしで、エドマンドの決断はたいへんな間違いだって、今でも確信しているんですから。でも少なくともわたしたち、休戦条約を結ぶことにしましたの」と言ってにっこり笑いながら、金のブレスレットを巻いた細い手首を示した。「ディナーのときに、エドマンドが渡してくれたんです。よく帰ってきた、うれしいよっていう気持がこもっているんですって。わたしとしても、いつまでもふくれているわけにはいかなくて」

「ほっとしたわ、それを聞いて。わたし、ヘンリーに、お父さんも、お母さんも、今ごろはわるかったと気がついて、きっと仲直りをしているに違いないって言って聞かせていたんですもの。ヘンリーをがっかりさせずにすんで、あなたがた二人にお礼を言いたいくらいよ。あの子はね、ヴァージニア、まわりの者ができるだけ心をくばって安心させてやらないとね。安定感をたっぷり味わわせる必要があるのよ」

「まあ、ヴァイ、わたしがそれに気づいていないと思っていらっしゃるの？」

「それに、もう一つ、言っておきたいことがあるわ。ヘンリーはエディーのことで、とても心を痛めているのよ、あのロティーを恐ろしがって。何かの形でロティーがエディーに危害を加えるんじゃないかってたいそう気をもんでいるようよ」

ヴァージニアは眉を寄せた。「あの子、そんなことを言ってますの？」

「ええ、二人でそのことについて話し合ったんですけどね」

「ヘンリーの言うとおりだと思っていらっしゃるの？」

「子どもって、とてもするどい感受性をもっているから。その点、犬に似ているところがあるみたい。子どもは、大人が気づかないときでも、邪悪を感じ取っているものでね」

「邪悪ですって？　ずいぶんはげしい言葉をお使いになるのね、ヴァイ。ロティーってたしかに薄気味のわるい感じがしますけど、でもわたし、べつに害のない、ちょっと愚かしいだけの人なんだって、自分で自分に言い聞かせるようにしてきたんですの」

「ええ、本当のところ、わたしにもよくわからないのよ」と考えこんだ様子でヴァイオレットはつぶやいた。「とにかくわたし、ヘンリーに、エディーのことはみんなで気をつけるからって約束したのよ。もしもヘンリーがあなたに何か言ったら、よく聞いてやらないとね。あの子を何とか安心させてちょうだい」

「もちろんですわ」

「さあ」話し合っておかなければと思っていたことをすっかり言ったので、ヴァイオレットはもっと楽しいことに話頭を転じた。「ロンドンのことを聞かせて。あたらしいドレスを買うことができて？　ほかには何をしたの？　アレクサとは？　会うチャンスがあったのかしら？」

「ええ」と答えて、ヴァージニアは身をかがめて、ティーポットから自分のカップにお茶を注ぎたした。「ドレスはちゃんと買いましたし、アレクサにも会いましたわ。そのこと、お話したかったんですの。エドマンドにはもう話したんですけどね」

ヴァイオレットの心はまた沈んだ。何か困った問題でも起きたのかしら？

「アレクサは元気なんでしょうね？」

「ええ、これまでにもないくらい」と言って、ヴァージニアは椅子に背をもたせかけた。

「じつはね、アレクサの生活のうちに男性が登場しているんですの」

「男性が？　驚いたこと。でもすばらしいじゃないの。あの子にはワクワクするようなことはついぞ起こらないのかと、わたし、あきらめかけていたのよ」

「現にいっしょに暮らしているんですのよ、ヴァイ」

一瞬、ヴァイオレットはすぐには言葉も出ないほど、びっくりしていた。「いっしょに暮らしているって――まあ……」

「わたし、アレクサが秘しかくしている秘密を洩らしてるわけじゃないんですの。むしろ、アレクサに頼まれたくらいなんですから――わたしから、みんなに話してほしいって」

「それで――どこでいっしょに暮らしているの？」

「オヴィントン・ストリートの家で」

「でも……あの……」ヴァイオレットはあまり面食らってすぐには言葉が出なかった。「いつからなの、それは？」

「かれこれ二か月くらいになるみたい」

「どういう人？」

「ノエル・キーリングって名前ですわ」

「職業は？」

「広告関係の会社ですって」

「年はいくつなの？」

「そうね、わたしと同じくらいかしら。ハンサムで、なかなかチャーミングな男性だと思いますわ」

ヴァージニアと同じ年ごろの男。ふと恐ろしいことに思いいたって、ヴァイオレットは口走った。

「結婚しているわけじゃあ――？」

「いいえ、独身ですわ。いうならば、理想的な花婿候補ってこと」

「で、アレクサは——？」

「そりゃあ、幸せそうで、輝いて見えましたわ」

「いずれは結婚するつもりでいるんでしょうか？」

「さあ、それはどうかしら」

「あの子にやさしくしてくれていて？」

「そのようですわ。ちょっと会っただけですけれど。わたしがいたあいだに会社から帰ってきて、いっしょにドリンクをってことになったんですの。そのとき彼、アレクサに花を買ってきて。わたしっていうお客がいることを知らずに買ってきたんですから、べつによく思われようって下心からでなかったのは確かですわ」

ヴァイオレットは沈黙した。思いもしなかったことを聞かされて、何とか受けとめるだけでせいいっぱいだったのだ。男性と暮らしているなんて——あのアレクサが。ベッドを、生活をともにしているなんて。結婚しているわけでもないのに。そういうのがいいとは、わたしには思えない。でもこれはあくまでもわたし個人の見解なんだから。わたしの意見は、わたしの胸ひとつにおさめておくに越したことはない。肝心なのはアレクサに、何が起ころうと家族はみんな、あなたの味方なのだと知らせることなのだから。

「あなたがこのことを話したとき、エドマンドは何て言って？」

ヴァージニアは肩をすくめた。「あまり多くは言いませんでしたわ。もちろん銃に弾丸をこめて急遽ロンドンに飛んで行くなんてことはやらないでしょうけれど。でも心配もしているようですわ。アレクサがちょっとした財産家だという事実だけを取っても、心配する理由は大ありでしょうから……あの家もアレクサのものですし、レディー・チェリトンの遺産だって、エドマンドが指摘したように、たいへんな額に上りますもの」

「エドマンドは、その若い男性がアレクサの財産に目をつけているんじゃないかって気を回しているわけなの？」

「そういう可能性もないわけじゃありませんから」

「あなたはその男性に会っているのよね。彼のことをどう思ったのかしら?」

「好意はもちましたけど……」

「でも無条件に信用してしまう気にはなれなかった——そういうこと?」

「とても感じのいい人柄でしたわ。クールで、さっきも言ったようにチャーミングだということは認めますけど、信用できるかってきかれると、さあ、どうだろうかって気になって」

「そう……」

「でもこれはあくまでも、わたしの意見なんですから。わたしの評価が誤っていないともかぎりませんもの」

「わたしたちにできることって、どういうことだと思って?」

「べつに何もないんじゃありません? アレクサは二十一歳ですわ。自分で決断すべきでしょうからね」

ヴァイオレットも、そのとおりだということを知っていた。しかしアレクサは……自分たちの手の届かない、ロンドンにいるのだった。

「その相手の男性にわたしたちも会えればねえ。そうすればすべてを、ずっとノーマルな状況に置くことができるんでしょうけど」

「わたしもまったく同じ考えですのよ。それにね、たぶん会えると思いますわ」

ヴァイオレットは嫁のほうをちらっと見て、その顔に微笑が浮かんでいるのを見て取った。まるでクリームをなめた猫のように、満足げな表情だった。

「じつはわたし、世間のお母さんたちがやりそうな、ちょっとしたおせっかいをしてきましたの。二人を説得して、スタイントンさんのパーティーが予定されている週末にこっちにくることを承知させたんです。そのあいだ二人は、バルネード荘に泊まることになるでしょうしね」

「まあ、あなたって、何て頭がいいんでしょう!」

ヴァイオレットは、ヴァージニアを思いきり抱きしめてキスをしたいくらいだった。「ほんとに気が利いているわ! それ以上にいい思いつきはないでしょうよ。第一、おおげさな感じを与えないし」

「わたしもそう思ったんですの。エドマンドまで誉めてくれましたわ、いいことを思いついたって。でもわたしたちもせいぜい気をくばって、さりげなく、ごく自然にふるまうことでしょうね。思わせぶりな顔をしてちらちら見たり、意味ありげなことを言ったりしないように注意しませんと」

「つまり、結婚のことなんか、おくびにも出さないようにってことね？」

　ヴァージニアがうなずくのを見て、ヴァイオレットは続けた。「もちろん、そんなこと、言いませんとも。これでもわたし、けっこう現代風のところもあるのよ。黙っているほうがいいときは、ちゃんと心得ていてよ。でも結婚していないのにいっしょに暮らすことで、誰よりも当の若い人たちにとって、ひどく厄介な状況がつくりだされているわけよね。わ、い、い、わたしたちにしても口は出しにくいし。相手の青年を度を越えてちやほやすると圧力をかけられたように気を回して尻ごみするでしょうから、その結果、アレクサの心はズタズタになってしまうわね。冷淡に見えれば見えるで、アレクサは、わたしたちが彼をよく思っていないんだって、がっかりするでしょうし」

「さあ、それはどうでしょうか？　アレクサもそれなりに大人になっていますのよ。前より自信も身についているようで。ずいぶん変わったみたい」

「あの子が、アレクサが傷つくのを、わたし、見ていられないのよ」

「でもねえ、いつまでも彼女のまわりに防壁を張りめぐらしておくわけにもいかないんじゃありません？　第一、この場合は、ことはすでにかなり進捗していますし」

「あなたの言うとおりだわ」やんわりたしなめられたような気がして、ヴァイオレットはおとなしくうなずいた。いたずらに気をもんでいる場合でもないだろう。この自分が誰かの役に立つことができるとすれば、何としてでも筋の通った考え方をするようにつとめなければ。「ヴァージニア、本当にそうね。わたしたち、それぞれ――」

　それ以上、何を言う暇もなかった。玄関のドアがガタンと開き、またガタンと閉まった。「母さん！」

　ヘンリーがもどったのだ。ヴァージニアはティーカップを置いて、パッと立ち上がった。アレクサのことはもうきれいさっぱり忘れていた。彼女は足早に居間の戸口へと歩きだしたが、その前にヘンリーが部屋に飛びこんできた。丘を駆け上がってもどってきたうえに、興奮しているのだろう、その顔は上気していた。

「母さん、帰ってきたんだね！」

ヴァージニアは両の腕を大きくひろげた。ヘンリーはその腕の中にしゃにむに飛びこんだ。

第19章

二十七日 土曜日

エドマンドはディナー・パーティーなどで顔を合わせる知人からしばしば、エディンバラとストラスクロイ間の車による通勤について、朝晩、あれだけの距離を通うことでたいへんな緊張を強いられるだろうに、よくもまあ、続けられるなどと、他意なく言われることがあった。しかしじつのところ、エドマンド自身は長途の往復をほとんど意に介していなかった。バルネード荘の家族のもとに帰るということは、毎日の通勤についやす労力を何とも思わせないくらい、重要な意味をもっていた。エディンバラでビジネス・ディナーがあって帰りがひどくおそくなるときとか、早朝の飛行機に乗らなければならないときとか、冬季、道路が凍って通れないときには仕方なくマリ・プレースのフラットに泊まることはあったが、よほどのことでもなければストラスクロイに帰ることにしていた。

そればかりではなかった。エドマンドはドライブにそのものが好きだった。彼の車は馬力が利くと同時に十分安全だったし、フォース・ブリッジを渡り、ファイフからレルカークを通過するモーターウェイは自分の手のひらのようによく知っていた。レルカークを出ると田舎道で、スピードをぐっと落として慎重に車を進める必要があった。しかしそれでもわが家まで一時間以上かかることはめったになかった。

この一時間足らずのあいだに彼は、決断を下す必要のある問題の山積する、ストレスの多い、ビジネスマンとしての一日からの心身の切りかえを行い、多端な日常の同じく興味つきない、しかしまったくべつな、さまざまな面、家庭人としての問題に関心を集中することにしていた。冬であればこのドライブのあいだ、彼はラジオを聞いた。ニュースでも、政治討論のたぐいでもなく、もっぱらチャンネル3を。会社の机の上をかたづけて重要書類をロッカーにしまった瞬間から、ニュースとか、政治評論には食傷という心境になっていた。彼が好んで聞くのはクラシック・コンサートや知的に含蓄のふかいドラマだった。日照時間が長くなり、まだ日のあるうちに車を走らせることができるときは、車窓のそとに繰りひろげられる田園の四季の風景にかぎりない喜びと慰めを感じた。耕作、種まき、木々が豊かに緑の葉をつけ、野では子羊が育ち、穀物が黄金色の穂を垂れ、キイチゴをつむ人の姿が茂みのあいだに動き、そしてやがて収穫のとき。木々の葉があるいは赤く、あるいは黄色く色づくうちに初雪——季節の移り変りを物語るすべてが目を楽しませた。

この風の強い、よく晴れた夕方、畑では収穫の真っ最中だった。それはいかにも平和な、それでいて目覚ましい光景であった。畑も野も思い出したように雲間からさす日光に洗われていたが、空気はあくまでも透明で、はるかな丘の一つ一つの岩や窪地がハッとするほどくっきりと見えた。そうした丘の上に陽光が流れ、それぞれの丘の頂きがそれをはじき返すように輝いていた。道ぞいの小川の面もキラキラと光り、白い雲がいくつもかすめ走る空は無限の広さだった。

　エドマンドはここしばらくついぞ感じなかった、深い満足感を味わっていた。帰宅すれば妻が迎えてくれるだろう。ふたたび彼のもとにもどってきた妻が。ヴァージニアに贈った、あのブレスレットは、二人の間柄が破綻した恐ろしい日、彼が口にした暴言の数々にたいする、彼としてはせめてもの謝罪の意味をもっていた。彼はあのときヴァージニアに、「きみはヘンリーを窒息させている」と言い放った。「利己的な理由からヘンリーを手もとにとどめたがっている」と非難した。「きみは自分のことしか考えていない」とも。ヴァージニアはブレスレットを感謝と愛情を全身で示して受け取った。心からうれしそうな、その表情を見守って、エドマンドはゆるしてあげるとやさしく言われたような喜びを感じたのだったが。

　ラファエリでのディナーののち、彼は夕明かりにひたっている田園の風光の中を妻とともにわが家に帰った。あでやかな旗がひるがえっているように目を奪うばかりの輝かしい夕焼け空の下を。バラ色に輝く西の空には、巨大な刷毛を一なぐりしたように黒ずんだ雲の条が入っていた。

　二人は人けのないバルネード荘にもどった。最後にこうした、からっぽのわが家に帰ったのはいつのことだったか――とエドマンドは思いめぐらした。いつもと違う、そうした帰宅が、この折を二人にとって特別なものとしていた。犬たちもいない、ヘンリーもいない、二人だけの家。エドマンドは荷物を家の中に運びいれると、二つのグラスにモルト・ウィスキーをついで寝室に持って行き、ヴァージニアがロンドンから持ちかえった荷物をほどいているあいだ、その姿をじっと見守った。何ともゆったりした気分だった。家全体、夜そのもの、そとの甘美な闇――すべてが彼ら二人の私的なもののようだった。しばらくして彼はシャワーを浴び、ヴァージニアは入浴した。よい香りのする、涼しげな装いでヴァージニアはやがて彼のもとにきた。

そして二人は満ちたりた、至福のひとときをともにしたのだった。

エドマンドは二人のあいだの争点が未解決のままだということを知っていた。ヴァージニアはヘンリーを失うことを快しとしていない。一方彼自身は、ヘンリーをテンプルホールに送ろうとすでにはっきり心を決めている。けれどもさしあたって二人は、この問題をめぐっていがみあうのをやめていた。運がよければ問題は表面化しないまま、忘れられてしまわないともかぎらない。

アレクサの近況についてのヴァージニアの爆弾的な報告は、意外だっただけにエドマンドを戸惑わせた。しかしそれはショッキングなニュースではなかったし、彼としてはけしからんと眉をひそめる気もなかった。彼は娘を深く愛していたし、何ものにも替えがたい、その純金のような美質を認めてもいた。けれどもアレクサがいつまでも子どものままでいては困る、彼女なりに成長してくれなくてはと、この一、二年、彼が一再ならず、せつに願っていたのは事実だった。二十一歳になるというのに、アレクサはあいかわらず世慣れぬ、内気な少女のままだった。そのことも、小太りでずんぐりした、その体格にも、父親としてエドマンドはいささかのたじろぎを覚えていた。彼は日ごろ、エレガントな、世慣れた女性たちに囲まれていた（彼の秘書にしてからが、すばらしいスタイルだった）。アレクサにたいして自分がひそかに感じているもどかしさと苛立ちを意識して、彼は自己嫌悪の思いをふっきれずにいた。ところがこのほど、アレクサは誰の力も借りずに恋人を見つけたらしい。それもヴァージニアの報告を信ずるなら、すこぶる感じのいい男性だという。

この際、自分としては強硬な態度を取るべきかもしれない——ともエドマンドは思った。しかし彼はもともと家父長的なイメージをいいとは思っていなかった。彼にはこのあらたな事態について、道徳的見地からとやかく言う気はさらさらなかったし、むしろこの状況のヒューマン的な面に心を向けたいと思っていた。

ディレンマに直面するとき、エドマンドは自分なりの一連のルールに従って行動することにしていた。

行動は積極的に、計画は柔軟に、しかも何も期待しないこと。この問題の最悪の帰結は、アレクサが傷つくことだろう。彼女にとって、それはまったくあたらしい、恐ろしい経験であるにちがいない。しかし少なくともそうした経験を経て、アレクサは一個の大人に、可能なら、もっと強い女性に成長するのではないだろうか。

ストラスクロイの村に車を乗り入れたとき、教会の時計がちょうど七時を打った。もう一っ走りすればわが家だ。ヴァージニアがゴードン・ギロックのところから犬たちを引き取ったはずだから、家に帰れば犬たちも出迎えてくれるに違いない。ヘンリーはたぶん入浴か、キッチンでお茶のテーブルに向かっているかだろう。ヘンリーがフィッシュフィンガーとか、ビーフバーガーといった、父親の彼から見てぞっとしない食事を取っているあいだ、いっしょにすわって息子がその週、何をして過ごしたかを聞きながら、強いジントニックの大ぶりのグラスをかたむけるのもわるくない。

そう思ったとき、バルネード荘のトニック・ウォーターの蓄えが底をついていたことを思い出した。そこでバルネード荘にいたる橋を渡らずに、そのまま村に入って行ってパキスタン人のイシャク夫妻の経営するスーパーのそとに車を止めた。

村の他の店はこぞってシャッターを下ろしていたが、イシャク夫妻の店はいつになったら閉店するのか、午後九時をまわってもまだお客が入っていて、カートン入りのミルクとか、パンとか、ピッツァとか、冷凍カレーなどが売れていた。

エドマンドは車を降りて店の中に入って行った。イシャク氏は客を手伝ってバスケットに買い物の品を入れているところで、カウンターの背後からエドマンドに笑顔を向けたのはミセス・イシャクだった。コールで縁どった大きな目をもつ、様子のいい女性で、その夜はバター色のシルクのドレスを着て、もう少し淡い色調の黄色のスカーフを頭から肩にかけて垂らしていた。

「いらっしゃいませ、エアドさん」

「こんばんは、ミセス・イシャク、お元気ですか?」

「おかげさまで」

「ケディジャは？」

「テレビを見ていますわ」

「ペニーバーンで、ヘンリーと午後を過ごしたそうじゃありませんか」

「ええ、ビショぬれになって帰ってきましたわ」

エドマンドは笑って言った。「二人でダムつくりに熱中したとか。ビショぬれにさせてとお腹立ちではありませんでしたか？」

「とんでもありませんわ。あの子、そりゃあ、楽しかったようですもの」

「トニック・ウォーターを少しいただきたいんですがね、ミセス・イシャク。お手持ちでしょうか？」

「ええ、ええ、もちろん。どのくらい、ご入用ですの？」

「二ダース、いただけますか？」

「ちょっとお待ちくださいます？　すぐ取ってまいりますわ」

「ありがとう」

ミセス・イシャクが立ち去ると、エドマンドはゆったりとした気分で、そのままそこにたたずんでいた。と、後ろから声がかかった。

「エアドさん」

つい近く、肩のすぐ後ろから呼びかけられて、エドマンドはギョッとして振り返った。エディーの従妹のあのロティー・カーステアズが、顔をつき合わせんばかりに近々と立っていた。彼女がエディーのもとに身を寄せるようになってから、エドマンドは一、二度、村の中を歩き回っているその姿を遠くから見かけたことがあった。しかし正面きって会いたい相手ではなかったから、何とか出会わないように心してきた。だがいま彼は、いうならばのっぴきならず彼女に追いつめられた格好で、さしあたっては逃げ道もなさそうだった。

「こんばんは」と彼はつぶやいた。

「ねえ、覚えてなさる？　わたしですよ」妙に親しげな、思わせぶりな声音だった。エドマンドはやれやれと心につぶやいた。青ぶくれしたような、血の気のない皮膚、チョボチョボと口髭が生えかけているように鼻の下が黒ずんで見えた。髪の毛はスティールたわしを思わせる色合い（おそらく感触も）だった。恐ろしく釣り上がった眉の下の目はアカスグリのように濃い茶色でまんまるく、またたきもせずにこっちをみつめる表情が不気味だった。だがそうした点をのぞけば、見たところ、ロティーの様子はまず尋常だった。ブラウスにスカート、ゾロッと長い、グリーンのカーデガンにギラギラ光るブローチをことさららしく留めていた。靴はハイヒールで、エドマンドに立てつづけに話しかけながら、ちょっとよろめき加減に体をゆらゆらと揺すっていた。

「ほら、その昔、レディー・バルメリノーのところにお手伝いにあがってたことがあったじゃないですか。このところ、エディー・フィンドホーンの家に同居してんですの。あなたを遠くからちょいちょいお見かけしてはいましたけど、昔ばなしをするチャンスが今日までなくってねえ……」

　ロティー・カーステアズか。もうかれこれ六十歳にはなっているだろうに、クロイ館にメイドとして住みこんでいたころとあまり変わっているようにも見えないのは不思議だった。あのころ、彼女はクロイ館のすべての人間から暗黙のうちにうとまれ、いやがられていたが。足音を忍ばせて歩き、用もないのに、また招かれもしないのにとんでもないところに顔を出す癖があった。アーチーは、彼女がしょっちゅう主家の内緒ごとに耳をすましていたと言っている。彼女が物陰にうずくまったり、立ち聞きしたりというところを捕えようと、何度かドアをパッと開け放ったものだともアーチーは言った。ロティーは午後になると、いつも茶色のウールの服を着て、その上にモスリンのエプロンをしめていた。モスリンのエプロンはレディー・バルメリノーの思いつきではなく、ロティー自身の考えだった。つつましく見えると勝手に思いこんでのことだろうと、アーチーは言っていた。茶色の服の腋《わき》の下にはしょっちゅう、汗のしみができていたと。ロティーについて、もっともやりきれないのは、そのはげしい体臭だったとも。

　バルメリノー一家の家族たちはこぞって文句を言い、アーチーは何とかしてもらいたいと母親のレディー・バルメリノーに談じこんだ。クビにするか、身の回りをもう少し清潔にするように言いふくめるか、どっちかにしてもらいたいと。けれども気の毒にレディー・バルメリノーはアーチーの結婚式のことで頭がいっぱいだったし、家中、満杯のお客、そのうえ、結婚式当日はクロイ館で祝宴が計画されていることでもあり、この際、猫の手も借りたい思いでメイドの一人を解雇する気になれなかった。それにもともとレディー・バルメリノーはやさしい気質で、面と向かって、あんたはくさい、何とかしなさいと言うに忍びなかったのだろう。まわりからさんざんに責め立てられると、レディー・バルメリノーは苦しい言いわけを言った。

「部屋の掃除やベッドメーキングに、どうしたって人手がねえ」

「ベッドメーキングくらい、われわれが自分でやりますよ」

「あの子、あれしか服をもっていないんじゃないかしら」

「だったら、買ってやればいいでしょう」

「気が小さくておどおどしてるものだから、冷や汗をかくんだわね、きっと」

「体をよく洗ったらいいんですよ。薬用石鹸を買っておやりなさい」

「買ってやったからって、どうなるものでもないと思うわ……そうね、クリスマスにタルカムパウダーでもプレゼントしましょう」

けれどもそうしたレディー・バルメリノーの遠慮がちな心づかいもむなしく、ロティーは結局解雇されることになった。というのはアーチーたちの結婚式ののちのある日、ロティーは手に持っていた盆を取り落として、高価なロッキンガム・チャイナの茶器を一つ残らず割るという不始末をしでかしたのだったから。そんなわけで、その年のクリスマスにはロティーの姿はクロイ館から消えていた。今こうしてロティーとのっぴきならず、顔を合わせて立って、エドマンドはふと、あのひどい体臭はあいかわらずだろうかと思いめぐらした。もちろん、確かめようとも思わなかったが。

できるだけ目につかないように心しながら、エドマンドはあえて一、二歩、彼女から身を引き離した。

「ええ」となるべく親しげにやさしく、彼は答えた。「もちろん、覚えていますよ」

「あのころはねえ！　あのころのクロイ館はすごくすてきだったわよねえ。アーチーがイザベルと結婚したころにはさ。あなたは結婚式に出席するために、ロンドンからわざわざ帰ってきなさったんでしたよね。その週はクロイ館に入りびたりだったじゃないですか。レディー・バルメリノーをいろいろと手伝ってあげなさって」

「ずいぶん昔のことのような気がしますがね」

「みなさん、若かったわよね、あのころは。バルメリノー卿も、レディー・バルメリノーも親切な、いいかたがたでしたがねえ。クロイ館もすっかり様変わりしちまったそうですね、近ごろは。いいほうに変わったのならいいけど。まあ、世の中、浮き沈みはつきものだから。レディー・バルメリノーが亡くなったのは残念だったわよねえ。わたしにいつもよくしてくださいましたよ。うちの両親にもね。うちの両親も死んだんですよ。それは知ってなさるわね？　いっぺん、あなたともとっくりお話したかったんですがね、どういうものか、いつもかけ違って。あのころはみんな、若かったわねえ。アーチーだって、ちゃんと脚が二本そろってたんですから。たまげちまいますよねえ。脚を鉄砲で吹っ飛ばされるなんて。聞いたこともないわねえ、そんなへんちくりんなこと……」

ああ、ミセス・イシャク、早くもどってきてください。少しも早く……

「お宅のことはエディーからすっかり聞いてますわ。わたし、エディーのこと、心配してんですの、これでも。あの人、すっかりデブデブふとっちまって。あれじゃあ、心臓によくありませんわ。とにかく昔はよかったわ、みんな、若くてねえ。あのころはパンドラもいて、まるでこまみたく家中をくるくる飛び回ってましたっけね。それにしてもひどい話じゃありませんか、駆け落ちなんてとんでもない！

しかもいっぺんも帰ってこないなんて、おかしいですよねえ！　クリスマスには帰るんじゃないかと思ってましたけどねえ。レディー・バルメリノーのおとむらいにさえ、帰ってこなかったなんてねえ！

こんなこと、言いたかないけど、でも親のおとむらいにも帰らないなんて、クリスチャンの風上にも置けないわ！　もともとパンドラって、尻軽のお調子者で……まあ、いろいろありましたっけね。あなたとわたしは承知していますよね、パンドラのことはたっぷり、そうでしょ、エアドさん？」

こう言って、ロティーは突拍子もなくけたたましい声でケタケタ笑いだし、エドマンドの腕をふざけ半分、痛いくらいにしたたかにたたいた。エドマンドは本能的に打ち返したく思った。人の内緒ごとを好んでほじくり出そうとする、そのとがった、いまわしい鼻っ面にパンチの一つもお見舞いしたいと本気で考えて、ロティーの憎たらしい鼻が旧態をとどめぬほどにクシャリとつぶれるところをまざまざと想像しさえした。「レルカークシャーの地主、ストラスクロイ村在住の女性を殴打――スーパーの椿事」といった新聞の見出しが見えるような気がした。エドマンドは歯を食いしばって、両の拳をズボンのポケットに押しこんだ。

「……お宅の奥さん、ロンドンに行ってきなすったんですってね？　坊やをおばあちゃんのとこにあずけて。ときどき見かけますよ、お宅の坊やを。やせっぽちで、ちっちゃくって」

エドマンドは怒りのあまり、顔に血が上るのをまざまざと感じていた。自分をいつまでおさえていられるか、わからないという気がした。誰に何を言われたにせよ、こうまでどうしようもない激怒に盲目的に身を任せたことはなかった。

「あの坊や、年のわりにほんとにちっちゃいわね。体があまり丈夫でないんじゃあ……」

「すみませんでしたねえ、エアドさん、すっかりお待たせしてしまって」ロティーの取りとめのない、悪意のこもったおしゃべりに待ったをかけてくれたのは、ミセス・イシャクのもの柔らかな声だった。トニック・ウォーターの瓶の入った段ボールの箱を持ってもどってきたミセス・イシャクが、助け船を出してくれたのだった。

「ああ、すみません、ミセス・イシャク」よかった。何とか癇癪を爆発させずにすんだ。

「こっちにいただきましょう」と彼は段ボールの箱

をミセス・イシャクの手から引き取った。「つけにしておいていただけますか？　どうもありがとうございます」現金で払うこともできたのだが、これ以上一瞬たりとも長居したくなかった。

「よろしゅうございますとも」

「どうもすみません」段ボールの箱を両手でしっかりかかえて、ロティーに挨拶して早々に逃げ出そうと、彼は後ろを振り返った。

だが、ロティーの姿は消えていた。何とも不快な、唐突な幕切れで、ロティーの姿は忽然と消えていたのだった。

第20章

三十日　火曜日
「ずっとマヨルカ島に住んでるのかい、そのきみの叔母さんって人は？」

「そうじゃないわ。ここに移ってきて、せいぜい二年ってところじゃないかしら。その前はパリにいたみたい。パリの前はニューヨーク。そのまた前はカリフォルニア」とルシラは答えた。

「転石、苔を生ぜずって、ことわざがあったよね」

「ええ、そういう見方もできるわね。ただ彼女の場合、とてもうつくしい苔が生じたみたいよ」

「フーン」ジェフが笑いをふくんだ声できいた。

「どういう人なんだい、きみの叔母さんって？」

「会ったことがないんですもの、あたしにもわからないわ。あたしが生まれたころには、もうクロイ館にいなかったのよ——パーム・スプリングズのアメリカ人の大金持ちと結婚して。ものすごいグラマーだったことは確かよ。三〇年代の劇の中の女性みたいな、洗練された悪女って役柄だったみたい。男たちがみんなイカレるくらいチャーミングで、おまけにしょっちゅう、まわりがアッと驚くような思いきったことを平気でやってのけて。十八のときに駆け落ちしたんですって。そのころの女の子にしちゃあ、勇気があるわよね。あたしには、そういう勇気、あったためしがないけど。しかもよ、たいへんな美人ですって」

「今でも？」

「そうじゃないとかんぐる理由もないんじゃない？　だってまだやっと四十くらいよ、彼女。実際のところ、何とかの曲がり角まで行ってないんじゃないかしら。クロイ館の食堂に肖像画があるんだけどね。十四くらいのときの彼女を描いたものなんだけど、まだほんの子どもなのに驚くほどの美人よ。写真はそこらじゅうにあるわ。額に入っているのや、あたしのお祖父さんのアルバムに貼ってあるのや。あたし、小さいころ、雨の午後が大好きだったのよ。アルバムを眺めて過ごせるから。みんながパンドラのことを話題にするときはね、いつも非難がましい口調で始まるのよ——考えなしで、親不孝でって具合にね。でも最後はいつも、パンドラについてのこっけいな逸話を思い出すの。そうなると、みんながたがたもう笑いだして」

「いきなり電話して彼女、びっくりしてたろう？」

「もちろんよ。だけどうれしいびっくりだったようよ。声でわかったわ。初めはほとんど信じられないみたいだったけど、ショックがおさまるとすぐ言ったわ。『もちろん、きてちょうだい——できるだけ早く。いつまでいてくれてもいいわ』って。それから道順を教えて電話を切ったのよ」ルシラはにっこりした。「だからあたしたち、これから一週間がとこ、生活を保証されてるわけよ」

二人はレンタカーに乗っていた。レンタカーの中でもいちばん安直な、小型のシアットで、整備された、平坦な道路を走って島を横断していた。ところどころで風車がゆっくり回っていた。天気のいい昼下がり、前方のアスファルトの道は熱さのせいでちらちら光っていた。左手に峨々たる山並みが見はるかされ、もう一方の側に、車からは見えないが海が潜んでいるらしかった。車の窓はすっかり開けてあったが、吹きこんでくる風は焦げつきそうに熱くて埃っぽく、カラカラに乾燥していた。

運転はジェフで、ルシラはそのかたわらに、パンドラの指示を電話で聞いたままに書きなぐった紙きれを手にすわっていた。

イビサ島から船でパルマに着いて、パルマからパンドラに電話した。イビサではジェフの友だちのハンス・バーグドルフの家に一週間滞在した。ハンスは画家で、彼の家は城壁に囲まれた旧市街のはずれにあって、見つけるのにかなり苦労した。なかなか絵画的な家で、どっしりした壁は白い漆喰塗りだったが、設備は信じられないほど原始的だった。突き出た石のバルコニーからの景色は旧市街と新市街、波止場、そして海を一望のもとにおさめる、すばらしいものだった。しかし眺望絶佳というこの家の最大の利点も、生活条件の劣悪さで相殺されてしまうほどだった。料理と呼べるものはすべてガスボンベにつながっている小さなカロー式ストーブでするのだが、水道は蛇口一つだけという貧しさで、ジェフとルシラの体はよごれによごれていた（さいわい、まだくさいというほどではなかったが）。車の後部座席に置いたザックには汗くさい、よごれた衣類が詰まっていた。ルシラはもともと身なりや見てくれに無頓着なたちだったが、それでもお湯をたっぷり使って髪を洗っている自分をあこがれの思いをこめて思い描いていたし、ジェフは窮余の一策として顎鬚を伸ばしはじめていた。ジェフの髪の毛と同じくブロンドの顎鬚はふぞろいに乱れ、ヴァイキングの風貌というよりは浮浪者のそれというほうが適切だったろう。とにかく二人ともいかにもみすぼらしく見えたのだから、レンタカーの貸し出し係がシアットを二人に貸してくれたのは奇跡にひとしかった。もっともジェフがくしゃくしゃになったペセタ紙幣の束を取り出したので、現金をもらった以上、ことわるわけにもいかなかったというのが本当のところだったろう。

「パンドラの家に洗濯機があるといいんだけど」

「おれはプールがあることを願ってるんだがね」

「プールで髪を洗うわけにはいかないもの」

「プールがあるかどうか、賭けてみるかい?」

ルシラは開いている窓から前方に目を放った。山々がぐっと近くなり、まわりの田園は緑の色を深めていた。松の木立から陽に暖められた松やにの強い香りが埃とともに漂ってきた。車は、幅の広いべつな道路との合流点にさしかかっていた。シアットはちょっと止まって、後ろからくる車をやり過ごした。道標には「プエルト・デル・フエゴ」と記されていた。

「やっぱりこの道でよかったんだよ。ここからどう行くんだい?」

「プエルト・デル・フエゴ街道ってやつを取って、一マイルかそこらで左に折れるって言ってたわ。細い道で、『カーラ・サン・トッレ』って道標があるそうなの」交通量はめっきり減っていた。用心しながらジェフは合流点を過ぎて車を進めた。「港に出るようだったら行きすぎになるって」

「わかった」

潮のにおいが漂って、家並みが見えてきた。あたらしいアパートメントの一郭、ガレージ。乗馬クラブの草地では、やせこけた馬がまばらな草をあさっていた。

「かわいそう!」と心やさしいルシラはつぶやいた。しかしジェフは前方の道を凝視して答えなかった。

「札が立ってるよ。カーラ・サン・トッレって書いてある」

「それよ!」

陽の照りつける二車線の道に折れると、二人がたどってきた道とはまるっきり違う、緑したたるばかりの田園の風景が展開した。道路上にはコウヤマキの木立が木陰をつくり、日光が飛沫のようにおどっていた。みすぼらしい農場の奥の方から雌鶏の満足げなコッコッという声、山羊の間延びのした鳴き声が聞こえてきた。

「景色が急に小ぎれいになっちゃったみたい」とル

シラはつぶやいた。「あら、かわいいロバくん！」

「おいおい、地図をちゃんと見ててくれよ。ここからどう行くんだい？」

ルシラはおとなしくメモを眺めた。「このつぎの曲がり角で右にグッと折れるのよ。それから丘をどんどん上ってってって、てっぺんのどんづまりの家ですって」

次の曲がり角はロータリー風になっていて、ジェフはギアを変えてうまいこと曲がった。シアットは、いつなんどき、やかんのように沸騰するかもしれないとあやぶませるような音を立てながら、曲がりくねった、けわしい道を気息えんえん上って行った。途中に家が数軒建っていた。いずれも広壮なヴィラで庭園をひかえており、建物は閉ざされた門のかなたにちらちらと見えるだけだった。

「不動産屋が『洗練された、理想的な一郭』ってたうのは、こういうところなんでしょうね」

「つまり、こけ威しのスノビッシュな連中の住んでる界隈ってことかい？」

「っていうより、見るから金まわりのよさそうな一郭ってことじゃないかしら」

「いえてる。きみの叔母さんって、すげえ金持ちみたいじゃないか」

「カリフォルニア式離婚で儲けたのかもよ」とルシラは軽く言ったが、それ以上、立ち入ったことは言わないでもらいたいという声音になっていた。

さらに百ヤードかそこら、それからもう一、二度、グッと曲がると目指す山荘カーサ・ローサの前に出た。化粧タイルの表札が高い石塀の上方に掛かっているのが、石塀をおおかた覆っているマツバギクのピンク色の花の背後にはっきり見えた。

幅の広い縁取り花壇をひかえた自動車道がガレージの前へと爪先あがりに続いていた。ガレージの中に車が一台入っているのが見えたが、もう一台――深紅のすばらしいメルセデス――が節くれだったオリーヴの木のかげに駐車していた。ジェフがエンジンを切ると、あたりの静けさが印象づけられた。と、ルシラの耳に噴水の音のような水音が聞こえた。遠くでかすかに羊の首につけたベルが鳴っていた。ここからだと山々がひどく近々と見える。頂きは晒したように白く不毛で、下方の斜面にオリーヴの林が銀色に輝いていた。

ジェフとルシラはホッとする思いで車をゆっくり降りて、汗ばんだ手足を屈伸させた。ここは高度がかなり高いのだろう、海のほうから吹いてくる風が涼しく、さわやかだった。ルシラはまわりを見回して、カーサ・ローサが上方にそびえる断崖の側面に立っていること、階段を上らなければ正面玄関に着けないことを見て取った。階段の垂直の面には青と白のタイルがはめこまれ、階段の両側にゼラニウムの鉢がてっぺんまでずっと配置されていた。ここかしこにまつわるように紫色のブーゲンヴィリアが滝のように垂れ、ハイビスカス、プルンバーゴ、藍色のアサガオなどの花々が乱れ咲いていた。花の香りが馥郁として、散水したばかりの湿った土のにおいと快くまざっていた。

それはハッとするようにあでやかな光景で、それまで彼らが経験した旅のどのような場面とも大違いだったので、一瞬、ルシラもジェフも言葉もなく、そこにたたずんでいた。ルシラがようやく、ささやくような声で言った。「まさか、こんなに豪華なところだなんてね！」

「ああ、しかし一つのことは確かだよ。いつまでもポカンと突っ立っているわけにもいかないってことだけはね」

「ええ」まったくそのとおりだと思いつつ、ルシラは階段のほうに向き直って歩きだした。けれどもそのとき、頭上のテラスからコツコツという急きこんだハイヒールの靴音が響き、静寂が一瞬にしてやぶられた。

「いらっしゃい！」階段のてっぺんに現われた人影は、歓迎するように大きく手をひろげた。「車の音が聞こえたものだから。うまいこと到着したのね、あなたがた！　道に迷いもせずに！　えらいわ！　ああ、本当によくきてくれたこと！」

パンドラについてのルシラの第一印象は、妖精の姿にも似た、ほとんど実体をそなえていない、風の一吹きにも吹きとんでしまいそうなかぼそさだった。彼女を抱くのは小鳥を抱いているように心もとなかった。体がポキンと折れてしまうのではないかと、かたく抱きしめるのが憚られるほどだった。つややかな栗色の髪が額から掻き上げられ、たっぷりした巻き毛が肩に垂れかかっていた。パンドラは十八歳のときにもそんなヘアスタイルだったに違いない。そしてその後も、それを変える理由を認めなかったのだろう。その目は濃いグレーで、黒い長い睫毛が頰に影を落としていた。形のよい、花のような唇はいかにも愛らしく、右頰の、上唇の隅のちょっと上にポツリとまるいほくろがあった。ほくろと呼ぶにはセクシーすぎるようなチャーム・ポイントだった。ハイビスカスの花のような明るいピンク色の、ゆるやかなパジャマ風の上下をまとって、首に金鎖を巻き、耳たぶに金のスタッドがはまっていた。パンドラの香水は——プワゾンだった。ルシラは自分でもプワゾンを試してみたことがあったが、好きなのか、きらいなのか、よくわからなかった。パンドラから漂う、その香りも好きなのか、きらいなのか、どっちともはっきり決めかねた。

「誰に言われなくても、あなたがルシラだってすぐわかったと思うわ。アーチーそっくりなんですもの……」パンドラは彼らのきたならしい身なりにさえ、気づいていない様子だった。短く鋏を入れたショーツにも、灰色によごれているTシャツにも。気づいていたとしても、たじろぐそぶりすら見せなかった。「で、あなたがジェフね?……」ピンク色に爪を塗った指先をパンドラはジェフのほうに差し伸べた。「ルシラといっしょにきてくれて、ほんとにうれしいわ」

ジェフは差し伸べられた手を大きな手で握りしめて、彼女の熱烈歓迎ぶりとまぶしいばかりの笑顔にちょっと圧倒されながら「はじめまして」とつぶやいた。

パンドラはそのアクセントに耳ざとく気づいて言った。「あなた、オーストラリアの人? まあ、すてき! わたし、オーストラリアの人に会うのって、初めてじゃないかしら。どう、途中の道、ひどかった?」

「いや、ぜんぜん。ただ暑くて閉口しましたが」

「喉がカラカラで、早く何か飲みたいんじゃなくて？」

「荷物を車から下ろしましょうか……？」

「それはあとでいいわ。まず何かドリンクをね。さあ、入ってちょうだい。友だちに紹介したいのよ」

ルシラはガックリした。パンドラはまあいいとして、こんなみっともない姿で初対面の客に紹介されるのは気がひける。「パンドラ、あたしたち、ものすごくきたならしくて……」

「何、言ってるのよ。どうってことないじゃありませんか。彼だって、何とも思やしないわ……」クルッと背を向けて、パンドラはふたたびコツコツとハイヒールの音を響かせて彼らのさきに立って、バターー色のクッションをのせた白塗りの籐椅子を二、三脚配置した、長い涼しいテラスをしばらく歩いた。ブルーと白の大きな磁器の鉢にシュロが植わっていた。「彼、そろそろ帰らなければならないんですって。あなたがたに紹介したくて待っててもらったのよ」

パンドラのあとに続いて家の角を曲がると、まばゆいばかりの日光の中に出た。ルシラは車の中に置いてきたサングラスを思ってまぶしそうに目を細め、屋根のない広々としたテラスを眺めやった。縞の日よけが張り出され、床に大理石が敷きつめられていた。このテラスから浅い階段を下ると広い庭に出る。花をいっぱいにつけた木々や灌木が植わっていた。芝生のあいだの小道には敷石が続き、アクアマリン色の水をたたえたプールを囲んでいた。鏡のように小波一つ立っていない水面を眺めているだけで、涼気が伝わってくるようだった。空気を入れてふくらましたサンベッドが浮き、フィルターで濾したようなかすかな底流につれてゆっくり揺れていた。

庭のずっと奥にハイビスカスの花に半ば隠されて、家がもう一軒、建っていた。小さな平家だったが、それなりのテラスがプールの上に張り出されていた。背の高いコウヤマキが日陰をつくり、屋根の向こうにはギラギラと輝く青空だけが広がっていた。

「彼ら、着いたわ、カルロス、ちゃんと無事に到着したのよ。わたしの教え方、心配したほど、わかりにくくなかったみたい」三人が前後して上がった数段の階段の上の日よけの下に低いテーブルがあって、グラスや背の高い水差し、灰皿、サングラス、ペーパーバックといったもろもろがのっていた。バター色のクッションをあしらった籐椅子がここにもいくつか置かれていたが、彼らが近づいたとき、その一つから一人の男が微笑を浮かべて立ち上がった。背の高い、濃い茶色の目の男で、たいそうハンサムだった。「ルシラ、わたしの友だちのカルロス・マカヤよ。わたしの姪のルシラ・ブレア。そしてこちらはジェフ……？」

「ジェフ・ハウランドです」とジェフがおぎなった。

「この人、オーストラリア人ですって。ワクワクするでしょ？　さあ、みんなですわって冷たいものでもいただきましょうよ。これはアイスティーよ。でもそのほうがよかったらセラフィーナに言って、もっと強いドリンクを持ってきてもらうわ。コークとか、ワインとか」こう言いながら笑いだした。「それともシャンパンとか。それ、いい考えかもね。でもシャンパンには時刻がちょっと早すぎるかしら。そうね、シャンパンはもっとあとまで取っておきましょう」

ルシラとジェフは、アイスティーをもらえれば何よりだと告げた。カルロスはルシラに椅子を勧めて、自分も隣にすわった。しかしトカゲよろしく日光浴というと目のないジェフは、テラスの手すりにもたれた。パンドラは手すりの上に腰を下ろして足をブラブラさせていた。ハイヒールの片方のサンダルがぬげて足の指からぶらさがっていた。

カルロス・マカヤはアイスティーをグラスに注いでルシラに渡した。

「イビサからいらしたんですか？」

「ええ、けさ、船で」

「イビサにはどのくらい？」カルロスの英語は完璧だった。

「一週間。ジェフの友だちのところに泊めてもらっていたんです。すてきな家だったんですけど、設備が原始的というか。そのせいであたしたち、こんなにきたならしくなっちゃって。ほんとに不潔なんですよ。ごめんなさい」

カルロスはこれにたいしては何も言わず、わかっているという意味をこめてちょっと微笑した。「イビサの前は?」

「あたしはパリにしばらく。パリでジェフと出会ったんです。ほんとはあたし、画家になりたいと思っていたんですけど、パリには見るものや、やりたいことがたくさんあって。結局、大した勉強はできなかったんですけどね」

「パリはすばらしい都会ですからね。初めていらしたんですか?」

「いいえ、前にも一度。フランス語に慣れるためにオペア・ガールとして働いてたことがあります」

「パリからイビサにはどういうふうにしてこられたんですか?」

「初めはヒッチハイクでと思ったんですけど、結局バスにしたんです。途中、ちょいちょい安宿に泊まって観光も適当にやって。寺院とか、シャトーワインの醸造所とか」

「いい観光プログラムですね」カルロスは、ジェフを相手に取りとめのないおしゃべりを続けているパンドラのほうに視線を走らせた。ジェフは、いまだかつて見たことのない天然記念物でもみるように、パンドラにじっと視線を注いでいた。「パンドラから聞いたところでは、あなたと彼女も初対面だそうですね?」

「ええ」とルシラはちょっとためらった。この男はどうやら、パンドラの現在の愛人らしい。とすれば、パンドラの若いころの駆け落ちとか、その後のライフスタイルについてくわしく物語るのは、時といい、場所柄といい、適切ではないだろう。「パンドラはずっと外国でしたから。というか、外国暮らしを続けていましたから」

「お宅はスコットランドでしたね?」

「ええ、レルカークシャーです。両親の家があるんですの」

ちょっと沈黙がはさまった。ルシラはアイスティーを一口飲んだ。「スコットランドって、いらしたことありますか?」

「いいえ、二年ほどオクスフォードに留学していましたが(英語が流暢なのはそれだからだろう――とルシラは思った)、スコットランドまで足を伸ばすことはできなかったんです」

「あたしたち、いつも、パンドラが帰ってくればいいのにって、思ってましたのよ。でも今後もその気はなさそうですわね」

「寒さと雨が嫌いなんじゃないかな」

「でも一年じゅう、寒いわけではないし、雨があがるときだってありますわ」

カルロスは笑った。「そうでしょうとも。とにかくあなたが故郷から訪ねてこられたのは、すばらしいことだと思いますよ。さて……」とシルクのシャツの袖口をめくって、腕時計をちらっと見た。うつくしい、珍しいデザインの時計で、ヨットのペナントのレプリカが文字盤に並び、重たそうな金のブレスレットで手首に結ばれていた。パンドラからの贈り物かも――とルシラは想像した。ペナントは海軍用語で「愛している」という意味なのかもしれない。

「すみませんが、もう失礼しなければ。仕事があるものですから」

「どうか、あたしたちにはお構いなく」

カルロスは椅子から立ち上がった。「パンドラ、じゃあ、ぼくはこれで」

「まあ、つまらないわ」とパンドラはサンダルをはき直して手すりからひょいと飛び降りた。「でもまあ、わたしのお客にも会ってくれたんだし、仕方ないわね。みんなでお見送りするわ」

「みなさんが立つことはないいんじゃないですか」

「どっちみち、車から荷物を下ろす必要があるのよ。この二人、一刻も早く荷ほどきをしてプールに飛びこみたくてうずうずしてるんでしょうからね。じゃあ……」と言って、パンドラはカルロスの腕を取った。

というわけで四人は打ちそろって下に降り、カルロスのメルセデスが止めてある、オリーヴの木の下に行った。別れの挨拶がかわされ、カルロスはパンドラの手の甲にかるくキスをしたのち、メルセデスの運転席にすわった。

エンジンがかかり、パンドラが一歩さがったとき、カルロスがふと「パンドラ」と呼びかけた。

「なあに、カルロス?」

「気が変わったら知らせてくれますね?」

パンドラはすぐには答えなかったが、ちょっと間を置いて首を振った。「気は変わらないわ、ぜったいに」

カルロスは微笑し、彼女の決断を受け入れたのか、あきらめたように肩をすくめた。ギアを入れて、もう一度手を振ると、カルロスの車は門から出て丘の道を遠ざかった。その音が聞こえなくなるまで、三人はそこにたたずんでいた。やがて見えない噴水の音と遠くの羊のベルの音のほか、何も聞こえなくなった。

「気が変わったら知らせてくれますね」

カルロスはパンドラにどんな頼みごとをしていたのだろう？　もしかしたら結婚の申しこみかも。そう思いはしたが、ほとんどすぐ、ルシラはその推測を念頭から押しやった。結婚なんて、パンドラとカルロスのように洗練された、魅力的なカップルには散文的すぎる。それより、セーシェルとか、ヤシの木に縁取られたタヒチの海岸などへのロマンティックな旅に、カルロスがパンドラを誘っていたのかもしれない。それとも単に晩餐に誘ったのに、彼女が乗ってこなかったのかも。

いずれにしろ、なぞ解きをして聞かせる気はパンドラにはなさそうだった。カルロスが立ち去ると、パンドラは両手を打ち合わせて叫んだ。「さあ、現実的な取り決めをしなくちゃね。荷物は？　まあ、たったそれだけ？　スーツケースとか、キャビン・トランクとか、帽子のケースはないのね？　わたしなんか、たった一晩の旅行だって、それっぽっちってことはないわ。じゃあ、こっちにきてちょうだい……」ともう一度階段を上がった。それでルシラとジェフももう一度、そのあとに従った。ルシラは革のバッグを肩に掛け、ジェフはふくれ上がっているザックを二つ、ひきずっていた。

「あなたがたにはゲストハウスに泊まってもらうことにしたわ。ゆっくりできるし、一応独立しているし。それにわたし、朝は弱いのよ。だから朝食は自分で用意して食べてもらわないと。冷蔵庫にいろいろ入っているし、戸棚をあけるとコーヒーその他が並んでいるし」

三人はふたたびテラスにもどっていた。「そんなところでいいかしら？」

「ええ、もちろん」

「ディナーを九時ごろにって考えているんだけど。ほんのおつまみ程度の冷たい食事よ——あたし、お料理はてんでだめなの。メイドのセラフィーナは毎晩八時半には家に帰ってしまうしね。でも食べるばっかりに用意しておいてくれるはずよ。だから八時半にこっちにきてちょうだい。まず何か飲みましょう。じゃあ、わたし、これから一寝入りしようと思うから、あなたがた、二人で何とかいい具合に落ち着いてちょうだい。ディナーのために着替えをする前に、わたしも一泳ぎするかもしれないけど」

パンドラがピンクのパジャマ風のシックな装いをさらにいっそうゴージャスな、どんなコスチュームに着替えて現われるのだろうと思いめぐらしたときルシラは、自分は今夜、何を着たらいいのだろうという、憂鬱な問題を思い出した。

「パンドラ、あたしたち、着替えをしようにもちゃんとした服が一枚もないのよ。ほとんど何もかもよごれ放題で。ジェフはそれでも清潔なシャツが一枚あるけど、アイロンをかけてないし」

「つまりあなた、何か借り着をしたいってこと？」

「洗ってあるTシャツとか」

「もちろんよ。気がつかなくてごめんなさいね。わたしのほうから言いだすべきだったのに。ちょっと待っててくれる？」

二人が待っていると、パンドラはガラス張りのスライディング・ドアを開けて姿を消したが（おそらくそっちに寝室があるのだろう）、ほとんどすぐ、ミッドナイトブルーのシルクのシャツブラウスを持ってもどってきた。キラキラ光る金属片のシークインを一面にあしらった、派手なものだった。

「これを着たらいいわ。やたらゴテゴテしてるみたいだけど、でもちょっと楽しいでしょ？　あなたのにしちゃっていいのよ。わたしは着ないから」ひょいと放ったものを、ルシラがうまくキャッチすると、パンドラは続けた。「さあ、ゲストハウスに行って、さしあたっての、あなたがたのちっちゃな巣に納まるといいわ。要るものがあったら屋内電話で連絡してね。セラフィーナが届けるでしょうから」と投げキッスをして、「じゃあ、八時半に！」

それっきりパンドラは、ジェフとルシラをその場に残して姿を消してしまった。自分たちでよろしくやってくれということなのだろうが、ルシラはつぎに起こることをワクワクと期待して、すぐには動きだしたくない気分だった。

「ねえ、ジェフ、信じられる？　家を一軒まるごと、あたしたちに提供してくれたのよ」

「だからって、何をぐずぐず待っているのさ？　おれはね、二分間のうちにあのプールに飛びこまなかったら破裂しちまうよ！」

ルシラはさきに立って階段を降り、庭を通ってゲストハウスのほうに歩きだした。こぢんまりとした家はようこそと言わんばかりに彼らを待ち受けていた。二人はテラスを横切ってドアを開けた。入るとすぐが居間で、カーテンが引きめぐらされていた。ルシラが歩み寄ってカーテンを開け放つと、とたんに光線が流れこみ、部屋の向こう側にせまいパティオがしつらえられているのが見えた。庭の奥まった一郭を望むものだった。

「まあ、あたしたち専用の日光浴用の空間まであるじゃないの！」

炉には丸太が置いてあって、必要ならすぐ火が焚けるようになっていた。掛け心地のよさそうな椅子が三、四脚、飲み物の瓶とグラスがのっている盆、コーヒー・テーブルには雑誌がきちんと積んであり、書棚には本がずらりと並んでいた。ほかのドアを開けてみると、ダブルベッドの置かれている寝室が二つ、それにうれしくなるくらい、広々とした浴室があった。

「こっちの寝室がいいんじゃない？　ずっと大きいし」ジェフはザックをタイルの床の上に落とし、ルシラは寝室のカーテンをも開け放った。「ねえ、ここからは海が見えるのよ。小さな三角形程度が見えるだけだけれど、でも本物の海だわ」ルシラは衣服戸棚のドアを開けた。ちゃんと詰め物をしたハンガーがズラリと並んで吊されている。かすかにラベンダーの香りがした。借り物のシャツをハンガーの一つに掛けたが、たった一着、ぽつねんといかにも所在なげに見えた。

ジェフはさっそくスニーカーをぬぎ、Tシャツもぬごうとしていた。

「きみがゴソゴソもの珍しげに嗅ぎ回って、おうちごっこを始めるつもりなら、勝手にやったらいいよ」とジェフが言った。「おれは泳ぐからね。あとでくるかい？」

「ええ、じき行くわ」

返事を後ろに聞き流してジェフが出て行くと、すぐパシャンと水音が聞こえた。ジェフが走って水に飛びこんだのだろう。ルシラは冷たい水につかった瞬間の、何ともいえぬ醍醐味を想像した。でもそれはあとのお楽しみに取っておこう、今はあたし、もう少し探険したいんだから。

入念に調べてみればみるほど、パンドラのゲストハウスが完璧といっていいほど、至れりつくせりの設備を備えていることが明らかとなった。ルシラは、客の欲求や好みを察して、こんなにまでことこまかに配慮し、計画してくれたホステスにたいする感嘆の思いを禁じえなかった。誰かがそのような準備を？　いや、まさにパンドラその人が客の願いや必要をかゆいところまで手が届くように察して、すべてを整えたにちがいない。このゲストハウスには切りたての花や、新刊書や、寒い晩のための余分の毛布から、腹具合が落ち着かないときのための湯たんぽまで、ありとあらゆる品が備えつけられていた。浴室にはさまざまな種類の石鹸、香料、シャンプー、髭剃りあとのローション、ボディー・ローション、バスオイルなどのもろもろが置いてあった。ふかふかした、厚いバスタオル、それにバスマット。ドアの裏には、たっぷりしたサイズの、雪のように白いタオル地のそろいのバスローブが二着、掛けてあった。

こうした贅沢な備品をあとに、ルシラは居間を横切ってキッチンの検分に出かけた。ここでもすべてが光り輝くばかりに清潔で、壁ぞいに並ぶ焦げ茶色の木製の食器棚にはスペイン製の陶器や、ピカピカのソース鍋やキャセロール、その他、料理用の器具一式がズラリと並んでいた。そうしたければ――ルシラにはそんな気はさらさらなかったが――十人の客を迎えてディナー・パーティーを催すことも可能だったろう。電熱の鍋も、ガス用の鍋もあり、皿洗い機、冷蔵庫と必要なものは一通りそろっている。冷蔵庫を開けてみると、健康的な朝食の材料一式のほか、ペリエ二瓶、シャンパン一瓶が入れてあった。キッチンからは二つ目のドアが庭に通じていた。このドアを開けると、何とうれしいことにこぢんまりした洗濯場があった。洗濯機、物干し場、アイロン、アイロン台。そうした地味だが、日常なくてはならない文明の利器を見て、ルシラはそれまで目にした贅沢な品々をすべて合わせたものにたいする以上に、このうえない満足感を覚えた。ああ、これでジェフも、自分も、清潔な身なりでいられると思ったからだった。

ルシラは時を移さず、当面省略するわけにいかない労働に取りかかった。浴室にもどって、服をぬいでタオル地のバスローブの一つを羽織ると、彼女は荷ほどきに取りかかった。荷ほどきといってもしごく大ざっぱなもので、ザックの中身を浴室の床にぶちまけたのだ。彼女自身のザックの底には、洗濯物入れとブラシと櫛、スケッチブック、一、二冊の本、それから大ぶりの封筒が一枚、納められていた。中に父親の手紙と小切手、さらにヴィリーナ・スタイントン主催のダンス・パーティーの招待状が入っていた。ルシラはこの招待状を封筒から取り出し、何も乗っていない化粧台の上に立てかけた。角が少しささくれているが、部屋に個人的な色彩を添えるのではないかと思ったのだった。自分の表札を出して、ここは自分の領分だと宣言しているように。

ルシラ・ブレア様

ミセス・アンガス・スタイントンは
　娘ケイティーのために
　自宅で
　　ダンス・パーティーを催します。

大真面目な招待状なのに、どうしてこっけいな感じがするのか。ルシラはクスッと笑った。まったくべつな生活、いわば別世界を、それは思わせた。ルシラはよごれたソックス、ショーツ、ジーンズ、パンツ、Tシャツをかかえて洗濯場にもどった。そうした衣類を色とか地質によって分類することなど夢にも考えずに（真っ赤なソックスが白いシャツといっしょくたになっているのを見たら、彼女の母親はたぶん卒倒しただろうが、その場にいあわせていないのはもっけの幸いだった）洗濯機に詰めこみ、洗剤を振りこみ、ドアをパタンと閉めて、スイッチをオンにした。とたんに水がドッと流れこみ、ドラム型の洗濯機はグルグルと回転しだした。ルシラは一歩下がって、まるで見たくてたまらなかったテレビ番組でも見守るように、うっとりとみつめた。

それから残りのよごれた衣類を一蹴りして脇にどけて、ビキニを探し出すとプールに行ってジェフと合流した。

ルシラは長いこと泳いだ。ややあってジェフは水から上がり、日だまりに横になって体を乾かした。ルシラはプールをさらに一往復したとき、ジェフの姿がプールサイドから消えているのに気づいた。家の中に入ったのだろう。ルシラも水から上がり、濃い茶色の長い髪の水気を両手でしぼった。

家に入ると、ジェフは寝室のベッドの一つに長々と伸びていた。早くもうとうとしかけているようだったが、ルシラはジェフに昼寝なんかしてほしくなかった。名前を呼ぶなり、ルシラははずみをつけて助走してポンとジェフの体の上に飛びのった。

「ジェフ」

「うん？」

「彼女がすごい美人だってこと、あたし、前から話してたわよね？」

「誰のことさ？」

「パンドラよ、もちろん」

ジェフはすぐには答えなかった。眠気がさし、すでにうつらうつらしかけていて、会話をかわす気分ではなかったのだろう。伸ばした腕の中にルシラの頭があった。ジェフの腕にはかすかにプールの消毒薬のにおいがまつわっていた。「彼女、ほんとにきれいだと思わない？」

「たしかにセクシーなおねえさんだよね」

「セクシーだと思う？」

「ああ、こっちの相手としてはちょっと年がいきすぎているが」

「あら、でも年には見えないじゃないの？」

「それにおれの好みのタイプじゃないよ。ギスギスにやせてて」

「やせた女の人、好きじゃないの？」

「ああ、おれはさ、おっぱいも、お尻もでっかいほどいいんだよ」

ルシラは父親に似た体型で、背がひょろ高く、やせぎすで、胸もほとんど扁平といってよかった。彼女は拳をかためてジェフをぶった。「嘘よ、そんなの！」

ジェフはフフッと笑った。「だったら、どう言ってほしいんだい？」

「わかってるくせに、あたしの言ってほしいこと」

ジェフは彼女の顔を引きよせて、大きな音を立ててキスをした。「これでどう？」

「その顎鬚、きれいさっぱり剃ってもらいたいわ」

「どうしてさ？」

「どうしてって、あたしの顔、そのうち、紙やすりでこすったみたいにザラザラになりそうだからよ」

「だったらきみをキスするのをやめないとね。それともキスの場所を、そとから見えないところに変えるかな」

それっきり、二人とも黙ってしまった。日はすでにかたむきはじめていて、あたりは間もなくしごく唐突に暗くなるだろう。ルシラは、真夜中まで続く故郷スコットランドの夏の夕明かりを想った。「あの二人、愛人関係だと思う？」

「誰さ？」

「パンドラとカルロス・マカヤ」

「知るもんか、そんなこと」

「すごいハンサムよね、彼」

「ああ、二枚目だよね、まさに」

「いい人だと思ったわ。気がおけなくて話しやすいし」

「いかす車をもってるね」

「あなたってまったく、一つことにしか、関心がないのねえ。さっき、彼が彼女にきいたの、どういう意味だと思う？」

「何のことだい？」

「彼、言ったのよ。『気が変わったら知らせてくださいますね』って。パンドラは『気は変わらないわ、ぜったいに』って答えてたわ。何か重大な質問だったにちがいないわ。いっしょに何かしようっていうような」

「まあ、それが何であれ、彼女自身はそう重大視しているようでもなかったね」

しかしルシラはまだこだわっていた。「ものすごく重大な問題だったんだと、あたしは思うわ。二人の生涯の転回点になるような」

「きみって想像力がとてつもなく先走るたちだからね。テニスのゲームをいつにするかというたぐいの、どうってこともない問題かもしれないじゃないか」

「そうね」とあいづちを打ったものの、ルシラはそうは思ってはいなかった。彼女はホッとため息をついた。そのため息が途中であくびに変わった。「そうかもね……」


午後八時半には二人とも、パンドラの待つ母屋に行く支度ができていた。ルシラは、さんざん気をもみはしたが結局のところ、自分たち二人とも、そうみすぼらしい見てくれでもないと判断した。シャワーを浴び、何とか垢を落とし　今はかすかにシャンプーの香りさえ、漂わせていた。ジェフはぶぞろいな顎鬚を爪切り鋏で切りそろえ、一枚だけ残っていた清潔なシャツをルシラにアイロンをかけてもらい、洗濯場の床からいちばんましなジーンズを拾い上げてはいていた。

ルシラ自身はというと、長い髪を洗って、ブラシをかけて乾かし、黒いタイツをはいて、借り物のブラウスのボタンをはめた。こくのあるシルクが素肌に快く、一面にシークインを散らした、少々ゴテついた感じのブラウスも、まぶたを半ば閉じて鏡の中をためつすがめつすると、初め思ったほど、とっぴには見えなかった。普段と違う環境のせいかもしれないと彼女は思った。このヴィラに注ぎこまれている富のかもしだす雰囲気が、些細な俗っぽさを吸収してしまうのかも。興味ある見解じゃないだろうかとルシラは自分の観察眼の鋭さに感嘆し、この問題についてもっとジェフと話し合ってみたいと思った。しかし今のところ、そんな暇はなさそうだった。

「行こうよ。おれさ、一刻も早く何か飲みたいんだよ」

ジェフのあとについて、ルシラもゲストハウスを出た。明かりが全部消してあるかどうか、出るまえにチェックすることを忘れなかった。明かりという明かりがつけっぱなしになっていたって、パンドラは何とも思わないだろうが、スコットランド女性らしく倹約な母親の薫陶を受けて育ったために、そうした家政上のこまやかな配慮がルシラのうちにひとりでに植えつけられていたのであった。まるで潜在意識がコンピューターによってプログラムされているかのように。われながら奇妙だと思いはしたが、もっとのちに受けた教えや戒めは、蛙の面に何とやらで、これっぱかしも影響をおよぼしていなかった。このことも、あとでよく咀嚼する価値があるのではないだろうか。

外は青みをおびた、うつくしい夜で、空にはあまたの星がまたたき、夜気はビロードのようにやわらかく、暖かかった。庭にはくらくらするほど強い香りが漂い、プールはフラッドライトを浴びて昼間のように明るく、小道の敷石ぞいに点々と並んでいるランプが母屋への道を照らしていた。セミの声がたえまなく聞こえ、母屋から音楽の調べが流れていた。ラフマニノフのピアノ協奏曲第二番。陳腐かもしれないが、こうした地中海の夜にはまさにうってつけだとルシラは思った。パンドラはみずから舞台を整えて、テラスの長椅子に身を預けて二人を待っていた。かたわらのテーブルの上にワイングラスが一つ、置かれていた。

「いらっしゃい！」とパンドラが呼びかけた。「わたし、シャンパンをあけてしまったのよ。待ちきれなくて」

彼らは階段を上がって、パンドラの姿をはなやかに浮かび上がらせている光のたまりの中に歩みを進めた。パンドラはくもの巣のように繊細な感じの薄物の黒いローブをまとい、素足に金色のサンダルをはいていた。あのプワゾンの香りは、今は庭の花々のにおいより濃厚だった。

「あなたがた二人とも、とてもすっきりしててよ！

身なりのこと、どうしてそんなに気にしてたのか、わたしにはわからないけど。それにルシラ、そのブラウス、あなたにぴったりじゃないの。あなたのにしてちょうだい。さあ、自分で椅子を探してすわってね。あら、いやになっちゃう、わたし、あなたたのグラスを運んでくるのを忘れたみたい。ルシラ、グラスを取ってきてくれる？　そのドアを出たところにミニバーがあって、一通りそろってるはずよ。冷蔵庫にシャンパンがもう一本、入っているけど、それを出すのはこっちのを飲んでしまってからでいいわね。ジェフ、あなたはここにきて、わたしの隣にすわってちょうだい。あなたがた二人がこれまでどういった旅をしてきたのか、わたしにわかるようにすっかり聞かせてほしいのよ……」

ルシラは言いつけられたとおり、二人をその場に残して、カーテンに裏打ちされている広いドアを通って、ワイングラスを探しに行った。ミニバーというのは、何のことはない、大ぶりの戸棚で、飲み物をこしらえるのに必要なものがすっかりそろっていた。ルシラは棚からグラスを二つ取ったが、すぐにはテラスにもどらなかった。パンドラの家の内部に足を踏み入れたのはこれが初めてで、その広さと凝ったインテリアに当面の用事をつい忘れてみとれていた。それは涼しげなクリーム色に統一された広間で、ところどころに目を奪う、輝かしい色が取り合わされているのが楽しさを添えていた。空色とトルコ石色のクッションが椅子の上に配置され、四角形のガラスの花瓶に珊瑚色の百合が活けてあった。壁のくぼみにはつつましい照明がドレスデン磁器の人形や、バタシー産のエナメル細工を照らし出していた。ガラス製のコーヒー・テーブルの上には本や雑誌、花、銀製のタバコ入れが置いてあった。ブルーと白のタイルを貼った炉の上方には花の絵が掛けてあったが、鏡が額縁がわりになっていた。この部屋の一方の側に、やはりガラス製の食卓があり、蝋燭の立っている燭台、クリスタルの食器などがすでにセットされていた。ここにも花々がたっぷり活けてあって、晩餐会の客を待つばかりといった風情だった。うっとりみとれているルシラには、それは現実の生活者のためにデザインされた部屋というよりは、まるで芝居の一場面のように思われた。しかし取りつくろわぬタッチも、ここかしこに見出された。ソファーの上にペーパーバックの本が開いたまま、放り出されていたし、やりかけのタピストリが置いてあるのは、所在ないひとときの手すさびといったところだろう。それに写真。ルシラの両親であるアーチーとイザベルの結婚写真。ツイードを着た先代のバルメリノー卿夫妻——ルシラの追憶の中に生きている、なつかしい祖父母——がクロイ館の玄関の前に犬たちを引きつれて並んでいる写真。

ルシラはそこにパンドラの郷愁を感じ取って、ひどく心を動かされていた。どういうわけか、彼女はパンドラのこうした一面をまったく予期していなかったのであった。故郷を想う、そんな感傷的なひとときをあのパンドラが過ごすことがあろうとは。パンドラは、そうした家族の写真をどこにでも携えて行ったのかもしれない。気まぐれめいた恋の遍歴、嵐のような漂泊の旅のあいだにも、それらの写真はいつも彼女の身近にあったのだろう。ルシラはパンドラがそれらの写真をスーツケースの中から取り出してカリフォルニアのホテルの寝室に、ニューヨークやパリのアパートメントに飾るところを想像した。そして今、このマヨルカでもそれらは彼女とともにあり、一時的な仮住居に彼女の過去の、また彼女のアイデンティティーの刻印を押しているのだった。（それにしてもそれらのアパートメントを所有し、パンドラの生活の多くの部分を占めていた男性たちの写真がまったくないのはどういうことか。たぶん、そうした写真は、彼女の寝室にひっそりと置かれているのだろう。）

そとの闇のたよりをもたらすような暖かい風が開け放った窓から吹きこみ、金色の格子の背後に隠されているステレオからラフマニノフの協奏曲が流れ、ピアノの部分の、雨滴がしたたるようにひそやかな、澄みきった調べを伝えていた。テラスのほうから親しげな話し声が聞こえてくるのは、パンドラとジェフがおだやかな、くつろいだ時間を共有しているのだろう。

炉棚の上にはほかの写真もあった。ルシラは部屋を横切ってその前に立ち、一つ一つをためつすがめつした。羽根飾りと毛糸の玉つきのスコットランド風の縁なし帽をかぶっているレディー・バルメリノー。たぶん村の何かのお祭りの開会を宣言するところらしい。若き日のアーチーとエドマンド・エアドが、湖の一角に浮いているボートの中にすわっているスナップもあった。釣り竿と魚籠《びく》が漕ぎ手座に置いてあった。写真館でわざわざとったルシラ自身と弟のヘイミシュのポートレートも。幼いルシラはスモック刺繍のあるリバティー・ローンのドレスを着て、まるまるとふとった赤ん坊のヘイミシュを膝にのせている。父親のアーチーがたぶん手紙を添えて、はるばる妹に送ってよこしたに違いない。パンドラがそれを銀縁の額に入れて仰々しく飾っていたとは——とルシラはちょっとしんみりした気持になった。その同じ銀縁の額に見覚えのある招待状が納められていた。

パンドラ・ブレア様

ミセス・アンガス・スタイントンは

娘ケイティーのために

自宅で

ダンス・パーティーを催します。

結構じゃないの。でもばかげてるわね。切手代だってもったいないし。パンドラが応ずるわけはないんだから。十八歳のときにクロイ館から姿を消したきり、パンドラはそれからってもの、ただのいっぺんももどっていないのよ。みんながさんざん誘ったのに。両親も、兄さんのアーチーも。誰もが、後生だから一度、帰ってきてほしいと説きつけたのに。そんな度重なる誘いも成功したためしがないんじゃありませんか。それを今になって、会ったこともないヴィリーナ・スタイントンの招きに応ずるわけはぜったいにないわ。

「ルシラ！」

「いま行きます！」

「何をしてるの？」

ルシラはワイングラスを手に、テラスの二人に合流した。「ごめんなさいね。あんまりきれいなお部屋なんで、ちょっとこそこそ嗅ぎ回っていたんです。音楽にうっとり聞きとれながら……」

「ああ、ラフマニノフね。ええ、すてきでしょ？　わたしの気に入りの曲の一つなの。ちょっとありきたりだけど、でもわたしってもともと、ありきたりのものがたまらなく好きみたい」

「あたしもそう」とルシラもうなずいた。「『今宵の月は』とか、『ヴェニスの舟歌』なんかを聞いてると、メタメタに感傷的になったりして。古いビートルズのレコードにも、すごくいいものがあるわね。クロイ館には、一通り、そろってるのよ、ビートルズ。それから、ああ、そうそう、気持が落ちこんでるときには『フィドラーズ・ラリー・イン・オーバン』のテープを聞くことにしてるの。聞いているうちに、どうしようもなくまいっていた自分がどこかに行ってしまって、気持が高揚しているのがまざまざとわかるようでね。熱っぽいときに口にくわえている体温計がジリジリ上がってくみたいに。シャツにキルト姿の男たち、少年たちがいっせいに口を開けて歌っている光景が見えるようで。ジグやリールをきりなくグルグル踊っている人たちの群れもね。それこそとどまるところを知らないって感じで、どうしたらやめられるのか、わからないだけじゃなく、そんなこと、知りたくもないみたいなの。そのうちにたいていの場合、あたし自身もひとりでに踊りだしているのよ。たった一人で、ばかみたいに部屋中を跳ね回って」

「そんなきみ、見たことがなかったがな」とジェフがぼっそり言った。

「あたしにもう少しつきまとってれば、見る機会だってあるかもよ。でも真面目な話、ねえ、パンドラ、すばらしいわ、この家。ゲストハウスも最高だし」

「ええ、ちょっといいでしょ？　いわば居抜きで買うことができて、とても運がよかったと思うわ。この家に住んでいたご夫婦が急にイギリスに帰ることになってね。ちょうどわたし、住む場所を探していたところで、まさに渡りに舟って感じだったのよ。ねえ、ジェフ、あなた、わたしたちのためにシャンパンを注ぐことになってるんじゃなくて？……」

「じゃあ、家具は？　家具もあなたのものなのかしら？」

パンドラは笑いだした。「いやあね、家具なんて、わたし、一つももっちゃあいないわ。旅のあいだにたまった小物を持ち歩いているくらいで。もちろん、家具の大部分は家といっしょに買ったのよ。家具の大部分は家といっしょに買ったのよ。もちろん、模様替えはしたわ――ほとんど何もかもね。ソファーはいやらしいブルーだったし、渦巻き模様のカーペットもゾッとしなかったし。そういうのは早いとこ、取っぱらっちゃったわ。セラフィーナも家といっしょに譲られたようなものなの。セラフィーナには旦那さんがいるんだけど、庭師なのよ。そうね、この家に足りないものといえば子犬くらいかしら。子犬はマヨルカでは空気銃を持ってる若者によく撃ち殺されるし、そうでなければ、やたらダニがたかってるか、盗まれるか、車にひかれるかで、おちおち飼ってなんか、いられないのよ。だったら飼わないに越したことはないでしょ？」

三つのグラスにシャンパンがなみなみと注がれていた。パンドラは自分のグラスを上げてつづけた。

「あなたがたと、あなたがたをここに引き寄せてくれた何かにたいして乾杯するわ！　あなたがグラスを取りに行ってるあいだ、ジェフはわたしに、南フランスへのあなたがたの旅について話してくれたのよ。すてきだったでしょうねえ。シャルトルも見たそうね。ものすごい経験だわ、それって。わたし、旅の話、もっともっと聞きたいわ、くわしく。でもまず、肝心のことについて聞かせてもらわなきゃ。クロイ館のこと、大好きなアーチーとイザベルとヘイミシュのこと。ヘイミシュは今ごろはもう、ものすごい大男になってるんじゃないの？　イザベルは元気？　あいかわらず、退屈なアメリカ人の滞在客のお相手をしてるんでしょうね？　アーチーの手紙で読んだのよ、そのことも。雷鳥狩の首尾とか、前の週に釣り上げたサケの体長について書いてよこさないときには、アメリカ人のことを書いてよこすのよ、アーチーは。それにしても脚がわるいのに、よく狩猟や釣りができるわねえ」

「父さん、ほんとはそんなにやっていないのよ、狩猟も、釣りも」とルシラは率直に告げた。「パンドラ、あなたに元気そうな手紙を書くのは、心配させたくないからだと思うわ。父さんの脚のことだけど、結局は金属の義足なんですもの。よくなりようもないわ。あたしたちみんな、いま以上にわるいことが起こらないようにって、祈るような気持で過ごしているのよ」

「かわいそうなアーチー。ＩＲＡもひどいことをしたものねえ。よりによってアーチーみたいな、いい人に」

「かならずしも父さんをねらったわけではなかったのよ、パンドラ。イギリス軍をやっつけようと国境で待ちぶせしていたんでしょ。そのイギリス軍の一人がたまたま父さんだったってわけ」

「敵が待ちぶせしてることはわかっていたのかしら？　それともまったくの不意打ちだったの？」

「さあ、あたしたちがきいても、父さん、何も答えないだろうと思うわ。そのときのことは、いっさい、話さないのよ、誰にも」

「それって、いいことかしら？」

「たぶん、いいことではないでしょうね。でもあたしたちにできることって、あんまりないみたいで」

「もともとアーチーは口数の多いほうではなかったわ。そりゃあ、いい人だけど、考えていることをあけすけに人に話したりしないたちなのよ、昔から。アーチーがイザベルに結婚を申しこもうと思ってたってことも、誰も気づかなくてねえ。そのことを聞いたとき、ママはあんまりびっくりして発作を起こしてあぶなく死にかけたくらいよ。べつな女性との結婚を予期していたからなの。でも何とか気を取り直して対応したわ。ママって、いつもそうやって何でもこなしてきたんでしょうね……」声がとぎれ、パンドラはふと口をつぐんだが、急いでグラスを干して言った。「ジェフ、その瓶のシャンパン、まだ残ってるかしら？　あたらしいのをもう一瓶、開けましょうか？」

瓶はまだからではなく、ジェフはパンドラのグラスをふたたび満たし、ついでルシラと自分のグラスにも少しずつ足した。ルシラは自分が妙に浮き浮きしているばかりでなく、頭も何だかクラクラしていることに気づいていた。ジェフと彼女が合流する前に、パンドラはすでにどのくらいの分量を飲んでいたのだろう？　シャンパンの影響もあって、こんなふうにとめどなくしゃべりだしているのかもしれない。

「ねえ、あなたがたのこれからの計画はどういうの？」

ジェフとルシラは顔を見合わせた。あらかじめ計画を立てるのは、二人とも得手でなかった。行き当たりばったりに決めるから、それだけ楽しいんだというのが正直なところだった。

パンドラの問いに答えたのはジェフだった。「ほんといって、よくわからないんですよ。はっきりしているのは、おれが十月の初めには、オーストラリアに帰らなきゃならないってことだけです。三日のカンタス航空を予約してありますから」

「どこから乗るの？」

「ロンドンです」

「ルシラもいっしょに行くの？」

彼らはまた顔を見合わせた。「まだ話し合っていないのよ、あたしたち、そのこと」とルシラが答えた。

「つまり、二人とも、自由だってことね、風のように。好きなときに行って、好きなときに帰る。世界はわれらの住む牡蠣の貝殻ってわけで」片手を大きく振ったはずみに、手にしているグラスのシャンパンが少しこぼれた。

「ええ、まあ」とジェフは用心深く答えた。「そんなところです」

「だったら、これから計画を立てましょうよ、ね？　ルシラ、わたしといっしょに計画を立ててみない？」

「計画って？」

「あなた、さっき、わたしの客間をこそこそ嗅ぎ回ってたって言ったわね？　じゃあ、炉棚にのってた、おおげさな銅版刷りの招待状に気づいたでしょ？」

「ヴィリーナ・スタイントンからの？　ええ」

「あなたも招待されているの？」

「ええ、父さんが転送してくれて、イビサで受け取ったわ」

「出席するつもり？」

「べつに……考えてもみなかったけど」

「じゃあ、出席するかもしれないのね？」

「わからないわ。でもどうして？」

「どうしてってね……」とパンドラはグラスを下に置いた。「わたしも出席しようかと思ってるからなの」

この言葉にはげしいショックを受けて、ルシラはさっきまでの浮き浮きした酔い心地はどこへやら、頭から冷水を浴びせかけられたように現実に立ちもどっていた。まさかというような表情で、ルシラはパンドラの顔をみつめた。パンドラはその若い顔をじっと見返した。大きな黒い瞳孔の目立つ灰色の目は、一種不可解な興奮にキラキラと輝いているようだった。自分の宣言によってルシラの顔にもたらされた、あっけにとられたような、とても信じられないといった表情が愉快でたまらないと言わんばかりだった。

「ほんとに行くつもり？」

「いけない？」

「スコットランドに？」

「きまってるでしょ？」

「スタイントン家のダンス・パーティーに出席するって言うの？」しかし、どうしてまた、そんな気になったのか？

「理由としては、わるくないんじゃなくて？」

「でもこれまではどんなに誘っても帰らなかったのに。父さんが誘っても、いいえ、懇願しても、聞かなかったのに。父さんから、そう聞いてるのよ、あたし」

「初めのときって、何にでもあるものでしょ。今度の場合がその初めのときなのかもよ」

パンドラはつと立ちあがって二人から少し離れて庭を見下ろしてたたずみ、ちょっとのあいだ、そのままの姿勢で身動きもしなかった。プールからさす光を浴びて、その姿は影絵のように黒々と浮かび上がっていた。ドレスと髪がそよ風にかすかに揺れていた。ややあってパンドラは二人のほうに向き直り、手すりに身をもたせかけた。ふたたび口を開いたとき、その声音はそれまでとまるで違っていた。

「このところ、ずっとクロイ館のことを考えていたのよ、わたし。ほんの近ごろのことだけど、夢にまで見るようになってね。そして目を覚ますと、考えはじめているの——何年も思い出しもしなかったようなことを。そこにあの招待状がきたわけ。あなたの招待状と同じように、クロイ館から転送されて。あれを見たとたん、ああしたこっけいなパーティーや、狩猟会のダンス・パーティーでわたしたちが味わった、さまざまな楽しい思い出が一時によみがえるようでね。ハウス・パーティー、山々に銃声が鳴りとどろき、夜は夜で毎晩のように大晩餐会が開かれて。気の毒にママはよくもまあ、あんなに数々の行事をこなしたものよねえ」パンドラはまずルシラに、ついでジェフにほほえみかけた。「そこに、あなたがたが現われたってわけ。パルマから突然電話をかけてきて、同じように突然、わたしの前に現われた。アーチーと生き写しのルシラがね。何かの前ぶれだとわたし、思ったのよ。予兆っていうの？あなたはどう、予兆って信じる、ルシラ？」

「さあ、わからないわ」

「わたしにもわからないのよ、本当のところはね。でもわたしの高地人《ハイランダー》の血がさわいで、信ずべきだって迫ってるの」パンドラはふたたび椅子のところにもどって、足台に腰を下ろした。顔を近々とルシラのそれに寄せていた。パンドラの美しい容貌の下に刻まれている年月の重みを、ルシラは見て取った。目と口のまわりの皺、紙のような皮膚、顎の骨のとがった角度。「だから、ねえ、いっしょに計画を立てましょうよ。あなたがたも、わたしといっしょに考えてみてくれない？　そうしてって頼んだら、聞いてくれるかしら？　どう、いや？」

ルシラはジェフの顔を見やった。ジェフは無言で首を横に振った。「かまわないけど」とルシラは答えた。

「じゃあ、さっそく計画を立てましょうよ。まずこの家で一週間、三人だけで過ごすの。そのあいだにあなたがた、やりたいことを思うぞんぶん、やってちょうだい。それからわたしの車に乗ってフェリーでスペインに渡るのよ。スペインとフランスを、ゆっくり時間をかけて楽しくドライブしようじゃないの。そのうえでカレーからイングランドに渡り、北を目指してスコットランドに行き、なつかしのわが家に、クロイ館に帰るのよ。ああ、ルシラ、すばらしい思いつきだって、言ってちょうだい」

「たしかに思いがけない計画だけど」とルシラは口ごもった。

　パンドラはもうちょっと熱烈な反応を予期していたのかもしれないが、そんな素振りは見せなかった。自分自身の興奮にすっかり乗せられている感じで、パンドラはジェフのほうに向き直った。「あなたはどう思って、ジェフ？　わたしのこと、いかれたおばあさんだと思う？」

「いや」

「じゃあ、スコットランドにわたしたちといっしょにくることについては、異存はないのね？」

「そうしたいと、あなたとルシラが言うなら喜んでお供しますよ」

「じゃあ、決まりね！」とパンドラは勝ち誇ったように言った。「クロイ館のアーチーとイザベルのところに泊めてもらって、スタイントン家のすてきなパーティーに行きましょうよ、みんなそろって」

「でもジェフは、あのパーティーに招待されていないのよ」とルシラが指摘した。

「そんなこと、問題じゃないわ」

「着るものもないし」

　パンドラはいきなり笑いくずれた。「また、それ？　わたしをがっかりさせないでちょうだい。わたしね、あなたって、およそ浮き世ばなれした芸術家肌の女性だと買いかぶっていたのに、あなたときたら、口を開けば着るもののことばかり気にして！　服なんて、どうでもいいのよ。というより、服ばかりじゃない、何だって問題じゃないわ。ただ一つ重要なのは、わたしたちが手に手をたずさえて、わが家に帰るってことなんですものね。どんなに楽しい旅をすることになるか、考えてもみてちょうだい！さあ、そうと決まったら、お祝いをしなきゃ！」パンドラは飛び立つように立ち上がった。「二本目のシャンパンを開けるのには、うってつけの瞬間じゃなくて？」

九月

September

九　月

第21章

八日 木曜日

イザベル・バルメリノーはミシンに向かって、「ヘイミシュ・ブレア」というネームテープの最後のものを、これまた最後のあたらしいハンカチーフに縫いつけおえたところだった。糸を切ると彼女はハンカチーフをきちんとたたんで、かたわらのテーブルに重ねられている衣類の山の上に置いた。これで終わりだ。ラガー・ストッキング、オーバーコート、グレーのポロネックのセーターなど、ネームテープを手縫いでつけなければならないものがまだ残っているが、それは、炉の火に暖まりながらのんびりかたづける夜なべ仕事に取っておけばいい。

いちどきにこんなにたくさんネームテープを縫いつけるのは、ヘイミシュが四年前にテンプルホール校に入学して以来のことだった。ヘイミシュは夏休みのあいだに背丈も、身幅も、びっくりするほど伸び、母親のイザベルは学校規定の服装のリストを片手に、いやがるヘイミシュをレルカークに引っぱって行って、入学前と同じような買い物のひとときを過ごさなければならなかった。このショッピングはイザベルの予想どおり、苦痛であり、高いものについた。苦痛だったのはヘイミシュが、学校にもどるなんて考えるのもまっぴらという心境だったためで、おまけに彼は買い物がきらい、新調の服はいっそうきらいときていた。思うぞんぶん自由に過ごせる休暇から貴重な一日を買い物についやすなんてと、ヘイミシュは悲憤慷慨、文句たらたら、イザベルは当然その矢面に立たされることになった。一方この一連の買い物が高いものについたのは、学校規定の制服類がレルカークでもずばぬけて高級な、値段の張る店でしか売ってないからだった。オーバーコート、ポロネックのセーター、ラガー・ストッキングという出費だけでも痛いのに、ばか大きな、やたら頑丈な革靴を五足もそろえなければならず、もともとありあまっているとはいえぬ、イザベルの銀行預金はほどんど底をついてしまった。

仏頂面のヘイミシュの機嫌を取りむすびたくもあって、イザベルは彼にアイスクリームを買いあたえたのだが、ヘイミシュがむっつりした、無表情な顔でそれをペロペロなめてしまうと、二人はほとんど言葉もかわさずに、いうならば敵同士のように黙りこくってクロイ館に帰った。ヘイミシュは帰るとすぐ、マス釣りの釣り竿をかついで出かけてしまった。ひどい仕打ちを受けたといわんばかりの、しれっとした表情を顔に浮かべて。この結果、イザベルはたくさんの買い物包みやら、箱やらを一人で二階に持って上がらねばならず、ヘイミシュの衣服戸棚の下の方にそれを放りこむとドアをかたく閉ざし、キッチンに降りて、やかんを火にかけた。ともかくもお茶を一杯飲まないと、夕食の支度に取りかかる元気さえ、ふるい起こせそうになかった。

無理を承知で膨大な出費をするという、恐ろしい経験は何とも気色がわるかった。そこへもってきて、ヘイミシュは母親の苦労をありがたがるどころか、ふくれっ面をしっぱなし。ジャガイモをむきながら、イザベルは、スタイントン家のパーティーのためにあたらしいドレスを買おうという夢に暗黙のうちに別れを告げた。どんなドレスにしろ、新調などできるわけもなかった。ネービーブルーのタフタの、あのくたびれたドレスで何とか間に合わせるほかはない。運命からひどい仕打ちを受けているような、殉教者めいた気分に身をまかせつつイザベルは、襟もとに白いものでもあしらったら、古びたドレスも少しは新鮮に見えるのではと思いめぐらしていた。

しかしそれはすでに二週間前のことで、季節は進んですでに九月に入っていた。初秋の到来とともにすべてが好転していた。それにはさまざまな理由があった。最も重要な理由は、来年の五月まではツアーの客をもてなす必要がないということだった。「スコットランド田園の旅」の企画は冬のあいだは名実ともに休業で、最後のアメリカ人の一団はたくさんの荷物と土産物をたずさえて、てんでにタータン・チェックの帽子を頭にのせ、朗らかに手を振って帰途についていた。夏じゅう、イザベルを悩ましつづけた疲労も、気鬱も、ああ、やっとという解放感、もう一度、自分たち夫婦の手にクロイ館を取りもどしたのだという安堵感によって、嘘のように霧散していた。

事態の好転の理由は、それだけではなかった。生えぬきのスコットランドっ子であるイザベルは、八月が人知れず暦から脱落するころ、すなわち、夏がまだたけなわだというふりを誰もがする必要がなくなるころ、いつもこうした気持の高揚を経験した。年によっては昔のように、雨不足のために芝生がカラカラに乾き、黄金のように貴重な夜をバラやスイートピー、菜園の何列もの若いレタスなどの水まきについやさねばならないこともある。しかし多くの場合、六、七、八月は雨続きで挫折感と失望に落ちこみながら、いつ終わるとも知れぬ、情けない耐久テストを受けているような気分のうちに過ぎていった。灰色の空、冷たい風、降りつづける雨は、聖人の熱意さえ鈍らせるほどだった。何よりもやりきれないのは、うっとうしい、湿っぽい天気に嫌気がさして、家にひっこんで炉に火を焚きはじめたとたんに空が急に晴れわたり、ぬれそぼつ庭に午後の陽がまぶしいばかりに降りそそぐときだった。たいていの場合はすでに日暮れ近くで、誰にとっても大して役立たないのが口惜しかった。この夏はとくにうんざりさせられどおしで、振り返ってみてイザベルは夏のあいだの彼女の浮かない気分と肉体的な疲労には、何週間にもわたって黒雲が空を閉ざし、太陽が影をひそめていたせいも大いにあったのだとしみじみ思うのだった。そんな気持だったから、初霜はむしろうれしいくらいで、イザベルはいささかの満足感を味わいつつ、コットンのシャツやスカートをしまいこみ、長年のあいだに肌に馴染んでいるツイードのスカートやシェトランドのプルオーバーをふたたび身につけた。すばらしい夏を過ごしたあとでさえ、レルカークシャーで迎える九月は特別だった。数度の霜が空気を清浄にしてくれ、野山はにわかにあざやかな、またゆたかな色合いをおびだす。紺青の空の色が湖面や川面に照りはえ、収穫も順調で、畑には穀物の黄金色の刈り株が点々としている。道ばたの溝にはイトシャジンが咲き乱れ、香り高いヒースが満開となって丘を紫にいろどる。

何よりも九月は、楽しみが押しあいへしあいしている月だった。すべての人を家に閉じこめる、冬の暗い季節にさきだつ、社交と団欒のひととき。峻烈な天候と雪深い道が、散在する小さな地域社会を孤立させ、どんな形にもせよ、外界との接触を遮断してしまう前に訪れる、喜ばしい季節。九月は人々の語らいを、友人たちとの団欒を意味した。九月こそ、レルカークシャーが本領を発揮するときだった。

休暇を過ごそうと年々やってくる家族たちの集団も、七月のすえまでにはおおかた立ち去って、テントはたたまれ、キャンピング・カーは出て行き、旅行者たちは家路を指して帰途につく。八月に入ると、民族大移動の第二波が北上してくる。狩猟や釣りを目あてに、また、あちこちで開かれるハウス・パーティーをにぎわすために、毎年、スコットランドにやってくる滞在客たちだ。一年の大半は無人の狩猟小屋のドアが開け放たれ、持ち主たちは釣り竿や銃、それに人間——幼い子ども、ティーンエイジャー、友人、親戚、さらには犬たちまで——を満載したレンジローヴァーを走らせて、一路、北を目指し、休暇が取れてよかった、今年も思う存分楽しもうと大挙してやってくるのだった。

一方、土地の家々は客でふくれあがる。アメリカ人の旅行客やツーリストでなく、仕事のためにロンドンに移住した息子たち、娘たちが帰ってくるからだった。彼らはこの季節に帰郷しようと有給休暇をためこんで夏を迎える。その結果、あちこちの家の寝室という寝室が若い連中に占拠され、屋根裏は一時的に寝室に早がわりして幼い孫たちを収容し、数少ない浴室は昼間もフルに活用される。たいへんな量の食べ物が毎日、用意され、調理され、袖を出して延長された折りたたみ式テーブルを囲んだ人々がそれをたいらげた。

そして九月。九月の声を聞くと、すべてが申し合わせたように活気をおびだす。天上の舞台監督が十秒前、五秒前というカウントダウンのあげくにスイッチを押したかのように。レルカーク市のステーション・ホテルは平生はヴィクトリア朝風の陰鬱な雰囲気を漂わせていたが、九月に入ると古い友だちの待ち合わせ場所にふさわしい、陽気な、にぎやかな場所に変貌した。パブのストラスクロイ・アームズは、アーチーの所有する荒野《ムア》で雷鳥狩をする特権と引き替えに彼にまとまった金額を支払っているシンジケートのビジネスマンたちの宿泊所となって、狩の首尾についての談笑の声が絶えなかった。

クロイ館ではパーティーへの招待状は、書斎の炉棚の上に積みかさねてあった。この季節には、ありとあらゆるタイプの集まりへの招待状がまいこむ。イザベルもストラスクロイ競技大会にさきだつビュッフェ・ランチを主催することで、年々、応分の貢献をしていた。アーチーは競技の総監督格で、開会式をかねての村のお歴々の行進の先頭に立つのがつねだった。彼らの足どりは彼のいささか不自由な歩行にそれとなく合わせてだろう、かなりゆるやかに調節されていた。この重要な儀式に敬意を表して、アーチーは連隊時代の軍帽をかぶり、抜き身の剣をたずさえて出席するのがつねだった。彼はこの晴れ舞台での自分の責任を真剣に自覚し、大会の末尾に賞品を授与する役割も引き受けていた。授与の対象はバッグパイプの腕前とか、ダンスの達者さだけでなく、自分で紡いだ毛糸をもっとも巧みに編み上げたセーターから、もっともフワフワと軽く焼き上がったスポンジケーキ、もっともおいしい手づくりのイチゴジャムにまでおよんだ。

イザベルはミシンをクロイ館の古いリネン・ルームに置いていた。ここがいちばん便利だということもあったが、もともとこの部屋はプライバシーが保てるし、彼女の気に入りの避難所だった。けっして広くはないが、かなりにゆとりがあって、西向きの窓からクロケー用の芝生と湖に通ずる道を見下ろすことができたし、天気のいい日にはいつも陽がいっぱいにさしこんだ。カーテンは白地のコットン、床は茶色のリノリュームで、壁際に白く塗った、大きな戸棚が据えられ、シーツやタオルや余分の毛布や洗濯し立てのベッドカバーなどがしまってあった。

ミシンののっているガッチリしたテーブルは、裁断やドレスメーキングにも便利だった。アイロン台とアイロンもすぐ使えるように手近にあった。ここにはいつも、洗濯し立てのシーツなどから立ち上る、育児室のそれに似た心暖まるにおいがまつわっていた。パリッとアイロンを掛けた枕カバーの一山のあいだにはラベンダーのにおい袋がそっと忍ばせてあった。時間を超越しているような、なつかしくもおだやかな、この部屋の雰囲気は、そこに漂っている、隠し味のような、そうした香りに多くを負うていたのかもしれない。

それだからネームテープを縫いつけるという、面白くもない仕事を終えたのちも、イザベルはすぐには立とうとせずに両肘をテーブルの上につき、顎を両の手のひらにのせて、固い椅子に腰かけたまま、しばらくじっとしていたのだった。開いている窓からは、近くの丘のなだらかな曲線を木立の向こうに見ることができた。すべてが黄金色の日光に洗われているようで、カーテンをそよがせているそよ風は芝生の向こうに立っているシラカバの枝をも揺らしていた。

木の葉が一枚、かわいらしい凧のように空中に漂って地面に落ちた。

午後三時半。家にいるのはイザベルだけだった。家の中はしんと静まり返っていたが、農地のほうから木槌で何かをたたいているような音と、飼い犬のうちの一頭の吠え声が聞こえてきた。珍しいことだ、自分だけのひとときを過ごすなんてとイザベルはちょっとびっくりしていた。しなければならないことがあるわけではなく、誰かにせっつかれているわけでもないひととき。この前、こんな状況に身を置いたのはいったい、いつのことだったろう？　イザベルは自分の子ども時代、さらには青春時代に思いを馳せていた。何をやりとげるでもなく、いたずらに過ぎていったあのころの日々は怠惰で無目的ではあったが、何とはげしい歓びに満ちあふれていたことか。

床板がキーッときしった。どこかでドアがバタンと閉まった。クロイ館。それ自身の鼓動をもっている古い家。彼女の家。イザベルは二十年以上も前、アーチーにともなわれて初めてクロイ館を訪れたときのことを思い出していた。そのとき彼女はやっと十九歳で、クロイ館のテニス・パーティーに参加し、午後には食堂でお茶のひとときの団欒のうちに身を置いた。アンガスの町の弁護士の娘であるイザベルはとくに美人ではなかったし、自信も欠いていた。クロイ館の広壮さと、アーチーの友人たちの魅力的な、洗練された物腰にも圧倒された。誰もがお互いを知りつくしているようだった。望みがないと知りつつ、すでにアーチーを熱烈に恋していたイザベルはなぜ、彼が自分をその日の招待客のうちに加えてくれたのか、解しかねていた。レディー・バルメリノーにも、その理由は不可解だったようだが、ホステスとして彼女にやさしくしてくれ、お茶のテーブルではイザベルが自分の隣にすわるように、話題が何であれ、彼女が仲間はずれにならないように気をくばってくれた。

客のうちに脚のすらりと長い、ブロンドの娘がいたが、アーチーをすでに自分のものとおおっぴらに宣言しているかのように彼をからかったり、あまたの秘密をわかちあってでもいるように、テーブルごしに流し目を送ったりしていた。「この人はわたしのものよ。ほかの誰にも渡さないわ」とその顔は告げていた。

けれども結局のところ、アーチーはイザベルを選んだのだった。いったんは意外に思ったらしいが、驚きをおさめるとアーチーの両親はとても喜んでくれ、アーチーの妻としてでなく、もう一人の娘であるかのように彼女を家族の団欒のうちに迎え入れてくれた。彼女は幸運だった。やさしく、ユーモアにあふれ、人をわけへだてしない、世間的なところのまるでない、しかもいかにもチャーミングなバルメリノー一家は誰からも敬愛されていた。イザベルはそうした一家の一員として愛され、うやまわれるようになった。

農地ではトラクターのうちの一台が動き出したようだった。木の葉がもう一枚、はらはらと地面に舞い落ちた。こういう午後が昔もあった――とイザベルは思い出していた。タイムスリップというのか、いながらにしてひょいと過去の年月のうちにもどったかのようだった。そう、まさにこういう午後があった。犬たちは日陰をもとめ、猫たちが腹の和毛《にこげ》に日光を浴びて窓敷居の上でまどろんでいた午後。若い下働きのメイドを引きつれて、ボウルいっぱい、最後のラズベリーを摘もうと、あるいはプラムをもごうと菜園に出かけて行くコックのミセス・ハリスの姿。

昔ながらのクロイ館。誰も去らず、誰も死なず、誰もが昔のままに生活しているクロイ館。アーチーの母親は花壇に出てバラの剪定をしながら、埃っぽい砂利道をレーキでならしている庭師とのんびり言葉をかわしているだろう。アーチーの父親は書斎でシルクのハンカチーフをふんわり顔に掛けて、つかの間のうたた寝を楽しんでいることだろう。探しに行けば、二人ともわけなく見つかるに違いない。イザベルは自分が姑を探しに行くところを想像した。階段を降り、ホールを横切って開いている玄関の戸口に立つと、庭用の麦藁帽子をかぶり、しおれたバラの花びらや剪定した枝が入っている籠をたずさえたレディー・バルメリノーと出会う。しかし、顔を上げてイザベルを見やったとき、やさしい顔に困惑の色が浮かぶ。中年のイザベルの顔をそれと認めかねているのだろう。

「イザベル!」

その甲高い声は、イザベルの白昼夢の中にいやおうなしに侵入していた。ほとんど意識に上っていなかったのだが、すでに三、四回呼んでいたのかもしれない。こんな時間に誰が訪ねてきたんだろう?イザベルは不承不承、椅子を後ろに押しやって立ち上がった。五分以上、孤独を楽しもうなんて、どだい虫がよすぎたのだろうと自嘲しながら。リネン・ルームを出て育児室とのあいだをつなぐ通路から階段の上に立ち、手すりから身を乗りだすと、ホールの中央にたたずんでいるヴィリーナ・スタイントンの姿があった。すらりとした体躯が上からだとばかにちぢんで見える。開いているドアから家の中に入ったのだろう。

「イザベル!」

「ここよ」

ヴィリーナは首を少しかしげて上を仰いだ。「みなさん、出払っていらっしゃるのかと思いはじめたところだったのよ」

「うちにいるのはわたし一人なの」イザベルは階段を降りながら答えた。「アーチーはヘイミシュと犬たちを連れて、ビュキャナン＝ライトの肝いりのクリケットの試合を見に行ったしね」

「あなた、今お忙しいのかしら？」ヴィリーナ自身は忙しい思いなどしたこともないように、いつもながら非の打ちどころのない、すっきりした装いで、美容師の手を離れたばかりというヘアスタイルがよく似合っていた。

「ヘイミシュの学校着のネームテープをつけおえたところなの」こう言いながら本能的にイザベルは髪に手をやった。何げない、そのしぐさによって、乱れた髪が少しは見よくなると思っているかのように。

「二、三分、いいかしら？」

「もちろんよ」

「聞いていただきたいことが山ほどあるのよ。それに二つほど、お願いしたいこともあってね。お電話するつもりだったんだけど、ちょうど用事で朝っぱらからレルカークに出かけたものだから、帰りがけにちょっとお寄りするほうがずっと簡単で、てっとりばやいんじゃないかと思いついて」

「お茶を一杯、いかが？」

「いちおう話を聞いていただいてからで、どうかしら？」

「じゃあ、せめてもゆっくりできるところに行きましょうよ」

こう言って、イザベルは客を応接間に案内した。もったいぶりたかったからではなく、ちょうど陽がさしこんで明るかったからで、書斎も、キッチンも、この時間には陰気な感じがした。

窓が開け放されているので、部屋の中はひんやりとしていた。イザベルがその朝、古いスープ用の深皿に活けておいたスイートピーの甘い香りが漂っていた。

「ああ、ほっとするわ」とヴィリーナはソファーの一隅に腰を落として、シックな靴をはいた長い脚を伸ばした。「クリケットの試合には持ってこいの日ね。去年は土砂降りの雨で、試合が途中で中止になったのよね。それはそうとここに活けてあるのは、お宅のスイートピーかしら？　何ていい色でしょう！

　うちのは今年はちょっと失敗だったわ。ねえ、暖かい日の午後のレルカークってうんざりよね。舗道にはジーンズをはいた、ふとった若いお母さんが乳母車を押して三列もの列をつくってるじゃありませんか。おまけに赤ん坊という赤ん坊がワンワン泣きわめいて」


「やりきれないわね。ところでその後、パーティーの準備のほうはどんなあんばい？」

　ヴィリーナはダンス・パーティーについて話したくてやってきたにきまっている——とイザベルは察しをつけていたのだが、この推測はどうやら間違っていなかったらしい。

「ああ」とヴィリーナはいきなりドラマティックなうめき声を洩らして目を閉じた。「何だってわたし、パーティーを催そうなんて、とんでもないことを思いついたのかしらって、今になって理解に苦しんでるのよ。招待した人の半分も、まだ返事をよこしていないんですものねえ。みんな、思いやりがないのよねえ！　おおかたの人は招待状なんて、炉棚の上か何かに置きっぱなしにして、それっきり見てもいないんじゃないのかしら。そのせいでディナー・パーティーを計画したり、お客を泊めてくれそうな家を探したりって心づもりもできなくて」

「心配は要らないと思うけど」とイザベルは何とかなだめようと努力して言った。「お宿のことは、それぞれに考えてもらったらいいんじゃなくて？」

「でもめいめいに任せたりしたら、どうしようもなく混乱してしまうような気がして」

　イザベルはそんなことにはけっしてならないと知っていたが、ヴィリーナはもともと完全主義者で、何事もあらかじめ配慮しておかなければ安心しないたちだった。

「そりゃまあ、気が気でないでしょうけど」ふと思いついて、イザベルはほとんどおずおずときいた。「ルシラは返事をよこしました？」

「いいえ」にべもない答だった。

「招待状はたしかに転送したのよ。でもあちこち旅行をしているらしいから、受け取っていないって可能性もあるのよね。イビサの住所ももう一つ、はっきりしなかったし。あの子からはパリ以来、まったくたよりがなくてね。パンドラを訪ねるかもしれないって書いてよこしたけど」

「そういえば、パンドラもなしのつぶてよ」

「パンドラから返事がすぐきたりしたら、かえってびっくりしてしまうわ。わたしたちの手紙にも、一度だって返事をよこしたことがないんですもの」

「アレクサ・エアドは出席してくれるそうよ。ボーイフレンド同伴で。アレクサが相手を見つけたってこと、知ってらした？」

「ええ、ヴァイに聞いたわ」

「驚くわねえ。どういう人かしら？」

「すてきな人だって、ヴァージニアは言ってたけど」

「早く会いたいわ」

「ケイティーはいつ着くの？」

「来週のいつかよ。昨夜、電話があったの。それであなたにお願いしたいことができて。ダンス・パーティーの週、お宅にはお泊まりのお客さまがたくさんいらっしゃるのかしら？」

「今のところは一人も。そのころにはヘイミシュは学校にもどっているでしょうし、ルシラが帰ってくるつもりかどうかも、はっきりしないし」

「だったら、お願い、行き場のない男性を一人、泊めていただけないかしら？　昨夜のケイティーの電話はそのことだったの。どこかのディナー・パーティーで会ったんですって。とてもいい人だって、ケイティーは言ってたわ。アメリカ人の弁護士さんだとか。奥さんが亡くなったばかりで、気分転換に休暇を取ってイギリスにきているんですって。もともと境界地方に住む友だちを訪ねて、スコットランドに足を伸ばすつもりらしいんだけど。彼にダンス・パーティーの招待状を送りたい、友情のしるしとしてってケイティーは言うのよ。ところがあいにく、コリーヒル荘には泊めてあげられなくてね。ケイティーの友だちで満杯だし、トディー・ビュキャナンにもきいてみたんだけれど、ストラスクロイ・アームズの部屋はみんな、ふさがっているらしいのよ。それでひょっとしてお宅にお願いできないかと思いついたわけ。わたし自身はご当人については何一つ知らないのよ――最近、奥さんが亡くなったってことのほかにはね。でもケイティーが気に入ったとすれば、そう重荷になるようなお客でもないいんじゃないかと思うんですけどね」

「きっと寂しい方なんでしょうねえ。お気の毒だわ。ええ、もちろん、うちにお泊めできてよ」

「パーティーにもいっしょに連れてきてくださる？ありがとう。助かるわ。今晩ケイティーに電話して、お宅と連絡を取るように、ケイティーから彼に伝えてもらうようにしますからね」

「名前は何ておっしゃるの？」

「ちょっとおかしな名だったわ。プラッカーっていったかしら。いえ……そうだわ、タッカーよ、確か。コンラッド・タッカー。アメリカ人って、どうしていつもこう、変わった名前が多いんでしょうかねえ」

イザベルは笑った。「アメリカ人はアメリカ人で、バルメリノーって、何てへんてこな名前だろうって思っているかもしれないわ。ほかに何かニュースがあって？」

「とくに何も。わたしたち、トディー・ビュキャナンにお料理の仕出しとバーの取りしきりを頼んだの。朝食も、ある程度ね。どういうわけかわからないけれど、ケイティーの世代の若い人たちって、午前四時ごろ、猛烈におなかがすくみたいで。そうそう、ありがたいことに、あのトム・ドライストンがバンドを結成してくれるんですって」

「口笛の上手な、あの郵便配達のトムが壇上に上らなければ、どんなパーティーだって始まらないでしょうからね。ディスコも計画していらっしゃるの？」

「ええ、レルカークの青年が引き受けてくれて。本式のディスコでなく、まあ、こみで何でもございといった安直なものらしいけど。フラッシュライトとか、アンプとか、すべてご持参できてくれるようよ。ものすごい騒音なんじゃないかと思って、考える気もしないけど。うちの自動車道には、豆電球を吊すつもり。はなやかなお祭り気分になるんじゃないかと思うのよ。情けなくなるくらい暗い晩だとしても、お客さんが道に迷わずにすむというメリットもあるし」

「すばらしい演出ねえ。何もかも落ちなく配慮なさってるみたいじゃありませんか」

「花のほかはね。それがもう一つ、あなたにお願いしたいことなんですけどね。ええ、花のこと、お願いしてていいかしら？　ケイティーもいるし、わたしもほかに一人、二人に声をかけて強引に手伝いを頼みこんだんだけど、あなたのようにセンスのある活け方をする人はほかにいないんですもの。手伝ってくださったら、一生、恩に着るわ」

イザベルはちょっと誇らしい気持になっていた。自分にもヴィリーナより上手にできることがあるのだと思うと、心がほのぼのと暖まった。わたしがヴィリーナに頼まれることだってあるんだわ。

「問題はね」とヴィリーナはイザベルのさきを越して言った。「大テントの中の飾りつけをどうするかってことなの。母家の飾りつけは大してむずかしくないけれど、大テントはものすごく大きいし、どうしたらいいか、見当もつかなくて。ありきたりのフラワー・アレンジメントじゃ、貧弱に見えるでしょうしね。何かいい思いつき、ないかしら？　あなたはいつも斬新なアイディアをおもちだから」

イザベルは何かすばらしいアイディアをと頭をひねったが、いっこうに思いつかなかった。

「アジサイでも飾ったらどうかしら？」

「もう盛りを過ぎているでしょうからね」

「シュロの鉢をリースしたら？」

「そういうのって、何かこう陰気くさい感じがしなくて？　田舎のホテルのダンスホールって雰囲気で」

「だったらいっそ、田舎の秋ってテーマのデコレーションにしたらどうでしょう？　みのった大麦の束とナナカマドの枝をあしらって。ナナカマドはすてきよ。きれいな赤い実と色づいたうつくしい葉と。ブナの葉もちょうどいい色になっているでしょうし。枝をグリセリンに浸して、テントの柱を隠すように結びつけるのよ。秋の森みたいに見えると思うわ」

「すごいアイディア！　あなたって、頭がいいのねえ、イザベル！　パーティーの前日の木曜日に飾りつければいいわね。予定表に書いておいてくださる?」

「その日はちょうどヴァイのお誕生日のピクニックに行くことになっているんだけど、そっちは失礼することにしてもいいし」

「ありがたいわ! おかげさまで気持がずっと軽くなったみたい」ヴィリーナは大きく伸びをして、あくびを噛みころし、ようやく口をつぐんだ。

炉棚の上の時計がひそやかに時をきざみ、午後の客間の静けさが二人の女性を包んでいた。あくびは伝染する。昼下がりにソファーに腰を下ろすなんて、そもそもの間違いだった。立ち上がる気がしなくなってしまう。晩夏の午後。おまけにさしあたってしなければならないことがないときている。ヴィリーナの訪問で中断される前にとっぷり浸っていた、時を超越した幻想へと、イザベルは知らずしらず立ちもどっていた。またしても姑のレディー・バルメリノーのことが胸に浮かんでいた。彼女もこうしてこの部屋にすわって小説を読んだり、タピストリの針を刺したりしていたものだった。すべてが昔のままだ。たぶんそのうち、ドアをつつましくノックする音がして、執事のハリスが銀のティーポットと薄手のティーカップ、焼き立てのスコーンの入った器、クリーマー、イチゴジャム、レモン入りのスポンジケーキ、ねっとりとしたジンジャーブレッドなどをのせたマホガニーのワゴンを押して入ってくるのではないだろうか?

時計が銀のような澄んだ音色で四時を告げた。つかの間の幻影はそのとたんに消えてしまった。ハリス夫妻はとうに去り、二度と帰ってこないだろう。イザベルはふたたびあくびを噛みころし、意識的に努力をして立ち上がった。「やかんを火にかけてきますわ」とイザベルはヴィリーナに言った。「お湯がわいたら、いっしょにお茶をいただきましょうよ」

第22章

九　月

九日　金曜日

「……その年、従妹のフローラが子どもを産んだんですよ。あの子の両親、知ってます？　ヘクター叔父さんはうちの父さんの弟でね。もちろん、ずっと年下でしたけど。叔父さん、ルームの女と結婚したんですがね、巡査をやってたときに出合ったんですとさ。間のぬけた女で、二十代のうちに歯がみんななくなっちゃってたそうですよ。うちのおばあちゃん、この結婚には大反対だっていきまいたそうでね。カトリックの女なんか、家族のうちには入れないって。おばあちゃんは自由教会派の育ちでしたからね。フローラの赤ん坊のために、わたし、ちっちゃなコートを編んでやりましたよ。ピンクの絹糸でシダの模様を入れて。ところが、フローラったら、それをシーツといっしょにボイラーに突っこんで燃やしちゃったんですと。それを聞いたときにゃ、ショックでねえ……」

ヴァイオレットはしばらく前から耳をかたむけるのをやめていた。集中して聞く必要もなさそうに思えたからだった。ただうなずくか、ロティーが息つぎのためにちょっと黙ったときに、「まあ」とか、「へえ」とか、合いの手をいれるだけで、ロティーはまたもや脈絡も何もない、あらたな逸話を、立て板に水のように物語りはじめるのだった。

「……初めて働きに出たのは十四のときでしたよ。ファイフの大きなお屋敷にね。それこそ、泣きの涙でうちをあとにしたものでしたっけ。でも母さんが言いはるもんで仕方なかったんですよ。キッチン・メイドとして住みこんだんですがね。コックってのが、あなた、人をいいようにこきつかって、あんなにくたびれたことはありませんでしたねえ。なにしろ、朝は五時起き、寝るのは屋根裏で、ヘラジカといっしょってんだから」

　さすがにヴァイオレットも聞きとがめた。

「ヘラジカといっしょって、どういうことなの、ロティー？」

「はて、ヘラジカだと思ったけど、そうじゃなかったかしらん。ほら、ハクセイってんですか、つめものをした動物の頭ですよ。ただのシカじゃないわね、あれは。ものすごくでっかいんだもの。チリアンさんって旦那は、宣教師としてアフリカに行ってたことがあるんですと。宣教師なのにヘラジカを殺して回るなんて、殺生ですよねえ。あの家じゃクリスマスにゃ、七面鳥でなく鵞鳥でしたっけ。でもわたしがもらったのは、冷たい羊肉のちっぽけな切れっぱしだけ。鵞鳥はたれも回ってこなかったわ。ケチったらありゃしない。それに屋根裏はしめっぽくて、わたしの服はどれも絞れるくらい、水けをふくんじゃって。おしまいにゃ、わたし、肺炎になっちまいましたよ。お医者さんがきて、奥さん、やっとわたしをうちに帰してくれたんですけどね、うれしかったわねえ、あんときは。わたしんちじゃ、猫を飼ってましたっけ。タミー・プスって名で、ものすごくすばしこいやつでしたわ。戸棚を自分で開けて、あなた、クリームをなめちまうんですよ。いっぺん、クリームの中にネズミの死んだのが浮いてたことがあったわねえ。そのうち、ジンジャーが子猫をやたら産んで。山猫みたく気が荒くてねえ、ジンジャーは。母さんの手をひっかいて、皮がひんむけたことがありましたっけ。母さん、動物は根っから大きらいでね、父さんのかわいがってた犬なんぞ、目の敵にしてましたわ……」

　ヴァイオレットとロティーは、レルカークの大きな公園のベンチに並んで腰を下ろしていた。年のころは似たりよったりの二人の老女といった寸法だったろう。水かさを増し、泥炭をふくんで茶色くにごっている川が二人の前を流れていた。釣りびとが一人、腰まで水につかって、折々サケ釣りの竿を振るっていたが、それまでのところ、サケが餌に食いついた様子もなかった。川向こうには、広壮なヴィクトリア朝風の邸宅が立ちならんでいた。広い庭園の芝生が川べりまで続き、小ぶりのボートがつながれていたりした。カモが数羽泳ぎ、犬を連れて散歩している男の投げるパン屑をガアガア鳴き立てながら争ってついばんでいた。

「……お医者さんは卒中だって言ってましたっけ。神経をやられてるって。ほんとはわたし、ボランティアをやりたかったんですよ。戦争中だし、わたしなりにお役にも立ちたくてね。でもわたしがいなくなったら、母さんにつき添ってやるもんがいなくなっちまうし。父さんはずっとそとで働いてきた人ですからね――父さんのつくったカブは天下一品だったわねえ。でも父さん、うちに帰ってくると靴を自分でぬぐのがせいぜい、縦のものを横に動かしたこともありませんでしたよ。そのくせ、まったくよく食べたわねえ、うちの父さん。ひどく無口で、二、三日、黙りとおしってことも珍しかなかったわ。兎をわなにかけるのが得意でね、父さん。だからうちじゃよく兎を食べたもんでしたわ。もちろん、兎の伝染病の粘液腫とかなんとかいう、いやらしい病気が取りざたされる前のこってすがね」

ヴァイオレットはヘンリーとの約束――いつか半日、ロティーを引き受けてエディーを休ませてあげるつもりだという――をまだ果たしていないことで良心がチクチク痛んでいたのだが、その日、思いきってロティーに、いっしょにレルカークに買い物に行かないか、帰りにお茶でもご馳走しようと申し出たのだった。そんなわけでその午後、彼女はエディーの家にロティーを迎えに行き、車に乗せてレルカークに出かけた。ロティーはこの外出のために、彼女の持っている最上の晴れ着を着ていた。ベージュ色の縮みのコートにコテージパンそっくりの不細工な帽子、ばか大きなハンドバッグをかかえ、あぶなっかしく見えるくらい踵の高いハイヒールをはいていた。おまけにしゃべること、しゃべること、車に乗りこんだ瞬間からペラペラとまくしたて、マークス・アンド・スペンサーの店の中を歩き回っているあいだも、新鮮な野菜を買おうと行列しているあいだも、ロティーのいわゆる小間物屋はないかとあちこち探し回っているあいだも、その舌はほとんど小止みもなく動いていた。

「近ごろは小間物屋なんてないんじゃないかと思う

けど、ロティー……」とヴァイオレットは言ってみたのだが、ロティーは頑として譲らなかった。「ありますって。たしか、この通りのさきに小さいのが一軒、あったはずですよ……それともこのつぎの通りだったかしらん。母さん、いつもその店で毛糸を買ったものだったわ」

見つかるわけもないと思いつつ、ヴァイオレットはその一郭をロティーのあとについて歩き回った。歩くほどに顔はのぼせ、足は痛み、ロティーがようやくお目あての店を探しだしたときには、ほっとすると同時に、さんざん引き回されてと少なからず頭にきてもいた。それはとても古びた、埃っぽい店で、クローシェ編みの鉤針やら、色のさめた刺繡用のシルクの布やら、流行おくれの編み物のパターンやらを入れたボール紙の箱が山づみされていた。カウンターの後ろにすわっていたのは老人ホームから抜け出してきたのではないかと思われるようなおばあさんで、多少ボケているのか、ロティーが望む、熱湯につけても伸びないニッカーズ用のゴムを探し出すのに十五分もかかった。半端なボタンがあふれんばかりの引き出しの中から目あての品がようやく取り出され、老婆の震える手で一ヤード分が紙袋に入れられると、ロティーは金を払ってそれを受け取り、意気揚々とその店のそとの舗道に出た。

「ね、わたしが言ったとおり、小間物屋がちゃんとあったじゃないですか」と勝ちほこったように、彼女は言った。「あなたは、ほんとにあるとは思っていなさらなかったみたいでしたけど」

買い物も終わり、お茶の時間にはまだ早かったので、ヴァイオレットが公園でも散歩しましょうと提案したのだった。買い物の品を車のトランクに納めて、川に面している芝生を横切ってベンチを見つけたとき、ヴァイオレットはロティーに二の句をつがせずに、「ここで少し休んで行きましょう」ときっぱり言って、黄金色の日光のさしているベンチに並んですわったというしだいだった。

「ね、あの建物がわたしが入院してたレルカーク王立病院なんですよ。木のあいだからちらちら見えてるでしょ？　けっこう気持のいい病院でしたけど、看護婦がひどくてね。お医者さんはまあまあだったわ、だけどそうね、お医者さんっていうより、医学生ってとこじゃないかしら。知ったかぶりはしてるけど、ほんとに知ってるのかどうか、あやしいもんだわ。ただ、あそこの庭はなかなかのものでね。火葬場の庭とおんなしくらい、いい庭だったわ。わたし、母さんを火葬にしたかったんですよ。なのに牧師さんが、『ご本人はタラカードの墓地のご主人のお墓にいっしょに葬られることを望んでおられた』なんて、余計なことを言うもんだから。そんなこと、どうしてわかんのかって、ききたかったわよ」

「あなたのお母さんの遺言だったたんじゃないのかしら……」

「いいえ、どうせ牧師さんのでっちあげにきまってるわ、自分に都合のいいような。おせっかいなんだから、もう」

ヴァイオレットは川向こうの丘の上にそびえて見えるレルカーク王立病院に目をやった。まわりの木立の茂った葉のせいで、その赤い石の尖塔と破風はこちらからはほとんど見えなかった。「あの病院はまったくの話、すばらしい位置にあるわね」

「ええ、お医者って、お金が思うようになるのよねえ。あるとこにはあるんだわ」

ヴァイオレットはさりげなくきいた。「それはそうと、あなたの担当のお医者さまは何て名前の方なの？」

「ドクター・マーティンですよ。もう一人、ドクター・フォークナーって人もいたわね。でもどうしてだか、わたしのそばには近寄りもしなくてね、ドクター・フォークナーは。退院して、エディーのとこで暮らしてもいいって言ってくれたのは、ドクター・マーティンでね、わたし、タクシーで帰りたかったんですよ、でも結局、病院の救急車で退院ってことになっちゃって。当てはずれもいいとこ」

「エディーは親切な人ねえ」

「だってあの人、それなりにさんざっぱら、いい思いをしてきたんですからね。不公平よねえ――ある人たちは何から何まで恵まれてさ。だってあなた、村の中でぬくぬく暮らしてんのと、病院に押しこめられてんのとじゃあ、たいへんな違いですもんねえ」

「あなたもご両親の家を売って、どこかの村で暮らすってことも考えられるわねえ」

しかしロティーはこの良識的な提案を耳にも入れず、ヴァイオレットが何も言わなかったかのように、まくしたててつづけた(もしかしたらロティーはほかの者が考えているよりずっと抜け目がないのでは――とヴァイオレットはふと思った)。

「ええ、これでもわたし、エディーのことを心配してんですよ。あんなふうにデブデブふとっちまっちゃあねえ。思いもしないときに心臓麻痺を起こして、ぶっ倒れないともかぎんないじゃないですか。何かってえと家を飛び出して、お宅なり、あのヴァージニアのとこへなり、出かけちまうんですから。すわってわたしとゆっくり話しこんだり、テレビを見たりってことがまるきしないんだから。人さまんちのことはほどほどにして、ときには自分の体のことを考えたらいいんですよ。そうそ、エディーから聞いたんですけどさ、アレクサがミセス・スタイントンのパーティーに、男友だちを引き連れてやってくるんですって? よかったじゃないですか。でもまわりの大人がせいぜい目を光らせてないとね。男なんて考えてることはみんな、おんなしなんだから……」

「それ、どういう意味なの、ロティー?」とヴァイオレットは気色ばんで問い返した。

ロティーはまるい茶色の目でジロッと彼女を見返した。「つまり、ほら、あれよ。アレクサはどこかのスカンピンの女の子とは大違いだってこと。レディー・チェリトンって、お金に糸目をつけない大金持だったんでしょ? 新聞で読んだのよ。あの一家のことは何から何まで知ってんだから、わたし。男が若い娘に色目をつかうときは、お金がからんでることがしばしばですもんね」

黙って聞いているうちに、ヴァイオレットはむしょうに腹が立ってきた。やり場のない怒りが足の裏から始まって全身におよんで行くようで、気がつくと頬がかっかと燃えていた。ロティーの無遠慮さがたまらなかった。しかしロティーの無礼をいきどおりながらも、正面きって彼女をたしなめることもできかねた。なぜならロティーは、いうならば一家のみんなが暗黙のうちに恐れていることを口にしているにすぎなかったのだから。

「アレクサはかわいらしい、誰からも愛される、いい娘ですからね」とヴァイオレットは静かに言った。「それにあの子が立派に一人立ちしてやっていくだけの力をもっていることと、彼女が選ぶ友だちとのあいだには何の関わりもありゃしませんよ」

しかしロティーはヴァイオレットのそれとない叱責など、無視しているのか、それとも気づいてもいないのか、ニヤリと笑って頭を振り上げた。「わたしだったら、そうのんびり構えちゃいないわね。男友だちってロンドンの人間なんでしょ？　小金のある娘と見ると手の早い連中か、出世ねらいのやつらじゃないの、ほら、ユッピーとかいう」と口にするのも汚らわしいとばかりに吐き出すように言った。

「ロティー、ろくに知りもしないことを言いちらすのはやめたほうがよくてよ」

「女の子って、みんなおんなしだわよね。ちょっと様子のいい男と見ると、さかりのついた雌馬みたく、追っかけ回すんだからやんなっちゃう」ロティーはふと身ぶるいをした。まるで興奮が不細工な体の隅々にまで波及しているかのように。不意に手を伸ばして、ロティーはヴァイオレットの手首をギュッと握りしめた。「そうそ、もう一つ言っとくことがありましたっけ。あのヘンリーって子のこってすよ。ときどき見かけるけど、ばかにちっちゃくってさ！　エディーのとこにきても、ろくすっぽ、ものを言わないんだもの。どっかおかしいんじゃないかって、よそんちのことにしろ、気にかかってねえ。わたしの孫だったら心配しちゃうけど。だって普通の男の子とまるきし違うんだから」

ロティーの骨ばった指には奇妙に力がこもっていて、まるで万力にはさまれてでもいるように振りきることもできなかった。ヴァイオレットは一瞬、不快感と同時にいたたまれぬパニックを意識していた。ロティーの指を無理やり引き離してその場から逃げだしたいという本能的な衝動に駆られたが、ちょうどそのとき、若い女が子どもを乗せたバギーを押して通りかかったために、ばかげた行動に出ずにすんだ。パニックも、怒りもたちまちにして薄らいでいた。

毒をふくんだ言葉をペラペラと吐きちらしているのは、結局のところ、人生からあまりやさしい扱いを受けてこなかった、あわれなロティー・カーステアズなのだ。ロティーがみじめな性的挫折感と取りとめもない想像力を、相手構わずぶちまけているだけのことではないか。気の毒な従妹をエディーが引き取ろうという気を起こしたのなら、わたしだって、たった半日くらい、彼女とおだやかにつきあえないわけはない。

ヴァイオレットは微笑した。「心配してくれてありがとう、ロティー。でもね、ヘンリーはごく当たり前の子どもなのよ。それにとても丈夫でね。さあ……」と彼女はちょっと身動きをして、腕時計を見た。ロティーの指の異様なほどの握力がふとゆるみ、ヴァイオレットの手首はふたたび自由になっていた。ヴァイオレットは急がず、あわてず、ハンドバッグに手を伸ばした。

「……どこか気持のいいところでお茶を飲みましょうかねえ。わたしも何か食べたい気分よ。フィッシュ・アンド・チップスでお茶っていうのもわるくないわ。あなたはどう？」

第23章

九　月

九日　金曜日

忙しい日常に倦みつかれてイザベルが折々リネン・ルームに引きこもるように、夫のアーチーは工作室になぐさめを見出した。この工作室はクロイ館の地下の、板石を敷きつめた廊下と薄暗い穴蔵から成る一郭にあった。図体のばか大きな、悪臭を放つ怪物のような旧式のボイラーもここにデンと腰を据えていた。定期船の動力にでもなれそうな、この大ぶりのボイラーはたえざる配慮と点検を必要としており、膨大な量のコークスを消費した。地下の一、二室は不要の陶器や古家具、その他、石炭とか、丸太とかの置き場として用いられていた。ワイン・セラーは今では品薄で、いうならば有名無実にひとしい酒蔵だった。けれども地下のおおかたの部屋はほとんど足を踏み入れる者とてなく、クモの巣がはり、年々、野鼠が何家族も住みついた。

工作室はボイラー・ルームの隣にあるため、いつも快適な温度が保たれていた。いくつもある、大きな窓には、まるで監獄のように鉄格子がはまっていたが、ありがたいことに南東向きで、日光がふんだんにさしこむので明るい感じがした。アーチーの父親は生まれつき器用なたちで、この部屋を使いいいように自分で設営し、どっしりしたベンチを置き、工作具、万力、やっとこなどを置く棚をこしらえた。この工作室で彼は子どもたちのこわれた玩具を直し、家の内外の修繕のいっさいを引き受け、自分の釣り竿のために毛鉤《フライ》をこしらえた。

父親の死後、工作室は何年か、主のない状態で放置され、いたずらに埃ばかりがたまった。けれども八か月の病院生活ののち、クロイ館に帰ったアーチーは不自由な脚をひきずって地下に降りて行き、義足の足音の反響する廊下を歩いて工作室を自分の領分としてあらためて確保した。その部屋に入ったとき、最初に彼の目にとまったのは、こわれた椅子だった。背もたれが風船のようにふくらんでいる優雅な椅子で、誰か、肥満した紳士がすわったために後ろ足がむざんに折れていた。この椅子はバルメリノー卿の生前にここに運びこまれたのだが、修理の途中で彼が亡くなったために、以来、日の目を見ることもなく忘れられ、それなりになっていたのだった。

アーチーはこの忘れられた古椅子をしばらくじっと眺め、それからイザベルを呼んだ。イザベルはアーチーに手を貸して工作室の隅々のごみやクモの巣を取り払い、鼠の糞を掃除し、古いおが屑や塵を掃き出した。あわてふためいて逃げだしたクモは、カチンカチンに固まったにかわの壺とか、黄色く変色した古新聞紙の束とか、ペンキの古い缶などとともに始末された。イザベルは窓ガラスを拭き、立てつけのわるくなっている窓を苦労して開けて、さわやかな風を入れた。

一方アーチーは古い道具類をよく拭き、油を塗り、鑿、金槌、鋸、鉋などを棚にキチンと納めた。それからすわって、必要な品々のリストをつくり、イザベルがそれを持ってレルカークに出かけた。

そのうえで初めてアーチーはベンチにすわって、父親のやり残した仕事に手をつけることができたのだった。

さて今アーチーは工作室のベンチにすわっていた。午後の日が窓の上半分からさしこんでいた。アーチーはここ一、二か月ばかり、折にふれて彼が取りかかってきた彫像に鉋を掛けおえたところだった。それは十インチばかりの高さのもので、岩の上にすわっている少女の膝に小さなジャック・ラッセル・テリアが寄りそっているところを模していた。少女はキルトのスカートにセーターを着ており、長い髪を風になぶらせていた。ケイティー・スタイントンと飼い犬の坐像だった。ヴィリーナが彼に、前年荒野《ムア》でとったケイティーの写真を渡し、それをもとにアーチーは下絵を描いた。下塗り剤が乾いたら、カラー写真のおさえた色調を再現して仕上げ、それを彼はケイティーの二十一歳の誕生日のプレゼントとして贈るつもりだった。

　下塗りが終わるとアーチーは絵筆を下に置き、椅子に背をもたせかけて四肢の凝りをほぐしながら、老眼用のレンズが半月形に入っている眼鏡ごしに、完成した作品をとくと眺めた。坐像、それも女性のそれは複雑すぎてこれまで手がけたことがなかったのだが、案外うまくできたと何ともいえぬ満足感を彼は覚えていた。犬とうら若い女性を取り合わせた構図もチャーミングだった。明日はいよいよ彩色にかかろう。仕上げのタッチを加えている自分を思い描いて、創造の喜びが早くも胸にあふれるようだった。

　階上でかすかに電話が鳴りだした。やっと聞こえるくらいの、小さな音だった。数か月前から彼は一人で留守番をしているときに聞きやすいように地下の一郭にも電話を取りつけたほうがいいかもしれないとイザベルと話し合っていた。さっきから鳴りつづけていたのだろうか？　階段をやっとこさ上がって受話器を取ってみたら、先方がいつまでも応答がないので業を煮やして電話を切っているということになりはしないか？　いっそ無視しようかとも思ったのだが、執拗に鳴りつづける音はやはり気になった。重大な用向きでないともかぎらない。アーチーは椅子を押しやって廊下をゆっくり歩き、階段を上がった。いちばん近い電話口はキッチンのそれだったが、彼が受話器を取り上げるまで鳴りやまなかった。

「クロイ館ですが」

「父さん！」

「ルシラか！」喜びに胸をおどらせて答えながら、アーチーは片手で椅子を引き寄せてすわった。

「どこにいたの？　ずっと鳴りどおしだったと思うけど」

「工作室にいたんだよ」足に重みがかからないように無意識にすわり直しながら、アーチーは答えた。

「邪魔をしちゃったみたいね。母さんはいないの？」

「ヘイミシュとブラックベリー摘みに出かけたよ。ルシラ、どこからかけているんだね？」

「ロンドンよ。どこに泊まってるか、父さんには当たりっこないと思うわ。ぜったいに」

「だったら、早いとこ教えてくれるほうがいいんじゃないかね」

「リッツよ」

「いったい、リッツなんかで何をしているんだね？」

「泊まってるのよ。明日、ここを出て、夕方にはみんなでそっちに着くわ」

アーチーは無意識に眼鏡をはずした。うれしさに、顔がひとりでにくずれるのが自分でわかった。「みんなって——？」

「ジェフ・ハウランドとあたしよ。それに……いいこと？　パンドラもいっしょ」

「パ、パ、パンドラ？」

「びっくりするだろうと思ったけど」

「しかしパンドラが何だってきみたちと？」

「帰ってくるのよ、クロイ館に。ヴィリーナ・スタイントンのダンス・パーティーのためだって言ってるけど、ほんとはクロイ館がまた見たいから、家族や友だちのみんなに会いたいからにきまってるわ」

「パンドラも、そこにいるのかい？」

「いいえ、昼寝をしているわ。わたし、自分の部屋から電話しているの。ジェフのほか、誰もいないわ。父さんと母さんに話したいことが、ほんとに山ほどあるんだけど、こみいってるから今はやめとくわね……」

それだけで電話を切りかねなかったが、アーチーはなお食いさがった。「ロンドンにはいつ着いた？」

「けさよ。ランチのちょっと前に。パンドラの車でスペインとフランスをドライブしてね。すごく楽しい旅だったわ。けさの早い時間のフェリーに乗ったのよ。あたしはスコットランドに直行しようと思ったんだけど、パンドラが一息入れたいって言って、あたしたちをリッツに連れてきたの。お勘定のことは心配要らないわ。パンドラのおごりなんだから。彼女、旅行中のすべての費用をもってくれてね——パルマを出てからずっと。ガソリン代も、ホテル代も、何もかもよ」

「それで……」アーチーの声はたかぶる感情にしゃがれていた。こっけいだぞ、男らしくないじゃないか、そんなに興奮するなんて……と強いて自分をおさえつつ、アーチーはきいた。「彼女、元気なのか？」

「ええ、大元気よ。すごくきれいで、いっしょにいるとそりゃあ、楽しいわ。ねえ、父さん、あたしがパンドラを連れて帰るの、うれしいでしょ？　母さん、用事がふえてたいへんすぎるかしら？　パンドラって、家庭的なところがあまりなさそうだし、家事の手伝いなんか、たぶんぜんぜんしてくれないと思うけど、でもあたしは父さんと母さんに会えるのがただもううれしくて、興奮もいいとこ。ねえ、みんなで行ってもいいわね？　だいじょうぶよね？」

「もちろんだとも。パンドラの帰郷なんて、まるで奇跡みたいじゃないか」

「ジェフも連れていくってこと、忘れないでよ」

「会うのを楽しみにしているよ」

「じゃあ、明日」

「何時ごろ、着く？」

「五時ごろかしらね。少し遅れても心配しないでね」

「わかってる」

「早く父さんたちに会いたくて」

「こっちも待ち遠しいよ。運転はせいぜい慎重に頼むよ」

「もちろんよ」ルシラは何百マイルものかなたから、高らかにキスの音を立てて電話を切った。

アーチーはキッチンの椅子にすわったまま、ピーピーと甲高い音を立てている受話器をなかなか下に置かなかった。ルシラが帰ってくる――パンドラを連れて。

ようやく受話器を置くと、雑音はピタリとやんだ。キッチンの時計がゆっくりと時をきざんでいた。ちょっとのあいだ、彼はなおそのままじっとすわっていたが、つと立ち上がってキッチンを出ると廊下づたいに書斎に行った。机に向かってすわると、彼は引き出しから鍵を出し、その鍵をつかってべつの小さめの引き出しを開けた。この引き出しから、彼は一通の封筒を取り出した。黄ばんだ封筒にはパンドラの大きな、子どもらしい手跡で彼の名が記されていた。当時、ベルリンに駐屯していた高地連隊の兵営あてに送られてきたものだった。消印は一九六七年。中に納められている手紙を、彼は取り出さなかった。文面はそらでいえるくらい、よく知っていて、何年も前にビリビリにやぶいてしまうか、火中に投じなかったのが不思議なくらいだった。本当のところ、どうしても捨てる気になれなかったのであった。

パンドラが帰ってくる。クロイ館に帰ってくる。

遠くから車が近づいてくる音がした。音はしだいに大きくなって、街道から丘を上って、しだいにこっちに近づいていた。エンジンの音は間違いようもなかった。イザベルとヘイミシュがブラックベリー摘みからミニバスで帰ってくるのだ。アーチーは封筒を引き出しにもどし、鍵をかけるともう一度その鍵をしまい、二人を迎えに立った。

イザベルはミニバスを屋敷の裏手に入れて止めた。アーチーが階段を上がってキッチンにもどったときには、イザベルとヘイミシュはドアを開けて、めいめいバスケット二杯ずつのブラックベリーの重さによろめきながら、意気揚々と入ってきた。ブラックベリーの茂みの中で昼下がりを過ごしたために、二人とも何とも薄よごれたていたらくで、顔に泥のしみまでつけていた。煙突掃除を終えた二人連れというところだと、アーチーは愛情をこめて妻と息子を見やった。

近ごろ、ヘイミシュを見るたびにアーチーはちょっとショックを感ずるくらいだった。夏休みのあいだに、まるで若木のようにすくすくと伸び、背丈も身幅も日を追って大きくなっているようで、その成長ぶりはまぶしいくらいだった。十二歳の現在、彼の背丈は母親のそれを追いこし、肘の抜けたセーターは筋骨たくましい肩のあたりが窮屈そうに見えた。シャツの裾をジーンズの上に垂らし、紫色の汁に口と手をよごし、小麦色の髪はカットを必要としてるようにボサボサしていた。息子の姿を眺めながら、アーチーは誇らしさに胸がうずくのを覚えた。

「ただいま、父さん！」バスケットをキッチンのテーブルの上にドシンと音を立てて置いて、ヘイミシュは「腹へっちゃったよ、おれ」とつぶやいた。

「毎度のことじゃないか」とアーチーは答えた。

イザベルもバスケットを下ろした。「ヘイミシュ、あなたったら午後じゅう、ブラックベリーを食べずめだったじゃありませんか」イザベルは不格好なコーデュロイのズボンをはいて、アーチーが捨てようとしたシャツを着ていた。「おなかがへってるわけもないと思うけどねえ」

「ほんとに腹ペコなんだよ。ブラックベリーなんて、すき腹の足しになりゃしないよ」

ヘイミシュはケーキの缶が積まれているドレッサーに近づき、大きな音を立てて蓋を取ると、ナイフを探しにかかった。

アーチーは妻と息子の大収穫に、しかるべく感銘を受けたような顔をして、その労をねぎらった。

「ずいぶんたくさん摘んだんだね」

「ほとんど三十ポンドくらいかしら。こんなことって、珍しいのよ。グラッドストンさんがカブを植えている向こう岸に出かけてみたの。あそこの畑のまわりの生け垣にはブラックベリーが唸るほど、なっていてね」イザベルは椅子を引き寄せてすわった。

「お茶が飲みたいわ」

「ニュースがあるんだよ」とアーチーが言った。

何かわるい知らせでもと、イザベルはハッとした様子で顔を上げた。

「いいニュース?」

「とびきりのね」とアーチーは答えた。

「まあ、いつ電話してきたの、ルシラは? それで何て? なぜ、もっと前に知らせてよこさなかったのかしら?」興奮にわれを忘れて、イザベルは一つ一つの問いに答える暇も夫に与えずに、やつぎばやにきいた。

「どうしてパルマからかけなかったんでしょう? フランスから電話してきてもよかったのに。こうさし迫ってから電話してくるなんてねえ。そりゃ、早く知らせてもらわなけりゃ困るってものでもないけど。肝心なのは、みんなしてここに帰ってくるってことですものね。それにしてもまあ、リッツに泊まるなんて。ルシラはホテルに泊まるってことからして初めてじゃないかしら。パンドラって、ほんとに途方もないことをする人ねえ。それほどゴージャスでないところに泊まることだってできたでしょうに……」

「パンドラはたぶん、リッツ以外のホテルを知らなかったんだろうよ」

「それで、ダンス・パーティーの週はずっとこっちにいるって言うのね？　おまけにジェフって青年もいっしょに。ルシラが説きふせたんで、パンドラも帰ってくる気になったんでしょうかねえ。びっくりするわ、何年も消息さえわからなかったのに突然帰ってくるなんて。それもルシラが説得したなんて。寝室の用意をすっかりすませておかなくてはね。ケイティーのアメリカ人のお友だちって人のお宿も引き受けてるし、わが家も満杯ってことね。食べ物の用意もしておかなけりゃ。冷凍庫の中には、雉子がまだ残っていたかしら……」

　このときには三人はテーブルを囲んでお茶を飲んでいた。腹ペコのヘイミシュが矢もたてもたまらず、母親のさきを越してやかんを火にかけておいたのだった。両親が話し合っているあいだに、ヘイミシュはテーブルにマグカップを並べ、ケーキやビスケットの入っている缶を持ち出し、パン切り台の上にパンを置いていた。さらにバターとブランストン・ピクルズも見つけていた。このところ、ヘイミシュはブランストン・ピクルズに目がなくて、大切れのパンのあいだにピクルズをはさんでサンドイッチをつくっているところだった。黒っぽいピクルズがパンのあいだからのぞき、色づいた汁がしみでていた。

「……ルシラはパンドラのことを何か言ってました？　パンドラの様子とか……」

「あんまり。彼女なりに、人生を大いに楽しんでいるらしく聞こえたが」

「わたしもうちにいれば、ルシラと話ができたのにねえ」

「話なら、明日、たっぷりできるさ」

「誰かにもう話しました？　パンドラもいっしょに帰ってくるはずだってこと」

「いや、きみに話すのが初めてだよ」

「ヴィリーナに電話して、パーティーのお客がもう三人ふえるって言っとかなくちゃ。ヴァージニアにも、ヴァイにも」

アーチーはポットに手を伸ばして、お茶をもう一杯注いだ。

「ちょっと考えたんだがね。日曜日のランチにでも、エアド一家を招いたらどうだろうか？　パンドラがどのくらい逗留するつもりか、結局のところ、さっぱりわからないわけだし、そのつぎの週はいちどきにいろいろなことがあって、てんやわんやだろうと思うんだよ」

「いい思いつきね。日曜日が適当かもしれない」

「わたし、すぐヴァージニアに電話してみるわ。肉屋に電話してサーロインを注文しって」

ヘイミシュが「サーロインか、しめしめ」と言って、ジンジャーブレッドをもう一切れ取ろうと手を伸ばした。

「お天気がよかったら、クロケーをしてもいいわね。夏のあいだ、いっぺんもしなかったんですもの。芝生を刈ってくださいね、アーチー」イザベルはマグカップを下に置き、さあ、仕事といわんばかりにてきぱきと言った。「わたし、これからブラックベリーのジェリーをつくらないと。お客の寝室も用意しなきゃならないし、いろいろたいへん。でもまず、ヴァージニアに電話するのを忘れないようにしなければね」

「電話はぼくがするよ。だいじょうぶ、忘れないから」

しかしイザベルはブラックベリーを入れた大きな鍋をアーガ・クッカーの上にのせて煮立てながら、このワクワクするようなニュースを誰かに話さずにはいられないという気持になっていた。それで手がちょっとあいたのをいいしおと、ヴァイオレットに電話した。最初にかけたときは応答がなく、三十分後にもう一度かけてみた。

「もしもし」

「ヴァイ？　イザベルですけど」

「まあ、イザベル」

「今、何かしていらっしゃる最中？」

「いいえ、ドリンクのグラスを持って腰を下ろしたところ」

「でもヴァイ、まだやっと五時半よ。昼間からお酒をあがる癖がついたっていうんじゃないでしょうね？」

「今日だけよ。わたし、ロティー・カーステアズを連れてレルカークをいちんち、あちこちしたあげく、彼女にお茶をご馳走したの。おかげですっかり疲れてしまって。でもまあ、何とか無事に終えて、一週間分のよき行いをすませたって心境なのよ。それで時間はちょっと早いけど、ウィスキー・ソーダを大きなグラスで一杯、自分におごっても許されるだろう、そのくらいのことはやったんだからって気になったわけ」

「ご苦労さまでしたねえ。一杯といわず、二杯、おごるだけのことはあるんじゃありません？　それはそうと、じつはね、ヴァイ、うれしいことがあるんですの。ルシラがロンドンから電話してきて、明日、こっちに帰ってくるって言うじゃありませんか。おまけにまあ、パンドラがいっしょなんですって」

「今、あなた、誰がいっしょって言ったのかしら？」

「パンドラですわ。アーチーはもう有頂天。考えてもごらんなさい。彼、この二十年間、パンドラをクロイ館に呼びもどそうと、さんざん骨を折ってきたんですものね。いくら勧めても何の甲斐もなかったのに、突然、帰ってくるっていうんですもの」

「とても信じられないわ」

「ええ、ほんと。それでね、日曜日にランチにいらしていただきたいと思って。そうすれば、いちどきに会っていただけるし。ええ、エアド家のほかのみなさんもご招待してるんですの。誘い合わせて、ぜひいらしてくださいな」

「喜んでうかがうわ。でも……イザベル、なぜ、彼女、今になって急に帰ってくる気を起こしたのかしら？　つまりよ、パンドラはなぜ今ごろになって……？」

「ええ、ルシラがスタイントン家のパーティーがどうとかって言ってたけど、そんなの、どう考えても見えすいた口実でしょうからね」

「とにかく驚いたわ。それにしても今のパンドラって、どんなかしらね」

「見当もつかないわ。たぶん、誰もが圧倒されるくらいスマートでしょうね。でも考えてみれば、彼女ももう三十九ですからね。皺の二本や三本はあるに違いありませんわ。ま、いずれにしろ、じき自分の目で確かめられるわけだし。ごめんなさい、わたし、もう電話を切らないと。ブラックベリー・ジェリーをこしらえてる最中なんですの。見に行かないと煮えこぼれてしまうでしょう。じゃあ、日曜日にね」

「お世話さま。ルシラとも久しぶりね。わくわくするわ」

しかしイザベルは今はもうジェリーのことで頭がいっぱいらしく、「じゃあね、ヴァイ」と言ってそそくさと電話を切った。

パンドラが帰ってくる。

ヴァイは受話器を置いて眼鏡をはずし、チクチク痛む目をこすった。ただでさえ消耗しているところに、イザベルの電話（イザベルは興奮して、とてもうれしそうだったが）を受けて、さまざまな問題がいちどきに降りかかってきたような気分になっていた。とても応じられぬ理不尽な要求が突きつけられようとしているかのように、彼女自身が重大な決断を下さなければならないかのように。


ヴァイオレットは椅子の背にもたれて目をつぶり、エディーがここにいてくれたらとしみじみ思った。エディーは年老いてもなお、彼女にとって誰よりも心合う友だちだった。エディーがいれば、心配ごとを残らず打ち明けて、腹蔵なく話し合うことで心がなぐさめられるだろうに。でもエディーはあの小さな家に、ロティーという厄介な同居人をしょいこんでいる。電話をすることさえ、今ではとてもできない相談になってしまった。ロティーが逐一、聞き耳を立て、洩れ聞いたことをつなぎあわせて、彼女一流の危険な結論を引き出しかねないからだった。

パンドラ。今では三十九歳になっているパンドラ。でも十八歳のときから会っていないわたしには、パンドラはいまだに魅力的なティーンエイジャーだ。すでに世を去った誰彼と同じように、昔ながらの面影しか思い浮かばないが。死者は年を取らない。記憶の中の死者は生前のままだ。アーチーとエドマンドは今では中年の男だが、わたしにとってパンドラはうら若いおとめのままだ。

考えてみるとこっけいだ。誰だって同じ速度で年を取って行くはずなのに。空港の動く歩道に乗っている人のように、みんな同じ速度で年を取るはずなのに。パンドラは三十九歳。風聞を信ずるなら、平穏無事とはいいがたい、波乱の人生を送ってきたようだ。その顔には苦い経験がそれなりの軌跡を残しているだろうし、皺がきざまれ、皮膚はカサカサしているかもしれない。あのハッとするようにうつくしい髪も今では光沢を失っているかも。

でも想像することからしてほとんど不可能なのだから——とヴァイオレットは嘆息し、閉じていた目を開けてドリンクに手を伸ばした。勝手な想像をめぐらしたって始まらない。くよくよ考えるのはもうやめよう。突然起こった、この状況にどんな意味があるにしろ、わたしには関係がない。わたしが決断を下す必要などないのだから、黙って傍観していればいいのだ。わたしとしてはこれまでしてきたとおりのことをするだけだ。すなわちじっと観察し、無関心を装い、思っていることを口にしないこと。

午後七時にエディンバラからバルネード荘に帰ってきたエドマンド・エアドが玄関に入ったとき、電話が鳴りだした。彼はホールでちょっと足を止めたが、誰も電話に出る様子がないので、ブリーフケースをテーブルの上に置いて書斎に行き、机に向かってすわると受話器を取った。

「エドマンド・エアドです」

「エドマンド、アーチーだ」

「やあ、アーチー」

「イザベルに言われてかけているんだが、きみとヴァージニアとヘンリーと三人で日曜日のランチにクロイ館にきてもらいたいと思ってね。ヴァイも呼んである。どうかな？　都合はつくかい？」

「それはどうも。だいじょうぶだと思うが……ちょっと待ってくれたまえ」とポケットから手帳を取り出し、吸い取り紙の上に置いてページを繰った。

「ぼくは行けると思うが、つい今しがた、もどったばかりでね、まだヴァージニアと一言も話していないんだよ。探してこようか」

「いや、いい。こられないようだったら電話をくれたまえ。電話がなければ一時十五分前ころに待っているから」

「楽しみにしているよ」エドマンドはちょっとためらいがちにきいた。「何か特別なことでもあるのかな。だとするとぼくらも聞いておいたほうがいいと思うんだが。それともとくにどうということもなくて、ただいっしょに食事をというだけのことなのか」

「いや」とアーチーは答えたが、すぐ、「まあ、特別の場合といえないこともないかな」とつけ加えた。「ルシラが明日、もどってくるんだ」

「そりゃあ、うれしいね」

「オーストラリア人の青年を連れてくるらしい」

「例の牧羊業者とかいう？」

「ああ。そればかりじゃないんだ。ルシラはパンドラも連れてくるようでね」

エドマンドは手帳をゆっくり閉じた。ネービーブルーの革張りの手帳で、彼のイニシャルが金文字できざまれていた。ヴァージニアからのプレゼントで、去年のクリスマスに彼の靴下の中に入っていたものだった。

「パンドラも？」

「ああ。ルシラが牧羊業者の青年とマヨルカのパンドラの家を訪ねてしばらく滞在し、みんなしてスペインとフランスをドライブして、けさ、ロンドンに着いたんだそうだ」エドマンドの反応を待っているかのように、ちょっと言葉を切ったが、エドマンドが何も言わないので、ややあってまた続けた。「ヴィリーナ・スタイントンの招待状をパンドラに転送しておいたんだがね、パンドラはそれを見て、この機会に帰ってパーティーに出てみようかと思ったらしい」

「結構な理由じゃないか」

「ああ」ちょっと間を置いてアーチーは低い声できいた。「じゃあ、いいね、日曜日に」

「ああ、お邪魔するよ」

「電話がなかったら、みんなできてもらえると思っているからね」

「楽しみにしているよ。電話、ありがとう」

アーチーは電話を切った。書斎はもちろん、家じゅうがしんと鳴りをしずめているようだった。ヴァージニアはヘンリーを連れて、どこかに出かけているのかもしれない。つまり、今この家にいるのは自分一人なのだ――とエドマンドは思いつつ、深まる孤独感を意識し、つかの間、それに圧倒されていた。気がつくと、彼はしきりに耳をこらしていた。誰かの呼びかける声とか、食器のガチャンと鳴る音、犬の吠え声といった、ごく日常的な音が聞こえてこないかと耳を澄ましていた。しかし聞こえてくる音はなく、家のうちには静寂がみなぎっていた。けれども開けひろげた窓のそと、庭の向こうの野の上を低く飛びながらダイシャクシギが、あぶくがふつふつとわくような、わびしげな声を立てているのが聞こえた。太陽の前を一片の雲がよぎり、ひんやりとした大気がふと揺れた。エドマンドは手帳をポケットにしまい、片手で髪を撫でつけると、ネクタイにちょっと手をやった。むしょうに何か飲みたかった。エドマンドは椅子から立ち上がり、部屋を出て妻と息子を探しに行った。

第24章

十日 土曜日

「こんな豪勢な帰郷って初めてだわ」とルシラがつぶやいた。

「じゃあ、いつもはどんな帰郷なのさ？」と運転しながらジェフがきいた。ロンドンから北に向かう旅のあいだ、彼は一人で運転を引き受けてきた。

「寄宿学校から汽車で帰ったり、エディンバラからちっちゃなポンコツ車で帰ったり。いっぺん、ロンドンから飛行機ってことがあったけど、それは父さんがまだ軍隊にいたころで、あたしの運賃も陸軍省が支払ってくれたのよ」

土曜日の午後の三時半だった。あと二十マイルでクロイ館に着く。結構速くきたとルシラは満足していた。モーターウェイをあとにし、レルカークはバイパスでやり過ごし、曲がりくねっている道にも折々見覚えのようなものを感じるようになって、ストラスクロイも、クロイ館もしだいに近くなっていた。川のせせらぎが旅の道連れとなってくれ、前方に丘陵のつらなりが見え出した。空気は澄み、空は茫洋と広がり、開いている車窓から入ってくるさわやかなそよ風はいかにも快く、若いワインのように頭をクラクラさせた。

ルシラには、自分たちの幸運が信じられないくらいだった。ロンドンの雨が、中部地方ではどしゃ降りになった。しかし車がイングランドとスコットランドの境を越えるころ、雲が分かれてきれぎれに東方へと動きだし、スコットランドは彼らを、抜けるように青い空と、黄金色に変わろうとしている木々という、あざやかな対照で迎えた。故郷が大手をひろげて歓迎してくれるようで、ルシラはこの奇跡的な変貌自体が自分の監督する舞台上の出来事であるかのようにうれしくてならなかったが、「何てラッキーなの！」と叫んだり、「あそこを見て！」とジェフの注意をことさらにひいたりということはあえてしなかった。ここ数か月のジェフとのつきあいのあいだに、彼女が感きわまってわれを忘れるとき、彼がいっこうに乗ってこず、むしろ間がわるそうにモジモジすることに気づいていたからだった。

彼らはその朝、十時にホテルをチェックアウトし、威厳のあるポーターたちがパンドラのスーツケースその他（見事なくらい、互いにマッチしていた）を、自分たちのみすぼらしいナップザックといっしょに暗紅色の彼女のメルセデスのトランクに積みこむのを見守った。パンドラがポーターにチップを渡すのを忘れたので、ルシラがかわって支払った。返してもらえないだろうとは思ったが、すばらしいディナーとたっぷりした朝食まで添えてリッツでゴージャスな一夜の夢を結ばせてもらったあととて、自分なりにそのくらいの出費は当然と感じていた。

初めのうち、パンドラはミンクのコートに身を包んでメルセデスの前の座席にすわっていた。八月のマヨルカの酷暑のあととて、ミンクのコートの暖かい感触が必要だったのだろう。そんな彼女にとって、寒気と雨は予想外だったらしい。ジェフがロンドン市内から苦労のすえにやっと抜け出して、渋滞にてこずりつつ、車をモーターウェイに乗せたときも、パンドラはいつ果てるともない、取りとめのないおしゃべりを続けていた。車は時速八十マイルで追い越し車線を走りつづけた。かなり走ったころから、パンドラはときどき黙りこむようになって、灰色一色の、冴えない田舎の風景に窓ごしに目を放った。ワイパーはたえまなく動き、通りすぎる長距離トラックの巨大な車輪から泥のしぶきをふんだんに浴びせられ、さすがのルシラも、いつまでこんなことが続くのか、いい加減うんざりだと認めざるをえなくなった。

「ほんと、醜悪ねえ」とパンドラはミンクのコートの中に深ぶかと身をうずめながらつぶやいた。

「わかってるわ。ここを抜けると、ちょっとはましになると思うけど」

ランチはモーターウェイのサービス・ステーションですませた。パンドラはモーターウェイを出て、藁ぶき屋根のパブでも探さないかと提案した。あかあかと燃える炉の火に暖まりながらウィスキーか、ジンジャーエールでももらってと言ったのだが、ルシラは頑として聞かなかった。そんなふうに寄り道を始めたら、いつまでたってもクロイ館に着けるわけがない。

「そんな時間、もうないのよ。ここはスペインじゃないんですもの、パンドラ。フランスでもないわ。軽薄なことに使ってる暇、もうないんだから」

「ひどいじゃないの、軽薄なことだなんて」

「でもまさにそうじゃなくて？　それにここでパブに寄ったりしたら、あなたはバーテンダーと話しこみはじめるでしょうし、あたしたち、いつまでも腰を上げられなくなっちゃうでしょうよ」

というわけで、サービス・ステーションでランチをとることになったのだが、ルシラが予測したとおり、それは何とも味気ない昼食だった。サンドイッチとコーヒーをもらうのに盆を持って行列したあげく、合成樹脂のテーブルに向かってオレンジ色の椅子を引き寄せて食べることになった。まわりには機嫌のわるい子どもたちや、いかがわしい文句を書いたTシャツを着た若者や、喧嘩ばやそうなトラックの運ちゃんたちが群れていて、いずれもギョッとするくらい大盛りのフィッシュ・アンド・チップスに毒々しい色のトライフルまで添えて、紅茶で流しこんでいた。

昼食のあと、ルシラとパンドラは座席を交代した。パンドラは後部座席にゆったりした姿勢ですわったと思う間もなくぐっすり寝入ってしまった。おかげでイングランドとスコットランドの境界線を越えた劇的瞬間も、どんよりとした曇り空が晴れわたった感激的な一瞬も知らず、長い不在のあとの帰郷の奇跡を目のあたりにしている人の、ふつふつと湧く喜びもついに味わうことがなかった。

車は小さな田舎町を通過していた。「これは何て町?」とジェフがきいた。

「カークソーントンよ」

舗道は土曜日の午後の買い物客でゴッタがえしていた。公園にはダリヤが咲き乱れ、老人たちがベンチにすわって日なたぼっこをし、子どもたちはアイスクリームをなめながら歩いていた。波音の荒い川の上に橋がかかっていた。釣りをしている男が一人。道は丘を上ってえんえんと続いていた。パンドラはミンクのコートを着たまま、子どものように身をちぢめて眠っていた。ジェフのジャケットをくるくると丸めた枕の上に頭をのせて。つややかな髪が一房、顔の上に垂れかかり、高い頬骨の上に長い睫毛が影を落としていた。

「そろそろパンドラを起こしたほうがいいと思う、ジェフ?」

「きみがそう思うならね」

パルマからの長い旅のあいだ、スペインとフランスをドライブしているときも、これがパンドラの旅のパターンだった。呆れるほどのエネルギーのほとばしり、めまぐるしい行動、たえまのないおしゃべり、さんざん笑い、唐突な提案をし……。

「あのカテドラルはぜひ見ておかなくちゃ。約十キロ、寄り道をするだけよ」

「まあ、気持のよさそうな川！　ちょっと寄ってザブンとつかってきましょうよ。裸で泳いだって、誰も見てやしないわ」

「いま通りすぎたカフェ、すごくかわいらしいじゃないの！　あともどりして一杯飲んで行かない？」

けれども一杯が二杯となり、長い、のんびりしたランチのひとときに発展し、その間、パンドラはまわりの人間と誰彼かまわず話しこみはじめ、ワインをもう一瓶あけ、コニャック入りのコーヒー、そして……ついにダウンして眠りこむ。パンドラはどんなところでもうたた寝ができるようだった。そのようにいつでも、どこででも眠りこんでしまうという彼女の特技に、ときとしてジェフとルシラは間のわるい思いをした。が、少なくともそのあいだだけはパンドラが静かになるということで、ルシラも、ジェフもそうした小休止を歓迎するようになった。そのような中休みがなかったら、はたして自分たちにしてもこの旅自体に耐えられたかどうか――とルシラは思うのだった。パンドラといっしょに旅行するのは、興奮性の子どもか、犬と旅をするようなものだった。愉快だし、それなりに楽しくもある。しかし同時に、エネルギーをはなはだしく消耗させせられた。


メルセデスは坂を上っていた。丘のてっぺんにさしかかったとき、視界がカラリと開けて眼前にすばらしい眺望が展開した。ブナの林、野、あちこちに散在する農地、草を食む羊の群れ、川ははるかに眼下にあり、遠くの丘には花が咲き乱れ、プラムがなっているのか、紫の一色が際立って見えた。

「いま起こさなかったら、パンドラは家に着くまでずっと眠りこんでいるかもよ。あとほんの十分かそこらで到着するんですもの」

「だったら起こしたらいい」

ルシラは腕を伸ばして手をパンドラのミンクのコートの肩に置き、そっと揺さぶった。

「パンドラ」もう一揺すり。「起きて、パンドラ、もう着くわ。じきうちに着くのよ」

「何なの？」瞼が震え、パンドラは目をあけた。焦点の合わぬ瞳がポカンとみつめた。何が何だかわからないというような、混乱した表情だった。それからもう一度、目を閉じ、あくびをし、ちょっと身動きをして伸びをした。「ああ、よく眠ったわ。ここはどのあたり？」

「ケープル・ブリッジに向かってるわ。じきうちよ」

「うちですって？　じゃあ、もうじきクロイ館に着くの？」

「起き直ってまわりを見て。どう？　後ろでグーグーいびきをかいているあいだに、いちばんいい景色は見そこなっちゃったけどね」

「いびきをかいてたなんて、うそばっかり。わたし、いびきなんて、ただの一度もかいたことないのよ」

ちょっとブツブツ言ったが、何とか努力してすわりなおし、パンドラは顔の前に垂れかかる髪を後ろに押しやった。それから冷えきった体を暖めようとしてか、コートの前を掻き合わせた。もう一度あくびをして、パンドラは窓のそとに目をやって、まばたきをした。その目に光が宿り、「でも……ああ、もう着くところじゃないの！」

「ええ、わたし、そう言ったはずよ」

「いやあね、もっと前に起こしてくれればよかったのに。ああ、雨もすっかりあがってるのね。日がいっぱいにさして、それにどう、この緑！　こんなにすごい緑色の世界だったなんて、わたし、ほとんど忘れかけていたわ。何てすばらしい歓迎でしょう！　『きびしくも荒れはてたるカレドニア！　詩神《ミューズ》の子にふさわしき乳母……』あの詩を書いたのは、どこのもうろくじいさんなの？　スコットランドはきびしくもないし、荒れはててもいないわ。すばらしくうつくしいところよ、ここは！　こんなにうつくしいところだったなんてねえ！　ああ、どうしたらいいの？」パンドラはハンドバッグを探り、櫛を取り出して髪をとかした。気ぜわしく手鏡をのぞき、口紅を引き、プワゾンをたっぷり吹きかけた。

「アーチーに会うときはいいにおいをさせていないと」

「父さんの脚のこと、忘れないでね。父さんが駆け寄ってあなたを抱き上げるなんてこと、もうないんですからね。抱き上げたりしたら、父さん、そのまま仰向けにひっくり返っちゃうでしょうよ」

「そんなこと、思ってもいないわ、もちろん」と言って、パンドラはダイヤモンドの時計を見やった。

「ずいぶん早くきたのねえ。五時に着くって言ったのに、まだ四時にもなっていないじゃありませんか」

「超スピードで飛ばしたから」

「ジェフ、あなたって、すごいわ！」パンドラはジェフの肩をピシャリと軽くたたいた。犬でも愛撫するように。「ほんとにすばらしいドライバーね」

メルセデスは今や、丘を下っていた。その斜面の下の、弓なりに湾曲している橋を車は渡って左に折れた。そこから谷が始まっていた。パンドラはすわったまま身を乗り出した。「でも驚いちゃうわね。何一つ変わっていないんですもの。あそこの小さな家にはミラーって家族が住んでいたのよ。おじいさんは羊飼いでね。あの家族、もうみんな、亡くなっているでしょうね。蜂も飼っていて、ヒースの蜂蜜を売っていたものだわ。ああ、わたし、あまり興奮してトイレに行きたくなっちゃった。車を止めてもらおうかしら。いいえ、いいわ、もちろん、止まらないでもいいわ。ちょっとそんな気がしただけみたい」こう言って、もう一度、ジェフの肩をしたたかにたたいた。「あなた、まただんまり芝居を始めたの？　このすばらしい景色について、何とか言えないの？」

「ええ」とジェフはにこっとした。「すごいですねえ、まったく」

「すごいなんてものじゃないわ。このあたり、もう、うちの土地なのよ。クロイ館のバルメリノー家のものなのよ。ああ、わたし、どうかしてしまいそう。太鼓の響きを聞いているみたいな気持。ああ、うちに帰るのね、わたしたち。帽子に羽根をくっつけたいところだわ。バッグパイプのそこはかとないバックミュージックつきの帰郷――そこまでは考えてくれなかったの、ルシラ？　あらかじめ手はずを整えといてくれるとよかったのに。二十年目の帰郷なのよ。わたしのためにそのくらいの心づかい、してくれてもよかったんじゃなくて？」

ルシラは笑って受け流した。「それは失礼」

またしても川が道のかたわらを流れていた。岸辺はあざやかな緑の藺草に縁取られ、向こう岸の野にはホルスタイン・フリージアン種の乳牛がのんびり草を食んでいた。収穫の終わった畑は陽光を浴びて黄金色の絨緞を敷きつめたようだった。メルセデスが道の屈曲部を回ると、ストラスクロイの村が見えてきた。ルシラは灰色の石づくりの家々を見た。煙突から煙が立ち上っている。教会の塔、豊かな木陰をつくっているブナやカシワの古木。ジェフは車の速度をぐっとゆるめた。戦勝記念碑、小さな監督派教会、そして長い、真っ直ぐなメイン・ストリート。

「あたらしいスーパーがあるじゃないの」パンドラは非難がましくつぶやいた。

「ええ、イシャクさんってご夫婦がやってるのよ。パキスタン人でね。ああ、ジェフ、そこで右に曲がってちょうだい。それから門を入って……」

「でも木立や庭園はどこに行ってしまったの？　みんな耕地になってしまってるみたい」

「パンドラ、わかるでしょ、何が起こったか。父さん、手紙に書いたはずだと思うけど」

「たぶん知らせてくれたんでしょうね。わたしが忘れていたのね、きっと。だけど、やっぱりおかしな気持」

家の裏手の自動車道をメルセデスは上がって行った。前方に丘が立ち上がり、小さな石橋の下にペニーバーンの小川がしぶきを上げていた。そして並木道。

「さあ、着いたわ」とルシラはつぶやいて、ジェフの前に身を乗り出し、手首を曲げてハンドルの警笛を鳴らした。

クロイ館ではルシラの家族が、三人の到着を待つ午後のひとときを何とか有益に過ごそうとしていた。イザベルは客用の寝室をもういっぺん点検しに二階に上がって行き、清潔なタオルがそろえてあることを確認し、ついでに化粧台と炉棚の上に活けた花の具合をちょっと直した。ヘイミシュは犬たちを散歩に連れて行くと言って、昼食後から姿を消していた。アーチーはというと、食堂でディナーのためのテーブルの用意に専心していた。

アーチーの場合、テーブルの準備はイザベルに言われて、ようやくその気になったというのが正直なところだった。アーチーはもともと、何かを、誰かを待つのが得意でなかった。その昼下がり、彼は時とともにますます落ち着かず、いらいらと歩き回ったり、口には出さないものの、しきりに気がかりそうな様子を見せていた。最愛の娘と妹がはるばるロンドンから、安全しごくとはいえぬモーターウェイに車を走らせて帰ってくるのだ。彼の想像力は先走りして多重衝突の惨憺たる場面、めちゃめちゃにつぶれた車や正視しえぬほどむざんな死体といった光景を思い描いていた。アーチーが何度も時計を眺めては、車のエンジンの音がかすかにでも聞こえると窓のところに行き、ほんの一瞬もすわっていられぬ様子を見て取ってイザベルは、クロケー用の芝生を刈ったらどうかと言ってみたが、言下に拒否された。車が家の前に止まったときに、みずから出迎えたいからだった。そうこうするうちにアーチーはスコッツマン紙を手に書斎にひっこんだが、ニュースにも、クロスワード・パズルにも集中できず、結局はスコッツマン紙を放り出して、ふたたび家の中を徘徊しはじめた。

ただでさえ、手いっぱいのイザベルはそんな夫を見て、とうとう忍耐もこれまでという心境になった。

「アーチー、じっとすわっていられないんだったら、何か役に立つことをしてくださいな。ディナーのテーブルのセットをお願いしたいの。清潔なマットとナプキンはサイドボードの上に出してありますからね」こう言いのこして、イザベルは不機嫌な顔で二階に上がって行った。

アーチーにとって、テーブルをセットすることにはとくに抵抗はなかった。昔はその仕事は執事のハリスがやっていたし、男の沽券にかかわる仕事をやらされているという意識はまったくなかった。アメリカ人の旅行者がクロイ館に客として滞在するようになったとき、ディナーのテーブルをセットするのは不可避的にアーチーの役回りとなった。この仕事を軍隊式に完璧にやりとげてナイフやフォークを寸分の狂いなくきちんと並べ、ナプキンを型どおりにたたんで置くことから、彼はある種の快感を引き出してさえいた。

ワイングラスが少し埃っぽく見えたので、アーチーが布巾を見つけて磨きをかけようとしたやさき、丘を上ってくる車の音が聞こえた。アーチーの胸はさわいだ。時計を見ると、ようやく四時だった。いくら何でも早すぎる。彼はグラスとナプキンを置いた。まさか……

警笛の音がした。長く尾をひくけたたましい音が午後の静寂をやぶり、アーチーの不安は霧散していた。

ルシラのいつもの合図だった。

思うように急げないのが悔しかったが、それでもできるだけ急いで、彼は食堂を横切り、ドアを開けてホールに出た。

「イザベル！」

玄関のドアは開けっぱなしになっていた。ホールを横切ったとき、車が見えた。大型のメルセデスが車輪の下から砂利を蹴散らしながら轟音を上げて近づいていた。

「イザベル、着いたよ、連中！」

ドアのところにたどりついたアーチーが足を踏み出すまでもなかった。車が止まるか止まらぬうちに転がり出るように降り立ったパンドラが、戸口で立ち止まりかけたその兄の姿を認めて走り寄ったのだった。輝く長い髪をなびかせて、昔と同じすらりと伸びた細い脚をひらめかせて。

「アーチー！」

パンドラはほとんどくるぶしまで覆う長い毛皮のコートを着ていたが、一段おきに軽々と階段を駆け上がった。今のアーチーはほんの子どもだった妹をかかえ上げてクルッと振り回した青年の彼ではなかったかもしれない。しかし彼の両腕には昔に変わらぬ力がこもっていた。その腕は今、パンドラを抱きしめようと大きくひろげられていた。


イザベルってほんとに裏表のない、暖かい人。それにちっとも変わっていないわ。二十年ぶりにわが家に帰ったわたしにお客用の寝室のうちでもいちばんいい、この部屋を当てがってくれたのね。パンドラは部屋の中を見回した。この寝室は家の前面にあって、上下に開閉する、丈の高い南向きの窓がいくつかあり、丘の斜面と谷、そして川を見晴らしていた。調度はパンドラの記憶にある、母親が生きていたころのそれとほとんど変わっておらず、真鍮のツインベッドは床からかなり高く、幅もそれぞれが小さめのダブルベッドくらい、たっぷりしていた。バラの模様の、色あせたカーペットや、意匠をこらした、いくつもの小引き出しのある、鏡つきの化粧台も昔のままだった。

　けれどもかつてのカーテンは取り払われ、窓にはどっしりしたクリーム色のリネンのカーテンが掛かっていた。たぶんこの模様替えはアメリカ人の滞在客を念頭に置いて行われたのだろう。ほころびの目だつ更紗のカーテンは強い日ざしのせいで裏地まで焼けていたのだろうから。おそらくまた、そうした滞在客の便宜を考えて寝室の隣の更衣室は浴室に模様替えされたのだろう。もっともイザベルはここに浴槽と洗面台と便器を備えつけただけで、敷物も、本のつまった書棚も、掛け心地のいいひじ掛け椅子も昔のままだったから、そうひどく違うという感じはしなかった。

　パンドラは本来なら荷ほどきをしているはずだった。「荷ほどきがすんだら、ゆっくりくつろいでちょうだい」とイザベルは言って、ジェフに手を貸してパンドラの荷物を残らず寝室に運び上げてくれた（アーチーにはもちろん、荷物運びは無理だった。パンドラはアーチーの怪我のことは考えないようにしようと心を決めていた。めっきり白くなっている頭にもショックを受けていたし、何てやせているのかと胸をつかれた）。「そうしたかったら、入浴するといいわ。熱いお湯がふんだんに使えますからね。一息入れたら、階下に降りてきてドリンクをあがってちょうだい。ディナーは八時ごろのつもり」

　イザベルにそう言われたのはすでに十五分も前のことだったが、パンドラの荷ほどきはせいぜいのところ、化粧道具入れを寝室に持って行き、中から瓶（常用している丸薬や水薬、プワゾン、バスオイル、クリームや化粧水など）を大理石の洗面台の上に並べただけでそれ以上、進捗していなかった。もう少ししたらお湯につかってもいい。でも今はやめておこう——とパンドラは思った。

　本当にうちに、クロイ館に帰ってきたのよ、あなたは——自分で自分にそう言い聞かせながら、実感がともなわないのはどうしようもなかった。この部屋にいるかぎり、自分もこの家の人間なのだ、家族の一員としてここに属しているのだと思うのは無理だった。わたしも滞在客じゃないのかしら。渡り鳥みたいに、ここでちょっと羽を休めているだけなのでは？　瓶をそのままにしてパンドラは寝室にもどってもう一度、窓辺に立ち、窓敷居に両肘をついて身を乗り出した。異郷の地で何度も思い出した景色を眺めながら、夢ではないのだ、本当にうちに帰ってきたのだという実感をもとうとした。それにはいささかの時を要した。それにしても、昔のわたしの部屋はどうなっているのかしら？　赤ん坊のときからわたしの領分だった、あの部屋は？　この家のほかの部分もちょっとのぞいてみようじゃないの。

パンドラは部屋を出て階段のてっぺんで立ち止まった。キッチンの方角からカチャカチャという、楽しげな物音とおさえた話し声が聞こえてきた。ルシラとイザベルがディナーの支度をしながら、わたしのことを話しているのかもしれない。どうせ、話題になるにきまっているのだ。どうでもいいわ、そんなこと。気になんかしない、わたしは。パンドラは踊り場を横切って、彼女の両親のものだった、今はアーチーとイザベルの寝室となっているドアを開けてみた。大きなダブルベッド。ベッドの裾のほうに置かれている長椅子の背にイザベルのセーターがふわっと掛かり、靴が一足、無造作にぬいであった。家族の写真、化粧台の上の銀とクリスタルの置物、ベッドの中で読む本。フェースパウダーとオーデコロンの香りが漂っていた。甘い、無垢の香りだった。パンドラはその部屋のドアをそっと閉ざして廊下をさきに進んだ。かつてのアーチーの部屋はきちんと掃除ができて、床もピカピカに磨かれ、ジェフのナップザックとジャケットが敷物の真ん中に置いてあった。次の部屋はルシラのものだった。いまだに女学生気分が抜けていないのだろう、ポスターが鋲で壁に留められ……陶器の置物が二つ三つ。テープレコーダー、糸の切れたギター。

そして廊下のどんづまりの、わたしの部屋。いえ、かつてのわたしの部屋、今はたぶんヘイミシュの寝室なのかも。ヘイミシュにはまだ会っていないけれど。パンドラはゆっくりノブを回してドアを開けた。ヘイミシュどころか、人影もなく。部屋はからっぽだった。そこには個人的なにおいのする品がいっさい置いてなかった。真新しい家具。真新しいカーテン。わたしの、パンドラのよすがは何一つ残っていない。

わたしの本や、レコードや、服や、日記帳や、写真は……わたしが生きていたという証しは……どこに行ってしまったのだろう？　雑物がすべて取りかたづけられ、この部屋はいったんからになり、ペンキが塗り直され、壁紙が貼り替えられ、あたらしい、うつくしいブルーのカーペットが敷きつめられて――かつてこの部屋を満たしていたものはことごとく、屋根裏のどこかに移されてしまったのだろう。

まるでパンドラ自身が存在しなくなり、幽霊にでもなってしまったかのようだった。どうしてこんなことにとたずねてみるまでもなかった。理由は、はっきりしている。クロイ館はアーチーとイザベルのもの、この屋敷と付属する一切を、価値ある物件として保持して行くためには、すべての部屋をせいぜい当面の目的に役立てるほかなかったのだろう。家を離れて一度ももどってこなかったことによってパンドラは、この屋敷にたいするどのような権利にもせよ、みずから放棄したのだった。

そこにたたずんでパンドラは、他の誰にも打ち明けることのできない、みじめな思いにひたり、ずっと昔の数週間のことを思い返していた。みじめで、不幸せで、気がおかしくなるのではないかと思うくらいだった、あの数週間。みじめなあまり、他人にたいしてどうしようもなく残酷になって、彼女は世界中でいちばん愛していた二人の人にひどい仕打ちをした。父親に剣突を食わせ、母親がなだめてもすかしても知らん顔をしとおし、何日もふくれっ面をして自分の部屋に閉じこもり、それによって両親にやりきれない思いを味わわせた。

この部屋の自分のベッドの上にうつぶせになって、彼女は何時間も涙にくれて過ごしたものだった。知っているうちでいちばん悲しい歌のレコードを何度も何度もかけて。マット・モンローがどこかの娘にたいして『もう、行ってくれ』とつぶやいている歌。ジュディー・ガーランドが『去って行った人』を思って、胸も張りさけんばかりに訴えかけている歌。

一人歩む道はいよよけわしく
明日こそ、彼が現われるという
望みはとうに涸れはて……

声が聞こえた。

「ねえ、いい加減に出てきてランチをおあがりなさいな」

「食べたくないわ、ランチなんて」

「いったい、どうしたっていうの？　話してみたら、少しは気が晴れるんじゃないのかしら？」

「ほっといてよ。話したってどうにもなりゃしないわ。どうせわかってくれっこないんだもの！」

途方にくれた母親の顔。困惑し、娘のむごい言葉に傷ついている父親の顔。パンドラは今にして深く恥じていた。十八歳といえば、もう少し分別があってもよかったろうに。わたしは自分を一人前の大人だと、世慣れていると思いこんでいた。でも実のところ、わたしは幼い子ども以上に、人生について無知だったのだ。それを悟るにはあまりにも多くの年月を要した。あまりにも長かった放浪の年月。取り返しはつかない。すべては終わっている。

パンドラはドアを閉ざして、荷ほどきにもどった。

六人のにぎやかなディナーが終わったところだった。彼らは蝋燭の炎の揺れる燭台を中にしてテーブルを囲んでいた。イザベルは、聖書の放蕩息子のたとえ話にあるように肥えたる子牛こそほふらなかったが、この喜ばしいときにふさわしく歓迎の思いをこめて見事な祝宴の献立をととのえていた。つめたいスープ、雉子のロースト、焼き菓子、スティルトン・チーズ――そうしたすべてを、アーチーが亡き父から譲られたワイン・セラーの最上のワインで流しこんだのだった。

すでにほとんど午後十時で、イザベルはパンドラに見守られながらキッチンで洗い物の最後のものの始末に忙しくしていた。皿洗い機に入らない大きな野菜の皿や鍋、象牙の柄のついたナイフのたぐいで、パンドラは手伝うつもりでキッチンについてきたのだが、ナイフを一、二本、布巾で拭き、ソース鍋を三つばかり、間違えた場所にしまうと、布巾をあっさり脇に置き、ネスカフェを一杯、自分のためにつくってすわって飲もうとしていた。

ディナーのあいだも、会話は瞬時もとぎれなかった。話したいこと、聞きたいことが山ほどあったからだった。パリを起点とするルシラとジェフのバスによるフランス旅行、イビサ島の画家の家でのボヘミアン的な暮らし、マヨルカ島のカーサ・ローサでの至福のひととき。その屋敷の庭の話を聞いて、イザベルはうっとりして、ああ、そんな庭があったらと憧れた。

「まあ、さぞすてきでしょうねえ」

「いらっしゃいよ、ぜひ。一日中、日なたぼっこのほか、何もしないで寝ころんで過ごすのよ」

アーチーはこれを聞いて、思わず笑った。「イザベルが一日中、日なたぼっこ？　パンドラ、きみ、どうかしているんじゃないのかい？　イザベルだったら少しでも暇があれば、花壇にしゃがんで雑草抜きを始めているよ」

「うちの花壇には雑草なんか生えてないわ」とパンドラは答えた。

それからクロイ館側のニュースがひとわたり披露された。パンドラはありとあらゆるゴシップに関心を示した。さらにヴァイのこと、ウィリー・スノディーのこと。ギロック夫妻のこと、エアド家のこと。

「アーチー、あなたのところにはまだ、ハリスとミセス・ハリスから連絡があるの？」エディー・フィンドホーンのところに従妹のロティーが同居しているというニュースを、パンドラはうろたえた様子で聞いた。「冗談じゃないわ。あの薄気味のわるい人が？　まさか、またわたしたちの生活の中に入りこむっていうんじゃないでしょうね？　ああ、よかった、話しておいてくれて。彼女が近づくのを見たら、わたし、すぐ逃げ出すことにするわ」

パンドラはまた、マラウィからほとんど一文なしでストラスクロイにやってきたイシャク一家のことを聞いた。

「……かなり景気よくやっている裕福な親類がグラスゴーにいるらしいのね。その人たちから少し融通してもらって、ミセス・マックタガートの新聞販売店を引き受けてね。まあ、そうこうするうちにあの店はすっかり様変わりして、昔の面影はまったくなくなってしまって。今じゃ、ちょっとしたスーパーよ。ずいぶん繁盛しているようでね。初めのうちは、どうせすぐつぶれるんじゃないかって思ってたんだけど、あのご夫婦、それこそ、アリみたいに勤勉で、閉店時間は何時なのか、いつ行っても開いてるみたい。なかなか気持のいい人たちなのよ。サービスはいいし、親切だし」

話はバルメリノー一家の隣人たちのうち、もう少し裕福な人々——ということは半径二十マイルの距離に住む人々のすべてということだが——が話題に上った。ビュキャナン＝ライト夫妻、ファーガソン＝クロンビー夫妻などで、ファーガソン＝クロンビー夫妻はアードナモアに住居を構えている、この土地の、いわゆる新住民で、娘はすでに嫁ぎ、あまりパッとしない息子が一人いるのだが、この息子、じつはなかなかのやり手でシティーでマネーブローカーとして巨額の金をもうけているという噂だった。

パンドラはどんなニュースにも、喜んで耳をかたむけた。暗黙の了解でもあるかのように唯一、話題に上らなかったのはパンドラ自身のことと過去二十一年間の彼女の生活のことだった。

わたしはそんなこと、何とも思ってやしないけど——とパンドラは心につぶやいた。帰ってきたんだもの、クロイ館に。今はそれだけが肝心なことなんだわ。ここにいると、ほしいままに生きてきた、わたしのこれまでの年月はひどく現実離れしているように思える。ほかの人間の人生のように。

家族に囲まれている今、パンドラは過ぎ去った年月をむしろ喜んで忘却のかなたに押しやっていた。

キッチンのテーブルに向かってすわって、パンドラはコーヒーをすすりながらイザベルの姿に目をそそいでいた。イザベルは流しの前に立ってロースト用の鍋を洗っていた。赤いゴムの炊事用手袋をはめ、小ざっぱりしたドレスの上にブルーと白の縞のエプロンを掛けていた。イザベルのような人って珍しいんじゃないだろうか——とパンドラはふと思った。

しごくおだやかな表情で、ほとんど絶え間なく働いている。家族のほかの者があとかたづけを彼女一人に任せてどこかに行ってしまったことを憤慨する様子もなく。

アーチーはいいわけめいたことをつぶやきながら地下の工作室に降りて行った。ヘイミシュは小遣いをあげるという約束につられて、クロケー用の芝生の芝を刈りに行った。いやな顔もしなかったので、パンドラは少なからず感銘を受けていた。パンドラが気づいていなかったのは、ヘイミシュが彼女から強烈な印象を受けているということだった。叔母さんが滞在すると聞かされても、彼には最初（まあ、当然だろうが）まったく関心がなかった。たぶん、ヴァイのタイプのおばあさんだろうくらいに考えていた。白髪まじりの、編み上げ靴をはいた老女だろうと。だからパンドラに引き合わされたとき、ヘイミシュはショックを受けた。何ていかすんだ、この叔母さんって人は！　まるで映画のスターみたいじゃないか。雉子の肉をつつきながら、ヘイミシュは自分がテンプルホールの同級生にパンドラを紹介しているところを想像していたのだった。何かの試合を見物しに父さんと連れ立って学校にくることでもないだろうか？　こんな叔母さんをもっていることで、学校における彼の株は大いに上がるに違いない。彼女、ラグビーに関心はあるだろうか？

「イザベル、わたし、ヘイミシュ、大好きよ」

「ええ、なかなかいい子だと思うわ。ただ、縦にも、横にも、これ以上、成長しないとありがたいんだけど」

「大きくなったらヘイミシュは、ものすごくハンサムになると思うわ」こう言って、パンドラはコーヒーをもう一口すすった。「ジェフはどう？　気に入った？」

ジェフは二週間は女性に囲まれて過ごすことになるわけだとちょっとうんざりしているところに持ってきて、お上品な暮らしにも慣れていないので、息抜きにラガーを一杯ひっかけようとルシラを車に乗せてストラスクロイ・アームズに出かけた。ここなら男性が主流だろうし、息がつけると思ったのだった。

「根っからのいい人みたいね」とイザベルはつぶやいた。

「ものすごく親切よ。長いドライブのあいだ、一度も癇癪を起こさなかったしね。でもちょっと口数が少なすぎるかしらね。オーストラリア人って、みんな、たくましくて無口みたい。わたしはオーストラリア人って、ジェフ以外に会ったことがないからわからないけど」

「ルシラは彼を愛しているのかしら。どう思って、パンドラ？」

「わたしはそうは思わないわ。あの二人ただ……よく言うじゃないの、いい友だちなのよ。それにルシラはまだ恐ろしく若いわ。たった十九のときには永久的なつながりのことなんか、考えたくないものだから」

「つまり結婚について考える気はしないってこと？」

「いいえ、ダーリング、結婚とはかぎらないわ」

イザベルはふと黙ってしまった。たぶん、自分が何かわるいことを言ったからだろうと、パンドラはもっと愉快な、もう少し当たりさわりのない話題を探した。「イザベル、わたしがまだ消息を聞いていない人たちがいるわ。ダーモット・ハニコムとテランスのことよ。あの二人、今でも昔のまま？」

「ああ、ハニコムさんたちのこと」とイザベルは流しの前から振り返った。「アーチーが手紙に書かなかった？　テランス、亡くなったのよ、五年ばかり前に」

「信じられないわ。ダーモットはどうしていて？　感じのいい仲間をまた見つけていっしょに店をやってるの？」

「いえ、すっかりまいってしまってるみたいだけど、でも彼、どこまでもテランスに忠実でね。わたしたちみんな、ダーモットはストラスクロイを離れる気じゃないかと思ったんだけど、でも結局、あの小さな家でそのまま、一人暮らしをしてるわ。古物店も続けてるし。ときどきアーチーとわたしを食事に招いてくれるのよ。恐ろしくお上品な料理に、風変わりな、凝ったソースをかけて。それがとてもぽっちりだもので、アーチーは家に帰ってから、何か食べなきゃ寝られないってこぼして結局わたし、スープとか、コーンフレークを出すことになるのよ」

「かわいそうなダーモット。わたし、一度訪ねてみるわ」

「ダーモット、きっと喜ぶわ。いつもあなたの消息を聞きたがってたし」

「ケイティー・スタイントンのバースデー・プレゼントにちょっとしたアクセサリーをダーモットの店で買ってもいいわ。わたしたち、まだ相談してなかったわね——ダンス・パーティーのことだけど」

イザベルはあとかたづけをようやく終えてゴム手袋をはずし、水切り台の上に置いて、義妹と並んで腰を下ろした。

「ねえ、この家のハウス・パーティーは大がかりなものになるのかしら？」

「いいえ、わたしたちだけよ。ヘイミシュも、もう学校にもどっているでしょうし。そうそう、ケイティーがロンドンで知り合って同情したという悲しい《サッド》アメリカンが加わるはずよ。ヴィリーナの家が泊まり客で満杯で、うちで引き受けることになったの」

「うれしいわ！　わたしとペアになればいいわけですもの。でもどうして悲しい《サッド》アメリカンなの？」

「奥さんが亡くなったばかりなんですって」

「まあ。あまり暗い人でないといいけど。どの部屋に泊めるつもり？」

「あなたの部屋だった寝室に」

ああ。それで——とパンドラはあのからっぽの部屋のたたずまいを思い出していた。

「で、ダンス・パーティーの晩は？　どこでディナーをいただくことになっているの？」

「ここで食べることになると思うわ。エアド一家とヴァイにもきてもらって。そういえば、エドマンドたちも、ヴァイも、明日、ランチにくるはずよ。パーティーの日のディナーのことは、そのとき、ヴァージニアに話すつもり」

「聞いてなかったけど」

「何のこと？　ああ、明日のランチにエドマンドたちがくるってこと？　そうだったかしら？　ええ、明日、ランチをいっしょにと思って。それでヘイミシュはクロケー用の芝生の芝を刈っているわけよ」

「昼下がりを楽しく過ごす計画がすっかりできあがってるわけね？　それはそうとイザベル、あなた、ダンス・パーティーには何を着るつもり？　あたらしいドレスはあるの？」

「それが目下、金欠病なのよ。ヘイミシュが学校ではく靴を買わなければならなかったし……ほかにもいろいろ」

「でもイザベル、この際ですもの。あたらしいドレスはどうしたって要るわ。いっしょに行って探しましょうよ。どこに行ったらいい？　レルカークね、さしずめ」

「パンドラったら！　そんな出費……今のわたしにはとても無理よ」

「ダーリング、わたしにできることといったら、あなたにちょっとした贈り物をすることくらいしかないのよ。ねえ、そうさせて」

裏口のドアが開いて、ヘイミシュが戸口に立った。あたりが暗くなる前に何とか芝刈りを終えてもどってきたので、例によって猛烈な空腹を覚えていた。

「このことはまたあとでね」とパンドラはそっとつけ加えた。

ヘイミシュはすき腹を満たすべく、シリアルを固形にしたウィータビクス、チョコレート・ビスケット数枚など、自分でスナックを掻きあつめた。コップにミルクも一杯、注いだ。パンドラはコーヒーを飲みほして、カップを下に置き、あくびをした。

「わたし、また眠くなったみたい。一寝入りしてくるわ。何だか疲れちゃって」立ち上がりながら彼女はヘイミシュに声をかけた。「おやすみなさい、ヘイミシュ」

キスしようとはしなかったので、ヘイミシュはよかったという安堵と、キスをしてくれてもわるくなかったのにという残念な気持とのあいだで心が揺れていた。

「アーチーは工作室かしら？　ちょっとのぞいて話をしてくるわね」パンドラは身をかがめてイザベルにキスをした。「おやすみなさい。ここにこられてほんとに天国にきたみたい。ディナーはすてきにおいしかったし。じゃあ、明日の朝、またね」

地下の工作室ではアーチーが強い燭光の電灯のもとで、われを忘れて仕事にはげんでいた。電灯には大きな笠が掛けてあり、仕事用のベンチの上に明るい光の輪を投げかけていた。ケイティーと愛犬を模した坐像に彩色するのは精巧な、手間がかかる仕事だった。スカートの格子縞のおさえた色調、セーターの質感、少女の髪の微妙に複雑な色合い、それぞれが彼にとって挑戦であり、自分の目から見ても満足できるように仕上げるには、持ちまえの器用さのすべてを発揮しなければならなかった。

アーチーは黒貂の毛でつくった絵筆の一本を置き、べつな一本を取り上げた。そのとき、パンドラの足音が聞こえた。聞き違えようもない、彼女独特の足音だった。キッチンからの石の階段を降り、暗い廊下の敷石にハイヒールの音がコツコツと。アーチーが手を休めて顔を上げたとき、ドアが開いてパンドラの頭がドアのかげからのぞいた。

「邪魔かしら？」

「いや」

「陰気なのねえ、この地下は。スイッチの場所もわからなくて。まるで牢獄みたいじゃありませんか。でもあなたはいい巣穴を見つけたのね。ここはなかなか居心地がよさそうだわ」椅子を引き寄せて、パンドラは腰を下ろした。「何、やってるの？」

「色を塗っているのさ」

「それは見ればわかるわ。でも何てチャーミングな彫像でしょう！　こんなすてきなもの、どこで手に入れたの？」

いささかの誇りをこめて、彼は言った。「ぼくがつくったんだよ」

「あなたが？　アーチー、すごいじゃないの！　あなたがこうまで器用だってこと、わたし、ちっとも知らなかったわ」

「ケイティーのバースデー・プレゼントにどうかと思ってね。これは彼女なんだ。犬を連れているケイティーだよ」

「すばらしい思いつきだわ！　もっとも昔はあなた、こういったこと、やりたくてもできなかったでしょうねえ。パパがいつもここを占領して、これたおもちゃを膠でくっつけたり、割れたお茶碗を継ぎ合わせたりしていたんですもの。こういう細工物の講習でも受けたの？」

「まあ、ある程度はね。負傷したあとのことだが……」こう口ごもり、すぐ言い直した。「片脚をぶっとばされたあと、退院してからヘドリー・コートに送られてね。傷痍軍人のリハビリセンターだよ。手足を失った者はここで義肢を調製してもらう。手でも、腕でも、脚でも、足先でも、身体の失った部分をあらたにもらえるというわけだ。まあ、理屈にかなった範囲でだがね。それから、そいつを何とか使いこなせるようになるまで、糞いまいましい何か月ものあいだ、血の出るような努力を重ねなければならないんだよ」

「何だかあまりぞっとしないけど」

「わるい経験じゃなかったがね。それに自分よりもっとみじめなやつがいるってことを悟る機会には、こと欠かなかったわけだし」

「でもアーチー、あなたは生きているじゃありませんか。死ななかったんじゃありませんか」

「そりゃそうだ」

「義足をつけているって、そんなにたまらないこと？」

「まあ、ないよりましだがね。いってみりゃ、二者択一のケースさ」

「どんないきさつだったのか、聞いていないけど」

「聞かないに越したことはないよ」

「悪夢のような思い出ってこと？」

「暴力はすべて悪夢だよ」

禁じられた領域なのだ。パンドラは、負傷の経緯についてはもう聞くまいと思った。「ごめんなさいね……リハビリのときのこと、もっと話して」

「ああ……あるとき……ぼくは……」何を言いかけていたのか、一瞬、忘れてアーチーは眼鏡をはずし、指先で目をこすった。「ちょうど……つまりね、そのころ、ぼくは多少動けるようになっていて、指導員から踏み糸鋸《のこ》の使い方を習いはじめたんだよ。作業療法というやつさ。義足のためにもいい運動というわけで。そんなことから始まったんだ。いわば雪だるま式に……」

よかった。危険な瞬間は無事に乗り越えられた。アーチーが北アイルランドで起こったことについて話したくないなら、わたしも聞きたくないわ。

「父さんが昔よくやっていたように、いろいろなものの修理もやってるの？」

「ああ」

「この彫像――こういうものを、いつからこしらえるようになったの？　手初めにどういったことをするのかしら？」

「まず、適当な木のブロックを見つけるんだよ」

「どういう木？」

「この彫像にはブナを使った。クロイ館の林のブナをね。何年も前に風で倒れた木の枝だ。まずそれをチェーンソーで四角いブロックにし、一方、写真を見て下絵を二枚つくった。前からのと、横からのと。そのうえでブロックの表面と横にそれを写し取ったんだよ。わかるかい？」

「ええ、よく」

「それから帯鋸《のこ》を使って、ラフな形を切り出した」

「帯鋸《のこ》？」

アーチーは指さして教えた。「あいつが帯鋸《のこ》だよ。電力で操作される。恐ろしくよく切れるから触るんじゃないよ」

「触るものですか。それからどうするの？」

「彫りはじめるのさ。少しずつ削り取って行くんだよ」

「何を使って？」

「木彫師の鑿だ。ペンナイフという、ごく細いやつでね」

「びっくりしちゃうわ。これ、あなたの最初の作品？」

「いいや。だが、こいつは結構むずかしかった。構図がこみいっているからね。すわっている少女と犬。かなり複雑だ。これをつくる前に立像をいくつも手がけている。たいていは軍人の立像だった。さまざまな連隊の制服姿のをね。父さんの書斎で図版本を見つけて、その本からヒントを得たのさ。新郎が軍隊にいたことがある場合、格好な結婚の贈り物になるんだよ」

「そっちのも見せてほしいわ。手もとにあって？」

「ああ、ここにも一つあるよ」とアーチーは椅子から ちょっと苦労して立ち上がり、戸棚から箱を一つ、取り出した。「これは結局、贈らなかったんだ。満足な出来でなかったのでね。それでべつにもう一つこしらえて贈った。だが、これを見ればおよその見当はつくだろう……」

パンドラは渡された、その軍人の像を手の中でひっくりかえして、とくと眺めた。ブラック・ウォッチ——つまり、第四十二スコットランド高地連隊——の将校の立像で、軍隊靴からキルト、カーキ色の帽子の赤い羽根まで、じつに精巧に彫られていた。パンドラは、満足できないなんて、こんな傑作をと、言葉にならないほどの賛嘆の想いをいだいた。こんな才能が兄にあったなんて、想像もしなかった。精確さ、否定しようもない芸術性。

「こういうものを、つくるそばから、人にただであげちゃったっていうの？　アーチー、あなた、どうかしてるわ。すばらしくうつくしいじゃありませんか。それにユニークだし。海外からの観光客だったら、奪い合うようにして買うでしょうに。これを売ってみようと考えたことはないの？」

「いいや」アーチーはそう言われて、むしろびっくりしているようだった。

「考えてみたことも？」

「いや」

呑気な兄にたいする妹らしい苛立ちを感じてパンドラは口走った。「しょうのない人ねえ、あなたって。昔からなかなか行動に移らないたちだったけど。でもそんなの、ばかげてるわ。イザベルはアメリカ人の旅行客を泊めて、この屋敷の収支をつぐのわせようと奴隷みたいに汗水たらして働いている。あなたがその気になったら一財産、つくれるっていうのに」

「それはどうかな。いずれにしろ、大量生産ってわけにはいかないんだから。時間がずいぶんかかるしね」

「誰かに手伝ってもらうのよ。二人くらいに。小規模の家内工業を始めたらいいんだわ」

「この地下にはそれだけの余地はないよ」

「昔の厩舎はどう？　今じゃ、からっぽなんですもの。納屋だっていいわ」

「建て直しが必要だよ。設備を整え、電気を引き、保安条例にかなったものにしなければならない。防火設備も要る」

「だから？」

「だから金が要る。この家じゃ、金こそ、品薄の最たるものなんだからね」

「補助金は受けられないかしら？」

「補助金ってやつも、現在のところ、きわめて限られていて、こっちにはなかなか回ってこないのさ」

「でも申請してみたらいいじゃありませんか。とにかく、始めから投げてちゃだめよ、アーチー。もうちょっと商魂たくましくならなきゃ。すばらしいアイディアだと思うけど、わたしは」

「パンドラ、きみは昔からすばらしいアイディアの持ち主だったたっけね」アーチーは軍人の立像を彼女の手から引き取って、もとどおり、箱に納めた。「だがイザベルについては、まったくきみの言うとおりだよ。ぼくも、できるかぎりのことはやっているが、イザベルの苦労ははなはだしすぎる。北アイルランド以前には、ぼくも何か仕事につくことを考えていた。他人の土地家屋の管理人だってわるくないと思っていた。しかし今となっては、ぼくを雇ってくれる人間がいるかどうか。それにクロイ館を離れたくないしね。ぼくにできる唯一の仕事はここの管理だという気もするし……」思いに沈んでいるような声がかぼそくなり、ついに消えた。

「でもアーチー、あなた、新しい技能を身につけたんじゃありませんか。これよ。隠れた才能が日の目を見たのよ。あなたに必要なのは、少しばかりの企業心と、いさぎよい決意だわ」

「それに、たくさんの資金とね」

「アーチー」パンドラはちょっといらいらした口調で言った。「あなたねえ、脚が一本だろうと、二本、そろっていようと、責任を放棄しちゃあだめよ」

「それはきみ自身の経験から言ってるのかね？」

「一本、取られた《トゥシェ》わ」パンドラは笑って、「いいえ」と首を振った。「まったく、このわたしがお説教するなんてねえ。ちょっと思いついたことを言ってみただけよ」唐突に議論を打ち切ると、あくびを一つし、指をひろげて手を上方に伸ばし、大きく伸びをした。「疲れたわ、わたし。おやすみなさいを言いにきただけなのに。もう寝るわね」

「いい夢を見るといいね」

「あなたはどうするの？」

「これを完成してしまいたいんだよ。手のあいているすべての瞬間を、きみといっしょに過ごせるように」

「うれしいわ」パンドラは立ち上がって、身をかがめて兄にキスをした。「よかったわ、帰ってきて」

「ぼくもとてもうれしいんだよ」

パンドラは戸口に行ってドアを開け、それからちょっとためらう様子で振り返った。

「アーチー？」

「何だい？」

「わたし、たびたび考えることがあったのよ。わたしがベルリンのあなたに送った手紙、届いたかしらって」

「ああ」

「返事はくれなかったわ」

「どういう返事を書いたらいいか、やっと心を決めたときにはきみはもうアメリカに行ってしまっていた。要するに間に合わなかったのさ」

「イザベルには……話した？」

「いや」

「そう」パンドラは微笑した。「エアド一家が明日、ランチにくるのね？」

「ああ。ぼくが呼んだんだよ」

「おやすみなさい、アーチー」

「おやすみ」

まだ宵の口だと思っているうちに、あたりはいつしか夜の闇に閉ざされていた。気ぜわしかった日のゼンマイが巻き切れて、クロイ館そのものが安息のときを迎えているようだった。ヘイミシュはちょっとテレビをのぞいただけで、二階に上がって行った。イザベルはキッチンでその日の最後の仕事である朝食の下準備を終えて、待ち構えていた犬たちを庭に出してやった。二頭の犬はひとしきり、兎のにおいを追ってほっつき歩いていた。明かりを消すと、イザベルも寝室に上がって行った。それからまた少したってから、ルシラとジェフが村から帰ってきた。裏口から入ってきて、頭上のホールでひとしきりひそひそ話し合っていたが、やがて家中がしんと静まり返った。

夜半すぎ、アーチーの苦心の作品は完成した。エナメルは、一日おけば乾くだろう。アーチーはあとかたづけに取りかかって、絵の具の壺に蓋をし、絵筆を洗い、明かりを消してドアを閉ざした。薄暗い廊下を歩き、階段を上がると、彼はそのまま家の中を一巡した――この夜ごとの巡回を、彼は「クロイ館を寝かしつける」と呼んでいた。ドアの錠前や窓の掛け金を一つ一つチェックし、炉囲い、電気のプラグも点検した。キッチンでは犬たちがすでに眠りに落ちていた。彼はタンブラーに水を満たして喉をうるおし、階段を上がった。

けれどもアーチーはすぐには自分の寝室に行かず、廊下を歩いてルシラの部屋のドアの下から一条の光が洩れているのを見て取ると、ドアを軽くノックした。ルシラはベッドに横になってスタンドの明かりのもとで本を読んでいた。

「ルシラ」

ルシラは父親の顔を見上げ、本にしおりをはさんで脇に置いた。「父さんはもう何時間も前にベッドに入ったんだろうと思っていたのに」

「いや、仕事をしていたんだよ」とアーチーはベッドの端に腰を下ろした。「村に出かけて楽しかったかい?」

「ええ、すごく。トディー・ビュキャナンはあいかわらずもてなしがよくてね」

「おやすみを言いに寄ったんだよ。お礼も言いたかったし」

「お礼って?」

「帰ってきてくれてありがとう、パンドラを連れてきてくれてありがとう――そう言いたかったのさ」

羽根布団の上に乗っている父親の手の上に、ルシラは自分の手を重ねた。イザベルの寝間着はレースの縁取りのある白のローンだったが、ルシラは「熱帯雨林を救え」と胸にデカデカと書いてある緑色のTシャツを着ていた。長い栗色の髪が絹糸のように枕の上に流れているのを見て、アーチーはいとしさに胸がいっぱいになった。

「がっかりしなかった?」

「どうして、がっかりすることがあるんだね?」

「何かをものすごく楽しみにしていると、実現したとき、背負い投げをくわされた気持になることがあるから」

「がっかりなんかしていないよ」

「パンドラって、大した美人ね」

「しかしひどくやせている。そうは思わないかい?」

「ええ。ほとんど実体がないみたいよね。いつも気持がたかぶっていて、何もかも燃焼しきってしまうんじゃないかしら」

「どういう意味だね?」

「いいも、わるいも、それだけのこと。しょっちゅう眠ってるみたいだけど、でも目が覚めているときは、あらゆるシリンダーが充電しているって感じで——過度の緊張がかかっているっていうか。だから、彼女とずっといっしょにいると疲れてしまうのよね。ところがそのうち、フッと力が抜けたみたいに眠りこんで。バッテリーにギリギリまで充電しているみたいに」

「昔からそうだったよ、パンドラは。ミセス・ハリスはいつも言ってたっけ。『パンドラさんはいま雲の上に上ってるかと思うと、たちまち肥やしの山の上に墜落っていうふうですからねえ』って」

「躁鬱症の傾向ってこと?」

「まあ、それほどひどくもないだろうが」

「多少、その気味があるわけね」

アーチーはふと眉を寄せ、その夜ずっと胸にひっかかっていた問いを口にした。「麻薬を常習してはいないだろうね?」

「父さん、そんな!」

胸に去来していた不安をつい口にしてしまったことを、アーチーは後悔していた。「きみのほうが、ぼくなんかより、そういうことを知っているんじゃないかと思ってきいてみたんだがね」

「パンドラは麻薬常習者なんかじゃないわ、ぜったいに。でも興奮状態を保つために、何か使っているってことはあるかもね。そういう人って、たくさんいるから」

「しかし常習者ではないというんだね？」

「わからないわ、父さん、ほんとのところは。でもパンドラのことで気をもんでも始まらないと思うわ。あるがままに受け入れるほかないんじゃなくて？　現在の彼女をね。その彼女と楽しいときを過ごすのよ、いっしょに。そしてたくさん笑うのよ」

「マヨルカで、彼女は幸せに暮らしているんだろうか？」

「そう見えたわ。幸せでないって勘ぐる理由もないんじゃないかしら。言うことなしの、すばらしい家と庭とプールをもっていて、お金にも不自由していないんですもの」

「友だちはいるのかね？」

「セラフィーナとマリオっていう夫婦が世話をしているわ」

「ぼくが言っているのは、そういう意味じゃないんだよ」

「わかってるわ。パンドラの友だちには、あたしたち、会わなかったのよ。ほとんど誰にもね。たった一人の男の人のほかには。その人はたまたま、あたしたちが着いた日に居合わせたから知っているんだけど。でもその後はいっぺんも顔を合わせなかったわ」

「愛人と同棲しているのかと思っていたんだが」

「もしかしたらその人、彼女の愛人かもしれないわ。あたしたちがいるんで、その後は寄りつかなかったのかも」アーチーが沈黙していると、ルシラはふと微笑した。「とにかく別世界なのよ、あの島の生活は」

「わかっているつもりだがね。ああ、わかっているよ」

　ルシラは両の腕を父親の首に投げかけて抱き寄せ、キスをした。「要らない心配、しないのよ。いいわね？」

「だいじょうぶだよ」

「おやすみなさい、父さん」

「おやすみ、ルシラ。神さまの祝福があるように《ゴット・ブレス・ユー》」

第25章

九月

十一日 日曜日
　日曜の朝。曇り空。すべてのものが一様に動きを止めるスコットランドの安息日。この日特有の、ひっそりとしたたたずまい。夜のうちに雨が降ったので道ばたに水たまりができ、庭の草木がポトポトとしずくの音を立てていた。ストラスクロイの村の小さな家々はまだ寝しずまり、カーテンも閉ざされたままだったが、村人はやがてのろのろと起き出してドアを開けたり、炉に火を起こしたり、お茶を入れたりしはじめた。泥炭を焚く煙があちこちの家の煙突から羽毛を突っ立てたように細々と上がりはじめた。犬を連れて散歩している者、生け垣の手入れをしている者、洗車に余念のない者、あちこちで朝のいとなみが少しずつ始まっていた。スーパーの店主のイシャク氏は、朝食用のロールパンやミルク、タバコ、日曜発行の新聞その他、のんびりと家で過ごす日曜日に必要な品を買いにくる客のために店を開けていた。長老派教会の塔の鐘が鳴りだした。
　クロイ館ではヘイミシュとジェフがまず階下に降りてきて、自分たちで朝食をととのえた。ベーコン・エッグ、ソーセージにトマト、トースト、マーマレード、蜂蜜のたぐいを大きなマグカップに注いだ濃いお茶で流しこんだのだ。少し遅れて降りてきたイザベルは、彼らの使った皿やカップが流しに積んであるのを見た。ヘイミシュが置き手紙を添えていた。

　母さん。犬を連れてジェフと湖に行きます。ジェフが湖を見たいと言うので。ランチに間に合うように、十二時半までにもどるはず。

　イザベルは自分のためにコーヒーを入れて飲みな

がら、ジャガイモをむいておこうか、それともプディングをつくろうかと思案した。果物を裏ごししてクリームを掛けるフールをデザートにと思っているのだが、クリームは足りるだろうか？　そこにルシラが現われ、続いてアーチーも降りてきた。教会で聖書の日課の箇所を朗読するはずなので、上等なほうのツイードのスーツを着ていた。イザベルも、ルシラもいっしょに行こうとは申し出なかった。ランチには総勢十人の食卓をととのえなければならないわけで、ただでさえ、手いっぱいだった。

パンドラは午前中、眠りとおし、十二時十五分過ぎまで姿を見せなかった。キッチンではそのころにはおおかたの仕事は終わっていた。けれどもパンドラが朝の時間をただ無為に過ごしたわけでなく、おめかしに忙しいひとときを送ったことは明らかだった。爪を塗り、髪を洗い、化粧をし、香水のプワゾンをふんだんに振りまいていた。色あざやかなダイヤの模様を散らしたジャージーのドレスを着ていたが、しなやかな材質、エレガントなスタイルが、何ともいえずうつくしく、全体の異国的な感じからイタリア製と察しがついた。書斎にいたルシラの問いに、一晩じゅう、ぐっすり眠ったと答えてパンドラはひじ掛け椅子に身を沈め、シェリーのグラスをありがたそうに受け取った。

ペニーバーンではヴァイがベッドの上にすわって早朝のお茶を飲みながら、その日の心づもりをしていた。教会の礼拝に出席すべきかもしれない。祈らなければならないことが山ほどあるのだから。しかし思案のすえ、結局、礼拝は欠席することにし、そのかわり、少しばかり自分を甘やかすことにした。もう少しベッドの中で過ごしてエネルギーをたくわえておこう。読みかけの本を読み上げ、遅い朝食を取ったのち、机に向かって支払期日のきている勘定書その他に目を通そう。年金の基金のための振りこみやら。理屈のよくわからない国税庁の要求の検討やら。昼食はクロイ館に招かれている。エドマンドがヴァージニアとヘンリーとともに車で寄って、丘の上のクロイ館にそろって出かけるはずだった。そのランチのことを思ったとき、ヴァイオレットはうれしいと思うより、むしろ不安に胸がさわぐのを覚えて、窓のほうに目をやって空模様を確かめた。一晩じゅう、降りつづいた雨がようやくあがり、今はただ湿っぽく、妙にしんとして、うっとうしかった。まあ、そのうち、晴れるかも。今日という日はいろいろな意味で、心が晴れればれするような要素をとくに必要としているのではないだろうか。せめても気を引き立てようと、ヴァイオレットは着心地のよいグレイのドレスの上に、ヴァージニアがロンドンから買ってきてくれたエルメスのスカーフを結ぼうと思いついた。

バルネード荘ではヴァージニアがヘンリーに呼びかけていた。「ヘンリー、さあ、もう着替えをしないと」

プレイルームの床にすわって、宇宙船のレゴを組み立てていたヘンリーはせっかく夢中になっていたのにと、ちょっとふくれていた。「どうして着替えなきゃいけないの?」

「ランチに招待されているのよ、わたしたち。そんなみっともない格好で行くわけにはいかないでしょ?」

「どうして?」

「あなたのジーンズ、よごれているわ。シャツもきたないし、靴もきたないし。顔だって」

「おしゃれしなきゃいけないの?」

「いいえ、でもきれいなTシャツを着て、ジーンズもスニーカーもきれいに洗ったものをはかないとね」

「ソックスは?」

「ちゃんと洗ったソックスをはいてちょうだい」

ヘンリーはため息をついた――やれやれというように。

「このレゴ、かたづけなきゃいけない?」

「そのままにしておいても構わないわ。さあ、いらっしゃい。父さんが待ちくたびれないうちに」

ヴァージニアはヘンリーを彼の寝室に引っぱって行き、ベッドの上に腰を下ろしてTシャツをぬがせた。

「ぼくのほかにも、誰か、子どもがいる?」

「ヘイミシュがいるわ」

「ヘイミシュ、ぼくとなんか、遊んでくれないよ」

「ヘンリー、あなた、ヘイミシュが相手だと、いつもばかに気弱になるみたいねえ。あなたが赤ちゃんみたいにぐずぐず言ってたら、ヘイミシュだって遊んでくれないわ。さあ、そのジーンズとトレーナーをぬいで」

「誰がいるの、ランチのとき?」

「わたしたち一家とヴァイと、バルメリノー一家と。ルシラもフランスから帰ってきているのよ。それからルシラの友だちも。ジェフって名前ですって、その人。ああ、それからパンドラも」

「パンドラって?」

「アーチーの妹さんよ」

「ぼく、会ったことある?」

「いいえ」

「母さん、知ってるの?」

「いいえ」

「父さんは?」

「知ってるわ。パンドラが小さいときにね。ヴァイもパンドラを知っているのよ」

「母さんはどうして知らないの?」

「パンドラがずうっと外国で暮らしてきたからなの。アメリカに住んだりね。久しぶりにクロイ館に帰ってきたんですって」

「アレクサはパンドラを知ってるの?」

「いいえ。アレクサはまだ小さな赤ちゃんだったんですって——パンドラがアメリカに行ったときには」

「パンドラはリーズポートの母さんのおじいさんとおばあさん、知ってるの?」

「いいえ、母さんのおじいさんたちはロングアイランドに住んでいるんですもの。パンドラがいたのはカリフォルニアだから、ロングアイランドから見ると反対側なのよ」

「じゃあ、エディーは? エディーはパンドラを知ってる?」

「エディーも、小さいころのパンドラを知っていたのよ」

「どんな人、パンドラって?」

「ヘンリーったら！　母さんも一度も会っていないんですもの、どんな人だか、知るわけないでしょ。でもクロイ館の食堂に、きれいな女の子の絵が掛かっているでしょ？　あれがパンドラなのよ。ずっと昔のね」

「今でもきれいだといいね」

「あなたはきれいな人が好きなのね、ヘンリー」

「うん、みにくい人って、ぼく、いやなんだ」と思いきり、顔をしかめた。「ロティー・カーステアズみたいな人、大きらいだよ」

ヴァージニアはつい笑ってしまった。「ヘンリー・エアド、あんまり笑わせないでちょうだい。あなたってほんとにおかしな子。さあ、ヘアブラシをこっちによこして。髪がきれいになったら、手を洗っていらっしゃいな」

階段の下からエドマンドが声をかけた。「ヴァージニア」

「ええ、もうすぐよ」

エドマンドの服装はグレーのフラノのズボンにラフなシャツ、クラブ・タイにブルーのプルオーバーとバッチリきまっていた。靴はよく磨いた栗色のグッチのローファーだった。

「そろそろ出かけないと遅くなるよ」

夫の頬に顔を近づけて、ヴァージニアは軽くキスをした。「とてもハンサムにお見えですわ、エアドさん。そのこと、あなた、ご存じ？」

「きみもなかなかのものだよ、ヴァージニア。さあ、お乗り、ヘンリー」

二人が乗りこむとすぐ、ＢＭＷは走りだした。途中、村のイシャク夫妻のスーパーの前で車を止めて、エドマンドは店に入って行って分厚い日曜新聞の束をかかえて出てきた。車はペニーバーンに向かった。

ヴァイは車の音を聞きつけたのだろう、玄関のドアに鍵をかけようとしていた。エドマンドが身を乗り出して前のドアを開けてくれ、ヴァイは息子の隣にすわった。ヘンリーは祖母がとてもスマートに見えると思い、彼女にそう言った。

「ありがとう、ヘンリー、このきれいなスカーフ、あなたのお母さんのロンドンからのおみやげなのよ」

「知ってる。母さん、ぼくにクリケットのバットとボールを持って帰ってくれたんだよ」

「ええ、あなた、わたしにも見せてくれたじゃないの」

「母さん、エディーにはカーディガン、持って帰ったんだよ。エディー、とってもうれしがってた。特別なときに着るんだって。ピンクがかったブルーなの」

「ライラック色っていうのよ」とヴァージニアが口をはさんだ。

「ライラック色か」とヘンリーはつぶやいた。その音が気に入って、彼はもう一度、口の中で言ってみた――ライラック色と。

　馬力のあるBMWはペニーバーンをたちまちあとにして、丘の斜面をぐんぐん上っていた。

　クロイ館に到着すると、アーチーの古いランドローヴァーが玄関の前に止めてあった。エドマンドはその隣に車を入れた。一家が降りたとき、アーチーが開いている戸口に立って出迎えた。四人は階段を上がった。

「やあ、いらっしゃい！」

「アーチー、きみ、ばかにフォーマルな服装じゃないか。こっちはちょっとカジュアルすぎたかな？」

「礼拝に出席して聖書朗読を受け持ったのでね。もう少し気楽なものに着替えようと思ってたところにきみたちが到着したのさ。ちょっと堅苦しく見えるだろうが、かんべんしてくれたまえ。ヴァイ、ようこそ。ヴァージニア、よくきてくれたね。やあ、ヘンリー、元気かい？　ヘイミシュは今、顔と手を洗っているが、ロードレースのセットをプレイルームの床にひろげたところでね。よかったら見てきたまえ……」

　ちょっと聞くといかにもさりげなかったが、これはアーチーなりになかなか考えた提案で、思ったとおり、ヘンリーはすぐ心をひかれた。アーチーは自分の息子については懸念をいだいていなかった。ヘイミシュには、ヘンリーがくることになっているが、彼なりにこの幼い客をもてなしてくれることを期待しているとはっきり伝えてあった。

　ヘンリーはというとヘイミシュについて、まわりに誰かとくに気をひかれる人間がいないときは、四歳年下の彼といっしょに結構楽しく遊んでくれるということを思い出していた。それにスケールトリクス・ロードレースは彼自身、クリスマス・プレゼントのリストに加えたいと思っている魅力的な代物でもあった。

だからヘンリーはこう聞いたとたん、目を輝かせた。「うん、いいよ」こう言って彼は大人たちをそっちのけにして、急いで階段を駆け上がって行った。

「気の利いた提案ね」とヴァイはひとり言のように小さくつぶやいたが、すぐアーチーに向かって、「けさの礼拝出席はどのくらいだった？」ときいた。

「牧師さんを入れて十六人でしたよ」

「枯れ木も花のなんとかで、わたしも行くべきだったわね。今週はずっと良心がチクチク痛むことでしょうよ」

「しかし、不景気なニュースばかりじゃないんですよ、ヴァイ。司教が侠気《おとこぎ》を発揮して、何年も前に設置された、何かの交付金から、まとまった金額をひねり出してうちの教会に回すように取り計らおうと言ってくれたんだそうです。電気設備の不足分が何とかカバーできそうでホッとしているんですがね……」

「すばらしいじゃありませんか！」

「でも」とヴァージニアが口をはさんだ。「わたしたち、電気設備のためにバザーを催したんじゃなかったのかしら？」

「そのとおりだが、基金というやつはどのようにでも充当できるからね」

エドマンドは何も言わなかった。その朝は彼には、なかなか時間がたたないように思われ、ここ何週間もするつもりでできずにいた、ちょっとした仕事をことさらに見つけてはかたっぱしからやってのけた。手紙を書き、請求書を検討し、公認会計士からの問い合わせに明快な返事を草し――といった具合に。今、彼はますますつのりつつあるもどかしさを何とかおさえて、その場にたたずんでいた。広いホールの果てに書斎のダブルドアが、さあ、どうぞといわんばかりに開け放されているのが見えた。はやいとこ、ジントニックでも飲みたい気分だったが、アーチーとヴァージニアとヴァイは階段の下にかたまって、教会の問題についてまだ熱心に話し合っていた。エドマンドは一貫してそうしたわずらわしい問題に関わらないように気をつけてきたし、第一、ほとんど関心がなかった。

「……もちろん、膝つき台は新調しないと……」

「しかし、ヴァイ、ボイラーのコークスの代金のほうが、膝つき台より急を要しますがねえ……」

日曜日の昼にこうして連れ立ってクロイ館にやってきた、当面の理由を、彼の母親も、妻も、すっかり忘れているかのようだった。苛立ちをおさえながら、エドマンドはいっとき話に耳をかたむけていたが、やがて三人のやりとりから注意がそれた。書斎の中からハイヒールのコツコツという靴音が聞こえてきたのだ。エドマンドは顔を上げ、そのとたん、ヴァージニアの頭の向こうにパンドラの姿を認めた。

パンドラはいち早くホールの様子に目を走らせ、その場の状況を見て取ったらしく、戸口でピタリと足を止めた。戸口の枠組が額縁がわりになって、その姿を浮かび上がらせていた。

二人を隔てている空間を横切って、パンドラの目がエドマンドの目をひたとみつめた。エドマンドはそれまでの苛立ちを忘れ、自分の頭の中を言葉が空回りしてむなしく流れているのを目のあたりに見るように思った。まるで何かのレポートを提出するようにだしぬけに言われて、適切な形容詞を半狂乱になって探しもとめつつ、無駄と気づいて中途で努力をなげうったかのように。自分についてではない。パンドラを形容する適切な言葉を、彼はもとめていたのではなかったか。より老成し、よりやせ、余分のものをすべて取り去ったような感じが強いパンドラ。エレガントな、洗練された、没道徳的な彼女。おそらくさまざまな経験をしたに違いない、しかしたとえようもなくうつくしいパンドラがそこにいた。

パンドラ。この世界のどこにいようと、彼は彼女をそれと認めただろう。こっちの様子をうかがっているような、大きな目、魅力的な曲線を描いている唇。上唇の隅に、心をそそるほくろが一つ。彼女の容貌、その骨格は、過ぎ去った年月の影響をまったく受けていず、昔ながらの彼女をほうふつとさせた。

たっぷりした栗色の髪は、いまだに少女のそれのように艶やかだった。

　エドマンドは、自分の顔が凍りついたように無表情になっているのを感じていた。微笑に表情をくずすことすら、できなかった。獲物の小鳥から目を離すことのできない猟犬のように、彼はその場に立ちつくしていた。その沈黙の、また固い姿勢の異常さがおぼろげながら意識に上ったかのように、ヴァージニアとヴァイとアーチーは三人三様に、どうしたことかと言うようにまわりを見回した。注意力が揺らぎ、三人は押し黙った。ヴァイが振り向いてつぶやいた。

「パンドラ」

　教会の問題。教会とそれに関連した当面の問題は放棄された。ヴァイオレットはヴァージニアのそばをつと離れて、寄せ木細工の磨いた床を足早に横切った。しゃんと背すじの伸びた後ろ姿だった。腕を大きくひろげてヴァイオレットはパンドラに近づいた。ふくれた革のハンドバッグを腕から吊していた。

「パンドラ、まあ、久しぶりだこと！　何てうれしい日でしょう、あなたにまた会えるなんて！」

「でもイザベル、わたしたちみんなをまた招いてくださるわけ？　とても無理よ。人数が多すぎるわ！」

「いいえ、ヴァージニア、わたしの数え方が間違っていなければ全部で十一人よ。今日の顔ぶれに一人加わるだけじゃありませんか」

「ヴィリーナから、泊まり客をたくさん押しつけられているんじゃなくて？」

「男性を一人だけね」

　パンドラが会話に割って入った。「悲しい《サッド》アメリカンって、わたしたち、呼んでるのよ、イザベルがヴィリーナから頼まれた人のこと。イザベルが名前を覚えていないものだから呼びようがなくて」

「気の毒に」とアーチーが主人役の席から言った。「到着してもいないうちから綽名で呼ばれて」

「どうしてまた、よりによって、悲しい《サッド》なんて形容詞がついているのかな？」とエドマンドがラガーのグラスに手を伸ばしながらきいた。クロイ館では、昼食にはワインを出さない習慣だった。ワインを惜しんでいるのではない。それはアーチーの父母、いや、祖父母にさかのぼるバルメリノー家の伝統であった。アーチー自身もわるくない考えだと思っていたからこの伝統を継承することにしたので、ワインを飲むと、客はとかく饒舌になる。そうでなければ眠けがきざす。それに日曜日の午後は有益な戸外活動に過ごすべきで、ひじ掛け椅子にすわって新聞を読みながらうつらうつら居眠りをして過ごすなんて、もってのほかだとアーチーは考えていたのだった。

「悲しい《サッド》という形容詞は当たっていないかもね」とイザベルがエドマンドに言った。「とても良識のある、快活な人かもしれないわ。ただ最近奥さんを亡くして、気分を一新するために旅行をしてスコットランドにくるはずだって聞かされているものだから」

「ヴィリーナの知人なのかね?」

「いいえ、ケイティーが知っているだけみたい。ケイティーが同情して、招待状を送ってくれってお母さんに頼んだらしいのね」

パンドラがふと言った。「とにかくあまり大真面目な、ご誠実な人でないといいけど。そういう人って、よくいるから。たとえば下水処理場なんてものを見せても、すごく感激してくわしいことを知りたがるタイプとか」

アーチーが笑った。「へえ、パンドラ、きみ、アメリカ人の旅行者を下水処理場に案内したことなんてあるのかい?」

「ないわ、一度も。今のはまあ、もののたとえよ」

彼らは食堂のテーブルを囲んでいた。イザベルが申し分なくおいしく焼き上げたローストビーフは真ん中がピンク色で、いかにもやわらかかった。つけ合わせの野菜はサヤエンドウに青豆とローストポテトで、ワサビダイコンが添えられ、一同はそれを赤ワインを少量加えた、濃い茶色のグレーヴィーをかけて食べた。デザートは、ブラックベリー・フールとホット・シロップ・タルトにフレッシュ・クリームを掛けたものだった。

戸外では、まるで女性の気まぐれ気分のように天気が好転していた。朝から不機嫌な顔を見せていた空が、とくにはっきりした理由もないのにカラリと晴れわたり、風が起こって空気にさわやかさが感じられるようになった。折々日光が銀製の食器やカットグラスのタンブラーに反射して、磨いたテーブルの上に小さな明るい菱形をまき散らした。

「わたしたちまで呼んでくださるなら、いっそお手伝いさせてちょうだい」とヴァージニアは会話を肝心の問題に引きもどした。「わたし、スターターを引き受けることにするわ。そうでなかったらプディングか何か」

「ああ、そうしてくだされば助かるわ」とイザベルはありがたそうにいった。「じつはその前の日、わたし、一日、コリーヒル荘に出かけなきゃならないの。ヴィリーナに、花を活けるのを手伝ってほしいと言われて」

「前の日って、わたしの誕生日じゃありませんか」とヴァイが心外そうに言った。「わたしの主催するピクニックの日だわ」

「ええ、わかってますわ、ヴァイ。本当にごめんなさい。でも今年は失礼しなきゃならないみたい」

「ほかの人はだいじょうぶでしょうね？　あなたは花を活ける手伝いをする必要はないんでしょうね、どう、ヴァージニア？」

「ええ、だいじょうぶ。うちにある大ぶりの花瓶や壺をいくつか、貸してもらえないかって頼まれてはいるけど、でもコリーヒル荘にそれを持って行くのは水曜日でいいんですから」

「アレクサはいつ着く予定？」とルシラがきいた。

「木曜日の朝ですって。ノエルと運転を交代しながら夜じゅう、車を走らせて。ノエルがそれより前には休暇が取れないとかで。もちろん、アレクサの犬もいっしょでしょうね。つまりね、ヴァイ、アレクサたちもピクニックに参加できるわけですわ」

「顔ぶれを書きとめておく必要がありそうね。さもないと、人数がはっきりしなくなって、食べ物をたくさん用意しすぎるか、足りなくなるか、どっちかってことになりかねないから」とヴァイオレットはつぶやいて、テーブルの向こうの端のヘンリーの視線をとらえようとした。ヘンリーは浮かない顔をしていた。自分が参加できないとわかっているヴァイのピクニックが話題になっているのが、たまらなくいやだったのだ。「大きなバースデーケーキを二切れ、テンプルホールあてに送りますからね」とヴァイオレットは続けた。「一切れはヘンリーに、もう一切れはヘイミシュに」

「グシャグシャにつぶれたりしないようなやつを頼むよ」とヘイミシュが、自分の皿からシロップ・タルトの最後の一さじを掻きとりながら言った。「いつか母さんがケーキを送ってくれたのはいいけど、クリームがそとにすごくしみ出してさ、寮母《メイトロン》さんが青くなって、包み紙ごと病舎のゴミバケツ行きになっちゃったんだから」

「まあ、ひどい寮母《メイトロン》さんねえ」とパンドラが同情に耐えないというようにヘイミシュの顔を見やった。

「普段はけっこう、やさしいんだけどね。ねえ、母さん、タルトをもう少し、もらってもいい？」

「いいわ。でもまず、みなさんに回してからね」

ヘイミシュは立ち上がって両方の手にデザートの皿を持って、近くの者から勧めて回った。

ルシラが思い出したように言った。「じつはあたしたち、ちょっと困ってる問題があるんだけど」どういうことだと言うように、みんながいっせいにルシラの顔をみつめた。心配しているというより、関心ありげな表情だった。「ジェフのことなの。この人、あいにく当日、着て行けるような服をもっていないのよ——ダンス・パーティーにってことだけど」

一同の視線は今度はジェフに集中した。彼は食事のあいだ、みんなの会話にまったく仲間入りすることなく、食べ、かつ飲むことに専心していたのだが、そんなふうに関心の的となったことが、ちょっときまりわるそうだった。ヘイミシュがデザートのおかわりを勧めにきたのを幸い、彼は顔をみんなからそむけて、大皿に残っていたブラックベリー・フールをスプーンで少しすくった。

「オーストラリアを出たときは、フォーマルなパーティーに出席する機会があるなんて、夢にも思わなかったものですから」と彼は言った。「それにぼくのナップザックには、ディナー・ジャケットの入る余地からしてありませんでしたからね」

みんなが何か妙案はないかというように顔を見合わせた。

アーチーがふと言った。「ぼくのを貸せるといいんだが、あいにくぼく自身が着なければならないのでね」

「もともと父さんの礼服は、ジェフには窮屈で着られっこないと思うわ」

「貸衣裳って手があるじゃないか。レルカークに行けば、その手の店がいくらでもあるだろう……」

「でも父さん、貸衣裳屋ってものすごくボルのよ」

アーチーは考えのないことを言ったと、ちょっと慌てた様子で口ごもった。「やあ、気がつかなかったな、そいつは」

テーブルの向こう側からジェフのほうに視線を注いで、エドマンドがふと言った。

「きみはぼくと似た体型のようだ。よかったらぼくのを貸すよ」

息子のこの申し出を聞いて、ヴァイオレットは少々驚いて、思わずキッとしたまなざしで隣席の息子の横顔を見やったが、エドマンドはそれにはまったく気づいていないようだった。微笑の影もない、平静な表情は、彼の心中に去来する思いについては何も語っていなかった。

母親らしくない、その意外の思いを分析してみてヴァイオレットは今さらのように、本当のところ、自分は、エドマンドが衝動的にそうした親切な申し出をすることがあろうとは思ってもいなかったらしいと認めた。でもどうして？　エドマンドはわたしの息子、ジョーディの息子だ。重要な問題については、エドマンドは時間でも、金銭でも、いつも惜しまず提供し、一貫して他人にたいして同情を惜しまない。彼女自身が何か問題に直面したとき、彼は労をいとわずに問題の所在をはっきりさせてくれ、彼女が決断を下せるように助けてくれる。

けれども些細な問題に関しては、エドマンドはまるで別人のようだった。こまやかな心づかい、やさしい言葉、贈る側のふところをほんの少し痛めるだけ、時間だってさしてかからない、ちょっとした贈り物、値段でなく、その背後にひそむ心づかいのゆえに意味深く思われるギフトのたぐいには、エドマンドは日ごろ、まったく関心を示したことがなかった。ヴァイオレットの視線はテーブルの反対側にす

わっているヴァージニアと、その手首にはまってい
る黄金のブレスレットのほうにさまよって行った。
エドマンドから妻へのああした豪華なプレゼントは
いったい、どのくらいしたのだろう？　とくに考え
る気もしないが、エドマンドはそうした高価なもの
を、妻とのあいだの不和を解消するために買い整え
たのだった。あのような高価なものを贈るよりも、
初めからいさかいなどしないほうがよかった。お互
いにやりきれない思いで数週間を過ごさずにすんで
いたら、ずっとよかっただろうに。

ところがそのエドマンドが今、ルシラのボーイフ
レンドにみずから進んで親切な申し出をしているの
だ。エドマンド自身にとってはべつにどうということもないのだろうけれど。その申し出がいかにも自
然になされただけに、ヴァイオレットはふと、エド
マンドの父親である、彼女の夫のジョーディのこと
を思い出していた。愛する夫のことを思い出して、
彼女の心は喜びにおどるはずだった。しかし彼女は
だしぬけに悲しみが胸をとざすのを覚えていた。エ
ドマンドのうちに、誰にたいしてもやさしかった父
親から受けついだものの片鱗にしろ、見出すことは
ごく稀だったのだから。

ジェフ本人も、そうした親切な申し出を受けて、
彼女同様、ひどく狼狽しているようだった。「もち
ろん、そんな厚かましいことはできませんよ。貸衣
裳屋にあたってみますからご心配なく」

「ぼくのほうは、まったく構わないんだがね。うち
にはほかにもいろいろと余分の服があるし、とにか
くぼくので間に合うかどうか、試着してみたらいい
んじゃないか」

「しかし、あなたご自身も着られるんじゃないです
か？」

「ぼくは、クッキーの缶の蓋の絵にあるようなキル
トを着ることになると思うからね」

ルシラが脇から、いかにもありがたそうに言った。
「ああ、助かったわ！　本当にありがとう、エドマ
ンド！　あとはあたしの着るものの算段ね」

「イザベルとわたしは、めぼしい服を探しに、明日、
レルカークに行こうと思ってるんだけど」とパンド
ラが言った。「あなたもいっしょにこない？」

みんなが驚いたことに、ルシラはしごく素直にうなずいた。「そうね、行きたいわ」しかしいかにも彼女らしい言葉がすぐに続いた。「レルカークにはすてきな古物市があるはずよ。三〇年代のうっとりするような古服を売ってる店なんかもね。あそこに行けば、きっと何か見つかるわ」

「そうね」とイザベルはつぶやいた。「あなたの好みの服が何かしらきっと見つかるでしょうよ」

「父さんたら、ひどい人！　あたしのボールをシャクナゲの茂みの中になんか、たたきこんで！」

「少々、邪魔だったのでね」

「それにしてもよ、あんなに遠くまでぶっとばすことはなかったのに」

「そうせざるをえなかったんだよ。きみはいやらしいくらい、達者なプレイヤーだからね、門《フープ》のあたりにウロチョロされたくないんだよ。さあ、ヴァージニア、いいかい、ここに転がしてくれたまえ」

「ここって、その草むらのどの葉っぱのあたり？」

イザベルの昼食会の面々はコーヒーのあと、テーブルから立ってなごやかな気分で四散した。ヘイミシュとヘンリーはロードレースにも飽きて、ヘイミシュの苦心の結晶である木の上の家をひとしきり出たり入ったりしたあげく、枝から吊したブランコに乗って空中ブランコよろしく高々と漕いでいた。イザベルは丹精の縁取り花壇を見てもらおうとヴァイを誘い出した。その昔のクロイ館のそれのように豪華絢爛とはいかなかったが、縁取り花壇はイザベルの誇りであり、賛辞はいつも快かった。アーチー、ヴァージニア、ルシラ、それにジェフは、ヘイミシュが芝を刈って整備した芝生に出て、クロケーのマッチに興じていた。エドマンドとパンドラは草の生い茂っている土手の上の古いスイング・ベンチに並んですわって、クロケーを見物していた。

風は強いが、さわやかな午後になって、雲が幾重にも層をなしつつ空をよぎっていた。その雲のあいだのここかしこに、かなり大きく青空がのぞいていた。太陽が雲間から出ると、日なたはかなり暖かかったが、パンドラは庭に行く途中でクロークルームからアーチーの古い射撃用のジャケットを引っぱり出して着ていた。動物の毛をいっしょに織りこんだツイードの裏のついた、このジャケットにくるまって、パンドラは膝を折ってすわっていた。エドマンドはときどき思い出したように足先で地面を押してベンチを揺さぶった。長らく油をさしてないのでギーコギーコと耳ざわりな音を立てていた。

シャクナゲの茂みの中から情けなさそうな声が上がった。「ボールが見つからないわ。ああ、癪にさわる！　おまけにキイチゴの刺にさされちゃって」

「つかみあいのけんかに発展しそうな形勢だな」とエドマンドがつぶやいた。

「昔からいつもそうだったわ。つい本気になって口げんかをしてしまうのね」

二人はそれっきり黙って、ブランコをそっと揺すっていた。ヴァージニアが打ったボールは、アーチーが指示した場所から少なくとも四ヤードばかり向こうに転がった。

「ごめんなさいね、アーチー」

「ちょっと強く打ちすぎたね」

「まさにそのものズバリのコメントだな。ああひどくはずしては、ほかに言いようもないだろうが」とエドマンドが低い声で言った。パンドラは何も言わず、ギーコ、ギーコとベンチのきしる音ばかりが響いていた。二人は押し黙ったまま、ジェフがショットを試みる様子に目を注いでいた。

「あなた、わたしのこと、憎んでて、エドマンド？」

「べつに」

「でも軽蔑してるでしょ？　見下げはてた女だって思ってるんじゃゃなくて？」

「ぼくがなぜ、そんなことを？」

「それはね、わたしがどうしようもなくばかなことをやったからよ。奥さんのある、それも父親くらい年の離れた人と駆け落ちなんかして——一言の釈明もせずに。わたし、両親の心を引き裂いたわ。故郷を離れたきり、ただの一度も帰らず、ショックと驚きの余波を近在の人たちにまでおよぼしたんですもの」

「そんないきさつだったのか」

「あなただって、知ってたでしょうに」

「いや。ぼくはそのころ、ここにいなかったから」

「そうだったわね。あなたはロンドン住まいだったんだわね、あのころは」

「なぜ、きみが家出をしたのか、ぼくはずっと知らなかったんだよ」

「みじめだったの、わたし。どんなふうに生きてったらいいか、てんでわからなくなっちゃって。アーチーはイザベルと結婚してクロイ館を離れてしまったし、わたし、ただもう寂しくて。どっちを向いても八方ふさがりって感じだったわ。そこに、ちょっとした気晴らしのひとときがはさまったのよ。何かこう光り輝いてる、一足とびに大人になったみたいな気分だったわ。これが人生だって、胸がワクワクして。わたし、たぶん、自分のエゴを甘やかしてくれる人が必要だったのね。そんなときに、彼がその必要を満たしてくれたんじゃないかしら」

「彼とは、どういうきっかけで出会ったんだね？」

「どこかのパーティーでだったと思うわ。グロリアっていう、馬みたいに長い顔の奥さんがいてね。でもその奥さん、彼がわたしと知り合って雲行きがおかしくなると、たちまち姿を消しちゃったわ。マルベーリャに行ってそれっきり。そういういきさつもあって、わたしたち、駆け落ちしてカリフォルニアに行ったわけ」

このとき、ルシラがちぎれた木の葉を髪にくっつけてシャクナゲの茂みから出てきて、ゲームにふたたび加わった。門《フープ》をくぐらすことができたのは誰？失敗したのは？」

ベンチの揺れは緩慢になって、やがて止まったが、エドマンドが地面をもう一蹴りするとふたたび動きだした。ギーコ、ギーコ……

パンドラがふとたずねた。「エドマンド、あなた、幸せ？」

「ああ」

「わたしって、幸せだったことなんか、一度もなかったみたい」

「残念だね」

「お金があるのはいいものだわ。でもわたし、幸せだと思ったことは一度もないのよ。ホームシックで、うちの犬たちにでもいいから会いたくて。あなた、わたしの駆け落ちの相手の名前、知ってて？」

「聞いたことがないと思うが」

「ハラルド・ホッグっていうのよ。ハラルド・ホッグなんて名の男と駆け落ちするなんて、考えられる？　離婚したあと、わたしが真っ先にやったことはブレア姓への復帰よ。豚《ホッグ》っていう彼の苗字を名乗りつづける気がしなかったからなの。でも彼のお金はたっぷりもらったわ。カリフォルニアで離婚すると、そういう点ではラッキーなのよね」

エドマンドは沈黙していた。

「離婚手続きがすっかり完了してブレア姓にもどったあと、わたしが何をしたと思って、エドマンド？」

「さあ」

「ニューヨークに行ったのよ。ニューヨークは初めてだったし、知り合いは誰もいなかったわ。でも最高級のホテルにチェックインして、五番街を闊歩したのよ。ほしいと思うものは何でも買えるんだってよくよくわかっていたわ。誰に遠慮をする必要もなく。でもね、そうなったら、べつに何を買う気もしなくなって。そういうのも一種の幸福感なんじゃないかしら。どう思う、エドマンド？　ほしければ何だって買えるんだってわかっていながら、ぜんぜん買いたくなくなっていることに気づくっていうのは？」

「今はどうなんだね、幸せかい？」

「こうして帰ってこられたから」

「どうしてまた、急に帰ってきたんだい？」

「さあ、どうしてでしょうね。理由はいろいろあるわ。ルシラとジェフっていう、ありがたい運転手がいたし。アーチーにもう一度会いたかったし。それにヴィリーナ・スタイントンの主催するダンス・パーティーの魅力もあったし」

「ヴィリーナ・スタイントンは、きみの帰郷にはおよそ何の関係もないんじゃないかという気がするが」

「かもね。でも便利な口実だったわ」

「ご両親が亡くなられたときにも、もどってこなかったのに」

「許せないわよね、そんな不人情な娘」

「きみが自分でそう言ってるだけだよ、パンドラ、ぼくはそんなことは言わない」

「勇気がなかったのよ。そこまで図々しくはなれなかったってこと。それにわたし、お葬式とか、お墓とか、お悔やみとか、そういったものがたまらないの。誰にも合わせる顔がなかったし。死って、あまりにも最後的じゃなくて？　青春があまりにも甘美なように。つまりはわたし、何もかも終わってしまったんだ、もう取り返しがつかないんだって認める気になれなかったのよ」

「マヨルカでは？　あそこではきみは幸せだったんだろうか？」

「あそこは、わたしにとってうちだったわ。カーサ・ローサはわたしが所有した最初の自分の家だったのよ」

「で、またもどるつもりでいるんだね？」

こんなふうに言葉をかわしながらも、この間、二人はずっとお互いから目をそらし、クロケーのプレイヤーたちにことさらに視線を注いでいた。しかしここにおよんで、エドマンドはようやくパンドラのほうに向き直った。と同時に、パンドラが頭をめぐらして彼を見た。黒い睫毛にみっしり縁取られた輝く瞳がひたと彼をみつめた。パンドラが痛々しいほどやせているからかもしれないが、その目は以前にもまして大きく、いっそう輝きを増しているように思われた。

「どうしてそんなことをきくの？」

「さあ」

「その答、わたし自身にもわかってないみたい」

パンドラは縞の入った、色あせたクッションに頭をもたせかけて、ふたたびクロケーのゲームに注意を向けた。エドマンドと彼女の会話ともいえないやりとりは、さしあたっては終わったようだった。エドマンドは妻のほうに視線を注いでいた。ヴァージニアは緑の芝生の真ん中に立って木槌《マリット》に身をもたせかけ、ドンピシャリの好打を試みようとしているジェフのほうを見ていた。格子縞のシャツ、短いデニムのスカート。むきだしのそのすらりとした脚は小麦色に日焼けし、ズックのスニーカーがまぶしいほど白かった。ほっそりしてはいるが、健康美に輝き、勢いこんで打ったジェフのボールが門《フープ》をくぐらなかったのがおかしいのか、笑いくずれていた。その瞬間のヴァージニアはエドマンドになぜともなく、カラー写真を満載した女性向けの雑誌に載っているスポーツ着やローレックスの時計、サンタン・オイルといったものの広告ページを連想させた。

　ヴァージニア。ぼくの愛する妻。ぼくの命。しかしどういうわけか、その言葉はむなしい響きを伝えるばかりのようだった——さっぱり効きめのない呪文のように。エドマンドはその瞬間、絶望が胸をしめつけるのを覚えた。パンドラはしばらく前から黙りこんでしまっていた。いったい、何を考えているのだろう、彼女は？　思わず振り返ってエドマンドはほとんどすぐ気づいた。パンドラはすやすやと眠っていた。

　残念ながら、ぼくがおよそ退屈な相手だという証拠なのかもしれないと自嘲する一方、エドマンドはふと心をくすぐられていた。彼という話し相手をよそにして眠りほうけるという、パンドラのけしからぬ反応にたいする、この健全な反発は、自分が窮地に立たされているという、何ともやりきれない実感を、さしあたり、遠ざけてくれるようでもあった。

著者　ロザムンド・ピルチャー

1924年、イギリスに生まれる。18歳より『グッドハウスキーピング』『レディーズ・ホーム・ジャーナル』等を中心に数多くの短篇を発表。代表作『シェルシーカーズ』（朔北社）は世界的に500万部を売るベストセラーとなった。短篇、中編、長編を多数発表。2002年にＯＢＥ勲章受賞。2019年没。

訳者　中村妙子（なかむら たえこ）

1923年、東京に生まれる。東京大学西洋史学科卒業。翻訳家。ピルチャー『シェルシーカーズ』上・下、『双子座の星のもとに』（以上朔北社）、ルイス『ナルニア国物語』（岩波書店）、クリスティー文庫（早川書房）、バーネット『白い人びと』（みすず書房）など児童書から推理小説まで幅広いジャンルの本を多数翻訳。

本書は1997年に小社よりハードカバーにて刊行した作品を
普及版として新たに出版したものです。

九月に　上巻

2006年9月10日　第1刷発行
2021年9月5日　第2刷発行

著者　ロザムンド・ピルチャー
訳者　中村妙子　translation © Taeko Nakamura 2006
装画　亘 緋紗子
発行人　宮本　功
発行所　株式会社　朔北社《さくほくしゃ》
〒191-0041　東京都日野市南平5-28-1-1F
tel.042-506-5350　fax.042-506-6851
http://www.sakuhokusha.co.jp
振替 00140-4-567316

印刷・製本 / 中央精版印刷株式会社
落丁・乱丁本はお取りかえします。
Printed in Japan ISBN978-4-86085-044-9 C0097